TODO VUELVE

TODO VUELVE

Juan Gómez-Jurado

Papel certificado por el Forest Stewardship Council®

Primera edición: octubre de 2023
Primera reimpresión: noviembre de 2023

Printed in Spain – Impreso en España

ISBN: 978-84-666-7568-0
Depósito legal: B-14.762-2023

Compuesto en Llibresimes, S. L.

Impreso en Rodesa
Villatuerta (Navarra)

BS 7 5 6 8 0

A la memoria imborrable
y la sonrisa perpetua de
Eva Ramos González

Un adelanto

Todo lo que Aura Reyes pretende es continuar con vida diez minutos más.

No es tarea fácil.

Si tuviera que apostar, la propia Aura —cuya especialidad es el cálculo de riesgos y beneficios— pondría todo el dinero en contra de la débil figura acorralada en una esquina del patio de la cárcel. Al fin y al cabo, las otras son cuatro, son más fuertes que ella y Aura nunca ha sabido defenderse demasiado bien.

No hay testigos, algo de lo que el funcionario de guardia se ha asegurado. Nadie vigilando en los muros, las cámaras están apagadas. Tan sólo un desierto de cemento sediento de la sangre de Aura, que gotea de su nariz rota y empapa la línea amarillenta que marca el final del campo de baloncesto.

—Ven aquí, pija —dice la líder de sus acosadoras. Bajita, sonrisa lobuna, camiseta reventona.

De todas las cárceles y correccionales del mundo, y aparece en el mío, piensa Aura, evocadora.

No son las notas de un piano en Casablanca las que han llevado a Aura por el camino de la memoria. Ni la voz de una antigua enemiga concede tiempo para filosofar acerca de cómo las historias se repiten, en círculos concéntricos cada vez más pequeños. Como el que forman las cuatro mujeres que convergen sobre ella.

Diez minutos, es todo lo que necesita.

Estará muerta en tres.

—Ven aquí, no me hagas enfadar —insiste la Yoni, cuya lengua ha comenzado a escurrirse un poco. O eso quiere pensar Aura, que sueña con un clavo ardiendo.

Hazle hablar, se ordena. *Mientras siga hablando, tienes una oportunidad.*

—Si no te hago enfadar... ¿no me matáis?

Ni siendo generosos podríamos decir que la línea de diálogo pase de mediocre. Para alguien con las capacidades comunicativas de Aura Reyes, aún peor. Pero está agotada de recular por el patio, su nariz es una masa pulsante de dolor, tiene un ojo medio cerrado —cortesía del último codazo de una de las latinas—, y el patio se le está terminando.

La risa sin humor de la Yoni se funde con el sonido metálico que arranca la espalda de Aura al chocar contra la verja.

—Te crees graciosa. No eres graciosa.

Amaga un puñetazo de frente, pero no es ese el que golpea a Aura, sino el de una de sus secuaces. Y otro más, que llega desde la derecha.

Aura cierra los ojos, se desploma. El suelo le sienta bien,

igual que una caricia. La grava del patio, tan suave y mullida como si la anunciase Pikolin. La pérdida de conocimiento canta una dulce nana en sus oídos. Está a punto de dejarse llevar, hasta que escucha —por encima del arrullo— un adelanto del futuro.

Trece espantosas palabras.

Y, de pronto, Aura descubre que morirse es mucho peor idea de lo que ella creía.

PRIMERA PARTE

AURA

Mucho vestido blanco
mucha parola,
y el puchero en la lumbre
con agua sola.

Canción popular

—¿Contra qué te estás rebelando?
—¿Qué tenéis?

Salvaje (The Wild One)

1

Un ingreso

Si no contamos los intentos de asesinato —y lo que vendrá después, que será peor—, la cárcel no está tan mal.

Aura Reyes ingresa en prisión a las ocho y tres minutos de un lunes cualquiera. No mira atrás para despedirse de la amiga que la deja en el aparcamiento de la cárcel de Estremera.

Mari Paz Celeiro, exlegionaria y exalcohólica —lo dejó esta mañana—, no le quita ojo mientras Aura recorre los cincuenta metros que la separan de la garita de acceso. Cargada con una bolsa de deporte con la ropa más apropiada para la situación. Demasiado liviana para el gusto de Aura, lo que le recuerda la noche anterior.

—¿Crees que este jersey...?
Mari Paz había meneado la cabeza por enésima vez.

—Nada dice «pegadme» en el patio del talego como la angora, rubia.

Aura dejó caer la prenda al montón de los descartes, con un suspiro. Sobre la cama había una exigua selección de prendas. Bragas y sujetadores viejos, calcetines de deporte, camisetas de publicidad con manchas de pintura. Todo lo que en su día había ocupado, literalmente, el fondo del armario pasaba ahora a primer plano.

—Ojalá una tienda con ropa de presidiaria.

—Si nos damos prisa pillamos el Bershka abierto —apuntó Sere, siempre dispuesta a ayudar.

Aura declinó la oferta con un gesto. Lo que había tendría que bastar.

Le habría gustado entrar en la cárcel con una maleta bien provista. Su abrigo de Canada Goose, hace tiempo vendido en Vinted para pagar las costas del juicio. Unas buenas botas. Una Biblia hueca con un martillo dentro. Lo que fuera menos aquella semidesnudez, aquel sentimiento de vulnerabilidad. La liviandad de la bolsa de deporte representa su indefensión en esta nueva etapa de su vida.

Por eso sigue caminando hacia la puerta de prisión, y hacia los tres periodistas que ya la esperan, con las cámaras en ristre, dispuestas a inmortalizar el glorioso momento.

Por eso no vuelve la vista en dirección al destartalado Skoda blanco de Mari Paz. Sabe que, si lo hace, no podrá evitar salir corriendo, gritándole que ponga en marcha el motor.

Cuando una es madre de dos niñas (*ma-ra-vi-llo-sas*, dicho así, separando mucho las sílabas y abriendo mucho la boca), no puede liarse la manta a la cabeza y entregarse a una vida de delito, como a ella le habría gustado. Tiene que cumplir con la justicia y entrar en prisión tal y como la jueza ha ordenado.

¿Es inocente del delito?

Sí.

¿Importa algo?

No.

A la antigua Aura sí que le habría importado. La antigua Aura era una exempleada de banca de inversión. Alguien que había ganado mucho dinero haciendo que sus clientes ganasen muchísimo dinero y que su jefe ganase cantidades obscenas de dinero. Tenía su chalet unifamiliar, su piscina y sus amigas.

Una mala noche de hace dos años, un hombre había asesinado a su marido y la había dejado a ella desangrándose en el parquet del pasillo del piso superior del susodicho chalet. Aura se había dejado apuñalar en silencio para salvar a sus hijas, y así había sido.

Las niñas no se habían enterado de nada, siguieron durmiendo plácidamente en sus camas. Al menos hasta que una mujer diminuta y un inspector de policía enorme irrumpieron en la casa, salvaron la vida de Aura y llamaron a un montón de gente que vino con las sirenas a todo volumen.

Aura pasó seis meses recuperándose de las heridas. Seis meses en los que su jefe le insistió en que no había prisa porque se reincorporase al trabajo.

Por desgracia para Aura, lo que Sebastián Ponzano, el dueño del banco, estaba haciendo era utilizar el fondo de Aura de forma fraudulenta para sus propios fines fraudulentos. Usar el fondo para maquillar sus cuentas y facilitar la fusión de su banco con otro para hacerse aún más asquerosamente rico.

Completamente *in albis*, Aura se dedicó a pasar tiempo junto a su madre, enferma de alzhéimer. Estaba con ella cuando descubrió —a través de la televisión— que Ponzano la había incriminado a ella en el escándalo de los fondos.

La traición de su jefe fue dolorosa.

Perder su trabajo, su chalet, a sus amigas, fue mucho peor.

La perspectiva de perder a sus hijas fue lo peor de todo.

Viuda, arruinada, viviendo con sus hijas en el piso de sus padres, a punto de entrar en la cárcel, Aura tuvo una revelación trascendental con un bote de champú.

Hace tan sólo tres semanas.

La revelación puso en marcha una serie de extraños acontecimientos. Eventos que convirtieron a una burguesa de mediana edad, falsamente acusada de delincuente, en otra cosa.

Aura se infiltró en una empresa de alta seguridad. Robó el nombre de la mujer que habían utilizado para incriminarla. Junto a ella y a una exlegionaria llamada Mari Paz Celeiro planificó un golpe contra un casino ilegal para poder pagar la fianza y eludir la cárcel. Cuando su plan descabellado falló por los tejemanejes de Ponzano, Aura urdió un plan aún más desesperado para recuperar su buen nombre.

Tampoco tuvo éxito. Pero al menos impidió la fusión que Ponzano tanto ansiaba. En el proceso le causó un gran perjuicio económico a él.

¿Qué ha conseguido para ella tras tantas aventuras y sufrimientos?

Un enemigo de por vida.

Dos amigas improbables.

¿Qué no ha conseguido?

Evitar la cárcel.

La Nueva Aura camina hacia la entrada de la prisión con gesto cansado. La marabunta de medios de comunicación que había debido aguardarla para conseguir la foto de la manzana podrida que había puesto en riesgo el —por lo demás— sanísimo sistema financiero español no se había presentado. Hoy la noticia estaba en otra parte. En la fusión rota, en el fracaso del poderoso Ponzano.

Tan sólo un par de fotógrafos y una becaria recién salida de su primera comunión, que espera con gesto tan hastiado como el suyo. Le pone una grabadora delante y le hace un par de preguntas apresuradas, que Aura ignora.

Los fotógrafos disparan un par de veces y se marchan. La imagen destinada a ser portada de todos los diarios ha acabado relegada a la página doce. Nadie sabrá de lo que hicieron Aura, Sere y Mari Paz para frustrar la fusión del banco y evitar que miles de pequeños ahorradores y accionistas se quedaran con el culo al aire. Nadie publicará una —apasionante— novela de seiscientas páginas con sus alocadas aventuras.

Pero hoy la foto de primera plana, la imagen de la derrota, no es la suya, sino la de Sebastián Ponzano.

Aura sonríe cuando los deja atrás y cruza la puerta de la garita.

Quizás sí ha conseguido algo, después de todo.

Aura Reyes ingresa en la cárcel de Estremera a las ocho y tres minutos de un lunes cualquiera. Es atendida con amabilidad por la funcionaria de la entrada, que le explica sus derechos.

—Teniendo en cuenta que no tiene antecedentes, ni delitos de sangre, lo más seguro es que la asignemos a un módulo de respeto. ¿Tiene usted hijos?

—Dos niñas.

—Si todo va bien, en seis meses tendrá permisos de fin de semana y podrá ir a verlas, ya verá.

La cárcel no está tan mal, piensa Aura, mirando a su alrededor.

El suelo de terrazo está limpio, las sillas de la recepción son viejas pero están bien cuidadas. La celda en el módulo de adaptación a la que la asignan la primera noche tiene cuatro camas. Las otras tres presas son cordiales y le ayudan a instalarse. Le enseñan las instalaciones, le explican cuáles son los horarios y algunos trucos para que su estancia sea lo menos deprimente posible.

Aura se esfuerza por sonreír y reparte una bolsa de sugus que sus hijas le han metido en la bolsa, lo cual genera un torrente de simpatía a su alrededor. Enseguida está en el centro de un círculo, cuyo suelo se va alfombrando de papeles de caramelos. Aura no protesta porque se los coman todos, ni siquiera porque se lleven los de piña.

—Tú no te preocupes, reina, que esto no es *pa'* tanto —le dice una de las veteranas, dándole una suave palmada en el hombro—. ¿Cuánto te va a caer?

—Aún no es firme. Mi abogado dice que cinco años.

—Tú eres guapa y joven, ni te vas a enterar.

—La primera noche es la peor —advierte la segunda, con una sonrisa comprensiva.

—Es normal que te encuentres un poco triste. Pero esto es como un campamento, ya lo verás.

—¿Sólo traes esto? —dice la tercera, echando un ojo a la bolsa de Aura.

—Yo puedo dejarte cosas si hace falta. Somos de la misma talla. Será por chándales...

No, definitivamente la cárcel no está tan mal, admite Aura, cuando su cabeza toca la almohada. Barata, de poliéster y con poco relleno, pero limpia y seca.

Agotada, piensa en sus hijas. Si todo va bien podrá estar visitándolas pronto con permisos de fin de semana. Se imagina cómo será ese primer día, ese primer abrazo. Se queda dormida en mitad de esa ensoñación.

Dos horas después la arrancan del sueño entre gritos de terror.

Y comienza la pesadilla.

2

Un despertar

En la quietud de la noche, una bisagra encuentra el momento perfecto para chirriar, como una soprano agazapada, antes de que dos hombres vestidos con ropa oscura entren en la celda, y se arrojen sobre su cama.

Aura chilla, aterrorizada.

Con sus propios gritos, no puede escuchar lo que gritan los intrusos que la agarran por los hombros. Tarda un instante en comprender que se trata de una pregunta.

—¿Aura Reyes Martínez?

No responde, porque no es necesario. Los hombres saben muy bien a quién han ido a buscar. Un tercer hombre le apunta a la cara con una linterna.

Más gritos.

—¿A dónde se la llevan?

Otra de las compañeras de celda de Aura se ha incorporado en la cama. Extiende un brazo hacia uno de los hombres que sujetan a Aura. Antes de que pueda darse cuenta, el otro se lo retuerce.

Suena un crujido.

—¿A ti qué cojones te importa?

La otra presa se desploma de nuevo, entre aullidos de dolor.

Ahí concluye la solidaridad.

Lo que sigue, Aura lo vive como un mal sueño o una pesadilla lúcida, iluminada por fluorescentes baratos y con extras de todo a cien.

Puede verse a sí misma arrastrada fuera de la celda, por el pasillo. Sus pies casi no tocan el suelo. Las botas de sus captores suenan como aldabonazos.

Medio ahogada por la tenaza enguantada de los hombres y por el peso de su propio cuerpo, apenas puede respirar. Cuando quiere darse cuenta, está fuera. El viento gélido y la lluvia racheada no ofrecen tregua ni consuelo, sólo más angustia. Aura tose, intentando protestar, intentando resistirse, tratando de hacerse oír por encima de la tormenta.

Todo es inútil.

De todas esas urgencias, apenas tiene éxito en la última.

El aparcamiento de la cárcel está a oscuras. Al fondo se intuye un enorme furgón, cuya puerta está abierta. Un rectángulo negro en una noche aún más negra.

Cuando llegan, el pijama de Aura está empapado, y ella

medio inconsciente. La arrojan dentro sin miramientos, y ella queda en el suelo, chorreando agua y boqueando en busca de aire, como un pez recién aterrizado en el suelo de un sótano.

El frío de las esposas en torno a la muñeca izquierda y el tobillo derecho. El ruido que hace el mecanismo al cerrarse, un crujido doble. La presión del acero contra el hueso, dolorosa e ineludible.

Con nada en los pulmones, el pavor en la garganta y la boca seca como el corcho, Aura lucha por formar palabras. Finalmente se escucha decir, muy bajito y con voz de otra persona:

—¿Dónde me llevan?

El hombre que sostiene la linterna le apunta a la cara. Los ojos de Aura se vuelven dos ranuras verdes, tratando —en vano— de discernir la identidad del hombre.

—A un spa, bombón. Te va a encantar.

Otra sombra se inclina sobre ella. Olor a sudor, a tela mojada. Bajo la luz de la linterna, comprueba los grilletes, le palpa el cuerpo. Se detiene a manosearle las tetas con un gruñido. Más posesivo que lujurioso.

Otro crujido más cuando la cadena de los grilletes la ata a la pared del furgón, obligándola a sentarse de cualquier forma.

—¿Va usted cómoda? —pregunta la sombra, con voz rasposa, volviendo a manosearle el pecho—. ¿Está bien la temperatura? ¿Bajamos el volumen de la música?

Aura, abrumada por la mezcla de terror y asco, lucha por contener las lágrimas y mantener su dignidad ante la humillación. Su voz sale apenas como un susurro tembloroso, cargado de desafío y rabia contenida.

—Cómeme los huevos, hijo de puta.

La sombra ríe.

La puerta se cierra, dejándola temblando en la oscuridad.

3

Un traslado

El viaje dura horas.

Para Aura, años.

El tiempo se dilata en la penumbra del furgón, dividiendo cada minuto en eternidades.

Aura se hace devota —a la fuerza— de una nueva religión.

La del metal de las esposas, la vibración del motor y la oscuridad del habitáculo.

El murmullo apagado de la conversación de sus captores al otro lado de la pared es la única herejía de esa doctrina, lo único que desmiente que el mundo sea algo más que frío, acero y sacudidas en la penumbra.

Aura aguza el oído, intentando captar una frase, una palabra, una sílaba. Cualquier cosa que le proporcione una brizna de información, una mínima pista sobre su destino. Pero entre el ruido del motor y el tintineo de sus cadenas, la única palabra que reconoce es

(*Beyoncé*)

tan sólo una nueva forma de tortura, el recordatorio de quién está poniendo música, y quién está aterrorizada y encadenada.

El frío aumenta.

Aura comienza a temblar en su ropa empapada.

Su mente se marcha a un lugar mejor

(Un tiempo pasado en el que Aura Reyes, la brillante estratega, planifica un rescate de la cárcel en mitad de la noche, con ayuda de sus amigas. Se sumerge en la ensoñación —de imágenes borrosas y cálidas, con bordes dorados— con enternecedor compromiso. Diseña cada detalle del plan de forma meticulosa, desde el robo de un furgón de prisioneros hasta el diseño de los papeles del traslado)

del que le arranca una sacudida final.

Seguida de un espantoso silencio.

Aura regresa a la realidad. Al castañetear de dientes, a los músculos agarrotados, los labios temblorosos y la garganta obturada por el pánico.

Los sonidos del exterior se agigantan, implacables.

Puertas se cierran.

Botas crujen sobre grava.

Luz.

La puerta se abre de golpe. El ritual de la linterna y las cadenas se reproduce a la inversa, manoseos incluidos.

—¿Has disfrutado el viaje, bomboncito? —se burla el hombre, incorporándola.

Aura trata de escupirle en la cara. Una farola amarillenta y exhausta le ofrece como blanco un rostro cuadrado y desagradable.

Mala suerte.

Su boca es un desierto y el escupitajo, sólo aire.

La humedad no llega, pero la ofensa se entiende. El hombre golpea la mejilla de Aura con el reverso de la mano. No muy fuerte, pero suficiente para hacerle perder el equilibrio y tirarla del furgón.

Aura gira sobre sí misma hasta caer de bruces en un charco barroso e inmundo.

¿Cómo describir lo que ve Aura cuando alza la vista, con la cara rezumando fango negruzco?

Imagina las tinieblas, si es que puedes, y en esas tinieblas imagina unos barrotes de acero en los que se han incrustado la herrumbre y la inmundicia de los siglos. Los barrotes están encastrados en bloques de roca granítica tan antiguos como los montes en que los forjó el tiempo. Y por encima hay apilados y cementados bloque a bloque otros treinta metros, y más, de roca granítica. Entre esos barrotes y a través de la piedra fluye la pestilencia de las aguas residuales, cuya espuma contiene los restos de mil hombres y mujeres desesperados y de los incontables millares de hombres que los han precedido.

Imagina la forma de la cárcel, con sus tejados permanentemente iluminados recortándose contra un cielo negro y sin estrellas. Un lugar tan cruel y aterrador que quedó clausurado hace medio siglo. Un lugar donde toda incomodidad tiene su asiento y todo triste ruido tiene su habitación. Un lugar que comparado con las cárceles modernas —humanas y democráticas— es una cámara de los horrores. Y que sólo la estupidez de los gobernantes y lo abarrotado de las prisiones terminó por reabrir.

Imagina la más sádica versión del castillo de If que puedas, y sabrás lo que se alza frente a los espantados ojos de Aura Reyes.

Su mirada recorre las torres con focos, el alambre de espino que remata los muros, las puertas pesadas pintadas de rojo. Y, sobre ellas, un letrero.

PRISIÓN DE ALTA SEGURIDAD DE MATASNOS

—No —dice Aura, con un hilo de voz.

Se incorpora y se vuelve hacia el hombre que acaba de abofetearla, con una larga lista de *yonodeberíaestaraquíes* subiéndole por la tráquea.

La lista se le muere en los labios, cuando ve la sonrisa cruel y maliciosa que el otro lleva en los suyos.

El hombre rebusca en sus bolsillos y le entrega un sobre blanco.

Aura lo abre, con los dedos llenos de barro, y encuentra una tarjeta en papel verjurado color crema.

Letras doradas, impresas con golpe seco.

Una rúbrica debajo. Ni siquiera la firma completa, como

para dejar claro que esto ha sido tarea de la secretaria, o de algún asistente.

Y dos líneas que Aura casi puede escuchar.

CON LOS MEJORES DESEOS
DE SEBASTIÁN PONZANO.

4

Una elipsis

Pasan ocho horribles meses.

5

Un presidio

El día de su decretada muerte, el alba encuentra a una insomne Aura Reyes mirando la pantalla de su Casio de catorce euros. Apenas ha dormido, pensando en cómo escapar a su destino.

Trazando un plan.

Un plan tan brillante como absurdo.

A la luz de la bombilla macilenta de la celda, los números casi no se distinguen. El cero más a la izquierda es un borrón, el cinco acaba de convertirse en seis.

Queda menos de una hora para que taña la campana que pone en marcha los desvencijados engranajes de la prisión. Y un par de minutos para que suene la alarma en el reloj de plástico negro.

Qué más da, piensa, desactivándola.

Al incorporarse, Aura nota el frío de las losas de piedra en las plantas de los pies. No quiere levantarse. Preferiría el refugio del sueño, el único lugar donde no hay más muros ni luces que los que ella levanta o enciende. Preferiría dormir un poco más, y por eso mismo ha programado en su reloj para que la avise media hora antes del despertar oficial. Así puede mentirse a sí misma y decirse que esos minutos son suyos, que en esos minutos es libre.

La galería 7G está en calma.

Calma carcelaria, al menos.

En el aire denso flotan los ronquidos y los pedos, el sudor pegajoso y el zumbido de las moscas. No hay nada más lejano del dormitorio —climatizado a veintidós grados y medio en invierno y veintiuno en verano, delicados paneles japoneses en las ventanas, tierras florentinas en las paredes— en el que descansaba la Antigua Aura.

La Nueva Aura se obliga cada amanecer a encontrar paz en este relativo silencio.

Orina en el retrete metálico y destartalado, a plena vista de la puerta. Al tirar de la cadena, el desagüe traquetea, gotea, contribuye al hedor que impregna la estancia.

Sacude las extremidades, se estira como puede. Los cinco metros cuadrados de su celda no dan para mucho. Estira la mirada, también. Desde el ventanuco —un agujero de un par de palmos en la pared de granito— intuye riscos y cielos abiertos. Una mentira oculta tras la verdad incontestable de los muros y las torres de vigilancia.

Se pone de rodillas y hace flexiones para disipar la rabia. Un pobre antídoto para el veneno que le corre por las venas, pero un poderoso combustible para sus músculos. Su esfuerzo diario —escalador, plancha, abdominales— constante ha definido sus hombros y sus antebrazos, ha quemado el exceso de grasa del vientre. El culo y el pecho se han reducido, las piernas se han vuelto de madera.

Sigo siendo una pringada.

Media hora más tarde Aura jadea como el fuelle roto de un herrero medieval la noche antes del asedio. Otras madrugadas sus vecinas de galería, al escuchar los ruidos que emite, preguntan que si se está haciendo un dedo. Que en quién piensa. Que si se pueden unir a la fiesta.

Aura nunca habría creído que el ambiente de la cárcel pudiera ser tan abiertamente sexual, lascivo. Con esa soledad superpoblada, con la paranoia instalada en la base del cuello y el aburrimiento en las tripas, las internas están permanentemente cachondas, o fingen estarlo por alguna clase de extraña presión social.

Le convenía mantener el engaño sobre la causa de sus jadeos. Incluso de vez en cuando finge un orgasmo, procaz y susurrado, que provoca algún otro unas celdas más allá.

Mejor camuflarse como una pringada pajera antes que llamar la atención, calculaba Aura, sabiamente. Y dar pistas de que quiere endurecerse es invitar a que la pongan en su sitio.

Ahora poco importa, claro.

Ahora tiene los minutos contados.

Aura se enjuaga la cara repleta de sudor en el escueto lavabo amarillento del rincón. Antes de vestirse, moja una camiseta vieja y se la frota por el cuerpo, sin quitarse las bragas ni el sujetador con los que ha dormido.

La ropa húmeda es un alivio momentáneo. Aún no ha roto el día y ya hay más de treinta grados. Y en el módulo de alta seguridad al que pertenece la galería 7G sólo están permitidas dos duchas por semana. Martes y sábado.

Hoy es lunes.

Hay que ser gilipollas para dejar que te maten en lunes.

La campana del patio despierta al resto de las reclusas, que se ponen en marcha entre toses asmáticas.

Tres tañidos largos, tres cortos, tres largos.

A la mente de Aura viene el SOS en código morse de las novelas de aventuras de su juventud. *Salvad nuestras almas.* Pero, por supuesto, al revés.

Poco hay que salvar en las almas de las presas de Matasnos. Y lo mucho que queda por salvar en el alma

(¡inocente!)

de Aura, que ya se coloca en posición para el conteo de la mañana, es un peligroso obstáculo.

No es saludable tener alma en un lugar como éste, como veremos enseguida.

Por suerte, tan pronto se apaga el último tañido de la campana, la galería se llena del estruendo de las radios de las reclusas. Una cacofonía inmunda de trap, reguetón, salsa y otros crímenes contra la música, la lírica y la humanidad en general. Contra este telón de fondo sonoro, el alma se agosta y reseca como una orquídea regada con ácido.

El funcionario comienza a recitar los números y los nombres de las presas, a medida que pasa frente a sus celdas. Tan sólo unos barrotes separan el interior del habitáculo del pasillo elevado que forma la galería.

—37927. Reyes, Aura.

Aura saluda al funcionario con una inclinación de cabeza, que éste le devuelve con desgana.

Acabado el conteo, suena un zumbido que anuncia el desbloqueo de las noventa puertas de la galería 7G.

Aura da un paso al frente y alza la vista.

Los techos de las galerías descansan sobre muros de granito de más de once metros de alto. Por encima de ellos, antiguos y gruesos cristales forman el techo, gélido en invierno y abrasador en verano. A través de ellos se filtra a raudales la luz de un Dios mezquino y vengativo. Las presas se sienten en todo momento vigiladas por esa deidad hambrienta de sufrimiento. Las noches no ofrecen intimidad ni protección. Una bombilla de 10 vatios permanece encendida desde la puesta de sol hasta el amanecer, recordándole a la interna que no hay escapatoria.

—Venga, señoras, espabilando que nos dan las uvas —grita el funcionario, dando un golpe con la mano en la barandilla.

—Cállate, boqueras —bufa una de las presas.

En la línea de celdas, el resto de las presas van colocándose en fila. Los hombros caídos, el cuerpo abotargado, la mirada aletargada de quienes deben afrontar un día más siendo un día más viejas. Un día más exactamente igual al anterior e idéntico al próximo. Un día más de arrastrar los pies en dirección a la cantina, para rumiar un desayuno insípido.

No para Aura.

—¿Sabes que de esta tarde no pasas, no, pija?

Ya debería haberse acostumbrado, después de toda la semana escuchando a la Yoni amenazarla desde el lado contrario de la galería.

De todas las cárceles y correccionales del mundo, aparece en el mío, piensa Aura, no por última vez.

La última será esta misma tarde, con la espalda contra la pared, la nariz sangrando y unos ciento setenta segundos de vida por delante.

Por ahora, la Yoni es sólo una amenaza.

Una que Aura se toma muy en serio.

La Yoni había aparecido en su vida por casualidad hace nueve meses. La noche en la que Aura acabó en los juzgados de Plaza Castilla por culpa de un champú. Esa noche un grupo de pandilleras quiso atacar a una mujer borracha que estaba junto a ella.

Aura cometió el mayor error de su vida aquella noche. Ayudó a una gallega indefensa.

La *indefensa* acabó dándole una paliza a la Yoni y a las otras pandilleras salvadoreñas. La Yoni acabó en la enfermería.

Y ahora ha acabado en la misma prisión que Aura.

Nunca ha creído en las casualidades. Por eso, cuando unos días atrás la Yoni había proyectado su achaparrada sombra sobre ella en el patio, Aura no se sorprendió.

¿Miedo? Todo. Casi se caga encima.

¿Sorpresa? Ninguna.

Llevaba tiempo esperando algo del estilo. Ponzano le había hecho una promesa.

Zorra de los cojones. Me las pagarás.

Una bastante concreta. Y había comenzado a cumplirla cuando sobornó a quien fuera para que la ingresaran en Matasnos. El fondo de la letrina del sistema penitenciario, la cárcel más vergonzosa y terrible de Europa. Perdida en mitad de Ninguna Parte, Jaén. Con temperaturas que superaban los cuarenta y ocho grados en las galerías acristaladas en este julio abrasador. Y rodeada de las delincuentes más peligrosas de España, todas ellas con condenas largas y delitos de sangre. Asesinas, narcotraficantes, terroristas.

Una raza dura y filosa, como un calcetín lleno de cristales rotos con las costuras a reventar.

Aura había querido escapar de allí en cuanto llegó la mañana de su primer día. Se dirigió a un funcionario y le pidió amablemente usar el teléfono.

El funcionario dijo que claro, que por supuesto. Le preguntó su número. Cuando Aura se lo dijo, el claro se volvió oscuro y el por supuesto fue que no.

Cuando a Aura le dolía la cabeza o le partían la cara —cosa que sucedía con cierta frecuencia—, la atendían en la enfermería. Tenía comida, y una celda individual.

Pero cualquier contacto con el mundo exterior le estaba prohibido.

Cegada por la rabia y la injusticia, Aura casi perdió la razón durante los primeros días. Necesitaba que alguien supiese dónde estaba. Necesitaba desesperadamente hablar con sus hijas.

Nada.

Al cabo de unas semanas y tras ahorrar todos los postres que pudo, había logrado mandar un mensaje de texto al móvil de su amiga Mari Paz, informándola de su ubicación y pidiéndole que avisara al abogado para que la sacaran de aquel agujero. Nunca tuvo respuesta. No se sabe si la hubo. A la presa que la ayudó la mandaron al módulo de aislamiento al día siguiente, envuelta en una somanta de palos. El pretexto fue que tenía un móvil de contrabando. El mensaje que llegó a todas era que la novata era una apestada. Quien la ayudase terminaría mal.

Aura está sola.

Incomunicada.

Pero para llevar a cabo el plan que se ha trazado, para seguir viva, necesita ayuda.

Y la única persona que puede proporcionármela es una psicópata hija de puta del mal.

Claro que en peores plazas hemos toreado, piensa Aura, apretando los dientes.

6

Un desayuno

Cuando se ha formado la línea, Aura sigue a la presa que tiene delante, enzarzada en una conversación con las otras de la fila. Hablan entre ellas, pero no con ella. Una cosa es gritarle a través de los barrotes, otra muy distinta dirigirse a ella en público.

Está prohibido hablar con la apestada.

Si la mano de Ponzano había llegado tan lejos, Aura había adivinado que no se detendría ahí. Que tarde o temprano, cuando le pareciese que ya había sufrido bastante, se encontraría de repente con una faca, asomando del cuello o las tripas. En las duchas, en la biblioteca o en la lavandería.

Lo que no vio venir es que la encargada de acabar con ella

sería la Yoni. Y que no iba a ser de repente, sino que iba a anunciarle el lugar, el día y la hora de su muerte.

Asesinato con semana de preaviso, piensa Aura, mientras desciende las escaleras metálicas que llevan hasta el pasillo principal. *Qué gentileza tan propia de Ponzano.*

La idea le intoxica el ánimo como un veneno pesado y corrosivo. Sabe que esta anticipación no es sólo una nueva forma de tortura. También simboliza el postrer insulto del banquero, su manera de retarla por última vez.

Eres la mejor estratega que he visto nunca.

Sal de ésta si puedes.

El módulo 7G brota del edificio central de Matasnos como un absceso desproporcionado y peligroso. La galería más segura de una prisión inexpugnable. Erigido hace siglo y medio para albergar a la escoria más inmunda, el módulo cuenta con su propia cantina y su propio y minúsculo patio, separado del resto.

Una cárcel dentro de una cárcel.

La cantina es pequeña, y está abarrotada.

Un centenar de reclusas hacen cola frente a los mostradores. En el aire flota un fuerte olor a grasa caliente, tabaco y el tufo acre del sudor. Tres gigantescas ollas sirven de contenedor para el rancho tibio del día.

Hoy, gachas desleídas.

Sin sal, sin azúcar, sin aditivos, sin alimento.

Mientras aguarda su turno, ve con el rabillo del ojo a la Yoni, que está dos filas más allá. Está charlando con sus compañeras de fila como si no tuviera una sola preocupación en el mundo. De vez en cuando señala hacia Aura, y dice algo. Las risas subsiguientes suenan agrias en la cantina, más silenciosa de lo habitual. La tensión de lo que va a suceder esa misma tarde planea en el ambiente, volviendo las conversaciones sigilosas y revirando las miradas.

Aura se siente el blanco de un escrutinio colectivo. En las caras que la rodean ve morbo.

Curiosidad malsana.

Miedo vicario, por persona interpuesta.

¿Cuántas veces, al fin y al cabo, puedes anticipar con certeza la muerte de alguien? ¿Cuántas veces puedes mirar a alguien y alzar la barbilla, con superioridad, y decir mejor tú que...?

—¡Tú! ¡Espabila!

El grito de la cocinera arranca a Aura de sus sombríos pensamientos. Coge un bol de la repisa y lo alza. Se lo llenan con un chapoteo repulsivo.

—Muchas gracias —dice Aura, alto y claro.

Se abre un agujero de silencio en la fila, un agujero que se expande por toda la cantina como olas formadas por una piedra que cae a un lago.

—¿Qué coño acabas de decir?

La cocinera se llama Svetlina. Es un mostrenco búlgaro de metro ochenta de alto y otros tantos de ancho. Reparte las gachas con un brazo que es como la pierna de Aura. De la comisura de los labios le cuelga un cigarro a medio fumar. Lleva un gorro de tela verde que apenas evita que las gruesas gotas de sudor que le resbalan por la cara acaben en la comida.

—He dicho que muchas gracias —dice Aura, elevando aún más la voz, asegurándose de que todas la oigan—. Trabajas duro todos los días, asándote de calor. Y ninguna te lo agradecemos —dice, haciendo un gesto en derredor.

—¿Me estás jodiendo, chota?

Aura arquea la ceja, ante el insulto.

Chota, en lenguaje carcelario, es una informante de los boqueras. Que vende a sus compañeras ante los funcionarios.

¿Habrán hecho correr ese rumor sobre ella para contribuir a su aislamiento?

Ésta es información nueva y valiosa. Aura la almacena para analizarla después. Ahora se impone negarlo. Negarlo a toda costa, o quizás no llegue ni a esta tarde.

—No soy una chota. Y no te estoy jodiendo. Todos merecemos un poco de reconocimiento por el trabajo que hacemos, incluso tú —responde, alzando la voz.

El silencio en la cantina se vuelve aún más denso. El calor creciente empapa de sudor la nuca de Aura, como si la untara de melaza. En el parche pegajoso en el que se ha convertido la piel de su cuello, las miradas se quedan atrapadas como moscas muertas.

Todas las reclusas observan la escena con una mezcla de sorpresa y expectación. La Yoni, a tan sólo un par de metros, deja de hablar y dirige su mirada hacia Aura, claramente intrigada por su audacia.

—Incluso yo —dice Svetlina, masticando cada letra.

Aquí viene.

—Incluso... —repite la cocinera, alzando el cucharón, entre salpicones de gachas.

Aura intenta que no se note cómo se encoge dentro de la ropa, cómo su cuerpo le pide esquivar el golpe, tan necesario como inevitable.

Lo más difícil no es soportar el dolor, es resistir la anticipación.

Quedarse en el sitio.

Aguantar.

—... yo.

El cucharón de Svetlina traza un óvalo perfecto, como una cúpula renacentista o un revés de Rafa Nadal. Golpea la frente de Aura desde un lado.

El dolor atraviesa su cráneo igual que una descarga eléctrica. El impacto retumba en sus oídos, en sus dientes. Todo a su alrededor se vuelve borroso por un instante, salvo el calor de la sangre que comienza a brotar de la herida.

Se desploma, con un ruido sordo.

—¡Siguiente! —grita Svetlina, volviendo a sumergir el cucharón en las gachas, con un chapoteo.

Tumbada en el suelo de la cantina, con los ojos cerrados y los silbatos de los boqueras resonando a lo lejos, Aura reprime una sonrisa.

Su plan ha comenzado a funcionar.

Puede que sea una locura de plan, pero necesita aferrarse a algo, aunque esté ardiendo. Sin olvidar que fue ella quien le prendió fuego. La que brindaba con la copa en alto para que todo ardiese.

Los silbatos están cada vez más cerca.

7

Un póster

El mareante olor a lejía —Neutrex al aroma de pino radiactivo— hace lagrimear a Aura. Aun así es preferible al agujero húmedo, sucio, repugnante, con restos de gusano y olor a moho que es su celda.

—No es para llorar, mujer —le dice la enfermera. Su voz es seca y áspera, como lija rascando el gotelé, pero sus manos son hábiles y no dudan al aplicar presión en la herida de la cabeza, para restañar la sangre—. Te he curado cosas peores.

—Por favor, mucho cuidado con los puntos —ruega Aura, que no quiere que le quede otra cicatriz de por vida. Aunque ese periodo sea de tan sólo unas horas.

—No te van a hacer falta. Te ha dado bastante de refilón.

Si esto es un golpe de refilón, cómo será de lleno, piensa Aura.

No puede evitar acordarse de Mari Paz. De cuántos como

éstos recibió en su nombre en el pasillo del casino. Mucho más fuertes. De cómo, cuando todo acabó, aún tenía ganas de bromear. Casi puede verla en mitad del pasillo, apoyada en la pared, con el labio partido, un ojo hinchado y medio cerrado y los nudillos en carne viva. Fumándose un cigarro como quien espera al 32, que parece que tarda.

Tú amodiño, ¿eh, rubia?

El vívido recuerdo la embarga y se siente bendecida por un instante, en mitad de la desesperación, por tener una amiga como ella.

Después mira alrededor, y se le pasa.

Cada una de las estancias de la cárcel es de una pegajosa vulgaridad, que acecha en el aire y la aparta a una de las paredes, con las manos en los bolsillos, intentando no contagiarse de algo.

La pequeña sala de examen no es más que una cortina que separa el resto de la enfermería de una camilla metálica cubierta por una delgada colcha desgastada. Las paredes llevan tantas capas de cal que en algunos puntos los desconchones permiten meter el dedo hasta la tercera falange.

En un rincón, una anciana tose con violencia, sus manos arrugadas temblando mientras su cuerpo lucha contra una enfermedad implacable. A su lado, una joven con los ojos enrojecidos y abatidos acuna a un bebé que no cesa de llorar.

Ese llanto le trae otro tipo de recuerdos, que se esfuerza por ahuyentar.

No puedo pensar en las niñas.

No si quiero volver a verlas.

Junto a la camilla hay una ventana desde la que se puede ver la entrada.

Aura extiende una mano y se aferra al metal.

Los barrotes son muro y escudo. Confinan, pero a la vez protegen. Produce un extraño consuelo sacudirlos con fuerza, sabiendo que son irrompibles. Estar sumida en un presente tan irrevocable que dispensa del futuro.

Tengo que hablar con ella. A toda costa.

—Ya hemos acabado —dice la enfermera, mientras le coloca el último trozo de esparadrapo sobre el improvisado vendaje.

—Me gustaría hablar con Lola.

La enfermera da un paso atrás, con cautela. Es una mujer minúscula y delgada, de labios finos y arrugas hasta en el carnet de conducir. La bata blanca que lleva compite en desgaste con su camiseta de Nirvana. *8/02/94 Pabellón de la Ciudad Deportiva.*

—Creo que será mejor que avise al funcionario y que te lleve de vuelta.

Aura señala la camiseta.

—Estuve en ese concierto.

Bufido escéptico, de quien tiene el culo pelado de tratar con mentirosos.

—¿Ah, sí? ¿Y con cuál acabaron?

—*Heart-Shaped Box.* Cobain apenas se tenía en pie, pero llegó hasta el final sin desafinar mucho. Llevaba una camisa rosa.

La enfermera sacude la cabeza como buscando el tiempo que se le ha escapado.

—O yo soy muy vieja o tus padres eran unos irresponsables.

—Tengo más de los que aparento —dice Aura, sonriendo ante el cumplido—. Pero no cumpliré más si no me dejas hablar con Lola.

La enfermera vuelve a mirar a Aura, algo más detenidamente.

—Sabes por qué se mató, ¿no?

Aura se encoge de hombros.

—Depresión. Drogas. Una mezcla jodida.

La enfermera hace un gesto en dirección a otra camilla que hay a un par de metros. Parecía vacía hasta que Aura se da cuenta de que la sábana está cubriendo un bulto que apenas sobresale.

Por el contorno podrían ser unas cuantas escobas.

Por debajo, sin embargo, asoma un pie esquelético y consumido.

—Ésa era clienta de Lola. Treinta y cuatro años. Al final no podía ni encontrarse las venas por las que inyectarse. Tenía que hacérselo yo —dice, con la voz llena de cristales rotos.

Aura traga saliva.

—No soy adicta.

—Mi trabajo consiste en evitar que os hagáis daño. No en facilitaros los medios para lo contrario. ¿Por qué quieres ver a Lola?

—Es personal.

—Personal, mi coño. Si no me lo dices, te vuelves a tu celda.

—Y si tú no me dejas hablar con ella, esta noche tendrás dos camillas tapadas con una sábana.

No añade nada más.

Es la enfermera la que le escudriña la cara como el ludópata la clasificación en el canódromo. El rostro de Aura —bellísimo a pesar de los labios cortados, la piel deshidratada, la frente hinchada por el golpe del cucharón— intenta mostrar determinación, entereza y confianza. Lo que suda, por el calor insoportable, es miedo.

Aura se pregunta cuánto sabrá de su situación. Cuánto le dejarán hacer y de cuánto podrá librarse. Cuánto peso llevará en esas espaldas diminutas, cuántas sospechas en esos ojos entrecerrados.

La enfermera suspira, al cabo, resignada

—Cualquier cosa por otra fan de Nirvana.

Se dirige hacia el otro extremo de la enfermería, indicando a Aura que la siga. Caminan entre las estancias, esquivando las miradas inquisitivas de las demás reclusas y el constante murmullo de fondo que permea el ambiente opresivo de la cárcel.

Finalmente, llegan a una pequeña habitación apartada del resto, donde se encuentra Lola, sentada en un deteriorado escritorio, rodeada de papeles, cajas y archivos desordenados. Treinta y tantos, pelo castaño, sorpresa en la mirada fría y penetrante ante la interrupción.

—Estoy ocupada.

—Te traigo a alguien.

La mirada fría y penetrante pivota hasta fijarse en Aura y hacerse más fría y penetrante.

—¿Quién carajo eres tú, prenda?

Aura se toma un segundo antes de contestar. Lo que debería ser en su momento una sala de la enfermería es ahora un almacén improvisado, atestado de toda clase de objetos. De un golpe de vista Aura identifica, sin ningún orden en particular:

- Cartones de tabaco, muchos, precintados. Marlboro, sobre todo, pero también Fortuna y cosas aún peores.
- Una caja de plástico repleta de teléfonos móviles en distintos estados de inutilidad.
- Consoladores de todos los colores, formas y tamaños, con predominancia de los grandes.
- Alcohol. Del peor.
- Cepillos de dientes. Con el mango afilado, casi todos.
- Una bomba de lactancia.
- Pintalabios a granel en lo que parece un tambor de Dixan de los años ochenta.
- Un póster de Pedro Pascal.

—Vaya —dice Aura, con los ojos capturados por el síndrome de Stendhal. Después de tantos meses seguidos de privaciones, el choque que le produce el despliegue es similar a dejar caer a Gandhi en Cortylandia.

El problema es que la dueña del negocio no está nada satisfecha.

Lola se vuelve hacia la enfermera, incrédula.

—Quería verte —se defiende ésta.

—Y yo quiero un *siseñor* con las patas verdes. ¿Qué dijimos de traer extraños aquí?

La respuesta venenosa de la enfermera se pierde antes de escupirla, porque alguien se ha puesto a gritar a su espalda.

8

Una botella

Lola pone los ojos en blanco, apartando a Aura y a la enfermera de su camino.

Los gritos arrecian fuera. Una de las presas está en el suelo del pasillo de la galería, aferrándose la enorme barriga. Va vestida con un raído pijama de hospital. No tendrá ni veinte años, y su rostro redondo de muñeca y los mofletes colorados por el parto la hacen parecer aún más joven.

—Te dije que por lo menos te quedan dos días —dice Lola, arrodillándose a su lado—. ¿Te gusta llevarme la contraria?

Es la primera en cogerle la mano. Antes que la enfermera, que lleva su propio ritmo. Y que centra su atención en otra parte del cuerpo.

—Aún no ha empezado a dilatar —dice, tras un breve examen.

—Ya he roto aguas —dice la mujer.

—De eso nada. ¿Dónde ha sido?

—En mi cama.

Lola se vuelve hacia Aura, que estaba apoyada contra una esquina, sin saber qué hacer.

—Tú. La chota. Vete a comprobarlo. Tercera de la izquierda.

—No soy una chota —masculla Aura, mientras sigue la dirección del dedo de Lola. Al otro lado de la puerta que señala hay un dormitorio con seis camas, todas vacías.

Aura mete la mano entre las sábanas de la indicada, y no tarda en encontrar lo que estaba buscando. Un líquido caliente y viscoso empapa el centro del colchón.

Al regresar al pasillo, hace un gesto de asentimiento hacia Lola.

—Eres una guerrera, cariño —tranquiliza ésta a la embarazada—. Pronto verás el rostro de tu bebé y todo este dolor se te olvidará. Estamos aquí para ti, ¿vale?

—Me duele muchísimo.

—Pues te jodes, he dicho —insiste Lola.

—Y total para qué. Para que venga a este puto antro...

Una sombra cruza el rostro de Lola.

—Mi hijo vive aquí la mar de contento. Ya tiene dos años, ¿sabes? Los niños se hacen a cualquier cosa.

La embarazada se vuelve hacia Lola con una pizca de esperanza en los ojos.

—No lo sabía.

—Si te vuelves a la cama luego te lo cuento todo.

La mujer intenta levantarse entre más gritos y quejidos.

Aura se apresura a cogerla de la cintura para incorporarla. Tras mucho sudor y aún más tacos, entre todas logran llevarla de vuelta a la cama.

—Qué calina, la virgen —dice Lola, abanicándose con la mano tras el esfuerzo, cuando por fin cierra la puerta del dormitorio. La enfermera se ha quedado dentro, intentando consolar a la mujer, que está muerta de miedo.

Y con razón, piensa Aura.

Desde que la Yoni le transmitió la fecha y la hora de su muerte, Aura había descubierto una nueva clase de terror. La del animal enjaulado que, por encima de todo, tiene miedo a morir de este lado de la reja. Encontrar el final de la forma más solitaria e ignominiosa posible, alejada de todo lo que ella es, todo lo que —y todos a quien— ha amado.

Aura ha experimentado antes algunas clases de miedo que están fuera de la experiencia de casi todos sus paisanos.

Ha recibido la salpicadura de la sangre y los sesos de alguien, con las manos esposadas, justo antes de que esa misma arma le apuntara directamente entre los ojos.

Le han atravesado el vientre con un cuchillo serrado.

Ha visto una nevera vacía a mitad de mes, mientras sus hijas la miraban con hambre.

Pero nunca creyó que la mayor clase de miedo imaginable la iba a encontrar en los ojos de una mujer a punto de dar a luz en Matasnos, provincia de Jaén. La peor letrina concebida por el hombre, como sala de parto. Aquellas sillas de color verde vómito, como futuros sillones de lactancia. Aquellos muros de hormigón, como guardería.

Tres años. Eso decía la ley que podía vivir el niño con la madre tras el parto.

Aura no querría que sus hijas pasasen allí ni tres segundos.

—Y tú... ¿qué? —dice Lola, sacándola de su ensimismamiento—. ¿Estás *empaná* o qué?

—Me llamo...

—Ya sé cómo te llamas, chota.

—No soy una chota —repite Aura, mirando a Lola a la cara.

Lo que es más difícil de hacer que de escribir. Porque Lola tiene la mirada tan borde que sirve para picar cebollas.

—No es eso lo que me han dicho.

—No te fíes de todo lo que te cuenten.

—En esta cárcel las historias lo son todo.

Aura siente que se marea. El esfuerzo de llevar a la embarazada a su cama, sumado a las flexiones de por la mañana, la falta de sueño y la ausencia del desayuno, hace que el suelo no esté del todo en su sitio.

Ella también se apoya contra la pared —pero la contraria— y se encara con Lola Moreno.

—Yo también he oído historias sobre ti. Dicen que le robaste a la mafia rusa muchísimo dinero.

Lola se queda quieta, incómoda, durante un instante. Después se pone en pie y va hacia su despacho. Vuelve con una botella de agua gélida, con trozos de hielo resbalando por la superficie y cayendo al suelo de linóleo como promesas rotas.

—¿Y qué más dicen?

—Que fueron a buscarte a una casa que tenías en la sierra —dice Aura, sin tener que fingir la admiración que le produce el relato—. Once tíos. Y que los mataste a todos. Que estabas preñada, y aun así los mataste a todos.

Lola rompe el precinto de la botella y se la lleva a la boca, despacio. Bebe lento, deliberado, a grandes tragos que retiene en la boca antes de dejarlos caer al estómago con un sonoro ruido de la garganta.

Aura la observa, con la garganta en llamas y la lengua apretada contra el paladar, mientras la otra se baja media botella, sin quitarle ojo de encima.

Se pregunta en qué clase de historia está esta vez. Cuando jugó con sus dos amigas a ser ladronas y piratas rumbo a la isla del tesoro, nunca imaginó que naufragaría ella sola en el castillo de If. Que dejaría de ser Jim Hawkins para convertirse en Edmundo Dantés.

Si es así, si esto es El conde de Montecristo, *tengo muy claro qué papel ha de jugar ella.*

Cuando Lola termina de beber, se enjuaga la boca con el último trago y lo escupe hacia adelante, con cierta pericia. El charco espurreado forma una línea irregular que casi alcanza la suela de Aura.

—No los maté yo sola —dice Lola.

—Aun así.

El recuerdo pasa de forma casi visible por los ojos azules de Lola. Por un instante no es una presa con el rostro abotargado por el espanto que es vivir en Matasnos. Por un instante, vuelve a ser la belleza de la Costa del Sol que fue no hace tanto. Cuando conducía coches caros e iba con guardaespaldas. *Antes* de que todo se fuera a la mierda.

Aura reconoce esa mirada, porque es la que ve en el corroído espejo metálico de su celda cada vez que tiene un pensamiento del *antes*. De la Antigua Aura.

Ella también se los sacude de la misma forma que está empleando ahora mismo Lola.

—¿Qué es lo que quieres?

—Supongo que ya lo sabes. Estás muy bien informada.

—Si es el regalito que te van a hacer esta tarde, la información viene de la misma fuente que lo de que eres una chota. ¿Debo creérmela?

—*Touché*.

Lola da otro trago más corto, mecánico. Porque puede.

—Si quieres protección, ya te puedes olvidar. No ofrezco ese servicio.

—No es eso.

—¿Qué, entonces? ¿Un pincho? —dice Lola, meneando la cabeza—. Te va a dar igual. Son más que tú. Igual te llevas a una por delante, pero casi es mejor dejarte hacer. Acabará antes.

Aura intenta poner esa sonrisilla suya de niña extraviada, y hablar con esa voz que perdió, que recuperó y que ha vuelto a perder en el forzado aislamiento de aquellas paredes. *La voz*. Esa voz susurrante, como de nata espesa, capaz de vender café a los insomnes y tiritas a los faquires.

Le explica su plan.

No entra en demasiados detalles, pero tampoco omite los riesgos. Lola es astuta, y va sobrada de cautela. Escucha con los oídos y con los ojos, más atenta con cada palabra que va saliendo de la boca de Aura.

—No está mal —dice, cuando Aura concluye—. Eres lista.

—Estoy desesperada.

Lola asiente, despacio.

—No eres la única, chota. No eres la única. Por un momento casi me has convencido. Y... ¿sabes qué? De ser otras las circunstancias, a lo mejor te ayudaba. Sólo por ver la cara que ponían esas hijas de puta.

Aura siente cómo un abismo se abre a sus pies, a medida que la última frase de Lola le corta la vía de escape que le quedaba.

—No vas a ayudarme.

—No. Tengo mucho más que perder que tú. Me quedan dos años más aquí. Tengo a mi hijo... Y tú no tienes nada que yo quiera.

—Pero...

Lola se aparta de ella y se encamina de nuevo a su despacho. Antes de entrar, le arroja la botella, en la que aún queda un tercio. Aura la coge al vuelo, intentando contener las lágrimas.

—Al menos, que no te maten con la garganta reseca.

9

Una llamada

La puerta al cerrarse deja a Aura sin motivo para seguir represando las lágrimas. Se acaba de un trago la botella que le ha arrojado Lola, para tener con qué llorar.

—Te dije que no era una buena idea —dice una voz a su espalda.

Aura se vuelve, secándose la cara con el dorso de la mano.

La enfermera se está quitando la bata en la puerta del dormitorio. El bochorno arrecia en la galería del módulo de enfermería. Con los cristales del techo —opacos a causa de la suciedad de siglos— hinchándose en su armazón de acero, crujiendo bajo el asedio del sol implacable. El calor ronda como un invitado inoportuno: recorre el pasillo, se arremolina alrededor de las puertas, se apoltrona en las sillas desportilladas. El aire es como una entidad sólida que lo llena todo, que empuja a Aura contra el suelo y contra las paredes.

Ya pasa de la una, y las sombras desaparecen bajo los pies.

—Me lo dijiste porque creías que iba a comprar droga.

—Lola siempre es una mala idea.

—Pues bien que le tienes alquilado un *stand*.

—Los beneficios nunca son mala idea.

—Ya veo. Puro idealismo.

La enfermera se encoge de hombros.

—Cuando empecé este trabajo creía que podría cambiar las cosas —dice, arrojando la bata sobre una silla cercana y caminando hacia Aura—. Pero luego viene Paco con las rebajas.

Al rostro de Aura asoma una sonrisa inesperada.

—Mi madre usaba esa expresión mucho. Herencia de mi abuela, decía.

Y ninguna de las cuatro sabemos lo que significa, piensa Aura. *Pero sí lo que quiere decirse. Que la vida aplasta a los ilusionados y a los flipados con la misma imparcialidad que a los pesimistas.*

—¿Murió?

—Alzhéimer —puntualiza Aura.

La enfermera chasquea la lengua, se rasca el cuello, se pasa la mano por la cara.

—No sabes las cosas que he visto aquí, Reyes —dice, empleando por primera vez el apellido de Aura—. Mierda muy seria. Pero nada tan jodido como lo que te están haciendo a ti.

Aura asiente, comprendiendo al fin qué es *lo suyo*. Con los labios apretados, y los brazos rodeándose el cuerpo. La empatía se le antoja un consuelo muy pobre.

—No me has pedido ayuda —le dice la enfermera, extrañada—. Nunca.

—Siempre has sido buena conmigo. Y ya hemos visto lo que les pasa a los que me ayudan.

La enfermera mira a ambos lados de la galería. Ha sonado la campana de la comida. Están solas, por primera vez desde que Aura llegó.

—Lleva llamando toda la semana.

Señala la pared del fondo. Entre un cartel con los horarios de limpieza del pasillo y un cuadro de la Virgen de los Remedios, hay un teléfono de color ámbar.

Aura lo conoce de sobra. En anteriores visitas a la enfermería ha intentado usarlo, sin éxito. Requiere de un código para funcionar.

Pero en anteriores visitas no tenía una luz parpadeando.

—¿Quién...? ¿Quién ha dicho que era?

—Un amigo, ha dicho.

No, no puede ser.

Porque Aura se quedó sin amigos cuando lo perdió todo. Hizo dos nuevas hace poco, pero ellas no saben dónde está.

Ponzano se ha asegurado muy bien de ello.

—¿Ha preguntado por mí?

—Primero me pidió el móvil y me hizo un bizum muy jugoso —admite la enfermera, con desparpajo—. Me ha prometido que me hará otro cuando hable contigo.

Aura camina hacia el aparato como si el suelo estuviera hecho de un hielo finísimo.

Después de ocho meses aislada del mundo exterior, la mera idea de ponerse en contacto con alguien más allá de los muros de Matasnos contiene para Aura más horror que promesa.

A menos de tres horas de su asesinato, sólo se le antoja un posible autor de esa llamada.

Ponzano, su verdugo.

Queriendo regodearse, dejarle muy claro que ha ganado, que ha logrado vengarse, antes de que se ejecuten sus designios.

—Era cuestión de esperar a que aparecieras, y luego llamarle —la voz de la enfermera la acompaña durante los once pasos que la separan del teléfono—. Con lo que suelen zurrarte, era una apuesta segura...

No puede ser Ponzano. Ponzano no tendría que usar un subterfugio, ni sobornar a la enfermera si quisiera hablar conmigo. Se limitaría a marcar el número de la prisión.

—¿Te ha dicho qué quería?

—Tienes dos minutos. Aprovéchalos —dice la enfermera, mirando de nuevo hacia los lados.

Aura tiende la mano hacia el auricular.

Vuelve a retirarla.

—Dos minutos —insiste la enfermera—. Y dile que espero el bizum enseguida.

Aura descuelga, y la luz roja, parpadeante, del teclado del teléfono se queda fija.

Aura permanece en silencio. Al otro lado de la línea escucha la respiración fuerte, masculina, aplastada contra el auricular.

—Señora Reyes —escucha. Voz correcta y precisa, con un acento andaluz enterrado que asoma apenas debajo de varias capas de esfuerzo consciente.

—¿Quién es?

—Digamos que un amigo.

—Esa es buena —dice Aura, sin poder contener una leve carcajada, casi una tos.

—Se puede tener amigos de los que uno no sepa, señora.

—Y ganar la lotería, pero las probabilidades son escasas. ¿Qué es lo que quiere?

—Disculpe —dice la voz con un punto de sarcasmo—, ¿la pillo en mal momento para hablar?

—Ahora que lo dice, estaba a punto de comenzar mi clase de *mindfulness*.

Es el turno del desconocido de reírse. Su carcajada es seca, breve y algo condescendiente.

—Usted no lo sabe, pero llevo siguiendo su... trayectoria con gran interés.

Hace una pausa, que Aura se resiste a rellenar con un chascarrillo, porque está realmente intrigada.

—Desde aquella noche en la calle del Cisne, 21 —apunta el hombre.

Aura traga saliva, apoya la mano en la pared, clava la vista en el espacio entre sus dedos anular y corazón. La zona del vientre donde el asesino de su marido le hundió el cuchillo vibra como las cuerdas de una guitarra eléctrica, lanzando oleadas de dolor que van a morir con un hormigueo en su cuero cabelludo.

Respira hondo.

Aprieta los dientes.

El dolor no es real.

Sólo es un recuerdo.

—¿Sigue ahí, señora Reyes?

—Si pretendía ganarse mi confianza, no va por buen camino —responde, con tono gélido.

—Lo sé. Por desgracia ese día entró usted en mi radar. Bastante al borde de la pantalla, debo admitir. Y en los últimos meses sus... actividades la han hecho entrar también en el radar de gente muy peligrosa.

—Se refiere a lo de que me vayan a asesinar esta tarde, ¿no?

La respiración contra el auricular se vuelve una aspiración larga, nasal, sorprendida. Le sigue un gruñido exasperado, del tipo que uno lanza cuando se acaba de ir el autobús.

—Eso es bastante inconveniente.

—Estoy bastante de acuerdo.

Al otro lado de la línea el tiempo parece ir algo más despacio. Hay un suave ronroneo de fondo, de aire acondicionado bueno y moqueta en el suelo.

Al otro lado de la línea parece estarse fresco y descansado. Con tiempo para reflexionar. Tiempo del que Aura carece.

Aura odia muy fuerte a la persona del otro lado de la línea.

—Oiga, me pregunto quién coño es usted. Y por qué ahora que tengo un teléfono en la mano no puedo usarlo para llamar a mis hijas, y tengo que jugar a las adivinanzas con un cualquiera.

—Señora Reyes, me ha costado mucho conseguir esta llamada.

Aura se vuelve hacia la enfermera, que no para de hacerle gestos para que corte.

—Pues me temo que va a ser en vano. Porque me han de-jado muy claro que esta tarde en el patio me van a matar cua-tro pandilleras salvadoreñas.

—Desconocía que fuera tanta la urgencia. Pero no se preo-cupe. En este mismo instante, estoy tirando de algunos hilos al respecto.

Aura suelta su propio gruñido exasperado. De los que una lanza cuando se cisca en los muertos de otro.

—Y se supone que yo tengo que creerle.

—Sería idóneo, sí.

—Cuando ni siquiera me ha dicho cómo se llama.

—Mi nombre no le diría nada.

—Aun así, algo habrá que pueda llamarle. ¿Qué le parece Misterios?

Aura recurre muy a menudo a los motes cuando alguien le toca las narices. Lo hace mentalmente desde los quince años, desde la época en la que pasó por el sarampión de las novelas cómicas británicas de principios del xx. Pero, que ella recuer-de, es la primera vez que se lo escupe a uno de los destina-tarios.

—Me recuerda usted a alguien con quien trabajo. Tam-bién recurre con facilidad al humor cuando está nervioso.

—¿Y también tiene motivos? Porque yo tengo unos cuantos.

—Ya basta, señora Reyes.

El tono brusco en la voz de don Misterios sirve para sa-car un tanto a Aura del bucle de ansiedad en el que estaba entrando.

—Creo que puedo ayudarla —continúa éste—, aunque en

esta correlación de fuerzas que se enfrentan por encima de nuestras cabezas, yo tengo las de perder. Sólo le pido que resista hasta esta noche.

—Eso podría costar.

—Soy consciente. ¿Y si le dijera que puedo sacarla de ahí?

—Yo le diría que se diera prisa.

—Usted resista hasta esta noche.

La enfermera se acerca, con la mano ya levantada, dispuesta a arrebatar el auricular de la mano de Aura. Ésta se va directa a la pregunta más importante.

—¿Cuánto?

—No es una cuestión de precio. Es una cuestión de poder y necesidad.

—En mi experiencia ésos siempre son los factores que determinan el precio, don Misterios.

—Cuando salga necesitaré un favor, señora Reyes. Una tarea que usted puede realizar por mí. ¿Tenemos un trat...?

El tono de la llamada al cortarse es una frontera hecha de zumbidos triples. Marca la distancia irreconciliable entre un contrato firmado y uno sin firmar.

—Se te ha acabado el tiempo —dice la enfermera.

10

Una foto

Cuarenta y cuatro minutos.

Aura está de vuelta en la cantina, porque puestos a morir es mejor hacerlo con el estómago lleno.

Es la hora de comer. Los cristales del techo dejan entrar rayos que caen de forma oblicua sobre los mostradores. Las grandes ollas de gachas ya no están. Su lugar lo ocupan unos contenedores cuadrados, de los que van saliendo engrudos de distintas consistencias y colores.

Menos de una hora.

Aura se pone a la cola, echando ojeadas furtivas al reloj.

Si antes era el blanco de todas las miradas, ahora parece que las demás reclusas evitan mirarla a la cara, como si temieran que el asesinato del que va a ser víctima pudiera ser contagioso.

Una de las reclusas se aparta, y las demás siguen su ejemplo.

Aura avanza hasta el principio de la fila, donde coge una bandeja y se sirve algo que parecen zanahorias aplastadas, patatas duras y carne hervida.

Está hambrienta. A pesar de la ansiedad, a pesar del miedo que le da la vuelta a las tripas como un calcetín viejo y remendado, tiene hambre. La comida tiene un aspecto horrible, y sabe aún peor, pero se pone ración doble, con determinación.

Nadie protesta. Ni siquiera Svetlina, que parece haber olvidado el incidente del desayuno, y finge no verla.

Aura coge la bandeja y se dirige hacia la mesa más cercana. Hay sitio para seis personas, y la están ocupando cinco. Cuando ven que ella se acerca, se esfuman como velocistas jamaicanos, dejando atrás comida y cubiertos.

Aura se sienta a una mesa desierta.

En el tablero, alguien grabó hace mucho la palabra «infierno» en la madera, con letras hondas e imprecisas. Rabiosas.

Aura se queda mirándolas un instante y posa la bandeja sobre ellas, fingiendo despreocupación.

—Todo bien —dice, en voz alta, a nadie en particular—. ¿Vosotras también?

Coge el tenedor y se mete un bocado tras otro. El silencio de esta mañana era bullicioso, en comparación con el que hay ahora. Casi se puede escuchar la lengua de Aura apoyándose contra el paladar, las muelas triturando la comida, los músculos de su cuello empujando el bolo alimenticio garganta abajo.

A medida que el rancho de Aura va desapareciendo de la bandeja, también lo hacen las presas del comedor. El centenar que había cuando ella entró se vuelve un par de docenas cuando llega al postre. Un pudin de chocolate que apenas puede mantener la forma bajo el insoportable calor, pero que sabe sorprendentemente bien.

Cierra los ojos, para degustarlo mejor. Quizás sea la última vez que pruebe el dulce en su vida. El placer le inunda la boca, confirmándola en la fe verdadera. El chocolate es la respuesta a cualquier pregunta. Es el abrazo más dulce que puedes darle a tu alma.

Se mece, suave, llevada por el instante.

Que se interrumpe, abrupto.

—Eres basura. ¡¡¡Basura!!!

Aura abre de nuevo los ojos. A dos mesas de distancia, una de las reclusas está dando gritos sin sentido.

Está de espaldas, pero Aura la reconoce enseguida. Una presa con problemas mentales, bajita y regordeta, de rostro rubicundo. Sesenta años muy mal llevados. Suele pasar largas temporadas en la enfermería, sedada hasta las cejas.

De tanto en tanto se encuentra lo bastante bien como para que la dejen compartir tiempo con la población general.

De tanto en tanto, se escapa.

—¡Que le jodan! ¡Mano de milenio y gamba!

Esta parece una de las segundas.

Aura escucha los berridos de Ofelia y se da cuenta de que no está hablando con nadie. Sus frases son tan sólo la mitad hablada de otro diálogo. Uno mucho más profundo y desesperado que mantiene con el monstruo horrible que lleva dentro.

Está llorando. Un llanto desesperado y oscuro. No de los que sanan, sino de los que tan sólo desbordan tristeza, como una presa que se resquebraja.

De ordinario, Aura lo hubiera ignorado. Una de las normas no escritas de la prisión es «no es tu puto problema». Y no es que ella tenga pocos.

Veinte minutos, piensa, consultando su reloj.

No es que tenga pocos problemas, pero tampoco tiene nada mejor que hacer. Podría levantarse y servirse otra ración de pudin.

Claro, que tampoco me va a dar tiempo a quemar las calorías extra.

Se levanta y se acerca a Ofelia. Cuando le pone la mano en la espalda, el llanto cesa de golpe, como una lámpara a la que le cortan el cable.

Ofelia se vuelve hacia ella, sorbiéndose los mocos. Se queda mirando a Aura con extrañeza. Finalmente se saca algo del bolsillo y se lo pone delante.

—Mira la foto.

Aura no quiere hacerlo. No sabe por qué, pero su cuerpo rechaza mover los músculos del cuello y sus globos oculares en dirección a ese rectángulo ajado de papel satinado.

—Mira la foto —insiste Ofelia.

Aura obliga a su cuerpo a obedecer, con notable esfuerzo.

La imagen muestra a una niña flaca y paliducha. Seis años. Luce un vestido de flores, una cinta en el pelo y un raspón en la rodilla izquierda. Está de pie en mitad de un campo pedregoso. El sol se pone tras ella. Del brazo le cuelga, cabeza abajo, una Barbie rubia y desnuda.

—¿Es tu hija?

—Cuéntame qué está haciendo ahora mismo —pide Ofelia, con una sonrisa anhelante.

Aura tarda un instante en comprender.

Eso puede hacerlo.

Debería poder hacerlo.

Imaginar es lo suyo.

Y, sin embargo, no puede. Todo lo que rodea a esa niña de la fotografía se le antoja como un gigantesco pozo por el que se desploma cualquier brizna de creatividad.

—Cuéntamelo, o me pondré a gritar —exige Ofelia, cuya sonrisa anhelante ha dejado paso a un furioso temblor en el labio inferior.

—Es... Está cantando —dice Aura, cuya compasión ha dejado paso al miedo. Ofelia no es joven, pero es ancha y fuerte. Podría hacerle mucho daño si se lo propusiera.

Y no quiero llegar malherida a mi asesinato.

—¿Qué es lo que canta?

—Una canción de cuna.

—Eso es una tontería —dice Ofelia, adelantando—. Si es la hora de comer.

—Se pone contenta. Le recuerda a alguien.

—¿A su madre?

—Sí. Está cantando, y... —Aura busca desesperadamente en la fotografía algo a lo que aferrarse. Una sombra verde y mustia al fondo de la imagen le da una idea— dando vueltas alrededor de un árbol. Hay un columpio en el árbol. Está esperando a que su mamá venga a jugar.

La voz de Ofelia cambia. Se torna más dulce y aguda, como miel sobre un clarín con el que dirigirte a un niño que juega al otro extremo de un hermoso prado.

—Podemos jugar al escondite, cariño. ¡No te vayas!

—Ella está...

Pero Ofelia ya no escucha, ni sus ojos ven. Extiende los brazos hacia la nada, y la fotografía cae de sus dedos crispados y temblorosos.

Se deja caer al suelo y vuelve a dar berridos, tan espantosos como antes. Aura se queda mirando, sin saber qué hacer.

—Ofelia, chica. Te vamos a poner un cascabel.

Aura se vuelve. Allí están la enfermera y Lola, que ayudan a incorporarse a la mujer, e intentan encaminarla hacia la enfermería. Pero Ofelia se resiste y patalea, sacudiendo el brazo derecho.

—Vamos, Ofe, nos volvemos a la enfermería y nos tomamos un zumo —intenta calmarla Lola.

Pero Ofelia sigue pataleando, hasta que Aura recoge la fotografía y se la pone de nuevo entre los dedos.

Ofelia la sujeta contra su pecho con ternura, y por fin se va con la enfermera en dirección a la puerta de la cantina.

—Pobre mujer —susurra Aura.

—Fue ella —le dice Lola.

Aura mueve la cabeza, sin querer comprender.

—Ella la mató —dice Lola, cruzándose de brazos—. Ahogó en la bañera a su propia hija.

Aura asiente, despacio.

De alguna forma, lo sabía.

—No tenías por qué haberla ayudado —añade Lola.

Aura no sabe qué contestar.

Abstraída, no se percata de que Lola se ha quedado observándola con detenimiento, muy quieta.

Como si la viese por primera vez.

—Me había equivocado contigo, chota.

Aura se vuelve hacia ella, extrañada.

—Es muy fácil sentirse bien cuando haces daño a alguien —dice Lola, con voz grave—. Sentirte orgullosa de ti misma cuando estás hasta el cuello de mierda, eso es algo muy distinto.

Aura deja escapar un resoplido sarcástico.

—Gracias por el eslogan motivacional —dice, poniéndose en pie—. No lo olvidaré mientras viva.

Por la puerta de la cantina aparecen dos funcionarios, vestidos con sus polos azul marino. Uno, el que hace el conteo cada mañana. Otra, una mujer seca, con la cara llena de arrugas, de las peores entre los boqueras. Ambos van invitando a las pocas rezagadas a abandonar la cantina, sin dejar de echarle miradas de reojo a Aura.

Lola se da la vuelta, para que no le vean los boqueras, y se inclina hasta que su hombro roza el de Aura.

—Vamos a poner en práctica ese plan tuyo —susurra Lola—. Cuando te saquen al patio, retrocede hasta la valla metálica. Gana tiempo. Intenta aguantar diez minutos.

Aura abre mucho los ojos, sorprendida. Quiere preguntarle algo a Lola, pero ésta ya se apresura hacia la salida.

Es demasiado tarde, piensa, viéndola desaparecer por la puerta, por la que ya salen las últimas reclusas. *No va a llegar a tiempo. Incluso, aunque llegue, ahí fuera no podré aguantar diez minutos.*

11

Una ejecución

De ordinario, el panorama del patio del módulo de alta seguridad de la prisión de Matasnos es desolador.

A las cuatro de la tarde, a mediados de julio, en mitad de una ola de calor, más.

Los seiscientos metros cuadrados de hormigón desprenden oleadas de calor que hacen ondear el aire de forma visible. Te empujan hacia el exiguo filamento de sombra que ofrecen los muros. Unos muros que parecen transpirar calor por sus ladrillos y convierten el patio en una sartén.

Las mujeres, vestidas con lo imprescindible —y algunas, algo menos, aunque esté prohibido—, se abanican con lo que tengan a mano, desde hojas de papel hasta trozos de cartón, tratando de mitigar el infierno que las aplasta. Algunas charlan en voz baja, intercambiando confidencias o simples banalidades, mientras otras permanecen en un silencio taciturno, absortas en sus propios pensamientos.

Las canastas de baloncesto están solas. La pelota —una Spalding de 1997— sestea en un rincón.

A la izquierda, la valla metálica que delimita la porción de patio del módulo de alta seguridad tintinea ligeramente, mecida por un viento suave. Tan refrescante como la brisa que brota del horno cuando abres la puerta para comprobar cuánto le queda al pollo.

El resto de los módulos tiene horarios más amables para la salida al patio. Pero, en la informada opinión de la directora de Matasnos, fiel seguidora de Hobbes y del materialismo mecanicista, las presas del 7G deben salir a las cuatro porque

—Cuanto más sudan las hijas de puta, menos guerra dan.

Resumiendo, que el patio, de ordinario, no apetece.

Si, además, alguien ha sobornado a los guardias que vigilan los muros.

Si se han intercambiado dinero y promesas para que las cámaras se estropeen un rato.

Si el resto de las reclusas se han ido a sus celdas, a dormir una cauta y saludable siesta.

Si todo ha sido arreglado —a un altísimo coste— para que estés sola, sin testigos, y te maten sin que haya consecuencias.

Pues apetece menos.

Tampoco es que a Aura le hayan dado a elegir. Los dos funcionarios la arrojan al patio, y cierran tras ella.

El estruendo de la puerta al cerrarse —ominoso, metálico— rebota por los muros, blanqueados como sepulcros.

Aura entrecierra los ojos. Inspira por la nariz y el aire seco le quema las fosas nasales. Se pregunta cuánto tendrá que esperar a que se presenten sus verdugos.

Pierde la noción del tiempo.

La puerta vuelve a abrirse, al cabo de una brevísima eternidad. Por ella asoman las cuatro pandilleras, con la Yoni cerrando la marcha. Se dirigen hacia ella, que se ha quedado cerca de la puerta, por pura estrategia.

Aura intenta mantenerse fiel al plan desesperado. Ganar tiempo, distraerlas, intentar que no la maten hasta que el plan dé sus frutos.

El propósito dura lo que tarda una de las mujeres en salvar —en dos zancadas— la distancia que la separa de Aura, alzar el brazo y romperle la nariz de un puñetazo.

Pues ya estamos como al principio, piensa Aura, trastabillando hacia atrás.

Todo lo que Aura Reyes pretende es continuar con vida diez minutos más, decíamos. («Aguanta diez minutos, aguanta hasta la noche...». A Aura le piden últimamente muchas cosas)

No es tarea fácil.

Si tuviera que apostar, la propia Aura —cuya especialidad

es el cálculo de riesgos y beneficios— pondría todo el dinero en contra de la débil figura acorralada en una esquina del patio de la cárcel. Al fin y al cabo, las otras son cuatro, son más fuertes que ella y Aura nunca ha sabido defenderse demasiado bien.

Así que Aura se enjuga la sangre que gotea de su nariz rota y empapa la línea amarillenta que marca el final del campo de baloncesto, sin dejar de retroceder.

—Ven aquí, pija —dice la Yoni.

De todas las cárceles y correccionales del mundo, aparece en el mío, piensa Aura, ahora sí, por última vez.

Diez minutos, es todo lo que necesita.

Estará muerta en tres.

—Ven aquí, no me hagas enfadar —insiste la Yoni, cuya lengua ha comenzado a escurrirse un poco. O eso quiere pensar Aura, que sueña con un clavo ardiendo.

Hazla hablar, se ordena. *Mientras siga hablando, tienes una oportunidad.*

—Si no te hago enfadar... ¿no me matáis?

Ni siendo generosos podríamos decir que la línea de diálogo pase de mediocre. Para alguien con las capacidades comunicativas de Aura Reyes, aún peor. Pero está agotada de recular por el patio, su nariz es una masa pulsante de dolor, tiene un ojo medio cerrado —cortesía del último codazo de una de las latinas—, y el patio se le está haciendo pequeño. Acabándose, de hecho.

La risa sin humor de la Yoni se funde con el sonido metálico que arranca la espalda de Aura al chocar contra la verja.

—Te crees graciosa. No eres graciosa.

Amaga un puñetazo de frente, pero no es ese el que golpea a Aura, sino el de una de sus secuaces. Y otro más, que llega desde la derecha.

Aura cierra los ojos, se desploma. El suelo le sienta bien, igual que una caricia. La grava del patio, tan suave y mullida como si la anunciase Pikolin. La pérdida de conocimiento canta una dulce nana en sus oídos. Está a punto de dejarse llevar, hasta que escucha —por encima del arrullo— un adelanto del futuro.

—Que sepas que esta noche se encargarán de tus hijas —dice la Yoni—. Cortesía de Ponzano.

Y, de pronto, Aura descubre que morirse es mucho peor idea de lo que ella creía. El corazón le golpea el pecho como una campana desbocada. Un aluvión de sangre hacia el corazón y hacia el cerebro, extrayendo energía de la nada.

Mis hijas. Mis hijas.

Echa una mano hacia atrás.

Se aferra a la verja, boqueando.

Tira, con las escasas fuerzas que le quedan.

Apenas nota el pisotón en el dorso de la mano, ni la patada en las piernas.

No ve, por supuesto, el gesto que hace la Yoni, divertida, a las otras, para que esperen a ver qué hace la chota.

Lo que hace es volver a levantarse. Que es lo único que ha sabido hacer siempre cuando la han tirado al suelo.

—A...

La voz le muere en la garganta reseca. Tose, lanza un escupitajo improductivo. Vuelve a empezar.

Después de lo que ha escuchado, no queda otra opción que sobrevivir. Ganar tiempo a toda costa.

—No sé qué estás hablando.

Alza los brazos, en un gesto lo más combativo posible. La fuerza apenas le alcanza para cerrar los puños, pero lo importante no es la posición. Ni siquiera morir con el honor intacto, que se parece mucho a morir con el honor mancillado.

Lo único importante es resistir.

Lo único importante es lo que sucedió hace nueve minutos.

Nueve minutos antes

Los pies de Lola Moreno apenas tocan el suelo cuando encara la última vuelta antes de llegar al tramo de pasillo que conduce al patio. Correr con este calor asfixiante es imposible, así que digamos que anda muy deprisa.

No sabe por qué lo hace. Por qué se está tomando tantas molestias.

Sí que lo sabes, le dice la parte racional de su cerebro a la que todavía alcanza el (escaso) riego sanguíneo disponible.

Lleva la mano derecha apretada dentro del bolsillo. Tan fuerte que estruja la diminuta bolsa de plástico, retorciéndola y deformándola. Correr —o andar deprisa— con la mano rígida dentro de los pantalones ha sido un desafío. Pero era la única forma de alcanzar su alijo en la enfermería, hacer el cambio y regresar hasta la puerta del patio a tiempo.

Cosa que no sucede.

Llegar a tiempo hubiera supuesto recorrer los casi doscientos metros de ida y otros tantos de vuelta en menos de un minuto. Sumemos a ello:

- apertura de puertas
- apartar la caja de cartón que tapa la tabla suelta en el zócalo de la pared (su escondite, su clave de sol, su reloj de pulsera)
- cambiar productos de una bolsa a otra (el empaquetado hace mucho)
- descenso de ritmo cuando se cruza con los boqueras (que no todos están comprados, algunos sólo son idiotas, y ésos son los peores)
- cierre de puertas.

Y nos plantamos fácilmente en cuatro minutos y un esfuerzo excesivo. Que sigue sin saber por qué lo hace.

Sí, sí que lo sabes, insiste la parte racional de su cerebro.

Pero la que lleva las riendas ahora mismo es la parte instintiva. La que le manda frenar o acelerar según sea el trayecto. Y la que acaba de reducir la marcha hasta casi detenerse.

Porque no, Lola no ha llegado a tiempo a la ejecución, pero los verdugos tampoco. Cuando vuelve la esquina, Yoni y sus secuaces aún están saliendo del cuarto de baño que hay en el pasillo, junto a la puerta del patio. Un pasillo normalmente vigilado, pero que hoy no tiene a ningún funcionario dando por saco en la entrada, con uno de esos cacheos aleatorios que tanto les gusta hacer a las que no contribuyen al fondo de pensiones de los boqueras.

—Ey, Yoni. Está la Tendera.

Lola no responde al apelativo, nunca. Le parece odioso y degradante. Pero hoy —con el corazón saliéndosele por la boca— va a hacer una excepción.

—Yoni —llama a la jefa.

La otra no se mueve, permanece en su sitio.

Las dos se miran, estáticas.

La cárcel tiene sus normas. Sus clases.

La Yoni es una jefa. Tiene gente a su servicio, cuerpos musculosos a quienes mandar hacer un trabajo sucio. Eso cuenta mucho.

Lola es una proveedora. Ella hace que todo el contrabando se mueva en prisión. Es rica y respetada, en términos de Matasnos. Y, si decide dejarte sin cargador para el vibrador, te toca echar un rasca y gana. A mano. Con este calor.

Así que las dos se quedan mirándose y echando cuentas de a quién le toca acercarse a la otra. Hasta que, tras un leve gesto, ambas se ponen en marcha a la vez y se encuentran a mitad de camino.

—*Quiubo*, Moreno. Las cheras y yo tenemos trabajo.

—Lo sé. Por eso vengo.

Yoni sonríe, despectiva.

—¿La señora se va a manchar las manos?

Lola otea por encima del hombro de la salvadoreña. No le cuesta demasiado, le saca casi una cabeza. La puerta tiene una ventana de cristal, a través de la cual se ve el patio en llamas.

—No está el día para hacer esfuerzos.

—Algunas tenemos que ganarnos el pan.

Lola asiente, con respeto.

—Tengo mis cuentas con la chota. ¿Podrías darle un par de mi parte?

—Las tiene pagadas —dice Yoni, muy seria—. Toditas.

—Entonces considera esto un regalo.

Saca la mano del bolsillo y extiende el brazo ante ella, con gesto calculado, la palma hacia abajo. La mano forma un puño que, al abrirse, deja frente al rostro de Yoni una bolsita de plástico, colgando entre los dedos, balanceándose.

El polvo blanco de su interior forma una duna diminuta, repleta de posibilidades.

La Yoni mira el contenido de la bolsa, y los ojos se le abren, la nariz se ensancha, la saliva le brilla en los labios gruesos y carnosos. Heroína, alcohol malo, todo eso puede conseguirse en Matasnos con regularidad. Perica, perica de la buena, de la que en Malasaña sale a sesenta el gramo... eso ya es otra cosa.

Lola está sosteniendo mucho, mucho dinero frente a su cara.

—Sí que tiene que haberte tocado el chuncho —murmura la Yoni, entrecerrando los ojos.

Sospecha. Pírate echando hostias, aúlla la parte instintiva del cerebro de Lola. Que será todo lo dura que quieras, pero está ahora mismo en un pasillo aislado, con las cámaras apagadas.

—No pasa nada, si queréis os lo guardo. Habrá mejor ocasión —dice, cerrando el puño.

La Yoni vuelve a pasarse la lengua por los labios. La mano por la nariz.

—¡Cheras! —llama.

Cheras es un salvadoreñismo para amigas, pero en la cara

de las secuaces de la Yoni hay más ansia que afecto en cuanto ven la bolsita que cuelga de los dedos de Lola. De repente, la posibilidad de lanzarse a ese patio abrasador con un combustible de primera las vuelve de seguidoras a lobas.

—Monten la pachanga —dice la Yoni, arrebatando la bolsita de manos de Lola.

Una saca una libretita del bolsillo, otra un boli Bic, la última el borde de un pincho cuyo destino son las tripas de Aura. En pocos segundos se han formado cuatro rayas bien gruesas. En menos aún, desaparecen.

—¡A trabajar! —ordena la Yoni, señalando hacia el patio.

Las otras obedecen.

—Púchica, qué calor —dice una, cuando se abre la puerta.

Lola Moreno espera a que la última haya cruzado el umbral antes de agacharse y recoger la bolsita que la Yoni ha dejado caer al suelo. Saca un mechero del pantalón y sostiene el plástico sobre la llama, hasta que éste se ha encogido y revuelto sobre sí mismo, convertido en una masa ennegrecida y caliente. El olor acre y desagradable no sirve para calmar sus nervios.

No sé por qué corro tantos riesgos.

Sí que lo sabes, insiste la parte racional de su cerebro. *Lo haces porque tienes la cuenta en rojo. Por los errores que cometiste en el pasado.*

Lola silba una cancioncita aparentemente despreocupada. Arroja los restos de la bolsa —ahora convertidos en una jiña de plástico irreconocible— a una papelera cercana. Después se apoya en la pared y espera pacientemente su destino.

12

Un resultado

Aura ofrece una imagen más bien pobre, con los brazos en posición de boxeo y la fuerza justa para mantener el equilibrio.

En el límite de su visión borrosa, ve cómo la Yoni empieza a reírse, señalando a la estúpida chota, que aún tiene ganas de sufrir más. Inicia una broma cruel y se vuelve hacia su derecha, pero su burla no encuentra el eco que esperaba.

El rostro de la pandillera a su derecha es una máscara de dolor. Tiene los ojos en blanco, tiende un brazo hacia ella, cae de rodillas. De su boca brotan espumarajos de sangre y babas que se le derraman por el mentón y el pecho, empapando el top de color rosa.

—Yoooooo...

Eructa, provocando un nuevo brote de fluidos que salpican la ropa de la Yoni, que se echa hacia atrás con una mezcla de horror y asco.

—Qué coño...

Se vuelve hacia las otras, a tiempo de ver cómo también se derrumban, agarrándose el cuello. Una de ellas vomita de lado, un volcán de sangre y restos de comida. La otra lo hace boca arriba. Sin lugar a donde ir, el vómito obedece a la gravedad y regresa por donde ha venido, encharcándole los pulmones. Comienza a morir en ese mismo instante.

La mirada de incredulidad de la Yoni acaba en Aura. Tarde, demasiado tarde, comprende lo que ha sucedido.

—Te voy a quebrar, pija.

La Yoni se lleva la mano al bolsillo, decidida a cumplir su amenaza, aunque sea lo último que haga.

Saca el pincho.

Un trozo de metal insertado en el mango de un cepillo de dientes.

Brilla, rojizo e irregular, al sol.

Afilado.

Aura acompaña su viaje con la vista. De las ropas de la Yoni, a su mano temblorosa, apuntando a la cara de Aura. Y de ahí al cemento, donde golpea con un sonido metálico, musical.

Le sigue su dueña, con un retumbo sordo.

La Yoni boquea, tumbada de espaldas, entre los estertores finales, buscando a tientas el pincho, sin rendirse ni siquiera segundos antes de morir. Sus pechos, grandes como tapacubos, suben y bajan en busca de aire, hasta que dejan de hacerlo.

Aura siente que algo se remueve en su interior.

No está pensando, aún no.

Eso llegará más tarde, cuando comprenda del todo lo que

ha sucedido. Cuando la realidad del intercambio que acaba de tener lugar se abra paso de pleno entre la bruma de su conciencia, como una bestia de fauces sanguinolentas saliendo del bosque. Cuando eso ocurra, Aura sentirá la culpa royéndole las entrañas. La culpa de haber sobrevivido, el sobreanálisis, todos los caminos posibles en los que la violencia sin sentido se podría haber evitado. Todos esos raciocinios inverosímiles invadirán los momentos previos al sueño, para castigarla con el remordimiento. A ellos seguirán, al otro lado del velo, las pesadillas lúcidas en las que Aura es derrotada. En las que no se levanta a tiempo, en las que su plan no se lleva a cabo, y la Yoni y las otras la matan a golpes, extinguiendo toda esperanza que pudiera quedarles a sus hijas. Ambas formas de castigo, la que no le deja conciliar el sueño y la que impide que éste sirva de gran cosa, ambas formas serán el precio que Aura pague por esta victoria.

Pero eso será más tarde.

Ahora lo que se remueve en su interior es una risa, irresistible, como un estornudo. Escapa de su interior, provocando un espasmo breve de dolor en la caja torácica, y dejando alivio. Aura deja salir el resto de las carcajadas, como quien aparta la tapa de una olla que ha estado demasiado al fuego. Sus risas, graves y secas como ladridos, terminan enseguida, aunque los muros desiertos le devuelvan el eco, acusadores, hasta extinguirse en los oídos sordos de los cuatro cadáveres que yacen a sus pies.

—Joder.

Traga una bocanada de aire, contiene el impulso de vomitar.

No puedes quedarte aquí. Sal. Sal. No pienses. Sólo vete.

Recorre el patio, cojeando por las patadas, con los músculos doloridos y la nariz convertida en un botón pulsante de sufrimiento.

Cuando empuja la puerta —que nunca creyó volver a atravesar con vida— ve apoyada en la pared a Lola Moreno. No hay sorpresa en sus ojos azules, ni tampoco alegría. El brillo que le cruza por la cara es satisfacción por un trabajo bien hecho. Al igual que el último asentimiento de cabeza que hace el leñador cuando el árbol recién serrado impacta, al fin, contra el suelo.

Aura la ignora y se mete en el baño. Tubos fluorescentes en el techo que deslumbran como una discapacidad ocular. Retretes mohosos a la derecha, lavabos oxidados a la izquierda. Abre el grifo, dejando que el agua corra, con el mal hábito de antaño, que de poco sirve en Matasnos. El líquido saldrá, como mucho, tibio. Y eso tras un buen rato, que ella no tiene.

—Te dije algo que les hiciera dormir —dice Aura, metiendo las manos bajo el chorro. Se lava la sangre de la cara, conteniendo un gemido cuando se roza la nariz.

Lola está en la puerta, observándola a través del reflejo en el espejo.

—Opiáceos, matarratas. Se confunden fácil.

Aura se echa agua por el cuello, intentando recuperar la calma.

—¿Por qué?

Lola se acerca a Aura, la agarra por los hombros con suavidad y la obliga a darse la vuelta. Ambas quedan a la misma altura, sus rostros muy juntos. Por un momento cree que

Lola va a besarla, hasta que la mujer alza la mano y le sujeta el puente de la nariz con dos dedos.

—Te va a doler —recalca, innecesariamente.

—¿Sabes lo que estás haciendo?

—Tú aguanta.

El crujido es seco, leve. El dolor es intenso, insoportable.

—Vas a necesitar hielo —dice Lola, dando un paso atrás, estudiando el tabique que ha devuelto a su sitio.

Pero la dolorosa maniobra de distracción no impide que Aura regrese al tema del asesinato.

—¿Por qué? —insiste, con la voz quebrada, y las lágrimas rodándole por las mejillas.

Lola tiene muchas razones que no está dispuesta a compartir.

Porque vio a Aura comportarse de forma compasiva con Ofelia, cuando no tenía nada que ganar ayudándola.

Porque la cruda realidad es que Aura no habría aguantado los diez minutos que habrían tardado en hacer efecto unos somníferos, y bastante suerte tuvo con aguantar los cinco que le concedió el veneno.

Porque narcotizar a cuatro asesinas es pan para hoy y puñalada en la tripa para mañana.

Porque Lola tiene su cuenta en rojo.

Porque la enfermera negoció para Lola su propio bizum con quienquiera que esté al otro lado de la línea de teléfono intentando ayudar a Aura.

Sólo hay una razón que importe.

—Porque esas zorras están mejor muertas.

Aura sacude la cabeza ante la respuesta, sintiendo una mezcla de tristeza y desesperanza. Ya se culpará más adelante. Ahora mismo tiene una nueva preocupación. Una que supera con creces la ansiedad y el miedo que ha pasado en la última semana.

Las trece palabras que pronunció la Yoni antes de morir.

Que sepas que esta noche se encargarán de tus hijas. Cortesía de Ponzano.

Podría ser sólo un farol, la última tortura que su antiguo jefe quería infligirle antes del final.

Siempre supo —incluso cuando trabajaba para él, por poco que diga eso de la Antigua Aura— que Ponzano era un megalómano narcisista y repulsivo, con escasa humanidad. Un hombre desesperado por salir de la sombra de los logros de su padre, capaz de las mayores bajezas con tal de salirse con la suya. Había incriminado a Aura con tal de limpiar sus errores. La había encerrado en aquel sumidero podrido, y había encargado que la matasen, con tal de vengarse.

Con tal de ganar.

Pero lo de las niñas...

—Tenemos que irnos, antes de que esto se llene de boqueras curiosos. —Lola la saca de su ensimismamiento con una dosis de prioridades.

—Necesito un teléfono.

—Después —dice Lola, ofreciéndole el brazo.

Aura asiente y se apoya en ella, camino del pasillo. Aún cojeando.

—Te has metido en un lío muy grande por mi culpa.

—No será para tanto. Yo ni siquiera he estado aquí, ¿recuerdas? —dice Lola, señalando las cámaras apagadas.

Un cadáver genera preguntas. Cuatro cadáveres generan muchísimas preguntas.

—Aun así...

—Sabré apañármelas. Ahora vamos a la enfermería. Tu amigo ha dicho que la ayuda está en camino.

13

Una orden

La pesadilla termina tan súbito como empezó.

Parte de la pesadilla, al menos.

A las cinco y once de la tarde, sesenta y un minutos después de la hora prevista para la muerte de Aura, un hombre irrumpe en la enfermería, buscando a la interna 37927. Lleva el uniforme de funcionario, pero ninguna de ellas le había visto antes. No tiene acento del sur, como casi todos los boqueras de Matasnos, sino de la meseta. Es un hombre mayor, de pelo entrecano, gafas gruesas y sonrisa tenue.

—Será mejor que me acompañe —ordena.

Tanto Lola como la enfermera cierran filas en torno a Aura, preocupadas. Aura está subida a la camilla, con una dosis de naproxeno en el torrente sanguíneo para paliar los efectos de la paliza.

En la mano tiene el móvil de la enfermera, en el que ha introducido el número de Mari Paz, el único que recuerda. Lleva marcando desde hace un buen rato, enferma de preocupación. Sin éxito.

—¿Se puede saber dónde la llevan?

—Tengo una orden de excarcelación para la señora Reyes —dice el hombre, exhibiendo una carpeta azul, de bordes gastados.

La enfermera observa la carpeta con desconfianza.

—De aquí no se va nadie sin que sepamos quién le envía.

—Señoras, no me hagan la vida aún más difícil. No saben el cristo que hay montado ahí fuera —dice, señalando al pasillo que conduce al módulo 7G—. Si no nos vamos pronto, es posible que no pueda...

—Si quieres te lo canto, boqueras —le interrumpe Lola, muy seria.

El hombre suspira y maldice entre dientes, pero se aparta unos metros y hace una breve llamada de teléfono. Regresa junto a ellas.

—Me han dicho que le diga que... —carraspea, cohibido por tener que hacer de correveidile— *es una cuestión de poder y necesidad.*

En mi experiencia ésos son los factores que determinan el precio, había respondido Aura a la frase que le había dicho don Misterios en la conversación que habían mantenido esa misma mañana. Lo recuerda bien.

Mira a las otras y hace un gesto de asentimiento.

—Tendrá que bastar.

—¿Qué es lo que va a pasarle? —insiste la enfermera, no del todo convencida.

El funcionario se encoge de hombros.

—Lo único que sé es que tengo que sacarla de aquí. Insisto —dice, bajando la voz—. Si no es rápido, a lo mejor no es.

La despedida es breve, sin afectos. Aura estrecha la mano de la enfermera, e inclina la cabeza en dirección a Lola. Ésta le da un trago a la botella de agua que sostiene en la mano, la cierra y se la arroja a Aura.

—Vete por la sombra, chota.

Aura sigue al funcionario por los pasillos de Matasnos. Hay una barrera que separa el módulo de seguridad del resto de la población. Barrotes de color blanco con manchas de óxido que ella no ha cruzado desde hace ocho meses.

A cada paso que da en dirección a la salida, el corazón se le va encogiendo un poco.

—Mantenga la cabeza agachada —le dice el hombre, que la conduce por el codo—. ¿Tiene alguna idea de por qué le mira tanto todo el mundo?

—Ojalá lo supiera —responde Aura, que tiene la intuición de que confesar que ha estado envuelta en un cuádruple homicidio no es la mejor forma de iniciar una relación.

El funcionario gruñe por toda respuesta, mientras esperan a que se abra el paso hacia la recepción. Es la penúltima puerta antes de la salida.

—¿Puede contarme algo de quién le ha enviado?

—Yo no sé nada, señora —miente el hombre—. Me han

mandado este encargo de urgencia desde cierto sitio, y aquí estoy. Ahora bien...

Se interrumpe cuando una funcionaria aparece frente a ellos, bloqueando el paso hacia la zona de procesamiento. Aura la reconoce, es la misma que la sacó hace un rato desde la cantina al patio. Una zorra alta y reseca, de hombros puntiagudos y con cara de estar chupando un limón. Tiene la mano muy suelta, le gusta sacar la porra a pasear con frecuencia. El apellido, Aura no lo recuerda. El mote, sin embargo...

—¿Dónde vas con mi interna, compañero? —dice Cara Limón, apoyando la mano en el quicio de la puerta.

A Aura le saca una cabeza y al hombre dos. Una estatura que intimida mucho menos que la porra que ha sacado del cinturón. Una defensa de vinilo con corazón metálico, absolutamente ilegal. Aura la ha catado en un par de ocasiones. La boca del estómago salta con reconocimiento.

—¿Tu interna? ¿Ahora las venden?

La mujer enarca una ceja amenazante.

—Sabes muy bien lo que digo.

—Sólo estoy siguiendo órdenes. Me enviaron a buscar a la señora Reyes con urgencia. Tengo una orden de excarcelación condicional aquí —dice, agitando la carpeta azul nuevamente.

Cara Limón frunce el ceño, desconfiando de las palabras del funcionario.

—No me consta ninguna orden de excarcelación. No me llegó ninguna comunicación sobre el traslado de esta interna —dice, sin hacer caso de la carpeta que se balancea frente a su cara.

—Tienes la comunicación en administración.

—Me la suda. Además, esta interna ha...

Aura levanta la barbilla, deseando saber cómo va a justificar su siguiente frase. Cómo va a explicar que ella sola es la responsable de los cuatro cadáveres que han aparecido en el patio, cuando no hay testigos, ni cámaras. Y, sobre todo, cómo van a explicar que no las hubiera.

Su sospecha —algo que le corroborará Lola— es que esos cuatro cadáveres «aparecerán» mañana en las celdas. Una sobredosis durante la noche. Y aquí paz, y después gloria.

Así que Aura está deseando escuchar el participio que complemente el tiempo verbal que ha iniciado la enfermera.

—...no importa —termina ésta, tras una vacilación—. Pero en este centro no se hacen excarcelaciones sin estar presente la directora.

—Compañera, eso es costumbre, no reglamento.

La mujer está notando que se le acaban las excusas. Aura sospecha que tanto ella como los que estuvieran en el ajo se estarían llevando un buen dinero de parte de Ponzano. Dejarla salir implica que se acabe el chollo. Probablemente la ausencia de la alcaidesa ese día ayudó a que escogieran esa fecha, deduce Aura.

—¿Se puede saber cuál es el motivo de la excarcelación? —dice Cara Limón, sin tocar la orden que sigue balanceándose frente a ella.

El funcionario baja la carpeta, asumiendo que es inútil seguir enarbolándola.

—Tiene que declarar en un juicio.

—¿En un juicio? ¿Ésta? Ésta no tiene que declarar en ningún sitio. Si ni siquiera...

Si ni siquiera sabe nadie que estoy aquí. Dilo. Dilo, hija de puta. Confiesa delante de un testigo que he estado retenida aquí sin que mis hijas sepan dónde estoy, sin poder comunicarme con nadie. Sin un abogado.

Aura observa la tensión creciente entre el funcionario y Cara Limón, sintiendo la incertidumbre engordar en las tripas. Sabe que su destino y el de sus hijas depende de cómo se resuelva esta situación.

Y hay una vocecita que le dice que mantenga la boca cerrada.

Una vocecita sensata y racional. Cobardona, también.

No cuesta nada reconocer a la Antigua Aura en esa vocecita.

La Nueva Aura, sin embargo...

—A lo mejor podría explicarle al juez qué me ha pasado concretamente en la nariz, si me pregunta.

Cara Limón mira a Aura como cuando habla el perro.

Hay una triste verdad en la vida de una funcionaria de prisiones. Da igual que se vuelva a su casa por las noches, pida una pizza y se quede dormida frente a la tele con la cuarta cerveza. A la mañana siguiente, vuelve a cruzar las puertas de la cárcel, si quiere seguir pagando la hipoteca.

De tanto vivir entre esos muros, se pegan las costumbres. Eso de no chivarse, por ejemplo, que está muy feo. Chota es el peor calificativo que te pueden colgar del cuello. Puedes acusar a alguien de eso —por un módico precio— y luego sentarte a disfrutar el resultado. Cómo van a por esa persona de forma sistemática, cómo la aíslan. Cómo, al final, el que paga decide que sobra.

Lo que no viene nada, pero que nada bien es que la falsa chota se chive de verdad. Y acusar a un funcionario de denunciarlo delante de un juez. Habrase visto.

—Pero... tú has perdido la puta cabeza —dice, alzando la porra.

El funcionario carraspea.

—Pues a lo mejor no es la única —dice, sin apartar su mirada miope de los ojos de la funcionaria.

Cara Limón titubea por un instante, considerando sus opciones. Finalmente baja la porra, se aparta del camino y da un paso atrás.

—Está bien. Llévatela. Pero como te vuelva a ver la cara te vas a cagar, compañero.

El funcionario asiente rápidamente y toma a Aura del brazo, conduciéndola hacia la salida. Aura vuelve a agachar la cabeza, intentando camuflar su alivio.

En recepción, el funcionario entrega un papel.

—Oiga, ¿y los efectos personales de la interna? —dice la de recepción.

El funcionario mira a la interna. La mirada deja muy clara la respuesta que espera. La interna menea la cabeza. Llegó con lo puesto, y se va a marchar igual. Por la prisa, sobre todo.

—Te firmamos la renuncia.

Más trámites, que no dejan de aumentar la presión y la ansiedad de Aura.

Finalmente, el funcionario la acompaña por el antepatio, una pequeña extensión de terreno desnudo entre la zona de admisión y procesamiento y la puerta principal. Ésta es un armatoste gigantesco, pintado de rojo descascarillado, por el que cabría un tiranosaurio. En la parte interior del muro hay una garita en la que un hombre de gesto adusto estudia los papeles que le tiende el guardia antes de hacer un gesto a espaldas de Aura.

Alguien grita.

—¡Puerta!

14

Un Seat Ibiza

Hay un zumbido y un chasquido. Un motor se pone en marcha, impulsando el mecanismo que libera la puerta. Ésta protesta como un camión despeñado por un acantilado. Cuando se ha abierto apenas un metro, se detiene.

—Aquí es donde nos separamos.

Aura mira agradecida al funcionario, aunque todavía está llena de incertidumbre.

—Gracias por sacarme.

El hombre agita la mano en el aire, desvaneciendo el agradecimiento de Aura antes de que llegue a su destino.

—¿Qué se supone que debo hacer ahora? ¿Le ha dicho algo...?

No continúa, ni nombra a su misterioso benefactor. Desconoce cuánto sabe el funcionario. Cuánto puede decir, ni cuántos sobreentendidos admite la conversación.

—No sé en qué lío se ha metido, señora —susurra el hombre, inclinándose hacia ella—. Pero mi consejo es que corra usted mucho y que no mire atrás.

Aura mira afuera.

—¿Andando?

El funcionario se encoge de hombros y le da un toquecito a la carpeta.

—Entre usted y yo, esta orden judicial no vale ni el papel en el que está impresa.

—Me... ¿me ha sacado con una orden falsa? —tartamudea Aura, más alto de lo que al hombre le gustaría.

Mira de reojo a los lados. El de la garita tiene la mirada perdida en el teléfono, con alguna mirada ocasional hacia ellos a través del cristal.

—A ver, no es que sea falsa. Es que no es válida —precisa el funcionario, bajando aún más la voz—. En cuanto alguien haga determinada comprobación...

Aura se agita, incómoda, más confundida todavía. Un millar de preguntas se le agolpan en los ojos, como hormigas brotando de la tierra. El funcionario las ataja con un certero

—Ya he dicho demasiado. Suerte, señora.

Aura atraviesa el hueco que ha quedado en la puerta y, por primera vez en ocho meses, pone un pie en la libertad.

Consciente.

En las películas, cuando esto sucede, el protagonista mira al cielo y abre los brazos para que la lluvia le quite el barro de las alcantarillas. O deja que la suave luz del sol le ilumine el rostro, mientras inspira hondo.

No llueve, el sol pega con la contundencia de un bate de

béisbol. De inspirar hondo ni hablamos, con la nariz llena de algodones por dentro y esparadrapo por fuera.

La épica de Aura se reduce a echar a andar por una carretera solitaria, sin más compañía que el calor abrasador y el eco ansioso de sus pensamientos.

La prisión es como un inmenso bulbo grisáceo y ulceroso en mitad de un paisaje de carrascas y olivos. La comarcal que lleva hasta lo alto del monte de Matasnos es estrecha, sinuosa y empinada. Las líneas, borrosas. El asfalto es de un denso tupido y humeante color gris que recuerda a Aura la piel de caucho de una ballena varada y muerta.

Mientras baja por la carretera, se levanta un cierzo abrasador y arenoso que la ciega y le revuelve los cabellos. El polvo se arremolina a su alrededor, creando pequeñas nubes que se disipan rápidamente en el aire. Se siente vulnerable y expuesta, pero no puede permitirse parar. No, después de lo que le ha dicho el funcionario.

Camina, intentando decidir un curso de acción.

Teléfono. Dinero. Transporte.

Tengo que avisar a Mari Paz como sea.

Al volver la segunda curva de la carretera, se detiene.

Hay un Seat Ibiza aparcado en el arcén, a la sombra de un olivo.

Es de un azul cielo radiante y con embellecedores cromados que destellan como si fueran ojos parpadeantes. En el paisaje repleto de ocres y verdes, el metal de la carrocería destaca como una cuchillada. El motor está parado, y las luces apagadas. A través de la ventana trasera puede ver que hay alguien al volante.

Aura no ha sido nunca paranoica, pero tampoco idiota. Que haya un coche parado en esta carretera, a estas horas en las que ningún ser racional pondría un pie fuera de casa sin necesidad, justo cuando ella acaba de salir, es mucha casualidad.

Alza la muñeca, chasquea la lengua con disgusto. La pantalla del Casio se ha resquebrajado, seguramente durante la pelea. El cristal líquido se ha hundido, dejando la mitad correspondiente a los minutos convertida en un borrón irisado.

La otra mitad sí se ve. Un dieciocho.

Han pasado al menos dos horas del momento en el que Aura debía morir. A estas alturas Ponzano estará al tanto de lo que ha pasado.

O quizás no. O quizás el lío tan tremendo que se ha montado hará que quieran echar tierra por encima de todo el asunto.

Aura mira, dudosa, en dirección al terraplén. El terreno escarpado que desciende hasta la carretera principal está lleno de abrojos y matorral. Ella aún cojea por la paliza. Si intenta atajar por ahí para evitar pasar junto al coche, lo más probable es que acabe rodando monte abajo.

Da un suspiro con sabor a polvo y a boca seca, y sigue adelante. Los pasos resuenan en el asfalto con la misma intensidad que la sangre en sus oídos.

Cuando está a pocos pasos del guardabarros del coche, cree intuir un movimiento en el interior. Se detiene, sobresaltada, hasta que alguna neurona conecta información valiosa del pasado con lo que acaba de ver fugazmente.

Un color, concretamente.

Un tono rojo fuego inconfundible.

El corazón le brinca en el pecho, por motivos distintos a los que han sido habituales en los últimos meses. Camina al lado del coche y mira a través de la ventanilla del conductor. Dentro, con el asiento en ángulo de cuarenta y cinco grados, sestea una mujer. El pelo rizado, rojizo, desborda el reposacabezas como si el pomelo más grande del mundo hubiera estallado sobre la tapicería.

Aura golpea suavemente el cristal con los nudillos.

Irene Muñoz Quijano —conocida como Sere, ingeniera informática de profesión, hacker de vocación y ladrona de guante blanco por amistad— abre alarmada sus ojos azules y saltones.

Busca alrededor lo que la ha despertado, incorporándose.

Entonces su mirada se encuentra con la de Aura.

Grita.

Grita de alegría, es de suponer, porque grita dentro del coche y no se la oye bien. Luego se pelea con el cierre de seguridad, con el tirador de la puerta, con el cinturón de seguridad, con la falda que le enreda las piernas y con la ley de la gravedad, más o menos por ese orden.

Aura busca un trozo del techo del Ibiza sobre el que caiga la sombra del olivo y que no esté hirviendo, y se apoya, aguardando con paciencia a que Sere concluya su lucha.

Cuando el abrazo llega, lo hace como un ciclón.

Las lágrimas, también.

De alivio, de alegría. Entierra la cara en los rizos de su amiga, que huelen a mandarina y aloe vera. Por un instante pospone la angustia que siente por alejarse del lugar, por localizar a las niñas. A punto de asfixiarse, de que le estalle el corazón por la mezcla de emociones, Aura decide que nunca había olido nada tan hermoso en su vida.

—Das muchísimo calor —se queja, entre sollozos.

—No pienso soltarte nunca —responde Sere, aferrándose a Aura como si temiera que desapareciera de nuevo. Ignorando que Aura no huele, desde luego, precisamente bien.

Después de una eternidad, Aura logra recomponerse y separarse de Sere. Ambas se miran con complicidad, llenas de preguntas por hacer.

—Tenemos que largarnos —advierte Aura, posponiendo.

—Espero que eso se refleje en tu reseña en Google —dice Sere, señalando la nariz rota.

—«Mala comida, climatización deficiente, no va la wifi. El personal de servicio facilita tu asesinato» —dice Aura, rodeando el coche y entrando por la puerta del copiloto—. La tengo escrita en la cabeza desde hace tiempo, te lo juro.

Lo cual es estrictamente cierto.

—Una vez intentaron matarme en una fiesta de cumpleaños —recuerda Sere, subiendo al coche y poniéndolo en marcha—. Cristales machacados en la bebida.

—¿Y qué hiciste?

—Tiré el Happy Meal a la cara del payaso y salí corriendo. Tardaron un montón en encontrarme —dice, pisando el acelerador—. Pero no hablemos de mí, hablemos de ti. ¿Tú sabes lo mal que lo he pasado por tu ausencia, jefa?

Aura no responde. Mira por el retrovisor y ve cómo, a medida que las curvas desaparecen, la prisión va alejándose en la distancia, convirtiéndose en un punto gris en el horizonte. El aire acondicionado empieza a funcionar, permitiéndole recuperar parte de su capacidad cerebral. Siente cómo la tensión y el miedo de ser capturada se alivia un tanto.

O deja más sitio a otras ansiedades, mejor dicho.

Coge el teléfono de Sere del soporte magnético en el salpicadero del Ibiza, y marca el teléfono de Mari Paz, por enésima vez hoy.

«El número al que llama está apagado o fuera de cobertura», le informa una voz cibernética, por enésima vez hoy.

Aura resiste —por enésima vez hoy— la tentación de estrellar el móvil contra el parabrisas.

—¿Dónde están mis hijas, Sere?

Sere traga saliva antes de contestar.

—No lo sé. Perdí el contacto con Mari Paz hace más de una semana.

SEGUNDA PARTE

MARI PAZ

La inteligencia humana
no está concebida para la verdad,
sino para la supervivencia.

SCHOPENHAUER

No puedes impedir
que los cretinos salten.

RAMONES

1

Ocho meses antes

—Si lo piensas bien, es una ventaja evolutiva —le había dicho la abuela Celeiro a Mari Paz.

Con otras palabras, que no recuerda. Algo relacionado con *a pirola dos gatos*. El pito de los gatos, que tiene espinas en la punta. Que sirven para correrse rápido, para quitar el semen de los otros gatos y para que la hembra no se separe durante el coito. Y así, un atributo que parece malo puede traer cosas buenas.

—Como tú, hija, que eres muy *toxo*, pero se te quiere igual.

Compararme con un cardo es un insulto para los pobres cardos, piensa la legionaria. Pero era muy propio de la abuela Celeiro el dar tantas vueltas para llegar a un sitio, sobre todo si el sitio era alabar a su nieta.

La ventaja evolutiva en cuestión no era la cortedad expresiva o afectiva de Mari Paz, sino la tendencia de los gallegos en general —y las Celeiro en particular— a la desconfianza y la paranoia.

Al final es una cuestión genética, piensa. Miles de años despertándote en un monte repleto de bruma, tanta que se confunde con las nubes que cuelgan sobre el techo de tu aldea. Y no sabes lo que oculta la niebla, así que, por si acaso, tú afilas el hacha y te preparas para lo peor.

En Madrid no hay bruma, pero la desconfianza sigue.

Es la ventaja evolutiva la que lleva a Mari Paz a acompañar a Cris y Alex al colegio, cada mañana, para gran consternación de ambas.

—Que ya somos mayores, Emepé.

—Bueno —responde Mari Paz, y las acompaña igual.

Es la ventaja evolutiva la que hace que Mari Paz mienta a las niñas cuando no consigue hablar con Aura a la semana de su ingreso en prisión. Les dice que mamá está bien, y que por ahora va a tardar un poco en poder comunicarse con ellas.

—Dile que estamos muy preocupadas por ella, Emepé.

—Bueno —responde Mari Paz, y ya se preocupa ella *de verdad*.

Y es la ventaja evolutiva la que hace que Mari Paz se fije el doble en sus alrededores cuando acompaña a las niñas a clase. Cris y Alex no lo aprueban, por mucho que les gustase antes que su madre lo hiciese. Es normal. Sientes desprecio por las cosas que hacías de niña, incluso las prohibidas, cuando tienes unos años más.

A Mari Paz no le importa.

Camina un par de pasos detrás de ellas, con las gafas de sol bien caladas, nieve o truene. Nuevecitas, recién compradas con el exiguo presupuesto que le ha dejado Aura para cuidar de la casa y de las niñas. Tuvo que dejar de fumar un larguísimo mes para poder pagarlas.

Inversión necesaria. Detrás de los cristales de espejo, observa detenidamente las aceras, los coches que pasan. Toma notas mentales de todo lo que le rodea, notas que van al cajón de los desperdicios en la gran mayoría de las ocasiones.

Son seis manzanas desde la casa de Aura hasta la entrada del colegio. Seis manzanas recorridas a diario cuatro veces se pueden volver aburridas, rutinarias.

Es parte del esfuerzo.

Alex y Cris se hacen a la presencia vigilante de la legionaria, con su metro ochenta, sus pantalones cargo, sus botas militares y su cazadora de sarga, de la misma forma que uno se acostumbra a respirar: ignorándola.

Al igual que cuando uno se acuerda de que respira no puede dejar de pensar en hacerlo, las niñas a veces se vuelven y la *ven*. Juegan entonces a correr por delante de ella, a esconderse en un portal o en el chino de la esquina, detrás de la nevera de los helados.

Mari Paz nunca hace nada al respecto. Sigue andando al mismo ritmo cachazudo y constante. Paso de marcha, pateando la acera como si le debiera dinero. Las niñas corren entonces, entre risas nerviosas, para adelantarla.

Mientras ellas están en clase, Mari Paz limpia la casa. Hace las camas. Plancha, prepara comidas y cenas, ni demasiado variadas ni demasiado horribles. Va y viene del colegio. Se asegura de que se bañen. De que se acuesten. Las abraza cuando lloran. Llora cuando se han dormido. Les da el Dalsy cuando tienen fiebre.

Mari Paz sabe que ha cambiado.

Un día se levanta, se mira al espejo y ve que debajo de esa cara (que se parece tanto a la de ayer) hay alguien distinto, dando puñetazos para salir.

Una madre.

Otro día empieza a notar el vértigo.

Como quien conduce a gran velocidad y se da cuenta de que el volante no está conectado a nada: está en caída libre. Una vez eres madre no hay vuelta atrás. Una vez el amor sale a borbotones como una arteria que ha reventado, no hay vuelta atrás.

Las niñas ya no son una tarea y una responsabilidad, o no sólo.

Una madre.

Con minúscula, se dice.

Nada puede sustituir a Aura, se dice.

El caso es que Aura no está, y eso es un problema muy serio.

Porque no hay gran cosa que pueda hacer. Ha llamado a la cárcel de Estremera, y allí le dicen que la han cambiado de centro penitenciario, pero que no tienen constancia de a cuál. Y Mari Paz no puede levantar gran cosa la liebre con este asunto.

Cuando Aura ingresó en prisión, dejó a Mari Paz a cargo de las niñas bajo cuerda. Teóricamente la abuela materna es su tutora legal. Pero la abuela materna está en una residencia, con alzhéimer.

Las niñas no tienen a nadie más que a Mari Paz y a Sere. Que está resultando de más ayuda de lo que Mari Paz creyó posible. Viene los fines de semana, juega con las niñas a juegos de mesa o a una videoconsola que ha dejado en casa. Las ayuda con los deberes de mates, que para Emepé están en chino. E intenta darle un respiro para que ella se dé una vuelta, se airee la cabeza. Que respire un poco.

Sin cerveza, que lo ha dejado.

Fumando el doble, para compensar.

Emepé fuma, y piensa. Piensa en cómo localizar a Aura, pero no se le ocurre nada, porque no es su elemento, y porque su obligación es para con las niñas. Le insiste a Sere.

—Es como si se la hubiera tragado la tierra —dice Sere, que pone todo de su parte por localizar a su amiga.

—¿Quién ha podido hacer algo así? —pregunta la legionaria.

—Alguien con muchos recursos y mucho poder. Y si habla como un pato y anda como un pato…

Mari Paz resopla y entierra un cigarro en el cenicero, junto con sus otras víctimas.

La cocina se ha convertido en su despacho, su sala de reuniones, y el único lugar donde las niñas tienen prohibida la entrada. Para que Mari Paz pueda fumar y ellas no roben los macarrones.

—Canta claro, locatis —dice.

—Que si tuviera un poni, me lo jugaría a que ha sido Ponzano.

Mari Paz no tiene un poni, pero también se lo jugaría. Y también había llegado ella sola a esa conclusión. Incluso a lo del pato. Que la legionaria se ha llevado un montón de golpes en la cabeza en sus azarosos cuarenta y pico años de vida, pero aún le sigue dando para lo esencial. Tan sólo quería escuchárselo decir a Sere.

Carallo, *que esta mujer no vale ni para dar la réplica que uno espera*, se queja por dentro. Que no es lo mismo que quejarse a Aura, que era lo que tenía gracia.

Y porque ninguna de las dos tiene a nadie más con quien hablar, y así pelearse es más difícil.

Con su amiga fuera de la ecuación, Mari Paz entra en modo supervivencia, que es por donde se le van las fuerzas y la inventiva. En hacer arroz a la cubana, tortillas francesas, huevos fritos y filetes de lomo. En arropar, en dar un beso de buenas noches. En escuchar todas y cada una de las veces

—¿Cuándo podremos hablar con mamá?

y dar una respuesta vaga e insatisfactoria, que no invita a repreguntas. Las niñas intuyen que algo pasa, pero no se atreven a presionar más, a alterar el delicado equilibrio en el que viven.

Aún está reciente la muerte de su padre, una muerte sobre cuya causa las niñas saben tanto como Aura, es decir, muy poco. Sobre las circunstancias saben menos. La intrusión salvaje que envió a su madre al hospital durante semanas, con una puñalada en el estómago, fue para las niñas tan sólo un «mamá tiene que recuperarse».

También entonces hubo una ausencia prolongada. Que podría haber sido definitiva.

Mejor no preguntar.

Poco a poco se va haciendo el silencio sobre este tema, como agua densa y viscosa llenando una huella embarrada.

Sobreviven.

Con cada plato, con cada sábana remetida y con cada respuesta vaga, Mari Paz constata cómo cada vez va cambiando más el rostro frente al espejo, y cada vez se escapa más sangre por la arteria.

Lo que no hace es bajar la guardia.

Y menos mal.

2

Otra elipsis

Pasan ocho duros meses (menos una semana).

3

Una mano ajena

La ventaja evolutiva, al final, da réditos en el momento más insospechado.

El mismo día (y más o menos a la misma hora) en que la Yoni está ingresando en Matasnos, una semana antes de la decretada muerte de Aura en el patio de la prisión, Mari Paz regresa a casa, dos pasos detrás de las niñas, como siempre.

Anochece y el cielo está tumefacto como un ojo cerrado al que hubieran cegado. Han estado jugando al balón en el parque del Retiro hasta que no se distinguía la pelota. Es una de esas tardes de julio en Madrid, tan calurosas que tienes la sensación de que tu día, tu momento, no comienza hasta que el sol no ha desaparecido.

Se siente incómoda, pesada en su interior. Lleva toda la semana durmiendo poco, pero mal. En el ambiente flota una ausencia. Como un repentino silencio de las aves en la selva. Esa ausencia la mantiene alerta, ligeramente paranoica.

Rodean la glorieta de Mariano de Cavia, bajan por Cavanilles, destino a la calle Abtao. La gente charla en las terrazas de los bares, hay voces y esa alegría veraniega, espaciosa y serena que se despierta en la capital en el crepúsculo.

—Si corremos llegamos a ver *Bob Esponja* —dice Cris, tirando de la mano de Alex, para que acelere.

—Pero si tienes todos los episodios cuando quieras.

Cris rezonga, molesta con su hermana gemela. Comienzan una discusión acerca de por qué no es lo mismo *¡en absoluto!* ver un episodio de *Bob Esponja* en la tele a la carta o pillarlo a medias cuando lo están echando en abierto. Según Cris hay ventajas intangibles pero imprescindibles en lo segundo. Según Alex, a su hermana le faltó oxígeno al nacer.

Mari Paz no presta atención. Sus ojos van danzando de las mesas repletas de cañas (se relame) que los comensales se llevan a la cara (que ella estudia) hasta las aceras por las que bajan familias como la suya.

De pronto, sucede.

No es que los vea.

Tan sólo sucede.

Y ha pasado antes.

Kosovo, 1999. La legionaria Celeiro forma parte del KFOR, el contingente de la OTAN destinado a mantener la paz en la zona. Es su segunda misión internacional. Mari Paz sale de avanzadilla con su unidad, en una tarea de reconocimiento rutinaria. Una carretera embarrada cerca de Pristina. Mari Paz va al volante del vehículo, y entonces le sucede.

Irak, 2003. En una zanja, un descanso bajo el fuego enemigo. Ya miembro de la BOEL, el cuerpo de élite de la Legión. Le sucede.

Líbano, 2012. Custodiando a un diplomático a la salida de un mercado, en una jornada que acabaría haciéndola acreedora de una medalla. Le sucede.

Las tres veces, lo mismo.

El corazón empieza a latirle más deprisa. Una sensación visceral de alerta, como la que se experimenta al aproximarse al borde de un gran abismo. Vértigo, pero de otra clase. Una sensación de temor, y de anhelo al mismo tiempo. Tienes miedo de acercarte, pero algo te atrae para que lo hagas. Casi notas la palma de una mano ajena, tibia y suave, apoyada en los riñones, empujándote suavemente.

En Kosovo, frena el vehículo y pide al zapador que le eche un ojo a la carretera. El zapador se caga en todos los santos del santoral, porque está diluviando. Al cabo de un rato, bajo una cortina de agua rasgada por los faros del BMR, el zapador hace un gesto inconfundible.

En Irak, simplemente se despierta. Cuatro segundos después, dispara a la oscuridad, sin aparente motivo.

En el Líbano, echa a correr por un callejón, llevando casi bajo el brazo al diplomático.

Minas.

Un asaltante sigiloso.

Una multitud que planeaba una emboscada.

Todo eso —su propia vida, las de otros que había salvado— lo había anticipado el latir apresurado del corazón, el anhelo de abismo y de sangre. La mano ajena en los riñones, empujando.

Hoy Mari Paz vuelve a sentirlo, sin venir a cuento de nada. Mira alrededor sin discreción alguna, deja caer el cigarro, da un paso protector hacia las niñas, a las que agarra del cuello de las camisetas y tira hacia ella sin disimulo, enseñando los dientes.

Son mías. Alejaos, seáis quienes seáis.

Mari Paz agarra a las niñas con tan brusca celeridad que provoca la alarma en un grupo que está sentado a la mesa de una terraza cercana, alicatándose a botellines. Cuarentones barbudos, rostros amables, bienintencionados, con el puntillo. Una mujer señala en su dirección, alzando un dedo, con un resonar de abalorios que se agitan en su muñeca. Su marido (o novio, o amigo) se levanta y le pone una mano en el hombro a la legionaria.

Mari Paz no escucha la pregunta, también bienintencionada.

No piensa, no carbura.

Sólo actúa.

Suelta a Cris, echándola al mismo tiempo en dirección a Alex, y agarra la mano que se le ha posado en el hombro.

—Oiga, pero… ¿qué hac…?

El bienintencionado no llega a terminar la frase. El dolor que le causa la presa de Mari Paz en los dedos se lo impide. De pronto se encuentra girando sobre sí mismo, por pura física, cuando la legionaria le retuerce el brazo. La mesa —la misma mesa a la que había estado sentado seis segundos antes— frena su recorrido. Seis botellines caen al suelo. Dos se hacen añicos, uno se quiebra, el resto empieza a rodar calle abajo con un escandaloso traqueteo, que Cavanilles es muy empinada.

—¡No te acerques! ¡Te quitas de en medio, ¿oíste?! —grita Mari Paz, con furia.

Las conversaciones en la terraza se detienen. La alegría se rompe al mismo tiempo que los cascos de los botellines, que aún chorrean cerveza. Algunos se levantan de sus sillas, retrocediendo por instinto de autoprotección, otros observan con los ojos muy abiertos. Los más tontos graban con el móvil.

Las niñas, por fin, reaccionan. Cris la primera, abrazando a Mari Paz, rodeándole la cintura.

—Suéltalo, Emepé —ruega Alex, tirándole del brazo.

La legionaria recobra la cordura de golpe. Su visión se aclara, deja de ver rojo y es consciente de la imagen que ofrece. Una mujer con el pelo corto, semirrapado sobre la oreja izquierda, más largo en la derecha. Los brazos recubiertos de tatuajes. La camiseta, vieja y raída. Las botas.

En aquel barrio bien, barrio de higienistas dentales y oficiales de notaría, de acomplejados cuya generación es la primera que acaba de sacudirse el yugo de la misa diaria, Mari Paz entra de lleno en la categoría «homosexuales, lesbianas, gente depravada, cegada por Satanás, seducida por la concupiscencia de sus corazones». Destaca como una cucaracha en un pastel de bodas.

Eso, de normal. Cuando estás inmovilizando a un padre

de familia con una llave de martillo y hundiéndole la cara en un plato con restos de calamares a la romana, la cosa pinta peor.

—Suéltalo —repite Alex, algo más fuerte.

Mari Paz obedece, con un ligero empujón, que envía un par de tenedores al suelo. El metal resuena contra la acera, resaltando el silencio atemorizado que se ha hecho alrededor de la escena.

Ni treinta segundos para que lleguen los pitufos, piensa Mari Paz, que a la cordura ha sumado el miedo.

Si la policía le pregunta qué hace ella con las niñas, se acabó. Alex y Cris irán derechas a Servicios Sociales. Y ella, fracasada, de regreso a la botella.

—Vámonos —dice, tomándolas del brazo.

Regresan a casa callejeando. Narciso Serra, Granada, Sánchez Barcáiztegui. El rodeo no pasa desapercibido a las niñas, como tampoco que Mari Paz ha agarrado a una con cada mano y no las suelta.

—¿Qué pasa, Emepé? —dice Cris.

—Algo ha visto —dice Alex.

—¿Es verdad eso? Yo no he visto nada.

—Tú no tienes ojos entrenados, pava.

—¿Ha sido el *man* ese? ¿Te ha puesto nerviosa?

—Déjala —insiste Alex, ante el silencio de Mari Paz—. No te va a decir nada hasta que no quiera.

—La comunicación es muy importante en una familia.

—Que te calles un rato, anda.

Mari Paz no dice nada de lo que ha visto porque no sabe qué ha sido. Sin embargo, en lo más profundo de su ser, Mari

Paz sabe que algo ha cambiado. Se ha despertado algo en ella que no puede ignorar.

Porque nunca antes se ha equivocado.

Cuando llegan a casa, las niñas corren hacia la tele. Mari Paz está tentada de decirles que no la enciendan, que no hay tiempo. Que dentro de tan sólo unos minutos les va a pedir que salgan.

En el último instante, cuando iba a arrebatarles el mando a distancia, se detiene. Se sienta en el sofá, y cierra los ojos.

De pronto es una niña, ella también, allá en el hogar ancestral de los Celeiro. Vilariño, provincia de Orense. Una casa de piedra junto a un carballal.

Recuerda perfectamente el momento en el que ocurrió. Ella estaba viendo la tele, sentada sobre la alfombra.

En la pantalla Transfer reía, malvado, mientras observaba a escondidas a Willy Fog en el tren que los lleva a Calcuta. Su ojo de cristal reflejaba la luz, y el sonido tan característico que acompañaba ese momento —y que a Mari Paz le ponía los pelos de punta— quedó ahogado por el sonido del teléfono.

La abuela Celeiro, mascullando su clásico *E quen carallo será a estas horas?*, se levantó a atender la llamada. La queja estaba justificada, porque nadie educado llama un domingo a las tres y media de la tarde sin una buena razón.

Resultó que la había.

Mari Paz puso media oreja (sólo media, que el episodio era demasiado emocionante) y escuchó a la abuela Celeiro, primero ahogar un grito y luego llorar muy bajito.

Con la inconsciencia de los siete años, Mari Paz no prestó demasiada atención.

Estaba feliz de estar pasando este rato con ella, mientras sus padres iban a una boda.

—*Quen era, avoa?*

La abuela no dijo nada. Esperó, paciente, guardando su pena en silencio, a que terminara el episodio. Dejando a una niña ser niña. Le hizo la merienda, filloas. Y solamente cuando ya no quedó más remedio, llevó a la niña afuera, la sentó en el banco de piedra, debajo del manzano, y le explicó.

Había habido un accidente. Un camión, *neniña*.

Papá y mamá no volverán.

Muy pocos de nosotros podemos poner el dedo en el calendario —como el voluntario del mago escogiendo una carta— y señalar el momento exacto en que dejamos de ser niños. Cada precioso instante de esa incomparable felicidad es un elixir que se escapa como agua de un caldero agujereado.

También Mari Paz deja a las niñas ser niñas durante unos minutos más, antes de volver a sacudir su mundo de raíz. Se levanta y va hasta el gabanero de la entrada. Aparta los abrigos y descubre la mochila de acampada (negra, descomunal) que lleva preparando y rehaciendo durante muchos meses. No se molesta en comprobar su contenido, que se sabe de memoria. Tan sólo se la echa al hombro (ambos, que pesa un congo). Agarra su cazadora, pero en el último momento la deja colgada en la percha.

No es renuncia pequeña.

—Rapazas —llama, desde la entrada.

Alex y Cris se acercan, intrigadas. Aún no se han quitado los tenis, siguen con pantalones cortos y camisetas. Esa manía suya de no desvestirse al llegar, aunque traigan un parterre entero dentro de los bolsillos, ha acabado siendo útil, después de todo.

—Nos vamos —dice, señalando la mochila.

Las niñas se miran entre ellas, con miedo. Son muchas las ocasiones en las que han hablado esto. Como un juego, como una broma, casi. Una fantasía improbable, un por si acaso. Como eso tan de abuela de salir de casa siempre con bragas limpias, no te vaya a pasar algo.

Algún día vendrán a por nosotras.

Alex es la primera en meterse a su vez en el gabanero. Emerge con su propia mochila. Verde, más pequeña. También repleta.

Algún día vendrán a por nosotras, y tendremos que salir corriendo.

Cris mira a su hermana, sosteniendo el contacto visual durante un instante eterno.

Entre ellas hay muchas cosas que no se dicen. La legionaria envidia su conexión, tan parecida a las raíces de los árboles. Llena de nudos, subterránea e invisible.

Cris asiente, como quien da la razón a otro tras una agotadora discusión, y también emerge con su propia mochila.

Mari Paz asiente, a su vez. Sus dudas se han disipado, en buena parte por lo rápido que han respondido ellas.

La claridad mental es hija del coraje, no al revés.

Y a estas niñas no les falta.

—Pero, ¿a dónde…? —pregunta Cris, a quien no le sobra, tampoco—. ¿Qué vamos a hacer? No podemos simplemente desaparecer.

La legionaria sonríe y acaricia el cabello de las niñas, empujándolas con suavidad hacia la puerta.

—Eso es exactamente lo que vamos a hacer.

4

Una puesta al día

—Y entonces me llamó y me dijo que se iba —explica Sere.

—Así, sin más —dice Aura, incrédula.

—Llevábamos un tiempo hablándolo. Ella decía que no podía creerse que Ponzano no fuera a vengarse por lo que le habíamos hecho. Como en aquella película.

—Aquella película.

—Ya sabes. La del perro. Con los martillazos en el suelo.

—*Mhmpf.*

Aura siente a la vez una profunda irritación y un alivio extraño. Saber que sus hijas están ilocalizables es duro, muy duro. Pero están en manos de Mari Paz, y ésa es la mejor de las noticias posibles, en una situación tan desquiciada como ésta.

—Quizás será mejor que empiece por el principio...

Mientras conducen, camino de regreso a Madrid, Sere le detalla a una angustiada Aura lo sucedido en los últimos meses, mientras ésta intenta no colapsar.

No es hazaña pequeña.

Escuchar una narración de Sere es como deambular desorientado por un bosque de significados en el que nadie tiene nombre y los personajes aparecen y desaparecen porque sí. Hace falta un punto de apoyo, cierto sentido de la orientación, establecer la identidad de uno de los personajes, y entonces, con algo de suerte, todo lo demás va cuadrando.

Aura corta, desbroza, filtra.

Y más o menos saca en claro:

Que han sido ocho meses angustiosos.

—…Dormidina, mucha Dormidina para cerrar el ojo…

Que Sere hace trabajos esporádicos pero que no tiene donde caerse muerta.

—…yo comprando en Mulaya. ¡En Mulaya!

Que Mari Paz hace un revuelto de champiñones que sabe horrible.

—…su arroz a la cubana está bien, aceptable…

Que las niñas están bien y han aprendido a jugar al Catan.

—…Cris casi le saca un ojo a Alex por una oveja…

Que sí, que preguntaban por ella muchísimo, pero que últimamente no.

—…que les da miedo, estoy segura, no quieren saber…

Que su madre está ida del todo, en su cama de la residencia.

—…hemos ido a verla todas las semanas, pero ni nos ve…

Que los *lejías* están desaparecidos.

—... huyendo de la comisaria Romero, suponemos...

Que Sere no se arrepiente del robo a Ponzano, ni de lo del casino, ni de nada en la vida.

—... salvo lo del riojano aquel que me cepillé en los baños de El Corte Inglés, que estuve poco fina...

Que Mari Paz sí, pero sólo porque le pueden la ansiedad y la responsabilidad.

—... se la ve agotada, no quiere fallarte...

Que desde que Aura desapareció, Mari Paz mira todo el rato por encima del hombro y que se ha comprado unas gafas.

—... son de espejo. Una lesbiana con gafas de espejo, se puede ser más cliché, le dije. Petronio, te acuerdas, decía que los clichés son de mal gusto...

—¿Qué Petronio?

—El de la peli aquella del gordo incendiario.

Aura no se toma la molestia de explicarle que en *Quo Vadis* Petronio prefería el suicidio al aburrimiento, no al cliché. Lo que se toma es un instante para echar la cabeza hacia atrás y cerrar los ojos, intentando ordenar sus pensamientos.

Está muerta de sed y de hambre, pero ninguna de las dos se atreve a parar hasta que llevan ya una hora de camino. Aunque el perfil de Matasnos ha desaparecido hace rato del retrovisor, no lo ha hecho de las retinas de Aura, que aún cree verlo reflejado en el diminuto espejo lateral.

Cuando se detienen en el lateral de una gasolinera Repsol, Aura mira a través de las ventanillas, espera un rato por si las han seguido. No se puede creer que aún no haya llegado un destacamento completo de la Guardia Civil en su busca. Que no hayan comprobado ya que la orden de excarcelación no estaba justificada, y que no hayan lanzado un operativo para detenerla, con perros y helicópteros.

Y un submarino, no te jode.

Al cabo de media hora, no viene nadie.

Sólo entonces, Aura entra en el local, perfectamente refrigerado, y compra un Aquarius de limón —no había naranja— y una palmera de chocolate, la más gorda, grasienta e insana del expositor.

Aura regresa al coche con sus adquisiciones y se sienta junto a Sere. Se toma un sorbo de Aquarius y muerde un trozo de la palmera de chocolate, deleitándose con el dulce sabor en su boca.

No hace tanto que el sabor del chocolate significaba la muerte. Ahora significa lo contrario.

Sere la observa con atención, esperando a que diga algo.

Aura sólo come, en silencio.

Al cabo de unos segundos, abre la puerta del coche, logra dar un par de pasos en dirección al arcén y vomita la media palmera que había conseguido tragar, junto con el resto del contenido de su estómago, que resulta ser aire y un poco de bilis.

Sigo viva, sigo viva, grita por dentro, con las imágenes de los últimos momentos de la Yoni y sus secuaces pasando por detrás de sus retinas.

—Ya estoy mejor —dice, dando un par de inspiraciones fuertes por la boca, que provocan nuevos espasmos en su estómago.

Ha comenzado a pagar, con creces, la deuda que contrajo en el patio de la cárcel, hace solo unas horas.

Sere se apresura a salir del coche y se acerca a Aura, preocupada por su estado. Le frota suavemente la espalda mientras ella se recupera de su malestar. Después de unos minutos, Aura logra controlar su respiración y se pone de pie, apoyándose en Sere.

—¿Estás bien, Aura? —pregunta Sere con inquietud.

Aura asiente lentamente, tratando de recuperar la compostura.

—A mí me suele venir bien darme golpecitos en la barriga. ¿Me dejas?

Aura se deja. Sorprendentemente, el tamborileo de los dedos de Sere le resulta de gran ayuda.

—¿Cómo sabes esto?

—Vomito cada vez que algo me sienta mal, sobre todo los helados.

—¿Pero tú no eras intolerante a la lactosa? —dice Aura, caminando de vuelta hacia el coche.

—¿Y? No pienso dejar que una enzima se interponga entre el Häagen-Dazs y yo.

Ambas regresan al coche. Aura pega un bocado a la palmera, siguiendo la filosofía recién adquirida de no dejar que nada se interponga entre ella y el dulce.

—¿Qué cojones vamos a hacer ahora?

Sere suspira y apoya la cabeza en el reposacabezas, mirando fijamente el volante.

—No lo sé, Aura. Parece que nuestras vidas se han descontrolado por completo.

No, no por completo, piensa Aura.

Hay factores externos que nos están moviendo. Cogiéndonos por la nuca, como a las piezas de ajedrez.

Lo cual le lleva a la pregunta que ha estado evitando desde que vio a Sere.

—¿Cómo has llegado hasta aquí?

—Pues yo estaba tan panchi en mi casa, durmiendo. Sería la una de la tarde, o así.

—Durmiendo a mediodía —dice Aura, con voz más neutra que un anuncio del IRPF.

—Ayer hice maratón de k-dramas, ¿vale? No me juzgues, que acabo de recogerte en la cárcel. Y entonces llama este pavo, que no sé quién es porque llama en oculto. Y yo en oculto no cojo, porque ya una vez me la jugaron con una estafa telefónica y yo llevo una vieja dentro, yo pico…

—Sere… —corta Aura, intentando detener las compuertas del embalse, que vuelven a abrirse, sin éxito.

—Y le cojo al pavo y le digo, no serás un estafador, y me dice no, soy un amigo de Aura. Y entonces yo ya tengo claro que es un estafador, porque tú no tienes amigos, no te ofendas, por lo de que robaste mucho dinero en tu banco.

—¡No robé ese dinero!

—No, pero todo el mundo lo cree y entonces es verdad. Y me dice, Aura Reyes está en la cárcel de Matasnos y necesita urgentemente que vaya usted a buscarla, y yo flipo, claro, porque después de tanto tiempo sin saber nada de ti, pues ya no me creo nada, PERO entonces me dice que…

Se detiene, bruscamente.

—¿Qué te dice?

—Bueno, me dice cosas.

—¿Qué cosas, Sere?

—Cosas sobre mí.

El semblante se le ha oscurecido.

—Cosas que no debería saber. El caso es que le creo.

Es difícil frenar el impulso de revelar secretos en una conversación, como si la información tuviera el deseo de vivir y el poder de multiplicarse. Aura lo sabe bien, y sabe que en el caso de Sere ese impulso es todavía mayor, así que la preocupación que le causa la omisión de su amiga aumenta en consonancia.

Porque ya me traicionó una vez.

Aura comprende que su desconfianza vibra en una frecuencia demasiado sensible, y hace lo que puede por acallarla. Como no sirve de nada, se limita a archivar la emoción para revisarla más tarde con mejores ojos.

—Así que te subiste a un coche para venir a ayudarme —dice, y según lo menciona, siente el bálsamo que supone en su ánimo estas palabras.

El hecho mismo de que alguien reaccione como su amiga es de una belleza sublime. Que lo haya hecho por ella, incomprensible.

Si levantamos un poco el objetivo y nos situamos a vista de pájaro de estas dos mujeres que viajan en el coche que se ha puesto de nuevo en marcha, puede sorprendernos que Aura Reyes no entienda el magnetismo que su personalidad ejerce sobre sus dos amigas. Es como ese unicornio mitológico —inventado por algún idiota en el XIX— de las mujeres bellas que no saben que lo son, lo que las hace aún más bellas.

Salvo que sea invidente en una isla desierta, la mujer bella toda su vida ha estado escuchando que lo es, muchas veces quitándose los salpicones de baba.

Aura, sin embargo, no ha experimentado nunca antes el tirón gravitacional que ejerce en Sere y Mari Paz. Comenzó a suceder cuando empezó su transformación en la Nueva Aura, y aún le resulta un fenómeno esotérico.

—Pues claro que vine —zanja Sere, como si fuera obvio—. Eras tú. Y además, tenía que entregarte esto.

Busca en el lateral de la puerta, hasta encontrar un sobre marrón, acolchado, del tamaño de un libro de bolsillo, y se lo alarga a Aura.

—¿Desde cuándo tienes esto?

—Mmmm… pues desde antes de salir de Madrid. Me lo envió el señor ese en un Glovo, me dijo que te lo diera.

—¿Y no has pensado antes que era importante que lo tuviera? —dice Aura, arrebatándoselo de la mano.

—A ver, cuando me he acordado —masculla Sere, viendo como la otra abre el sobre y echa un vistazo dentro—. Jolín, cómo se pone, la presidiaria…

5

Un escondite

Están muy lejos de casa, aunque no en kilómetros.

En el aire caluroso flota sólo ruido. Sirenas, cristales rotos, concursos de la tele, cólera tras las ventanas. Llantos de niños en camas abarrotadas. El suspiro hastiado de las viejas, apoyadas en los alféizares, anhelando los veranos más frescos de su niñez. Lanzándose desafíos de un lado a otro de las cuerdas de tender.

Mari Paz cruza el callejón, salpicado de ventanas tapadas con tablones claveteados. Salta sobre cagadas de perro que sudan al calor de la noche. Ignora a las ratas sobrealimentadas en cuyos ojos vidriosos, que la siguen sin parpadear, se refleja la tóxica luz de las farolas.

Hoy ha ganado treinta euros descargando camiones. Seis horas de trabajo muy mal pagadas. Pero en efectivo, y sin preguntas.

Llevan así seis días, escondidas.

Esperando.

Mari Paz no sabe muy bien a qué.

La primera noche fue la peor, sin duda. Las niñas subieron al coche sin protestar, y no hicieron preguntas cuando la legionaria se detuvo en aquel barrio dejado de la mano de Dios —y de sus superiores directos, los concejales de urbanismo—, en la periferia de Madrid. Dejó el Skoda aparcado a dos manzanas, a la entrada de un edificio de viviendas de protección oficial. Un grupo de niños dejó de jugar al fútbol cuando les vio aparcar.

Mari Paz se acercó a uno de los niños —el primero que había agarrado el balón cuando llegaron— y mantuvo con él una negociación breve. Un precio diario para que el Skoda no fuera desguazado en cuanto se dieran la vuelta.

No es que el coche valiera gran cosa, que tenía más años que san Pedro. Pero quería que siguiera intacto por si tuvieran que salir corriendo.

—Otra cosa, rapaz. ¿Cuánto por avisarme?

El muchacho, gitano, de sonrisa transparente y afilada, debía tener ocho o nueve años. Dijo llamarse Mateo.

—¿Avisarte de qué?

—Si viene gente por el barrio que no te guste.

El chico miró a Mari Paz, y entendió.

—¿Gente que pregunta, señorita?

—Gente de esa, sí.

Mateo volvió a mirar a Mari Paz. Después se acercó a sus

amigos y todos hicieron corro a la luz que se derramaba de una bombilla en el portal.

—Usted es maja, señorita —dijo, al regresar—. Lo de avisar se lo dejo incluido en el precio.

El lugar que Mari Paz había encontrado estaba a dos manzanas. Se había planificado como un local comercial, cuando alguien creía que ese barrio podría ser salvado. Desde entonces había sido okupado un centenar de veces. La última, por Mari Paz, hacía ya tiempo, cuando empezó a buscar un alojamiento alternativo por si tenían que salir por pies.

Vivir en la calle durante años le había dado a la legionaria una cercanía con lugares como aquél. Treinta metros cuadrados de tienda, once de trastienda. Destrozado, sin ventanas. Inservible para nada que no fuera nido de ratas y yonquis.

Dedicó meses a arreglarlo. Clavar tablones en el escaparate reventado, arreglar la puerta trasera, acondicionar un par de lugares donde dormir o cocinar. Pagó a su vez la tasa correspondiente al *cundero*, el mafioso local que protegía el edificio. De mañana el viejo organizaba las *cundas*, los transportes de yonquis hasta los supermercados de la droga. Cinco euros ida y vuelta, más barato que el cercanías. De noche, el viejo se encargaba de cobrar los alquileres a las familias que okupaban, para que todo se hiciera en regla, que el orden previene el caos.

Por desgracia, la licencia de okupación es cara. Y la de que no les roben el Skoda.

Necesitaban dinero. Y en su mochila había guardado muy poco efectivo, porque no había de dónde sacar.

Lo cual implicaba que Mari Paz tendría que salir cada día a ganarlo.

Las tres adicciones más perjudiciales son el alcohol, los carbohidratos y un sueldo mensual, había sostenido Mari Paz durante años de vivir en la calle, con la exigua pensión de la Legión por todo sustento.

Y aquí estamos, regresando a casa después de dejarse los lomos durante seis horas. Pero se ha tomado una cerveza a media tarde. Un par, vamos. Y viene contenta.

Se fija en un coche.

Aunque la luz no le permite distinguir el color ni la marca, parece un Honda Civic oscuro, y está aparcado a tan solo una manzana de donde viven. Ve a dos hombres de unos treinta años, apoyados en el capó. Un barbudo con camisa negra, otro con chándal. Los dos hombres muestran un mal disimulado interés ante su presencia, cuando Mari Paz pasa por la acera de enfrente.

Un retortijón paranoide le revuelve las tripas. La cancioncilla que llevaba en la garganta se esfuma, y con ella la tenue sensación de bienestar que traía. Reprime el impulso de mirarlos fijamente.

No puede ser.

No puede ser.

Y, sin embargo, es.

El hombre de la camisa de cuero estaba en la terraza de Cavanilles. Un par de mesas más atrás de aquella de la que se había levantado el idiota bienintencionado. Llevaba otra camisa, pero la misma cara de hijo de la gran puta. Hombros anchos, de culturista. Piel cetrina, ojos hundidos.

El otro tiene la piel oscura y la mirada inhóspita. Escuálido, camiseta sin mangas, pelo rapado. Lo peor de su indumentaria, la guinda del desastre, son las chanclas que lleva en lugar de zapatos. Chanclas de piscina de Gucci, con calcetines a juego.

Los dos hombres comparten una misma actitud, que no logran camuflar tras su estudiada indiferencia. La del ave carroñera de espalda encorvada que espera su oportunidad, posada en una rama.

Mari Paz siente a la vez una profunda irritación y un alivio extraño. Saber que la persiguen no es tan duro e insoportable como la incertidumbre. Confirmar que te siguen y que no estás loca. Que la ventaja evolutiva sigue funcionando, aplaca.

Piensa.

Regresar al refugio no es una opción.

Aún cabe la posibilidad de que no sepan dónde están las niñas. No puede descartarlo. Decidida, Mari Paz continúa caminando, tratando de parecer tranquila y despreocupada. Hacer, también ella, como que no ha visto nada.

Al llegar a la esquina, no se detiene. Tan pronto como ha desaparecido de la vista de los dos hombres, corre alrededor de la manzana, se mete en el portal de uno de los edificios y espera.

Al cabo de unos instantes, el Honda aparece en su rango de visión, conduciendo despacio. Con el morro blanco husmeando la calle como un sabueso metálico.

Piensa.

Correr ahora hasta la puerta del local. O reventarlos.

No sabe cuántos son. Cabe la posibilidad de que sólo sean esos dos. Deshacerse de ellos no sería difícil. Pero ella está agotada. ¿Y si hay más? O si alguno de los dos tiene un arma —o le da un golpe de suerte— se acabó para las niñas.

Correr.

Desanda sus pasos con cuidado, y se mete en el anterior portal. La puerta está rota, así que no ha de pelearse con las llaves. Al final de un pasillo estrecho está el acceso al local.

El refugio no es gran cosa.

Un espacio abierto, con el suelo de cemento pulido.

Una mesa, coja de tanto hacer guardia, por todo mobiliario. El ventilador da menos vueltas que un camarero de la Plaza Mayor. Una tele recién comprada, que se llevó la mitad del efectivo que había en la mochila. Destinada a hacer de niñera y animal de compañía en ausencia de la legionaria.

En el aire, un olor. El que habría en tu casa si el hámster se hubiera muerto debajo de un armario y tu madre no supiera de dónde viene la peste y llevara una semana usando Ajax Pino a discreción para compensar.

En el suelo, dos colchones. Uno vacío, el otro con el doble de ocupación.

Las niñas levantan la cabeza en cuanto la escuchan entrar. Las caras de aburrimiento que tienen no son de este mundo. El pelo sucio y las camisetas sudadas. Se duchan a trozos con el agua que sale por el grifo del aseo que hay al fondo, así que no andan muy presentables. Las dos están en bragas, abanicándose con una revista vieja por turnos.

—¿Qué pasa? —dice Cris, en cuanto ve la expresión de Mari Paz.

La legionaria se apoya contra la puerta, con la mirada fija en el techo. Intentando organizar sus pensamientos.

—Chicas, tenemos visita. Dos hombres en la calle. ¿Entendido?

Alex reacciona enseguida. Despacio, con miedo en la voz, pero reacciona. Se pone en pie y hace un gesto a su hermana para que la imite.

—Vístete.

Cris se frota los ojos. Y se rasca, se estira, intenta ganar tiempo en general. Acaba obedeciendo también.

Ya han ensayado esto antes. Varias veces.

Mientras las niñas se preparan, Mari Paz siente cómo la rabia —una rabia fría y espesa— le atenaza la garganta. Dos niñas como ellas no deberían conocer el miedo a la muerte. Ni vivir de esta forma.

Por un momento se siente tentada de marcar el 112 y acabar con todo.

Acalla este pensamiento enseguida. Puede que ella sea madre —madre con minúsculas— pero no son sus hijas. Su misión, la que aceptó a regañadientes, es mantenerlas con vida y cerca de ella. Cualquier otra cosa sería una traición a Aura.

Y a ellas, porque allá donde las llevasen, Ponzano las encontraría.

Y estarían solas.

No queda otra que huir hacia adelante.

Mari Paz camina hasta el frontal de la tienda, el escaparate destrozado. Uno de los tablones que había clavado en su día está ingeniosamente manipulado desde dentro. Con tan sólo deslizar un pestillo, la parte inferior del tablón se convierte en una puerta minúscula. Suficiente para que un par de niñas de casi once años pasen por ella.

La legionaria desliza el pestillo.

—Voy a buscar a Mateo. Mientras tanto, quiero que os quedéis juntas aquí mismo —dice, señalando el hueco que acaba de abrir—. Si alguien intenta entrar por la puerta, salís por aquí cagando virutas. ¿Estamos?

Las niñas asienten con determinación, aunque se nota cierta inquietud en sus ojos. Mari Paz se da la vuelta para marcharse, pero antes de irse se lo piensa mejor y les da un abrazo.

—Estaremos bien. ¿Entendido?

—Más te vale, Emepé —dice Cris, intentando no llorar—. Porque si no, mamá te mata.

6

Otra llamada

El sobre es acolchado, normal, de los que te encuentras en la papelería de la esquina. Duro al tacto. No parece que vaya a contener una bomba, o algo peor.

Aura sostiene el sobre con la punta de los dedos, indecisa sobre si abrirlo de inmediato o esperar un poco más. Su mirada se desvía hacia Sere, buscando algún indicio o consejo, pero su amiga sólo la observa expectante, dividiendo su atención entre la autopista y ella.

Lentamente, desliza uno de sus dedos por el borde del sobre, separando las solapas con cautela, y extrae uno de los dos objetos que contiene.

—Es un iPhone —dice Sere, a quien siempre le ha gustado verbalizar la realidad.

Metido en una funda de color rubí oscuro, grabada con un logo extraño. ¿Una especie de tridente, quizás?

Aura lo enciende. Mientras aparece el logo de la manzana, observa el otro objeto que hay en el interior del sobre. Un anillo de cerámica negro.

No tiene tiempo de examinarlo más de cerca, porque en ese momento suena el teléfono.

—Gracias por sacarme de la cárcel —dice Aura, al contestar.

—Señora Reyes —dice, al otro lado de la línea, la voz del hombre con quien había hablado hace unas horas—. Espero pillarla ahora en mejor momento.

—Me pilla con vida. Supongo que en parte gracias a usted. Gracias.

—No se merecen.

Si hay algo a lo que Aura confió durante muchos años vida y hacienda era a su intuición al hablar con alguien. Su profesión de gestora de fondos de inversión implicaba tener decenas de interacciones diarias con personas a las que nunca llegaba a conocer en persona.

La voz del desconocido es seria, circunspecta. No llega a disculparse por no haber hecho más para ayudarla, pero tampoco se pavonea por su participación.

Un hombre extraño. Con una seguridad en sí mismo aplastante.

Muy, muy peligroso.

—Supongo que sabrá lo que viene ahora.

Sí, sí que lo sé, piensa Aura, dándole un trago distraído al Aquarius. *Ponzano tenía una expresión para esta clase de situaciones.*

—*Do ut des.* ¿Me equivoco?

La vieja expresión de los contratos en la Antigua Roma. Te doy para que me des. Una frase clara y contenida. Y también un cebo.

—Más bien *facio ut facias* —dice el hombre, con una sonrisa audible—. Hago para que usted haga. Algo además de intentar averiguar quién soy, señora Reyes.

Aura sonríe a su vez. El hombre tiene conocimiento de leyes. Y es listo.

Doblemente peligroso.

—Me gusta saber con quién me meto en la cama.

—Por ahora tendrá que valer con el nombre que me ha puesto antes. Y ahora, si no le importa…

Aura suspira, exasperada. Está agotada, tiene el pelo sucísimo, la nariz rota, la piel recubierta de polvo y sudor. Como Sere lleva el aire acondicionado del coche en modo pingüino, el polvo y el sudor han ido formando una película de roña. De esa que forma rollitos negruzcos en las corvas del codo.

En resumen, que no está para tonterías.

—Me temo que ahora estoy en condiciones de hacer poco, don Misterios. Necesito una ducha, necesito comida en condiciones, necesito una semana de descanso —dice enumerando con los dedos, a beneficio de Sere y de su propio reflejo en el parabrisas—. Y, por encima de todo, necesito encontrar a mis hijas. A las que han amenazado de muerte esta misma tarde.

Hay un silencio al otro lado.

—Nunca me imaginé… Vaya.

—Sí. Vaya. Ponzano, el venerable anciano. El hijo del

gran banquero de la Transición. Mi antiguo jefe no sólo es un cabrón megalómano. También es un asesino. No está mal como descubrimiento para una tarde tonta de verano, ¿eh?

—Sin nombres en el móvil, señora Reyes. Por favor.

—Usted no para de repetir el mío.

—No es lo mismo.

—Claro, porque mi nombre no le importa a nadie, ¿no?

—El motivo es otro —dice don Misterios, con deliberada lentitud—, pero no puedo explicárselo.

—Me importa un carajo, oiga. Yo lo único que quiero es a mis hijas.

El hombre guarda silencio. Largo. Al otro lado de la línea se escucha el golpeteo de un teclado y ruidos de asentimiento, como si el hombre no estuviera solo, sino sentado a una mesa junto a alguien que habla en voz muy baja.

—Asumo que las niñas están con Celeiro, ¿cierto?

—Asume bien.

Un nuevo cuchicheo al otro lado. Suave y silbante. Una mujer, quizás.

—Y entiendo que Celeiro debió intuir algo y desaparecer junto a sus hijas.

Aura guarda un silencio afirmativo. Pasan casi dos minutos, larguísimos. Aura pone el teléfono en manos libres y sube el volumen al máximo, intentando escuchar algo de lo que sucede al otro lado.

—Señora Reyes —dice el hombre, regresando al aparato—. Mis fuentes me dicen que no saben nada de Celeiro desde hace una semana.

Aura resopla, con un cansancio exasperado.

No avanzamos.

—La ausencia de noticias son buenas noticias —añade él.

—Será para usted. En cualquier caso, hasta que encuentre a mis hijas, puede olvidarse de mi existencia, don Misterios.

—Espere un momento —dice el hombre, cuyo acento del sur se dispara al perder la compostura—. Teníamos un trato.

—El trato lo hizo usted, pero yo no lo firmé. Estamos llegando a Madrid, tengo que dejarle.

—No se le ocurrirá ir a su casa, señora Reyes. Eso sería una idea...

Aura corta la llamada antes de que su interlocutor añada el adjetivo.

Que ir a una dirección que Ponzano conoce es una idea horrible, Aura ya lo sabe.

Y le da exactamente igual.

7

Una huida

Afuera, más o menos a la hora a la que Aura cuelga el teléfono, Mari Paz vuelve a ver pasar el Honda Civic frente al portal.

Ya no disimulan.

Dan vueltas alrededor de la manzana, repetidas. Con las ventanillas bajadas y los hocicos fuera.

En el camino, cubren la distancia que hay entre el coche de Mari Paz y el escaparate de la tienda.

Es humanamente imposible alcanzar el coche sin que las vean.

E, incluso aunque pudiera subir al coche, conducir hasta el escaparate y hacer subir a las niñas, sería un blanco fácil durante varios segundos.

No tiene escapatoria.

No sin ayuda, al menos.

Mari Paz sale de las sombras del portal y cruza, apresurada, la calle, hasta meterse por el hueco entre los dos edificios que da a un descampado. Desde ahí es capaz de dar la vuelta al edificio, e intentar alcanzar el patio de manzana que une esa urbanización de viviendas protegidas.

Sobre el papel, era un paraíso, con cancha de tenis y piscina comunitaria. En la realidad, tan pronto como la constructora no consiguió acabar el proyecto en tiempo y forma, las autoridades se apresuraron a cederlo a un fondo buitre. Ahora las familias que viven en esa zona, todas desfavorecidas, muchas ilegales, tienen a sus hijos jugando entre cascotes, jeringuillas y varillas de acero de los bloques de hormigón a medio levantar.

Dónde coño se ha metido el puto crío.

Muchas veces antes, Mari Paz se ha preguntado qué cojones hacían todos esos niños jugando en la calle hasta altas horas de la madrugada.

Justo hoy tenían que portarse bien, carallo. *No podía ser otro día, no.*

Porque en el patio no hay nadie. Ni se escucha el sonido sempiterno de la pelota contra los muros, ni los correteos ni las risas.

Vámonos ya pa' casa mi arma que ha anochecío.

Se adentra en el patio y busca en cada rincón. Revisa los escombros, los rincones oscuros y los lugares donde los niños suelen esconderse durante sus juegos.

Finalmente, los encuentra detrás de un contenedor. Todos están sentados alrededor de una hoguera que han prendido dentro de una lata de pintura. Quién *carallos* quiere estar alrededor de un fuego con este calor, no sabe. Será la edad, será el aburrimiento, será el porro que se están pasando, pero ahí aguantan, junto a la brasa.

Mari Paz llama la atención del líder de los mocosos, que acude trotando a donde le aguarda la legionaria.

—Mateo, me irías debiendo dinero.

—¿Y eso por qué, señorita?

—Porque aquí ha venido gente, y no te has enterado, Mateo.

Mateo entrecierra los ojos, y se vuelve hacia los demás. Coloca la lengua en la mella entre los dientes —blanquísimos— y pega un silbido corto, preciso. Excelente poder de convocatoria.

Los demás niños, curiosos por la situación, se acercan a Mari Paz. Algunos de ellos están descalzos, con la ropa sucia y desgastada, pero todos tienen una mirada alerta y una chispa peligrosa en los ojos.

Mari Paz mira a los críos reunidos frente a ella y se agacha para estar a su altura.

—Rapaces, atiendan. Hay unos cabrones ahí fuera que nos quieren hacer daño a mis nenas y a mí.

Hay un coro de protestas, juramentos y amenazas que harían palidecer a un camionero albanokosovar.

—¿Qué quiere que hagamos, señorita? —dice Mateo, acallando con un gesto el vocerío.

Mari Paz se lo explica.

Diez minutos más tarde, Mari Paz regresa a la calle principal. Se desliza, agachada, tras los coches aparcados, esperando a que el Honda Civic pase por delante de ella.

Ahora van más despacio que antes. Casi como si pudieran intuir su presencia.

Con la espalda contra la puerta de uno de los vehículos, la legionaria nota las vibraciones de las ruedas del Honda en el asfalto. El ruido del tubo de escape, a menos de tres metros de su posición, es un petardeo suave, casi imperceptible.

—Tiene que estar cerca —dice una voz carraspeante. Mari Paz no sabe si es de Chanclas o de Cueros.

—Nos ha visto seguro, eh —dice la otra voz, más aguda y chirriante, como de cadena de bici oxidada.

—Ya has visto cómo corría.

—Hay que joderse, ¿eh? Nunca lo ponen fácil, ¿eh?
Se callan.

De las ventanillas sale una música bajita, que reconoce enseguida.

Bajo la luna hizo campaña
con sus consignas implacables.
«Vampiros, sólo beban agua,
la sangre siempre trae sangre...».

Si me matan, mejor que sea gente con buen gusto, piensa Mari Paz, que no puede dejar de abrir la boca acompañando la *e* arrastrada del último verso.

Con la canción aún rondándole el hipocampo, se arrastra por detrás del Honda, quedándose junto a la matrícula y andando, acuclillada, por detrás de él, hasta alcanzar el escaparate del refugio. Justo entonces, se desliza junto al siguiente coche.

Si ahora está mirando por el retrovisor, jodido la hemos.

Contiene el aliento y cruza los dedos mentalmente. Pero no hay grito, ni frenazo. Sólo el runruneo del motor al ralentí, recorriendo la calle metro a metro.

Cuando se ha alejado un poco más, Mari Paz calcula, espera al momento adecuado, maldice mentalmente llevar una camiseta blanca, y finalmente se arrastra hasta el espacio cubierto con tablones.

Da dos golpecitos, y luego un tercero.

El tablón se desliza hacia fuera con un rasguido que a Mari Paz se le antoja escandaloso. Echa hacia atrás la cabeza, asustada, pero no hay reacción por parte del Honda, que ha desaparecido de su vista, en dirección al final de la calle.

—Vamos —dice la legionaria, tendiendo la mano hacia el agujero entre los tablones.

El rostro de Alex aparece en el rectángulo de oscuridad, antes de desaparecer y ser sustituido por la mochila negra de Mari Paz.

Las niñas salen por el agujero, y se deslizan detrás de la legionaria, que se ha echado la mochila sobre el hombro derecho.

Mari Paz les indica que se apresuren. Cris apoya una mano en su espalda, agachada. Alex hace lo propio en la espalda de su hermana. Las tres se pegan a la hilera de coches, desplazándose en cuclillas, con las cabezas por debajo de la línea que forman las ventanillas.

Cuarenta metros, en un espacio de acera oscura, sin lugares en los que esconderse hasta su destino final.

—Ahora vendrá un coche. Cuando veáis los faros, aguantad hasta que yo os diga —susurra Mari Paz, haciendo un gesto con las manos que pretende, sin conseguirlo, ser tranquilizador.

Alex traga saliva de forma audible. Cris empieza a llorar, muy bajito. Ninguna de las dos se detiene, ni echa a correr.

Mari Paz tendría el corazón hinchado de orgullo por las dos si no lo tuviera estrujado por el miedo.

El Honda ya no hace ruido. Pero Mari Paz tampoco lo ha oído doblar la esquina. Todas las otras veces, al girar, la rueda derecha pasaba sobre una tapa de alcantarilla, que saltaba y caía con un chasquido metálico.

Algo pasa.

De nuevo vuelve a oír el motor, pero esta vez acercándose desde delante, no desde su retaguardia, como había previsto.

El Honda está yendo marcha atrás.

Saben que estamos aquí.

O lo intuyen, y se la están jugando.

Ellas no pueden detenerse ahora.

Siguen adelante, con ese andar ridículo, de pato mareado, ganando metro a metro.

Mari Paz siente el pulso acelerado y el sudor frío en su frente. Las niñas confían en ella, en su habilidad para protegerlas y guiarlas.

No puede defraudarlas.

A medida que avanzan, el sonido del motor del Honda se hace cada vez más fuerte. El corazón de la legionaria late con fuerza en su pecho, ahogando casi el sonido de sus propios pasos.

La luz de los faros del Honda cubre el coche tras el que están escondidas, recortando su sombra grisácea y alargada contra la fachada del edificio.

Es un Ford abandonado hace años, con las llantas tocando el asfalto y las lunas rotas. De noche sirve de refugio para yonquis, de día para los gatos menos partidarios del calor insoportable.

Algo se agita en el interior del Ford abandonado. Alguna de las dos especies del párrafo anterior, no sabemos cuál.

El Honda se detiene.

—Mira ahí —se escucha, con toda nitidez.

El coche avanza unos metros.

Vuelve a pararse.

Mari Paz, ahora sí, puede asignar las voces a cada uno de sus perseguidores. El conductor, dueño de la carrasposa, y el que lleva los galones, es el que acaba de hablar.

El otro, el de la voz chirriante, el que habla ahora

—No hay nadie aquí, solo un gato, ¿eh? —dice Chanclas, con una mezcla de decepción y frustración.

El animal salta del coche, por encima de las cabezas de Mari Paz y las niñas, y se aleja por la acera, con fría indiferencia.

—No pueden estar muy lejos —responde Cueros.

—Teníamos que haberla pillado ayer, ¿eh?

—Cállate.

—Es que es tarde, ¿eh?

Mari Paz se mantiene quieta, con las niñas agarrándola, rezando para que no las descubran. El sudor frío le recorre la espalda mientras escucha la conversación entre Chanclas y Cueros.

—Me bajo del coche, ¿eh?

—No. Aguanta.

El motor del Honda vuelve a subir de revoluciones cuando Cueros mete la marcha atrás y se aleja del escondite.

—Sigue.

Mari Paz sólo forma la palabra con los labios, empujando a Alex, que repta más que anda hasta el siguiente coche.

Cris, paralizada de miedo, se niega a moverse.

—Tienes que continuar —susurra Mari Paz.

Cris menea la cabeza, con los labios apretados y las lágrimas rodándole por las mejillas.

—Tú puedes.

La agarra por la mochila, empujándola hacia el siguiente coche, donde Alex la espera haciendo gestos con la mano.

Quizás lo consigamos. Quizás.

Es en ese momento cuando todo se va al carajo.

8

Una promesa

Es como cruzar la puerta a un mundo fantástico lleno de seres extraños. El armario de Narnia, la Tierra Media, Marina d'Or.

Abre la puerta del piso —de casa, su casa— y percibe el olor vetusto de los muebles, las alfombras, las paredes. De su ropa, de sus hijas.

Su casa, que ahora parece estar en otro planeta.

El viejo y estrecho recibidor no hace honor a su nombre. No acoge, con ese abrazo familiar de lo ordinario, de lo que se ha construido, revestido, pintado y gastado para ir cobrando la forma de un hogar, el sabor de un hogar. Del ruido familiar de las llaves —las que ahora repiquetean en las manos de Sere, que las llevaba siempre en el coche— cayendo sobre el vaciabolsillos, invitando a anunciar, en voz alta, que ya has llegado.

El viejo y estrecho recibidor sólo devuelve silencio.

—Voy a echar un vistazo —dice Sere, al ver que Aura no se decide a entrar.

Tiene que hacer un esfuerzo por colarse por el escaso hueco que Aura, plantada en el umbral, deja a los lados de su cuerpo.

—Vamos a dividirnos el trabajo —continúa la informática—. Yo miro a ver si han dejado alguna pista, y tú...

Hace una pausa, al ver que Aura no mueve ni un músculo.

—Tú sigues ahí, mirando con cara de *creepy*.

Sere desaparece, pasillo adelante.

Aura aún tarda un minuto más en decidirse a poner el pie en su propio domicilio. Da un par de pasos hacia el espejo de la entrada, temiendo lo que va a encontrarse cuando mire.

Hay algo peligroso y aterrador en los espejos de una casa.

De tu propia casa.

Aún más cuando has crecido en ella, como es el caso.

La imagen que devuelven esos espejos es, a diario, la misma. La misma vieja, confiable estampa de un rostro cuyas luces y sombras, cuyas arrugas y flacideces, cuyas particularidades conoces de memoria.

A fuerza de mirar, el espejo se alimenta de ti. De tu alma y de tus rasgos, de tus gestos y de las sonrisas que ensayas en la intimidad. Va llenándose, y va acostumbrándote.

Ésa eres tú.

Cuando vas a un hotel o a un probador del Zara, te pones delante de un espejo desconocido y te ves fea, o gorda, o radiante, estás traicionando a tu propio espejo, a esa imagen de ti misma que se ha moldeado a lo largo de los años. Es como si estuvieras desafiando la familiaridad y la comodidad de tu reflejo habitual. El espejo de tu hogar, en cambio, te muestra la verdad, tal y como eres.

Ha sido el miedo al espejo lo que le ha taladrado los pies al felpudo de la entrada. Porque conoce muy bien el tipo de verdad que revela.

Por fin, da el último paso.

Y alza la mirada

Lo que ve la deja sin aliento.

Su rostro está pálido, con ojeras marcadas, hondas como luto de enterrador. Sus ojos verdes, en su día brillantes, ahora reflejan tristeza y confusión. Tiene marcadas en el rostro cada una de las noches de insomnio en Matasnos, cada paliza.

Sobre todo la última.

En el coche se quitó las gasas que habían restañado la nariz rota, de la que le ha quedado una línea roja sobre el caballete. Los brazos los tiene amoratados, las costillas doloridas.

Aura sigue siendo guapísima, porque harían falta seis cadenas perpetuas consecutivas para aniquilar esa belleza armoniosa, la delicada simetría de sus ojos verdes. Pero ahora esa hermosura se ha vuelto triste y peligrosa, como batirse en duelo al borde de un acantilado.

Y hay algo más.

Un espacio.

Incluso dentro de Matasnos conservaba cierta elegancia, y una capa de indiferencia que aquéllas más débiles que ella —casi todas— estaban desesperadas por atravesar.

Los últimos meses le han pintado en la mirada un horizonte desértico, reflejo de su interior, lleno de vientos e intemperies. Pero la rabia seguía impulsándola, aprovechando esos vientos como una vela agujerada que le permitía mantenerse en el rumbo adecuado, en el único norte que le quedaba.

Ahora, ese norte está en paradero desconocido.

Por primera vez en su vida, Aura no sabe qué hacer.

Recorre la casa, en busca.

Se detiene en la habitación de sus hijas. Las camas están desordenadas, las sábanas arrugadas. El silencio es abrumador. Todo parece estar igual, pero al mismo tiempo, todo ha cambiado.

—Te he traído esto.

Aura se da la vuelta y ve a Sere con un vaso en la mano. Contiene una bebida negra en la que flotan unos hielos con la misma esperanza de vida que un criminal arrojado a un tanque de ácido.

Al primer sorbo reconoce el café de Mari Paz. Afortunadamente, una versión de verano. A estas horas de la noche, la de invierno era una mala idea. En una hora, aquella cosa era capaz de derretir una taza de porcelana y corroer la cuchara.

—¿Estaba en la nevera?

—Había dos jarras llenas.

Aura sonríe, un rayo de sol entre las nubes.

—No me extraña.

—A mí tampoco. Tus hijas tienen muchísima batería. Cuando las carreteo a algún sitio suelo llevar un gotero con Red Bull inyectado en el brazo. El mes pasado fuimos al zoo y se pusieron a saltar frente a la jaula de los babuinos, hasta que los babuinos se cansaron.

—¿Cómo sabes que se cansaron?

—No sé si sabes que los babuinos tienen un botón de auxilio en la jaula.

Sere sigue a Aura por la casa, explicando una teoría acerca de los zoológicos, que según ella son en realidad lugares donde se experimenta con los humanos.

Aura filtra la voz de su amiga hasta convertirla en un reconfortante ruido ambiente, mientras intenta hallar el más mínimo indicio de dónde estarán.

No encuentra nada. Nunca ha tenido demasiada capacidad de observación. Su inteligencia es abstracta, enfocada a mover piezas, no a encontrarlas.

Hasta que regresa al lugar de partida y abre el armario de la entrada.

Allí está.

Ver la chaqueta es como ver la capa de Superman colgando de una percha. Mari Paz nunca va a ninguna parte sin ella. Lleva una eternidad vistiendo las mismas prendas, como si en caso de ponerse otras no fuera a estar segura de quién era. Pero incluso cuando cambiaba algo, la cazadora seguía siempre con ella. Sólo cuando hacía un calor infernal se la dejaba en casa.

Aura palpa los bolsillos en busca de respuestas. Una pista, algo.

Encuentra mecheros, dos o tres. Hebras de tabaco, como para seis pitillos.

Poco más.

Vuelve a palpar todos los bolsillos, incluso a darles la vuelta. En el último, cuando casi se ha rendido, sus dedos palpan algo plano y duro.

Le cuesta sacar el objeto, ya que se ha metido entre la tela y el forro.

Cuando lo logra, hay un destello dorado.

Refulge, incluso bajo la escasa luz del recibidor.

Un escudo central de esmalte sobre una cruz, hojas de laurel y cuatro espadas de oro brillante sobre ráfagas de bronce mate; entre el escudo y el laurel, un círculo de esmalte azul con la leyenda «Al mérito en Campaña».

Tan pronto la ve, su mente retrocede a meses atrás. Al día en que conoció a cuatro viejos y gastados legionarios. Y escucha la voz del Caballa, con su habla afectada.

—*¿Sabía usted, señora Reyes, que Celeiro tiene una Cruz de Guerra?*

—*¿Se trata de una medalla?* —*preguntó Aura.*

—*¿Una medalla? Medallas aquí tenemos todos, pero no como ésa. La Cruz de Guerra es a las medallas lo que Quevedo a los sonetos, señora mía. Es la más alta distinción al mérito en combate*

Nunca la había visto, pero sabe que es ésa.

Por su belleza.

Porque nunca la había visto antes.

Por estar oculta en esa prenda que muy raras veces dejaba de lado.

Una condecoración para tenerla en la mano y contemplarla como una joya. Como una joya que es una adivinanza, o una adivinanza que es una joya.

—¿Es eso lo que creo que es? —dice Sere, cotilleando por encima del hombro.

Aura asiente, despacio.

—¿Por qué dejar esto atrás?

Es como dejar su vida entera.

—Jefa, está muy claro —dice su amiga, muy suave—. Por si volvías.

—Por si volvía.

Sere no responde, como si la respuesta a algo tan simple no mereciera ni el gasto de aire necesario para enunciarla.

Aura no lo entiende. Hasta que lo hace.

Entonces se le llenan los ojos de lágrimas.

Porque lo que sostiene en la mano no es un olvido, ni un abandono.

Es un recordatorio.

De una promesa.

Lo último que le dijo Mari Paz, antes de que Aura se bajase del coche, hace ocho meses y una eternidad.

—Mientras yo viva, rubia. Ni un pelo les tocan, ¿oíste? Ni un pelo.

9

Un olvido

—¡Ahí! ¡Mira, mira, eh!

El grito agudo de Chanclas resuena en la calle desierta como un bocinazo.

Mari Paz no tiene ni que darse la vuelta. Sólo aprieta los dientes —los errores no se eligen, para bien o para mal— cuando comprende lo que sus perseguidores acaban de descubrir.

El tablón suelto.

No lo devolvieron a su sitio.

Se oye la puerta del coche abrirse y cerrarse, y las chanclas sobre la acera, corriendo en dirección al agujero de la tienda.

Ya no tiene sentido seguir ocultándose. A esa distancia, incluso en la oscuridad de la calle, las verán en cuanto se den la vuelta. Así que espera a que Chanclas se asome por el hueco del tablón, y en ese momento se levanta y echa a correr, tirando de las niñas.

No le ha dado tiempo a pensar a Cris, que bastante asustada estaba. Simplemente ha dejado que la adrenalina y el miedo surtan su efecto, que el corazón bombee sangre hacia las piernas, que el instinto de huida tome el control.

Por desgracia, en el mismo momento en que sus cuerpos interrumpen el haz de luz de los faros del Honda Civic —creando gigantescas sombras en el suelo y las paredes—, Cueros aprieta el claxon como si fuera gratis.

Chanclas se incorpora tan rápido que la cabeza —que tenía medio insertada en el agujero— se golpea contra las maderas claveteadas por Mari Paz hace una eternidad. Apenas trastabilla un poco ante el golpe —no parece que su valía resida del cuello para arriba— y comienza a correr calle adelante en persecución de la legionaria y las niñas.

Que no se han parado.

Eran unos cuarenta metros hasta el Skoda, habíamos dicho. Cuarenta metros cargada con la mochila, tirando de dos niñas de piernas cortas y atrofiadas por la semana de confinamiento y por la caminata en cuclillas.

La ventaja a duras penas sirve para llegar hasta el Skoda, abrir las puertas (que van con llave) y poner el motor en marcha antes de que un *skinhead* en chancletas de marca las alcance.

La ventaja nunca será suficiente contra el motor de un Honda Civic Type R, que —desgracias de la vida— es el vehículo de tracción delantera más rápido del mundo, capaz de usar sus 329 caballos para acelerar de cero a cien en menos de cinco segundos.

Los cuarenta metros de ventaja se convertirán en centímetros en un instante.

Tal y como la legionaria había anticipado, es humanamente imposible alcanzar el coche sin que las vean.

No sin ayuda, al menos.

En el momento en el que suena el claxon, la alegre y desharrapada pandilla de niños emerge de ninguna parte. Llevan varas de metal, palos, cascotes. Se ponen delante del coche, bloqueando la visión de Cueros, que ya había comenzado a acelerar, pero que frena en seco, hasta dejarse media suela en el pedal. Porque por muy asesinos a sangre fría que sean —como luego veremos—, el sentido común les alcanza de sobra para saber que herir a alguno de esos chavales de tez cetrina y familia extensa es una sentencia de muerte.

—¡Apartaos! ¡Apartaos, joder!

Los chavales hacen caso omiso de los gritos de Cueros, y manifiestan su descontento apedreando las lunas del Honda, golpeando el capó con las varas de acero, poniendo cascotes en el camino de las ruedas.

Cueros maldice, golpea el volante, aprieta el claxon, golpea el techo, escupe y maldice un poco más. Para cuando se atreve a salir, los chavales están de retirada, y los neumáticos delanteros del Honda, inservibles.

Eso no detiene a Chanclas.

Ajeno a lo sucedido a Cueros, ajeno a su herida en la cabeza (pequeña pero escandalosa), ajeno a las leyes de la física que indican que su calzado debería imposibilitarle moverse tan deprisa, el segundo de los sicarios corre en línea recta, acortando distancias con el Skoda de Mari Paz.

La legionaria corre, a su vez, sin mirar atrás, sin prestar atención al *flip flop*, tan ridículo y tan contradictorio con el hecho de que Chanclas lleve en la mano derecha un revólver de seis disparos.

El primero de ellos se pierde por encima de sus cabezas cuando Mari Paz alcanza el Skoda. El segundo destroza la ventanilla trasera, ahorrándole a Mari Paz el esfuerzo de abrir el coche por ese lado.

El tercero se encasquilla, dando tiempo a Mari Paz a arrojar a las niñas dentro a través del hueco recién abierto, a la que Chanclas abre el tambor y arregla el percance.

El cuarto y el quinto abren sendos agujeros del tamaño de una moneda de cincuenta céntimos sobre la carrocería, a menos de un palmo del lugar donde Mari Paz apoya la mano mientras se desliza por encima del capó.

Con un movimiento que habría hecho palidecer de envidia a más de un policía de la tele de los setenta, que todo hay que decirlo.

Hasta aquí no ha habido heridos gracias a una combinación de

a) la distancia entre tirador y objetivo, más de quince metros,

b) el pulso acelerado por la carrera de Chanclas,

c) el arma empleada, muy poco precisa a tanta distancia, y

d) el factor suerte.

Por desgracia, la causa o fuerza que supuestamente determina que los hechos o circunstancias imprevisibles se desarrollen de una manera u otra, funciona en dos direcciones. Que muerte no es más que suerte con una letra cambiada.

De ahí que el sexto y último disparo viaje a través del aire, a través de la ventana rota y del espacio entre los asientos, rozando ligeramente el del copiloto al pasar, para acabar, con menos fuerza de la debida, pero suficiente, enterrado en el antebrazo izquierdo de Mari Paz.

De ser otra persona, el dolor insufrible —parecido a una coz, o a un bocado de un animal enorme— y el borbotón explosivo de sangre que le empapa la camiseta habría sido suficiente para incapacitarla. O al menos detenerla durante unos preciosos segundos, suficientes para que sus perseguidores las alcanzaran.

Si eso no ocurre es por una combinación de

a) la cantidad de energía que el disparo ha perdido en el camino,

b) la adrenalina que le corre por las venas,

c) la experiencia previa de haber recibido un disparo y, sobre todo,

d) llamarse Mari Paz Celeiro Buján.

La legionaria no grita, no hace aspavientos, no hace nada que aumente el terror que ya sienten los dos preciosos bultos que tiene llorando en el asiento de atrás. Sólo aprieta los dientes, pone el coche en marcha y aprieta el acelerador como si fuera gratis.

Que en el viejo Skoda significa que llegará a cien en algún momento del mes que viene.

No gran cosa, pero definitivamente suficiente para dejar

atrás —con un palmo de narices y maldiciendo— a un cabrón en chanclas.

A medida que los perseguidores se van haciendo pequeños en el retrovisor, el dolor en el brazo de Mari Paz se va haciendo más grande.

10

Una necesidad

Aura se echa a llorar, despacio y suave. Como quien no quiere la cosa.

Como quien no quiere la cosa, también, suena el timbre de la puerta.

Aura y Sere se miran, inmediatamente alarmadas.

Entre las dos aletea, agitando su brillante plumaje, un *ysinosquedamosquietascomosinohubieranadie…*

—Policía, abran la puerta inmediatamente.

… que es enseguida devorado por un *hayqueverquégilipollassomossiseveíavenir*, de un único y molesto bocado.

Antes de que Aura tenga tiempo de reaccionar, Sere se adelanta y se dirige hacia la puerta. Abre, sin quitar la cadena, y bloqueando con su cuerpo el hueco que queda. La mitad, al menos.

—Buenas noches, agentes. ¿En qué puedo ayudarles?

—canturrea Sere, fingiendo normalidad con la fineza y naturalidad de un martillo batiendo huevos.

—Estamos buscando a Aura Reyes. Tenemos información de que se ha fugado de la cárcel y creemos que podría estar aquí. Necesitamos registrar la vivienda y hablar con ella de inmediato —responde uno de los policías, mostrando una foto de Aura en su teléfono móvil.

Son dos. Altos, de uniforme. Con las manos en las pistolas.

—Ustedes no se pensarán que yo no tengo televisión, ¿verdad? Porque puedo pagarme una. Gano mucho dinero. Bueno, ganaba. Lo gané, antes de comprarme una. Y me la compré. Y luego la vi.

Los dos policías se miran, confusos.

—Señora... ¿qué...?

—Que tampoco es de ahora. Es de cuando era niña, que mi tío Jacinto me aficionó a *CSI*. De todos los colores, pero mi favorito era el de Miami, por lo de las gafas.

—Señora, ¿está usted...?

—Quiero decir, que ya lo sabía desde niña. Incluso antes de comprarme mi propia tele.

Uno de los policías suspira, el otro se lleva la mano a las sienes.

—¿Qué es lo que sabía, señora?

—Lo de la orden de registro, agente.

Suena un teléfono. Uno de los agentes descuelga, escucha con atención, y después le toca en el hombro al otro.

Se marchan sin despedirse.

—Madre mía, qué buenos que estaban. Sobre todo el

rubio. Lo tiras *pa'* arriba y ya cae *follao* —dice Sere, abanicándose con una mano mientras cierra la puerta con la otra.

Aura no le suelta un «pero qué basta y qué ordinaria te pones a veces», ni un abrazo merecido, por haber despejado la puerta de agentes de policía. Ni las dos cosas a la vez, por más ganas que tenga.

Porque en ese momento suena otro teléfono. El móvil que lleva en el bolsillo.

—Juraría haber apagado esto —dice, al descolgar.

—Tengo mis trucos —responde don Misterios—. Ya puede salir usted de detrás de la puerta, señora Reyes.

Aura respira hondo, resistiendo la tentación de contestar «cómo coño sabe…». Puede que esté agotada, infraalimentada y con el cuerpo como el único cojín en una casa con tres perros, pero su cabeza está empezando a regresar.

—¿Llama para regodearse?

—Llamo para recordarle que se lo dije, en efecto.

Aura no está dispuesta a asumir el error de haber ido a su casa. Disculparse es siempre una práctica recomendable, salvo cuando has hecho algo mal.

Mucho menos cuando el error aún persiste.

—¿Debemos agradecerle la visita que acabamos de recibir, entonces?

—Deben agradecerme que haya invertido una cierta cantidad en enviar a esos hombres para protegerlas. De no ser así, la visita habría sido de otra naturaleza.

—La protección es de agradecer. La demostración de fuerza, menos.

—Nunca me ha gustado presumir.

—¿Entonces?

—Mientras usted y yo sigamos bailando entre el poder y la necesidad, señora Reyes, tendré que hacer cosas que no me gusten.

Aura se pasa la lengua por el interior de la mejilla, intentando analizar la situación. Llevar una cuenta de los tiras y aflojas. Las veces que ha llamado ese hombre a la enfermería de la prisión hasta localizarla. El dinero que envió a la enfermera y a Lola Moreno para sobornarlas. El funcionario que envió para sacarla de Matasnos con un subterfugio. La última visita que acaba de hacer.

Todos ellos ejercicios de poder, pero síntomas mayores de una necesidad.

Ella no anda corta de necesidades. Ni de la voluntad de satisfacerlas.

Pero haber corrido como pollo sin cabeza en dirección a la más mínima pista de sus hijas no ha sido la idea más brillante que ha tenido hoy.

—¿Qué es lo que quiere que haga?

—Necesito que recupere algo que me han robado.

—¿Y por qué yo? Podría mandar a sus amigos de uniforme, ¿no?

El hombre suelta una carcajada seca y breve.

—No es un trabajo para la policía. Para encontrar a la mujer que me ha robado hará falta alguien con capacidades concretas. Con una mente más… abierta para el delito.

A Aura, la palabra «delito» le suena pobretona, poco elegante y vulgar. Los rateros cometen delitos. Conducir a sesenta kilómetros por hora en un tramo limitado a treinta para llegar a tiempo a tu clase de Spinning© es cometer un delito.

Yo hice algo mucho más ambicioso. Concebí y ejecuté un plan complejo y metódico, en tres ocasiones, progresivamente más difíciles.

Que no salieron del todo bien, pero eso no se lo dice.

—Así que necesita a una ladrona. ¿Por alguna razón concreta?

—Las necesito a usted y a sus amigas. Las razones son sólo mías.

—No sé si se ha dado cuenta, pero voy muy corta de personal.

—Soy consciente de que está muerta de preocupación, señora Reyes. Intentaré localizar a Celeiro por mis propios medios mientras usted cumple con su parte del trato.

Aura se toma un instante para reflexionar.

—Digamos que yo encuentro a la mujer en cuestión y recupero lo que le ha quitado. ¿Qué hay para mí?

—No estoy seguro de comprenderla.

—Ah, don Misterios, fíjese que yo estoy segura de lo contrario.

Hay una pausa al otro lado.

Una pausa más artificial que real.

Si hay algo que aprendió Aura durante sus años como gestora de fondos acerca de la negociación es lo mucho que está basada en la percepción. En ciencia necesitas entender el mundo; en los negocios necesitas que no lo entiendan los demás.

Cuando las dos partes entienden el mundo, la negociación se parece mucho más al baile del que hablaba antes su interlocutor.

—Si me devuelve lo que me han quitado, la orden de excarcelación será permanente.

—¿Cómo puedo confiar en usted?

—No puede. Pero está deseando hacerlo, ¿verdad?

Aura admite que es cierto.

Finalmente cede. Le embarga un gran alivio, pero no un alivio sereno. Es ardiente, complejo y extraño.

Es como si se metiera en un bosque encantado. No hay forma de salir, la entrada se ha esfumado en la niebla que queda atrás, y ya no hay nada que hacer salvo seguir avanzando hacia las arenas movedizas.

—¿Quién es la persona que busca?

—Voy a enviarle una imagen.

Aura se aparta el teléfono de la oreja a tiempo de evitar que el pitido del mensaje le perfore el tímpano. Abre la foto que le acaba de llegar, desde un número desconocido.

Es una mujer de alrededor de cuarenta años, alta, de pelo rubio y largo. Tiene la mirada lánguida. Sus pestañas son largas y lleva un piercing en la nariz.

Aura activa el manos libres.

—No tiene pinta de delincuente.

—Se llama Celia Aguado, aunque dudo que use ya ese nombre. En su día era médico forense, pero ahora sólo es una vulgar ladrona.

—Oiga, un respeto a los ladrones.

—Disculpe, no pretendía ofenderla —dice el hombre, y

no hay ni un ápice de sarcasmo en su voz—. Al fin y al cabo, sus capacidades son imprescindibles para esta tarea.

Aura se pasa la mano por la piel pegajosa del cuello. Nunca antes había necesitado tanto una ducha.

—Muy bien, haré lo que pueda. Pero necesito saber más. ¿Qué es exactamente lo que le ha robado esta mujer?

—No… puedo entrar en detalles por ahora, pero puedo asegurarle que lo que me ha quitado es de vital importancia para mí. Y si no lo recupero, las consecuencias serán graves.

—Pues no es de mucha ayuda. ¿Por qué letrita empieza?

—Busque usted un maletín de color negro, con cierre digital —dice don Misterios, con la paciencia de quien habla con un niño no particularmente listo.

Aura resopla, extenuada.

—¿Y cómo se supone que voy a encontrar a Aguado?

—Según una fuente, Aguado se encontrará con un comprador mañana a las nueve de la noche.

—Para vender lo que le ha robado. ¿Dónde?

—Sigüenza. Un restaurante llamado El Doncel. Lo sé, muy poca imaginación.

—He oído hablar del sitio. Y es carísimo.

—Si hubiera probado su *rillet* de cordero al ajo negro no diría eso, señora Reyes.

—El caso es que en los últimos tiempos ando igual de corta de efectivo que de personal.

La voz del hombre se vuelve de nuevo untuosa y didáctica, como una maestra justo antes del recreo, cuando los niños están nerviosos. De algún modo, ese modular de la voz le dice más a Aura que todo lo que ha ido deduciendo hasta ese momento sobre don Misterios.

Es una persona acostumbrada a hablar ante una audiencia. Y a hacerse respetar. ¿Un profesor universitario, quizás?

—Había otro objeto en el sobre. ¿Lo ha visto?

—¿El anillo? No es mi estilo en absoluto.

—Es más que un anillo, señora Reyes. Obsérvelo bien.

Aura lo extrae del sobre, que se había guardado en el bolsillo. Al girarlo, observa cómo el interior del círculo es de una especie de plástico traslúcido, a través del cual se intuye un circuito impreso.

Sere se lo arrebata de la mano.

—Es un chip NFC —dice, en voz baja, pero no lo suficiente como para que no lo capte el manos libres del teléfono.

—Dígale a la señora Quijano que ha acertado. Es un dispositivo multiuso.

—Uno de esos usos… ¿no será por casualidad un GPS, don Misterios?

En la pausa que hace su interlocutor, Aura no sólo ve que Sere ha dado en la diana, sino que comprende cómo han aparecido los policías tan pronto ellas entraron por la puerta.

—Llámelo mi póliza de seguros. Es el otro uso el que más les interesa. En su interior contiene una tarjeta de crédito. Úsenlo al pasar por caja y aprobará la transacción sin problema.

—¿Sin límite?

—Con moderación, señoras.

—No se preocupe, don Misterios —dice Aura, con una media sonrisa—. Ni que fuéramos vulgares ladronas.

TERCERA PARTE

BRUNO

No hay nada más débil que un hombre cruel.

SHAKESPEARE

Hay veces en que la vida duele tanto...

MANÁ

1

Un coche

Las niñas tardan un buen rato en dejar de llorar, con el eco de los disparos de Chanclas rebotándoles aún en los oídos. Mari Paz ya está lejos del lugar que les ha servido de refugio. Muy lejos. Han rebasado Aranjuez y la medianoche.

Se detienen en una gasolinera, pegada a la A4. Está abierta a esas horas, lo que es un milagro. Y tiene tienda, lo que son dos. Pedir el tercero —que siga conduciendo mucho más con esa bala en el brazo— ya sería abusar.

—¿Dónde estamos? —pregunta Alex, inclinándose hacia el asiento delantero.

—A ver, rapazas. Estoy a punto de desmayarme, *oíches?* Si no quito la bala ahora…

Notan cómo Cris se echa a llorar de nuevo en cuanto termina la frase. Es la más frágil de las dos. Mari Paz confía en que en algún momento saque parte de la fortaleza de su hermana, o al menos de Aura. Siempre ha sido una niña de anhelos, de impulsos. Tiene un muelle muy comprimido en su interior, como el mecanismo de esos juguetes que hacen ruido que venden en la Puerta del Sol. Excepto cuando duerme. Entonces está bien. Su alma —comprimida al límite durante el día— se tranquiliza.

Alex, sin embargo, durante el sueño es una fábrica de patadas y puñetazos. Durante el día es el ancla de las dos. A veces, de las tres. Por eso es en quien van a apoyarse.

—Tenéis que entrar ahí —dice. En plural, pero mirando a Alex—. Y comprar un botiquín de primeros auxilios. Que tenga vendas. Y alcohol. No de los baratos, de los que te quitan la multa, dile al *mociño*… Dile que de los buenos.

—¿Y tu botiquín? ¿El de tu mochila?

Mari Paz podría maldecir en ese momento que justo la mañana anterior se le ocurriera cortarse las uñas. Y que se llevara el botiquín a la cama, donde llevaba las tijeras, en lugar de volver a colocarlo dentro de la mochila, que se suponía que tenía que estar siempre preparada por si tenían que salir corriendo.

El bulto familiar no está en su sitio. Sí está, sin embargo, el del dinero en el bolsillo trasero. Les quedan unos ciento y pico euros. Más los treinta que lleva ella en el bolsillo.

Le duele en el alma separar un billete para comprar el botiquín a precio de gasolinera. Con tan poco dinero no podrán aguantar mucho.

Pero si no se cura, no pasarán de esa noche.

Las dos cogen el dinero y entran en la tienda. Alex va detrás, empujando a Cris. Cuando cruzan la puerta, suena el *ding dong*, una breve pausa en el molesto ruido de *La isla de las tentaciones* que emite la tele.

El *mociño* resulta ser *mociña*.

Es mayor —para las niñas, al menos—. Lleva un polo rojo y se abanica con un folleto de esos que te dan para que te hagas una tarjeta de puntos. Está parada contando regalices junto al expositor de Migueláñez. Se las queda mirando según entran, con una sonrisa poco extrañada. Es muy tarde para que dos niñas de esa edad anden por ahí; pero trabajando en el turno de noche, ¿qué no habrá visto esa mujer?

—¿Os puedo ayudar?

—Sí, queríamos un par de botellas de agua —dice Cris—. Mi madre tiene sed.

—Allí tenéis, al fondo —dice, señalando la nevera—. La grande sale mejor de precio.

Alex le da un codazo a Cris, pero ésta hace un gesto con el dedo para que se calle.

—No queremos agua —le dice, en voz baja.

—No puedes entrar pidiendo un botiquín. Es *sos-pe-cho-so.*

Recalca cada sílaba de la última palabra con golpes de cuello (dos a la izquierda, dos a la derecha). De esos que sacan de quicio como sólo se puede sacar de quicio a una hermana gemela.

Alex se traga el orgullo (después de remedar el gesto de su hermana, a su espalda), porque Cris tiene razón. Como siempre. Si Alex es la que corre por delante, ella es la que piensa.

En su camino hacia el agua, Alex se fija en los botiquines, en una estantería. Hay de dos clases. Uno con una funda roja y otro más grande, con una funda gris. El segundo es más caro, cuesta casi el doble.

Cuando se acercan a la caja, la mujer da la vuelta al mostrador para cobrarles.

—¿Vas a llevarte eso? —dice señalando el botiquín.

—Sí, mi madre me dijo que esto también.

Saca un billete arrugado.

—Para quitar multas te vale con el otro, que cuesta la mitad, hermosa.

—Ya, pero ¿y si tenemos un accidente…?

—Si tienes un accidente —dice la dependienta, mientras pasa el agua por el código de barras— ni botiquín ni boticán. Como no llegue una ambulancia…

Alex asiente, con una sonrisa neutra de esas que enmascaran el «señora, suélteme el brazo» que está pensando.

Ya se están dirigiendo a la salida cuando…

—Eh, vosotras dos. Alto ahí.

Alex piensa en correr, es su primer instinto. Después de la noche pasada, ¿quién podría culparla? Pero es Cris quien la retiene, Cris la buena, Cris la obediente.

No quiere que salga corriendo detrás de ella. No quiere que vea a Mari Paz llena de sangre o la ventanilla rota. No quiere que llamen a la policía.

—¿Os ibais a ir sin esto?

Cuando se giran, la mujer está detrás de ellas, ofreciendo a cada una una bolsa de torcidas rojas. Ni Cris ni ella son muy fans de los regalices, pero con el racionamiento de chuches que han pasado en los últimos tiempos, esas dos bolsas son como maná caído del cielo.

—No podemos pagarlo.

—Tranquila —dice la mujer, dando un golpe con el bolígrafo en la tablilla—. Si se han equivocado en el inventario…

Y le guiña un ojo, a modo de despedida.

Cuando regresan al coche, Mari Paz está en las últimas. El dolor en el brazo es atroz. La bala ha horadado su carne —atravesando el tatuaje de la BRILAT—, antes de alojarse entre el cúbito y el radio. Sigue allí, estirando el hueso, ejerciendo una presión insoportable.

—Aquí traemos…

Mari Paz no deja acabar a Cris. Le quita una de las botellas de agua de la mano y se la lleva a la boca. Vacía media de un trago. Echa la otra media sobre la herida.

—Abre eso.

Alex quita el celofán del botiquín, arranca el cartón que sirve para colgarlo de un expositor. Descorre la cremallera.

—Alcohol. *Ten* que haber alcohol.

Con manos torpes, Alex extrae un envase de 20 centilitros de alcohol 70°. El pitorro de seguridad es de esos que convalidarían dos ingenierías si lograras abrirlo. Mari Paz tira por la calle de en medio, pegándole un bocado al cuello del envase, arrancándolo.

Después se echa un chorro sobre la herida. El grito se lo come, pero los espasmos musculares no hay forma. Cris se echa a llorar, por tercera vez aquella noche.

—Podéis iros fuera, si queréis —dice Mari Paz, con voz ronca.

—No —dice Alex, apretando los dientes.

—No —dice Cris, con la voz temblorosa.

Mari Paz pone el brazo izquierdo sobre el volante, a falta de mesa de operaciones.

—Dame el coso ese.

La mano derecha sostiene las pinzas que le pasan las niñas.

—¿Estáis seguras? *Isto vaise a poñer feo…*

—Habla castellano, Emepé. Que estamos en España —le dice Alex, agarrándole el brazo con fuerza.

Mari Paz sonríe ante el viejo chiste, tantas veces repetido en los últimos ocho meses. *Si me pongo muy gallega me lo decís, no vaya a ser que no me entendáis*, decía ella. *Cómo no os vamos a entender, hasta una niña de nueve años os entendería*, decían ellas, que ya entonces iban para once.

Las pinzas de acero se hunden en la carne, separando los bordes de la herida, y Mari Paz aprieta los dientes.

Por un momento no siente nada, no escucha nada. Mira a través del parabrisas, a la noche y a la carretera por la que no pasan coches. Su cuerpo le manda el primer aviso.

Mari Paz gruñe, preparándose, reuniendo todas sus fuerzas para dedicarlas —para dedicarse ella, todo lo que es y todo lo que tiene— a la aparición del dolor inasumible. El dolor es todavía un monstruo lejano, aguardando más allá del parabrisas, en la oscuridad, a que las pinzas avancen. Puede sentirlo. Está llegando. Hambriento. El terror satura su mente, un terror tan intenso que por un momento mantiene a raya al monstruo.

Muy tarde se da cuenta de que le vendría bien algo para morder.

—Cris, cariño. Mira en la guantera un *momentiño, rula*

—dice, echando una tonelada de azúcar por encima del dolor que le trasluce en la voz.

Mala idea. Una silla de montar de oro sobre un caballo enfermo lo hace parecer moribundo.

Cris no se echa a llorar, porque no ha parado. Pero le empiezan a temblar las manos cuando abre la guantera.

—La carpeta esa, acércamela, ¿sí?

Cris coge la carpeta —el permiso de circulación del coche— y la tira hacia el asiento del conductor como si quemara, antes de aplastar la espalda contra la puerta del copiloto, lo más lejos posible de Mari Paz. Alex tiene que agacharse para recogerla del suelo.

—Bien. Muy bien las dos. Haced un rollo con eso.

Alex enrolla el plástico y se lo atraviesa en la boca a Mari Paz, que muerde fuerte y vuelve a la herida. Esta vez puede centrarse en apretar los dientes mientras el metal hurga en su interior, buscando más metal.

Duele, vaya si duele, cuando la punta de las pinzas roza el cúbito. Pero es mucho peor la sensación. El tacto alienígena del acero raspando contra el hueso (reverberando, retransmitiéndose por todo su cuerpo, en atroces oleadas) es lo más desagradable que ha experimentado en su vida.

Que, siendo ella, ya es decir.

Como niña de los ochenta que ha sido, su mente se escapa a un anuncio de la tele de su infancia. Se imagina a sí misma, tumbada en una camilla. Y su nariz como una gran bombilla roja, que acaba de encenderse.

Tú eres el doctor y te dispones a operar, se tararea en la mente.

Con un esfuerzo ingente, vuelve a mover las pinzas dentro de la herida. Intenta bloquear cualquier información, cualquier estímulo, cualquier pensamiento que no sea la absurda cancioncita. Mantener al monstruo fuera del coche.

Operando, operando...

La punta de las pinzas rodea la bala. Que ahora ha alcanzado la categoría de ley de la gravedad, de agujero negro, de centro del universo. Puede sentir el proyectil a través de la carne del brazo, a través de las pinzas, a través de la mano. Puede verla —con su deformación ligera hacia la izquierda, con el relieve trasero del fabricante— como si ya la hubiera extraído y estuviera contemplándola a la tenue luz del techo del Skoda, girándola para apreciar cada detalle.

Aprieta.

La bala se niega a salir del refugio de hueso en el que se ha incrustado. Por un instante las pinzas se le resbalan, y Mari Paz se encomienda a todos los santos del cielo, a la abuela Celeiro y al lucero del alba. Siente que le queda muy poca batería. La herida sangra, el dolor aumenta. Ella está a punto de desmayarse, por el *shock* y por la pérdida de fluidos. Jadea, toda ella cubierta por una película de sudor frío. Su corazón late de manera errática, como un pájaro herido que agita las alas.

Todo lo que sabe lo está olvidando.

Aprieta de nuevo.

Gira.

Éste sí es el dolor más grande que he sentido en mi puta vida, piensa Mari Paz.

Ahora sí se ha hecho con la bala. Cuando tira de ella y

empieza a moverse, hay un cambio en el tejido mismo de la realidad. La bala deja de presionar y separar el cúbito y el radio. Y el alivio es instantáneo. No hay metáforas ni símiles para ello, sólo los hechos, puros y fríos. Como el proyectil con núcleo de plomo y blindaje de cuproníquel que estaba alojándose entre dos huesos, después de haber perforado piel, y tatuajes, y tejidos, y ahora ya no lo está. Intentar poner en palabras el dolor que ha sentido Mari Paz al extraerse a sí misma ese objeto sin anestesia es igual de inútil que reflejar el alivio que se ha producido.

—Mmm —hace con la boca, en dirección a Alex.

Ésta le quita la mordaza.

—Abre el cenicero, Cris —pide.

La niña se adelanta —sorbiendo los mocos que le resbalan por la nariz— y tira de la solapa de plástico que lo cubre. Está vacío, desde que las niñas viajan en el coche, éste es un espacio libre de humo.

Mari Paz deja caer la bala en el interior, produciendo un —satisfactorio, obligatorio—:

Clonc.

La tradición es la tradición, piensa la legionaria.

No se puede extraer una bala sin dejarla caer contra algo metálico en ninguna historia, ni se puede dejar una herida sin cerrar en la vida real.

El monstruo se retira del coche, con la barriga repleta del dolor de Mari Paz. Detrás deja una mujer rota, vencida y a punto del colapso.

Mira a Alex.

A veces la gente te hace una pregunta y sus ojos te ruegan que no le digas la verdad.

Ésa es una de esas veces.

—¿Tengo que hacerlo yo?

Y Mari Paz no le dice la verdad.

Y coge ella la aguja y el hilo, y ella sola hunde la punta en su piel, y tira, notando el tacto del hilo contra sus tejidos. Y de nuevo echa alcohol —siempre después del primer pespunte, para que el hilo ayude a retener el alcohol, como había aprendido en Mostar—. Y vuelve a hundir la aguja, y vuelve a tirar, una y otra vez.

No recuerda cuándo se desmaya.

2

Una preparación

Apenas puede creer lo que ve.

El reflejo en el espejo parece ajeno, excesivo. Inmerecido, incluso. Se toca un punto sensible en la mejilla, pidiéndole confirmación a su dolor.

¿Ésa soy yo?

La noche anterior la habían pasado en un hotel a las afueras de Madrid, a cuenta de su misterioso benefactor.

—No deben usar ningún documento de identidad que las identifique. Ni ningún dispositivo electrónico que puedan rastrear sus perseguidores. Me temo que deben seguir el ejemplo de Celeiro y desaparecer.

—¿No nos pedirán el DNI en el hotel?

—Deje eso de mi cuenta.

—¿Y qué pasará cuando hayamos terminado? Porque Ponzano no va a dejar de buscarme.

Pausa incómoda.

—Para eso no tengo respuestas, señora Reyes. Lo único a lo que puedo ayudarla es a que no tenga, además, que huir de la justicia.

Aura pensó que tendría que ser suficiente.

En el hotel, ya de madrugada, se había metido en la ducha con la ropa puesta.

Se lavó el cuerpo machacado, pegajoso, maloliente, intentando reparar el daño de la cara, el pelo… Moviéndose despacio, como quien aguarda instrucciones.

Después se dejó caer en la cama, aún con la toalla envuelta alrededor. Estaba dormida antes de tocar el colchón.

A la mañana siguiente, temprano, Sere había pasado por su habitación. Arrastraba los pies, llevaba la camisa por fuera y su peinado había caído en una decadencia que recordaba a un ejército derrotado camino de casa. Se inclinó sobre ella y le quitó el anillo-tarjeta de crédito del dedo.

—Tú espera aquí, jefa, que ahora vuelvo.

Aura no discutió. Tan sólo siguió durmiendo.

Pasa del mediodía cuando Sere regresa, cargada de bolsas repletas. Le da a la llave de la luz y se despiertan las paredes.

Aura lo hace a continuación. Se incorpora en la cama, desnuda —la toalla ha acabado en el suelo enmoquetado de la habitación durante la calurosa noche—, y se enfrenta al botín.

Vaqueros elegantes, sandalias.

Ropa interior limpia.

Limpia.

Su madre insistía en que la ropa es disfraz y armadura.

«Aura, por el amor de Dios, sonríe una *miaja* —decía—. Una buena sonrisa puede hacer milagros en una cara sosa como la tuya».

Un milagro no, pero necesita la ayuda de Sere para vestirse. Tiene el costado lleno de moratones. Grandes como pomelos, con los bordes amarillentos. Allá donde los golpes de las secuaces de la Yoni impactaron, dejando un recuerdo que las ha sobrevivido. Sere le aplica aceite de rosa mosqueta aquí y allá.

—Creo que tengo una costilla rota.

—Mete la mano, anda.

Abrocharse el sujetador, ponerse la camisa —mostaza, de lino español— es un suplicio que se suaviza un poco cuando se fija en la etiqueta.

—Esto es de Loewe.

—Una ganga. Setecientos pavos.

—Así me gusta, con moderación. ¿Y desde cuándo se lleva el mostaza?

—Al final, todo vuelve.

Es su amiga, también, quien tiene que agacharse para ponerle las sandalias, unas Farrutx en napa, diseño en cruz en blanco y negro. Monísimas.

—Sere... yo...

—Tú déjate hacer.

Sere le mira el pelo como un médico hace triaje a los heridos en un campo de batalla, evaluando si merece o no la pena salvarle la vida. Finalmente da un par de tijeretazos aparentemente aleatorios.

Despliega sobre la cama un arsenal de botecitos, frascos y pinceles, todos aún con sus precintos y etiquetas.

—¿Estás segura? —dice Aura, que no ha visto a Sere pasar nunca del pintalabios.

—Solía hacerle la chapa y pintura a mi hermana antes de salir de farra.

Lo cierto es que la hermana, cuyo nombre ha decidido olvidar, era la que salía. Estudiante impecable, bailarina de gimnasia rítmica, alta y delgada, sonrisa Profidén... y fiestera irredenta. Cuando aún se toleraban, Sere disfrutaba mucho maqueándola los sábados por la noche.

Cuando la puerta de la casa se cerraba, el portazo servía para disimular el ruido —estilo pavo— que hacía Sere al tragarse la envidia. No llegó a tragársela nunca del todo, sino que se quedó clavada eternamente a mitad de la garganta. Sigue ahí, en el mismo sitio, como una de esas pintadas que resisten años a la intemperie, en un muro que tienes que ver a diario porque está en tu camino.

Pero ya quisiera Doña Perfecta parecerse remotamente a Aura Reyes, piensa Sere.

—¿Tienes una hermana? ¿Por qué nunca nos habías hablado...?

—Porque se tiró a mi marido, que acabó dejándome y casándose con ella.

Sere sonríe al contarlo. La gente siempre vive estos episodios desafortunados como una tragedia, en lugar de como una comedia, y así les iba.

—Pues normal que no me hayas hablado.

—No, si lo llevé muy bien —responde Sere, que evoca

mentalmente el momento en el que roció de gasolina y quemó el coche de ambos, unos minutos después de pillarles en el acto.

Al cabo de media hora de repasar, sombrear, matizar e iluminar, la informática da por fin el visto bueno.

—Con las uñas no se puede hacer gran cosa, pero el resto...

Aura se levanta, algo renqueante, y va hasta el espejo que cubre el armario empotrado.

¿Ésa soy yo?

El espejo devuelve una imagen inesperada. Una Aura más joven, más fuerte. La nariz rota ha quedado muy hábilmente disimulada. Los kilos perdidos ya no parecen desnutrición. Los párpados hundidos y ojerosos se han transformado en la mirada dura y afilada de un ángel pintado por El Greco.

—La verdad es que estás buenísima, so perra —dice su amiga, dándole un cachete en el culo.

—No sé cómo lo has hecho, Sere. No...

Se interrumpe. No quiere decir *no me lo merezco*, porque bastante daño se ha hecho a sí misma con pensamientos de este tipo durante los últimos meses. Así que en lugar de ello, dice:

—... no era necesario.

—Como decía mi tío Jacinto, la distribución de la belleza siempre ha sido una gran injusticia. Pero, puesto que esa injusticia está aquí para quedarse, mejor ser beneficiario que víctima.

—¿Era guapo tu tío Jacinto?

—Era más feo que un caniche recién duchado. Pero tenía una labia…

Por primera vez desde que ha salido de la cárcel, Aura se siente capaz. No de todo.

Que se lo pregunten a las hortensias.

El recuerdo la golpea con una dureza inesperada. Es 2009, antes de que nazcan las gemelas. En el dúplex elegante y destartalado que Jaume y ella alquilaron en Bilbao, durante la primavera retrasada y fría del trimestre sabático que se tomaron entonces, cuando el mundo era más sencillo.

Jaume cuida un pequeño y desaliñado macizo de hortensias de colores brillantes en su balconcito. La tierra de la maceta seguramente es muy pobre, hay insectos rapaces que devoran las hojas, pero Jaume está empeñado en sacar adelante las flores y Aura le observa a través de una ventana, a escondidas. Siente un mareo repentino, un arrebato de amor, pero también la inutilidad de ese amor. Igual que Jaume estaba decidido a mantener las pobres hortensias con vida, nosotros nos empeñamos en mantener vivos a quienes amamos, anhelamos protegerlos, resguardarlos de todo daño.

Ser mortal es saber que eso es imposible, pero es nuestra obligación actuar como si no lo fuera.

Asumir que podremos con todo.

La única utilidad de esas presunciones es como cebo para los dioses. Tentarles para que prueben que son falsas.

Y aun así.

Fragmento recuperado del manuscrito nunca publicado titulado «Dorr, el poder en la sombra», cuyo autor se encuentra desaparecido desde 2020. El manuscrito completo se perdió en un incendio, y sólo han sobrevivido algunos capítulos.

[Estas páginas parecen conformar el prólogo, aunque el autor no lo marcó como tal salvo con una inscripción a lápiz que parece medio borrada].

Si el lector accede a Google Maps, puede escribir las coordenadas ████N - █████W, y podrá ver un inmenso jardín, a tiro de piedra de Sierra Morena.

El terreno se llama Los Poyatos, una parcela de diez mil hectáreas con una única dueña.

¿Cuánto son diez mil hectáreas?

Veinte mil veces el Camp Nou.

Ochocientas veces el parque del Retiro.

Cien millones de metros cuadrados.

Esa mancha verde que se ve convenientemente difuminada (como si del Palacio de la Zarzuela o de La Moncloa se tratase) esconde uno de los jardines privados y viviendas unifamiliares más grandes del mundo.

Cuatrocientas especies de árboles, arbustos y tapizantes, casi trescientas variedades de rosales, más de doscientas encinas adultas, un lago, un arroyo y su afluente, un umbráculo, dos invernaderos y un cortijo. Dos edificios para los criados, guardeses y jardineros. Un aeródromo privado, con un hangar para un Gulfstream G700, valorado en más de setenta millones de euros.*

Todo ello para dar servicio al palacete, levantado en lo alto de un monte artificial de veinte metros de alto, que se convirtió en la residencia fija de Constanz Dorr, el centro de la tela de araña desde la que gobernaba su vasto imperio, y que lo es ahora de su hija Irma.

Alguien de quien, con toda probabilidad, usted no ha escuchado hablar nunca.

¿Ha escuchado hablar de Ramón Ortiz?

*He pasado semanas al borde de la finca, plantado con un teleobjetivo camuflado en la parte trasera del coche, y lo máximo que he conseguido es captar el avión despegando. ¿Debo seguir intentándolo?

Ésta es, sin duda, la historia. Puede que usted crea que le va bien en la vida. Cuando el término comparativo es alguien cuya vivienda está en el centro de un terreno del tamaño de veinte mil estadios de fútbol, usted abre los ojos, como los abrí yo hace años.

Si usted sabe cuánto dinero tiene, no es rico.

Las personas ricas, los ricos de verdad, los que tienen que contratar a una pitonisa para que adivine cuánto poseen, saben muy bien el odio que se despertaría si el ser humano comprendiese realmente la desigualdad entre ellos y nosotros. Por eso se esfuerzan mucho en ser discretos.

Por encima de ellos hay una clase más. Aquellos cuya fortuna no tiene parámetros. Los que les parecen ricos a los del párrafo anterior.

Ésos se esfuerzan mucho en ser invisibles.

Hablemos de Irma Dorr de la Torre.

Su partida de nacimiento está fechada el 15 de enero de 1973 en Los Poyatos. Como médico que certifica el alumbramiento, aparece un tal Juan Díaz y como testigo una Irene Pérez. Como padre, Pascual de la Torre.

Durante los siguientes treinta años no hay ningún registro de Irma en ningún sitio. Presuponemos que se escolarizó en casa. Hay testimonios de ella en una escuela de negocios en Suiza, hacia mediados de los noventa, y eso es todo.

La historia de por qué esta mujer es invisible comienza con el detalle más nimio. Cómo el doctor Díaz al rellenar su partida de nacimiento incluye primero el apellido materno, antes de que fuera legal en España.

Para entender por qué, tenemos que retroceder hasta

conocer la historia del más fascinante monstruo que jamás ha mancillado este mundo.

He aquí lo que sé sobre ese monstruo que teje su telaraña en las sombras. Lo he ido reuniendo todo como en un rompecabezas al que le faltan algunas piezas y otras no encajan del todo bien pero se han colocado a la fuerza, de modo que la imagen general no acaba de estar en su sitio si la miras muy de cerca. No obstante, es una imagen que tiene sentido. Se puede reconocer cómo se supone que debería ser.

Su nombre era Constanz Dorr.

3

Un terraplén

Aún no ha roto el amanecer y todo bosteza, hasta la luz pere-
zosa que se cuela por la ventanilla del Skoda blanco. El coche
está caliente, a pesar de ser tan temprano, y el aire tiene la
textura persistente de los pedos silenciosos.

Abre los ojos.

Mari Paz ha gozado siempre de la capacidad para dormir de una apisonadora averiada. Pero lo de las últimas horas
no ha sido dormir. Ha sido un desmayo muy parecido a la
muerte.

Se incorpora un poco en el asiento delantero, con una
mueca de dolor. Alza el brazo, con su venda improvisada
—mitad gasas, mitad camiseta ensangrentada.

Así que terminaron el trabajo, piensa, con una sonrisa orgullosa y dolorida.

Las ve, a través del parabrisas, junto a la cuneta. Están jugando a una variante de *Palmas, palmitas,* solo que a ritmo de Rosalía, *tra tra.* Las oye, a través de la ventana destrozada.

El amor que siente por ellas se le antoja insoportable, casi doloroso.

Arrugan la cara como monitos maliciosos. Su risa es tan aguda como los chillidos de un macaco y sus ojillos verdes y brillantes se alegran, burlones, ante cada quiebro y ante cada fallo de la otra.

Su sagrada dedicación al juego proclama una salud mental a prueba de desengaños. Los mismos adultos que consideran a los niños seres irracionales envidiarían esa fortaleza, si la viesen.

Les coges tirria, piensa Mari Paz. *Porque saben todo de ti, incluso cosas de las que no tienes ni pajolera idea. Tus fallos como madre, sobre todo.*

Anoche, ellas no habían fallado.

Levanta el brazo y estudia la venda improvisada con cuidado.

Habrá que buscar una de verdad. Y más alcohol y analgésicos. Y antibióticos, si encuentro quien me los venda.

Pero ahora mismo todo se queda supeditado a una cosa.

Mari Paz sale del coche y se lía un cigarro. Apenas queda tabaco en la bolsita de Pueblo, así que hace trampas. Se adentra un poco en el terraplén que rodea la gasolinera, en busca. Encuentra un poco de ojo de perdiz, lo bastante reseco como para triturarlo entre los dedos y hacer bulto.

Llevada por la necesidad, en el frente Mari Paz ha fumado de todo. Hojas de morera, mondas de patata. Incluso papel de periódico. Con el tiempo se había hecho tan experta en estos últimos que era capaz de reconocer si el precario cigarrillo se había liado con la sección de anuncios por palabras o —en el peor de los casos— con las columnas de opinión.

La vida es un rosario de pequeñas miserias que el filósofo desgrana riendo, decía su sargento.

Naces, cuando no es una mierda es otra, te mueres, resumía ella.

Termina el pitillo, lo compacta, lo enciende. Fuma como si disparase al aire, ansiosa. Con el antebrazo izquierdo pegado al pecho, sentada en el capó, mientras observa a las niñas jugar. Las palmas han dado paso al escondite.

Mari Paz se queda mirando a Cris, oculta detrás de un poste siete veces más estrecho que ella.

Ríe.

De pronto ellas se dan cuenta de que Emepé ha regresado al mundo de los vivos, y van corriendo a abrazarla.

Esta vez es Alex quien se echa a llorar.

—Te quiero mucho —dice, al cabo de un rato, con la voz pastosa de lágrimas y mocos—. Nuestra héroe.

—Mejor que Batman y Bob Esponja juntos —dice Cris, dándole un beso en el cuello.

Mari Paz piensa que se está obligado a ser heroico cuando no queda más remedio. Que los héroes no tienen opciones. No pueden elegir no bajar por la madriguera del conejo, no subir al Halcón Milenario, no llevar el anillo a Mordor.

Tampoco ella puede elegir. Eso es todo.

Mari Paz siente que se ha deslomado toda su vida sin obtener nada más que el dolor que le servía de armazón, que la sostenía de una sola pieza.

Hasta ahora.

Ahora las tiene a ellas.

Hasta ahora, también, la posibilidad de que les sucediese algo a las niñas no dejaba de ser algo etéreo. Una semilla incómoda.

Ayer dispararon a sus niñas.

Mis niñas.

De la semilla de miedo brota un tallo diminuto que crece a una velocidad asombrosa para ramificarse en monstruosos zarcillos, varas erizadas de espinas que se hacen más y más grandes hasta colonizar su pecho y seguir creciendo, ocupando cada milímetro disponible con la espesura de una vegetación áspera, seca, hasta que la fulmina el sonido de su propia voz.

—Subid al coche.

4

Un hotel en Guadalajara

Aura y Sere dejan el hotel de Madrid cuando les da la gana. Se suben al coche (¿prestado?, ¿de alquiler?). Un SUV negro, anodino y de cuarta mano, que lleva la etiqueta *desechable* flotando por encima del capó. Su destino está a un par de horas, pero ellas tardan el doble. Toman desvíos por carreteras secundarias para matar el tiempo, cruzando una tierra adusta y cruda que insiste constantemente en su inmensidad.

Apenas hablan.

Aura está ocupada en preocuparse por sus hijas. Y en recuperarse.

Sere está ocupada en conducir y en tararear los grandes éxitos de Simon y Garfunkel. Y no sabe cantar.

Ya es tarde cuando llegan al hotel de Guadalajara.

Dejan las maletas en las habitaciones.

Se bajan al bar a tomar unas copas.

Delante del segundo Malibú con piña, por primera vez en meses, Aura habla.

—Nunca he estado tanto tiempo sola, tan cruda y absolutamente sola, como estoy desde que murió Jaume.

Aura había aprendido todo lo necesitaba sobre la viudedad en los primeros meses. Las películas y los libros le habían dado la estúpida noción de que la pena es pura, solemne, austera y elevada, como el *Réquiem* de Mozart. La viudedad se parece más a un colchón con los muelles rotos a las tres de la mañana. Al tubo del papel higiénico cuando arrancas el último trozo y queda ahí, girando, con el resto inservible y partido, colgando de ese pegamento tan desagradable que usan. A esas neveras donde nunca hay nada más que agua del grifo en botellas de Coca-Cola.

Y tener que seguir durmiendo, limpiándote, seguir teniendo hambre.

A no tener permiso para detenerte, por roto que esté el mundo.

A no dártelo para ser feliz.

Las mesas del bar están situadas a mitad de camino de recepción. A esas horas, y en un hotel tan pequeño como el que las acoge, el recepcionista del turno de noche hace las veces de camarero.

—Menudo chulazo —dice Sere, haciendo un gesto hacia el culo en retirada del joven.

Aura hace un esfuerzo muy grande para no mirarlo, que produce aún más sonrojante ternura que si no lo hubiera hecho.

—Tenemos que hablar del intercambio de mañana por la noche. Hay que ir al restaurante, estudiar las vías de acceso… Si pudiéramos contar con la complicidad de algún camarero sería perfecto. También deberíamos tener todas nuestras cosas en el coche por si hay que salir corriendo. Va a ser un día muy ocupado.

Mientras Aura detalla el primer esbozo de su plan, Sere apaga el cerebro.

Sopla en su bebida con la pajita, se retuerce los rizos con un dedo, hace un turuto con el posavasos y alguna que otra chorrada más mientras espera a que haga una pausa lo suficiente larga como para indicarle que puede regresar al mundo de los vivos y hablar de lo que es importante.

—No has escuchado nada de lo que te he dicho, ¿verdad, Sere?

Eso también le vale como pista.

—¿Cuánto hace de la última vez?

Aura sigue la dirección de su mirada, hacia el chulazo de la recepción. Está con la mirada perdida en el monitor de su ordenador, así que Aura puede dedicar unos instantes a comérselo con los ojos.

—Puf, ni me acuerdo.

—No me estás diciendo la verdad.

Sí, sí que se acuerda. Se acuerda muy bien de cuándo fue la última vez que hizo el amor. Fue tres noches antes de que mataran a Jaume. Él estaba últimamente muy cansado, muy poco receptivo, por culpa, decía, del trabajo y de un proyecto del que no quería hablar. Aura prácticamente tuvo que saltarle encima en bolas, pero obtuvo lo que quería. Jaume se sorprendió pero cumplió como un campeón. Como amante tendía más a la efectividad que a la floritura —cuando se conocieron creía que el monte de Venus era el que estaba detrás del Tibidabo—, pero con el paso de los años Aura le había ido educando hasta limarle las asperezas.

—Es repugnante, ¿no? Con todo lo que ha pasado, con la muerte de Jaume, las niñas y Emepé sabe Dios dónde… y yo aquí, con estos calores.

—No es repugnante —dice Sere, meneando la cabeza—. Es natural.

—Las cosas naturales son repugnantes.

Sere hace una pausa, larga, mientras pondera la afirmación de Aura. El reino animal le devuelve ejemplos que corroboran la verdad en la forma, pero ninguno que apruebe el fondo. Por tanto, la única respuesta posible es la acción irreflexiva.

—Para que la vida sea realmente divertida, lo que temes debería coincidir con lo que deseas —dice, mientras se levanta.

—¿Dónde vas? —dice Aura, tratando de engancharla por el vestido.

Sus dedos no aferran la tela por un par de milímetros.

Sere continúa su avance (inmutable, impune) en dirección al mostrador de recepción, dispuesta a efectuar el ritual de apareamiento ancestral de los Quijano, que atraviesa las siguientes fases, en perfecta sincronía con el tema de apertura de *El hombre y la Tierra*.

- Chulazo endereza los hombros y sonríe con amabilidad al verla acercarse.
- Se encorva un poco cuando Sere le hace una señal con el dedo.
- Se encorva el doble cuando Sere le agarra de la corbata y tira hacia abajo, para asegurarse de que la oreja de Chulazo le queda a una altura aceptable.
- Susurra algo inaudible mientras señala en dirección a la mesa bajo la cual Aura está intentando meterse.
- Mira a los ojos de Chulazo, esperando una respuesta afirmativa.
- Cuando la respuesta tarda, debido a lo intimidado del sujeto, Sere se la garantiza tirando de la corbata haciendo que la cabeza suba y baje.

Sere desaparece en dirección al ascensor, no sin antes hacer, por orden, el gesto de la victoria, el del corazón coreano y el del pulgar hacia arriba, en rápida sucesión.

Toda la maniobra —con la discreción, gracilidad y elegancia de una campana de bronce rodando escaleras abajo— ha durado unos cincuenta segundos. Pero su efecto va a permanecer un rato.

Cuando Aura, roja por fuera como una sandía por dentro, se anima a salir de debajo de la mesa, evita mirar al pobre muchacho a cuyo lado va a tener que pasar si quiere regresar a su habitación.

Mejor no retrasar lo inevitable, piensa, levantándose y acercándose.

—Siento lo de mi amiga.

—La señora es vehemente.

—Es particular. No le haga caso.

El chico balbucea algo inaudible.

—¿Cómo dice?

—Digo que es una pena, que ahora mismo empieza mi descanso —tartamudea, señalando el reloj.

Aura le mira a los ojos.

Él le devuelve la mirada.

Dos párrafos

Él le acaricia el culo, atrayéndola hacia sí. Aura nota el pene erecto contra su estómago. Baja la mano y lo manosea por encima de la tela. La temperatura sube de golpe, aún más. Ella desea que pase cuanto antes, y nota que Chulazo siente lo mismo. Él se apodera de sus pequeños pechos y Aura suelta un gemido. Le desabrocha el cinturón, luego el botón del pantalón y busca, a tientas. A su mente vuelve el recuerdo del patio de la cárcel, y el recuerdo de lo cerca que estuvo de la muerte. Encuentra el pene, cierra la mano sobre él y lo extrae de su prisión. Ambos respiran más fuerte, desacompasados, en busca cada uno del aire que le sobra al otro. Aura da un paso atrás y contempla la polla del joven, a la escasa luz del cuarto de las maletas. No es muy larga, pero es gruesa, está caliente y palpitante. Mueve la mano, arriba y abajo, quizás demasiado deprisa. Ha pasado tanto tiempo. Y, sin embargo, no ha olvidado lo mucho que le gusta la sensación de rodear con sus dedos un pedazo de carne suave, con la anticipación que concede el deseo. Aumenta un poco el ritmo, pero el joven le aparta la mano, susurrándole al oído algo con voz ronca. Que pare, antes de que no pueda más y se quede sin juguete. No con esas palabras, claro, pero Aura hace tiempo que no es capaz de atender a nada que no sea el flujo de sangre hacia su entrepierna, que es también el destino hacia el que el joven se arrodilla. Los vaqueros ajustados y elegantes son un problema que tarda en solventarse. Las bragas cuestan menos, pero en ellas él se demora un poco más, con ambas manos, con delicadeza innecesaria pero muy apreciada. Los dedos fuerzan la goma, liberando el culo, dándoles la vuelta de forma que las bragas acaban formando un rollo a medio muslo y dejando al aire el vello púbico de Aura. En su día estaba completamente depilada, pero años —años— sin una pareja sexual han devuelto el solar a su estado natural. Aura se siente avergonzada y excitada al mismo tiempo. A Chulazo no parece importarle, porque adelanta el cuello y la besa, abre la boca para darle placer. Aura susurra que no, que no quiere eso (no tocar, peligro de muerte), es una intimidad que no está dispuesta a regalarle, y él lo entiende, y le baja las bragas hasta los tobillos y Aura sale de ellas, enviándolas de una patada al fondo de la habitación, entre un par de maletas medianas. Chulazo se levanta y la abraza, y por fin su mano se cierra sobre el sexo de ella, buscando. Aura siente cómo un dedo la penetra con suma facilidad (sus manos hacen llagas en la piel). No dejan de besarse. Dientes, lenguas y labios en una batalla frenética, hambrienta, cuya única tregua es la que exigen los pulmones. Cuando está lista, cuando ya no puede más, Aura le pone la mano contra el pecho —fibroso, fuerte— y mira a su alrededor, buscando dónde. Las opciones son un escritorio polvoriento o de pie. La primera es poco higiénica, la segunda nunca le ha funcionado. Se lamenta de no haber subido con el joven a la habitación, pero eso habría dotado a este —¿desahogo?, ¿alivio?— de una importancia que no quería darle. No quiere que esto sea un capítulo de su historia, como mucho un párrafo, un interludio. Por suerte, Chulazo tiene una tercera opción. Le lleva los brazos alrededor del cuello, y después la agarra por los muslos, levantándola del suelo, en un movimiento aparentemente sencillo que hace sentir a Aura liviana como una pluma y la pone cachondísima, todo en uno. Nota la pared —con gotelé, la vida es imperfecta— contra la piel desnuda de la espalda, y se pregunta en qué momento consiguió quitarse la camisa, que ahora cuelga medio abotonada detrás de ella. El sujetador sigue en su sitio, pero ya no hay margen. Aura suelta uno de los brazos del cuello del joven el tiempo suficiente para agarrarle la polla y llevarla al lugar adecuado, antes de rodearle la cintura con las piernas y apretar con las pantorrillas, empujándole adentro, hincándole los talones en el culo y en la parte baja de la espalda. El movimiento es tan repentino, tan profundo y sexual (la sangre hierve o no lo ves), que el joven gime de placer y de sorpresa, y la polla se le hincha en el interior de Aura, latiendo, a punto de estallar. Tiene que parar un instante para recuperarse, aprieta los dientes, gruñe mientras se recompone. A Aura no le importa, al contrario. Aprovecha la pausa para recuperar la sensación, tanto tiempo negada, de tener dentro a un hombre que la desea, al que desea. De todos los momentos posibles durante el sexo, éste es su favorito. El instante posterior a la primera penetración, cuando ya todo el camino está recorrido, y tan sólo queda buscar juntos el premio. Le viene a la cabeza la cantidad de días que lleva sin experimentarla —más de mil— y se le escapa un quejido lastimero, que afortunadamente Chulazo no oye, ocupado como está en controlar sus tiempos y en buscarle la boca de nuevo. Aura interpreta esto como una señal de continuar, y comienza a moverse, impulsándose contra él, usando los músculos de la espalda y del estómago. Él empieza a gemir, unos gruñidos suaves y roncos de puro placer con cada embestida, dejándola hacer. Con cada uno de los sonidos que emite, va aumentando su propio deseo, hasta el punto de que logra elevarse por encima de los demonios de la culpabilidad y de la responsabilidad. Por unos instantes logra desvanecer las nubes negras de su historia, los nubarrones de la ausencia de las niñas. El sol brilla a las tantas de la noche en ese cuarto pobremente iluminado, y tan sólo está ella, con los ojos cerrados, centrándose en la polla que la embiste con fuerza, en sus propias caderas, hambrientas, apremiantes. Su piel chasquea al chocar con la de ella, como un aplauso burlón. Su espalda pega contra la pared, tan fuerte que van a acabar borrando el gotelé. Él ya no puede más y aumenta el ritmo, susurrándole al oído que se dé prisa. Ella no quiere, es perfectamente feliz en ese lugar (y si volviera a nacer repetiría), centrándose en las oleadas de placer que surgen del centro del universo, que ahora mismo está situado donde se han fundido sus cuerpos. Escucha a alguien —tarda en descubrir que no es otra que ella misma— dando gritos de placer con cada penetración. Sabe que él se está conteniendo —cómo es capaz de hacerlo, de retener el orgasmo mientras la empotra a ella contra la pared, Aura no lo entiende— y eso la excita aún más. Abre los ojos, poco dispuesta a perderse nada. Se ve a sí misma, reflejada en la pantalla apagada del monitor que hay sobre el escritorio cercano, moviendo la pelvis con furia, y esa imagen la lleva al orgasmo. Todo su cuerpo se estremece en oleadas de placer.

Grita.

Fragmento recuperado del manuscrito nunca publicado titulado
«Dorr, el poder en la sombra»

[Este fragmento parece un añadido *a posteriori* al prólogo.
La página en la que se encontró está cortada por la mitad].

En resumen, en el momento en el que introduces a Constanz Dorr en la línea de tiempo de este país, en el momento en el que introduces El Círculo en la ecuación, se comprende lo que somos ahora.

Constanz Dorr fue un monstruo sin conciencia ni moral. Pero no había ni un gramo de maldad en su cuerpo, creo. Hablar de conceptos tan ridículos como el bien y el mal, de la izquierda o de la derecha, no tiene cabida en este relato. Sería como si la hormiga le asignara cualidades morales a la bota suspendida sobre el hormiguero.

Ayer vino uno de ellos.

No el primer abogado, el primero que llamó, diciéndome que este libro no iba a ser del agrado de gente muy importante.

No el segundo abogado, el que llamó a mi editor y compró mi contrato editorial por una suma obscena.

Ayer vino uno de los que no sonríen. Me dio tres días de plazo para entregar el manuscrito y todas las copias.

Me han cortado internet.

Están esperando abajo. Uno con una camisa de flores. Apoyado en la farola frente a mi casa, como si esto fuera una película de los años cuarenta.

Ya sólo me queda trabajar sin descanso, antes de que me silencien.

Puede que la hormiga no pueda defenderse de la bota.

Pero al menos puede avisar al resto del hormiguero de que existe la bota.

5

Una idea horrible

Mari Paz conduce.

Su cabeza es una catedral de luz, inmensa y cegadora. El futuro se le presenta a pedazos, tan fragmentados que no alcanza a pegarlos.

Conduce.

Mantiene con suma exactitud la velocidad, lenta, como si hubiera una bomba en el coche y pudiera explotar si acelera o frena.

Las vides se amontonan a lo largo de las carreteras solitarias, como niños agolpados contra una ventana del aula para ver un macabro accidente ocurrido en la calle.

Conduce.

Desde que dejaron Villafranca de los Caballeros, su mente vaga de un pensamiento al azar a otro.

Unos pocos le parecieron profundos e incluso importantes, pero ahora no puede recordar ni uno solo. Se pregunta cuántos pensamientos ha tenido en su vida. Deben ser millones, si incluyes tonterías como decidir cortarte las uñas de los pies o qué cerveza es peor, si Cruzcampo o la del Dia.

Casi todos son absurdos e insignificantes. Se desvanecen, como los de un gato o una mariposa.

Conduce.

Debatir consigo misma si es peor la Cruzcampo o la del Dia nunca lleva a ninguna parte, es un callejón sin salida.

Lo de las uñas de los pies, sin embargo… Ese pensamiento no es significativo, pero sí relevante. En Pristina vio morir hombres —en plural— por culpa de unas uñas de los pies descuidadas. Dos guerrilleros que se quedaron rezagados en ese bosque repleto de enemigos, por culpa de las heridas en los pies.

Desde entonces se corta las uñas una vez por semana. Y justo ayer casi muere precisamente por habérselas cortado.

Que también es casualidad, carallo.

Conduce.

Ancha es Castilla, pero sobre todo es recta.

Conduce.

Pasan por Lillo, por Tembleque, por Quintanar de la Orden. La Puebla de Almoradiel, Villacañas. Pueblos donde el tiempo sabe a agua seca.

Conduce.

Sin rumbo.

En círculos.

El cielo es inmenso, de un azul cobalto inmaculado.

Conduce.

Se descubre, a veces, pensando en Aura. En el tiempo que compartieron, en las aventuras.

Los recuerdos de aquellas semanas incrustados en su pecho, creando sensaciones táctiles y emociones reverenciadas que zumban como una corriente eléctrica.

Aura.

Nunca ha visto ojos más profundos que los suyos, y en ellos hay algo que le asusta mucho. No es que tema que le haga daño, más allá de que le pisotee el corazón, cosa que tampoco le preocupa mucho.

Es el hambre desesperada que traslucen. Y el tirón gravitacional que le arrastra hacia ella, como una voz silenciosa bramando desde una caverna oscura.

Conduce.

Las niñas, atrás, no se quejan. Les ha explicado lo que hay. No tienen rumbo, porque no puede haberlo. No hasta que esté segura de que no las están siguiendo.

Aún no comprende cómo las pudieron encontrar. Debieron seguirlas desde Abtao hasta la barriada donde estaba el refugio, probablemente sin tener clara su localización.

Ha comprobado el coche varias veces. Y todo lo que llevan encima. No hay nada que emita una señal, ningún dispositivo electrónico.

Está casi segura de que no tienen puesto un rastreador.

Casi.

Conduce.

Se han vuelto muy parecidos a los animales, al final. Sin futuro es lo que te sucede.

Conduce.

Las opciones se le han ido agotando, de ese modo inevitable en que se acaban los cigarros entre los dedos.

Conduce.

A veces piensa en el plan de emergencia que trazaron Sere y ella. Pero se le antoja demasiado arriesgado. Sin Aura, Sere es inútil.

Tienen que sobrevivir, hasta que se aclare. Hasta que esté segura de que no las siguen.

Conduce.

Se ha cruzado con un Honda Civic tres veces. Dos rojos, uno azul marino. Las tres veces ha levantado el pie del acelerador, apretado las manos sobre el volante hasta que los nudillos se le han puesto blancos.

No eran ellos.

No eran ellos.

No eran ellos.

Conduce.

Cuando esté segura, activará el plan de emergencia. Sere la ayudará. Pero tiene que estar segura.

Tiene que aguantar.

Seguir en movimiento.

La gasolina es cara. No les queda casi dinero. El tabaco —ha comprado otra bolsita— se lo raciona al máximo.

Conduce.

Los antibióticos están haciendo su efecto.

Tuvo suerte, con un farmacéutico en Villatobas. Un hombre mayor, de pelo cano, amable. Emergió cojeando de la rebotica. Se asustó al verla. Al ver su brazo, y la venda improvisada, ya del todo cubierta de sangre.

—Salga un momento —le dijo a Mari Paz—. Quiero hablar con ellas.

Mari Paz miró al hombre, miró a Cris y Alex, que estaban agradecidas de estar en la farmacia, fresca y tranquila.

Salió a fumar, venciendo la paranoia.

—¿Va todo bien? —les preguntó el hombre a las niñas.

Ellas asintieron con la cabeza.

—¿Os ha hecho daño?

—Nos está protegiendo —dijo Alex.

—Por favor, ayúdela —pidió Cris—. Ayúdenos.

El farmacéutico debió entender que las perseguían. Qué película se formó, Mari Paz no lo sabe. Violencia de género, quizás.

La llamó dentro, de nuevo. Metió en una bolsa de papel Clamoxyl, vendas, clorhexidina. Paracetamol. Enantyum.

—¿Tiene Bactrovet?

—Eso es para perros. Para que no se laman las heridas. Y duele muchísimo.

—Malo será —dijo Mari Paz.

No es la primera vez que le disparan. Ni la primera vez que tiene que echarse ese cicatrizante plateado, que no duele muchísimo: duele a rabiar. Pero no sabe cuántas veces va a poder parar a cuidarse la herida como es debido.

El hombre lo echó a la bolsa. Metió también botellas de Aquarius, y suero fisiológico.

Mari Paz se echó la mano al bolsillo.

El hombre negó con la cabeza.

—Adiós, joven. Que tenga buen viaje. ¿Adónde se dirigen?

Mari Paz señaló hacia la izquierda, como podía haber señalado a la derecha.

—¿Por allí adónde se va?

—A Corral de Almaguer.

—Pues vamos a Corral de Almaguer.

—Buena jaula pero malos pájaros. Vaya con Dios.

Conduce.

Los antibióticos siguen obrando su efecto.

Su estómago es un polvorín. La amoxicilina siempre la ha dejado hecha polvo, febril y revuelta.

Tienen que parar de urgencia entre El Toboso y Mota del Cuervo.

Corre detrás de un olivo, se baja los pantalones.

El contenido de sus tripas sale disparado de su interior como el contenido de una boca de incendios que acaba de reventar. Un retortijón, dos. Cuando todo termina, la legionaria se queda inmóvil un momento, siente el viento abrasador de la tarde sobre su piel expuesta. Una inmensa calma se apodera de ella, un bienestar casi. Por un instante siente que la humilde, imperfecta y efímera vida humana merece la pena, a pesar de sus limitaciones y sus desgracias.

Conduce.

Se pregunta si creer en Dios ayudaría en algo. Si resultaría tranquilizador o terrorífico, al pasar por lo que están pasando ellas, tener la certeza de que todo forma parte de algún misterioso plan.

Conduce.

La estepa manchega se despliega ante las ruedas del Skoda, eterna.

Hay un hombre a lo lejos, a un lado del camino. Es un anciano, de una conmovedora melancolía. Fuma, de pie junto a un mojón. A un lado, un bastón, que no parece necesitar.

Mari Paz aminora, al pasar a su lado. El hombre se las queda mirando, con los ojos apagados. Casi se podía ver el fino cañamazo de la miopía sobre ellos, como espuma sobre agua.

Cuando lo dejan atrás, va haciéndose (qué raro) cada vez más grande en el retrovisor. Una figura en pie en esta gran planicie toma las proporciones de un coloso.

Conduce.

Mira a las niñas, que se están quedando dormidas.

Se pregunta si es su destino cuidar de ellas.

Se acuerda de Tellier, un casco azul, en Albania. Un gabacho aceptable. Disparó una vez contra un muro y pintó alrededor tres círculos concéntricos.

—El destino sólo es la diana que dibujamos, después de disparar, en el sitio donde ha dado la bala.

Conduce.

Su mente vaga de un pensamiento al azar a otro.

Unos pocos le parecen profundos e incluso importantes, pero mañana no podrá recordar ni uno solo.

Conduce.

De pronto, tiene una idea. Una idea horrible, malísima.

Pero quién puede elegir.

6

Un restaurante (I)

El salón principal de El Doncel está tranquilo esta noche.

Sigüenza no es de los lugares más cálidos de La Mancha. Pero en este verano infernal, ni cuando cae el sol apetece salir de la protección que ofrece el aire acondicionado. Unos cuantos valientes han conducido hasta allí para disfrutar del menú con estrella Michelin.

El recién llegado asoma por la puerta a las diez clavadas. Casi puede pincharse uno con la hora al consultarla.

No tiene aspecto de haber llegado conduciendo.

Como si hubiera brotado de la luna y de las sombras. Unos ojos pálidos y virginales de un hielo muy puro que nadie ha quebrado jamás.

De su descuidado aspecto pueden sacarse decenas de conclusiones, quizás todas ciertas. Avanza pisando nubes que ya no lloverán nunca.

El que acaba de entrar se llama Bruno. Acceder a su mente es un enorme esfuerzo. Bruno no está bien.

Quizás merezca la pena la pausa y el hincapié.

No se habla de Bruno.

Mas…

Bruno

Es una verdad universalmente reconocida que un hombre poseedor de una gran fortuna necesita un asesino a sueldo.

Una mujer poseedora de una gigantesca fortuna, lo mismo.

Bruno. Rubio ceniza. Sus dedos son finísimos y largos, casi independientes. Dedos que parecen a punto de escapar en busca del arpa más cercana. Un instrumento a juego con su cara angelical.

Sus ojos son gris niebla. Su mirada, absorta y distante, la mirada del bombardero que calcula cuándo soltar su carga. Su piel perfecta, como el mármol de un sepulcro. Su voz, caramelo.

Su pelo es fino como seda de algodoncillo. Le cae en una onda en la frente. Lleva un bigotito como una oruga sobre el labio superior. La oruga se mueve sobre su labio constantemente, al hablar y al sonreír.

Sonríe mucho.

Bruno es el hombre más guapo que has visto jamás. Piensa en Brad Pitt hace treinta años. Ponle la experiencia de ahora en los ojos. Cámbiaselos por los de Paul Newman.

Ni te acercas.

Bruno es alto. A sus veintiocho años no es capaz de leer más que unas pocas palabras, aunque mataría antes de reconocerlo. Bruno tiene en la sonrisa treinta y dos dientes perfectos y alguno más de regalo del dios heleno que le forjó.

En el XVII, siguiendo la teoría hipocrática de los humores —que proviene de Aristóteles—, se describía la locura como un estado de licuefacción frente a la solidez mental, asociada a la cordura.

Bruno lleva océanos en el cerebro.

Los pensamientos de Bruno van y vienen, entrecortados. Percuten como un solo de batería. Como este capítulo. Pero que eso no te engañe. Bruno es listo, muy listo. Astuto y malévolo como una comadreja.

Bruno no tiene apellido propio. Le prestaron uno, de pequeño, en el orfanato. Se le olvidó. Algo como Iglesias, o Expósito. Qué más da.

Bruno.

El padre de Bruno pasó media vida en un hospital psiquiátrico, después de violar y asesinar a una mujer. Cuando salió, con sesenta y tantos años, lo siguiente que hizo fue violar a otra. La madre llevó a término el embarazo, y luego le abandonó en un orfanato.

Su padre murió de una embolia tres meses después.

De su madre, hay pocas certezas.

Bruno no sabe nada de todo esto, ni lo va a saber pronto.

Lo que sabe Bruno:

Bruno sabe que pasó casi toda su infancia en un orfanato.

Que hubo intentos de adoptarle, que no salieron nunca demasiado bien. Los padres potenciales veían al niño a través del cristal de la sala de juegos. Rubio, blanco, maravilloso. Le señalaban con el dedo, emocionados. Había un viaje lleno de ilusión hacia una casa nueva. Y un viaje de regreso —a las pocas semanas—. «No se ha adaptado a la nueva familia».

El problema de ser adoptado es que siempre eres provisional. No importa la edad que tengas, siempre corres el riesgo de que te devuelvan.

Bruno vivió esto a las malas.

En voz baja, se contaba lo que pasaba.

Que el niño mojaba la cama cada noche.

Que se despertaba de madrugada y se quedaba mirando a sus padres adoptivos hasta que éstos abrían los ojos y se encontraban con el rostro de Bruno a pocos centímetros.

Que los animales de la familia desaparecían.

Poco a poco, a medida que se fue haciendo mayor, los animales de los distintos vecindarios.

Nueve familias adoptaron a Bruno en total. Todas ellas lo devolvieron, como quien devuelve una chaqueta de Mango.

Esperamos que lugares y productos sean menos atractivos que en los folletos de propaganda, pero nunca perdonamos a los seres humanos por ser peores que sus primeras impresiones.

Hubo un día en el que se acabaron los intentos. Después de nueve rechazos, en el orfanato siempre había alguien que meneaba silenciosamente la cabeza cuando le señalaban, y eso fue todo.

A los once años, se fugó.
A los dos días, lo atraparon.
A los catorce días, se volvió a fugar.

Esta vez se llevó algo consigo. Un nombre y dos apellidos. Los que figuraban en su ficha bajo el epígrafe «madre biológica».

Y una dirección. Y un número de teléfono móvil.

Y todo el dinero que había en la caja de seguridad del despacho de sor Teresa. Seis billetes de veinte y unas cuantas monedas.

Con esas pobres herramientas, consiguió encontrar a la mujer ocho días después.

Y un mes demasiado tarde.

Se había suicidado. Había saltado de la ventana de su minúsculo apartamento en Las Tres Mil Viviendas. En un sexto piso.

Los vecinos le contaron a Bruno.

Una noche había vuelto sola a casa.

Eran tres o cuatro.

No era la primera vez que la violaban.

Ella decidió que era la última.

Esto es lo que sabe Bruno.

Bruno descubrió dónde se pinchaban los que habían atacado a la mujer a la que buscaba. Esperó hasta que estuvieran bajo los efectos de la heroína.

Entró en el sitio con unas tijeras.

Había seis yonquis. Los violadores eran tres o cuatro.

No discriminó.

Fue uno por uno, recorriendo cada uno de los camastros. Primero clavaba las tijeras en la garganta, luego en los ojos, cuando dejaban de moverse. Para el pecho no tenía aún bastante fuerza, y él lo sabía.

El último costó un poco más. Quizás se había pinchado

menos, o quizás había oído algo y la adrenalina hizo el resto. Levantó la mano, intentando protegerse, cubrirse el cuello. Bruno se dejó caer sobre sus brazos, tuvo que patalear y emplear toda su fuerza hasta que logró clavarle las tijeras en la yugular.

Después se sentó a descansar.

No sabemos cómo se enteró Constanz de que tenía un sobrino. Quizás lo supo desde el principio, y sólo esperaba el momento adecuado. Quizás se quiso desentender de la simiente de su odiado Friedrich.

Esa noche, uno de los policías hizo una llamada.

Cuando llevaron a Bruno ante ella, aún con regueros de sangre seca bajándole por el brazo, Constanz sonrió y tuvo un escalofrío al mismo tiempo.

Vio el parecido con su hermano. Y vio el potencial. El poderío.

Le buscaron un sitio. Un lugar apartado, a kilómetros de la mansión principal.

Le crió como se criaba en la Selva Negra a los *Bullenbeisser*, los antepasados de los bóxer. Perros destinado a la caza, a la persecución y a la muerte.

Y créeme, de esa parte no quieres saber nada.

7

Un restaurante (II)

Bruno camina hasta la mesa en la que le está esperando la doctora Aguado.

A Bruno le gustan las camisas de flores. Le gustan mucho, muchísimo, por razones que ni el mismo Bruno entiende. No es que le queden bien, vaya eso por delante. Distraen la atención de su rostro puro y angelical, pero a Bruno no parece importarle. O quizás lo haga por eso.

Bruno entra en el salón ignorando al camarero que le pregunta si tiene reserva.

Ha visto a su objetivo al final de la sala, en una mesa retirada y peor iluminada, y no necesita más. Salvo quizás darse una vuelta de reconocimiento por el local. Así que, en lugar de recorrer el camino más derecho hasta su sitio, va trazando una sinuosa ese por todas las mesas ocupadas, que están lo más lejos posible unas de otras.

Dos parejas de novios. Una pareja sonríe, la otra no. Una celebra, la otra se está separando. En la segunda, ella llora. Aparta la vista, nunca ha soportado presenciar la tristeza incomprensible y pública de los demás.

Un par de mujeres, quizás son pareja, también.

Un hombre comiendo solo.

Descarta las parejas. También al hombre, que padece sobrepeso e hipertensión. Se pone en pie, quizás para ir al baño. Del bolsillo trasero del vaquero, haciendo equilibrios para no caerse, asoma un preservativo, como una promesa que no se cumplirá.

Quedan las dos mujeres.

Están enfrascadas en una charla sobre la comida, con las cabezas muy juntas, haciéndose confidencias. Una rubia y una pelirroja de pelo rizado. No le prestan atención.

Bruno las ignora a su vez.

Nadie sabe que su encuentro con la doctora se está produciendo, pero no está de más controlar bien el entorno y filtrar posibles amenazas.

Se centra en la mujer a cuya mesa se dirige. Tiene el pelo teñido de color caoba, largo y lacio. Demasiado intenso para no ser teñido. Aparenta cuarenta y muchos, aunque quizás sea porque no ha llevado muy buena vida. La blusa está bien planchada pero los puños dan señales de desgaste. El resto de la ropa parece muy usada. No lleva perfume, ni maquillaje.

La mandíbula le tiembla un poco, los dedos se le hacen huéspedes.

No tiene nervios, sino que los nervios la tienen a ella.

Bruno sonríe.

Si está así de nerviosa ahora, verás cuando sepa quién se le está sentando enfrente.

—Tengo una pistola en el bolso —avisa la doctora Aguado, tan pronto Bruno apoya la espalda en la silla.

Lo lleva cruzado al hombro, en bandolera. Una actitud extraña para tener en un restaurante de lujo. La forma y el peso aparente son compatibles con la existencia de la pistola.

Bruno se guarda la respuesta hasta que el camarero le sirve agua en el vaso —que vacía de un trago— y vino en la copa, que no va a tocar.

—Bonita elección —dice, señalando alrededor—. ¿Es porque pago yo?

—Si vas a matarme, que al menos sea en un sitio bonito —responde Aguado, encogiéndose de hombros.

Bruno asiente, complacido. Aquella mujer le cae bien. Por supuesto tiene previsto acabar con ella tan pronto como el intercambio se haya completado.

A pesar de lo que se le ha ordenado.

—Ella te dará un maletín. Tú le darás a ella lo que ha pedido. Eso es todo —había dicho Irma Dorr.

Bruno había dicho que sí, por supuesto.

—Sin sorpresas, ¿entendido?

Bruno había dicho que claro, que nada de sorpresas.

Pero con las sorpresas, pues ya se sabe.

Bruno se lleva a la boca uno de los entrantes que les acaban de servir. Una especie de espuma montada en una pasta montada en un panecito.

—¿Qué es esto? Está bueno.

La doctora Aguado se limita a señalar algo en la tarjeta del menú degustación.

Bruno sigue la dirección de su dedo. Tan pronto sus ojos alcanzan las líneas negras sobre el papel, aparta la vista, cohibido. Para él no son más que arañas bailoteantes. Enseguida alza la vista hacia Aguado, para ver si se ha dado cuenta, pero la mujer está absorta en su comida.

El siguiente entrante es una especie de cacito con una crema roja y un chorro de aceite de oliva por encima. Aguado se mete una cucharada en la boca y cierra los ojos para generar la ficción de que así lo degusta mejor. Aguanta un par de segundos la respiración y luego traga. Después estudia la punta de su cuchara con una compasión que parece sincera.

—Esto está…

El adjetivo se demora. Tanto que al final considera innecesario hacer acto de presencia.

—Llevo mucho tiempo a huevos fritos —aclara, ante la mirada fija e inquietante de su compañero de mesa.

—Eso se acabó —dice Bruno, dándose un golpecito a la altura del corazón.

El bulto es evidente en la tela floreada.

La doctora clava su mirada en ese punto, ansiosa. Ya se ha terminado los entrantes.

—Quizás sea hora de abordar el plato principal.

Bruno se termina la crema roja —que ha resultado ser un gazpacho delicioso, aunque con frutos del bosque en lugar de tomate—, y deja el cuenco sobre el plato con delicadeza. Eructa, suave y hacia dentro, tapándose la boca con la mano, elegante. Después saca despacio del bolsillo de la florida camisa dos saquitos de terciopelo negro.

—Bien podía ir en bolsas de pipas —dice Bruno, mientras se los alarga a la mujer, por encima de los platos vacíos.

—La tradición es la tradición —dice ella, chasqueando la lengua.

Cada saquito contiene cincuenta diamantes de categoría D o E, todos ellos impecablemente tallados y de más de cinco quilates cada uno. La mayoría fueron adquiridos a precio de ganga en Liberia y Sierra Leona a principios de siglo. Diamantes de sangre que eludieron la estricta legislación internacional gracias a los contactos de los Dorr.

La más pequeña de esas piedras vale hoy en día más de cien mil euros. La más grande, cerca de medio millón.

La mujer esparce unos cuantos sobre la palma de su mano y los acaricia con un dedo. Luego vuelve a guardarlos en su sitio y asiente.

—Es correcto.

—¿No lo cuentas?

—No hace falta —dice Aguado—. Treinta millones o cuarenta, es lo mismo. Si tu jefa quiere ratearme unos cuantos quilates, no será un problema demasiado grande. El problema va a ser salir de aquí sin que me asesines.

—Mis instrucciones son dejarte ir.

—No tienes pinta de seguir instrucciones —dice Aguado, alzando la vista hacia la camarera, que trae nuevos platos.

Bruno sonríe de nuevo. Una sonrisa tan hermosa y reluciente como una mañana de primavera, tan cristalina como un arroyo de montaña. Cuando la comisura de los labios alcanza su punto más elevado, casi se escucha un *clin*.

Definitivamente, esa mujer le cae muy bien.

—Creo que voy a dejar que te vayas.

—Lo creeré cuando esté muy lejos de aquí, gastándome esto.

Aguado deja caer las dos bolsas de terciopelo en el interior de su bolso, y se pone a atacar el pez mantequilla asado al horno sobre parmentier de patata con zanahorias baby y sirope de trufa blanca. Bruno hace lo propio y lo disfruta, sin necesidad de las diecisiete palabras.

—Tu turno, doctora. Yo ya te he enseñado lo mío.

Aguado coloca los cubiertos en la posición de las cuatro y veinte, se da ligeros toques en los labios para limpiárselos, y le da un largo trago al vino.

—Está debajo de la mesa.

Bruno se inclina un poco, pero no alcanza nada. Mueve un poco los brazos bajo el mantel —que casi toca el suelo— y finalmente sus dedos se cierran sobre un objeto duro, con forma rectangular.

No tira de él enseguida. Se limita a recuperar la posición sobre la silla y beber un poco de agua a su vez.

—Me toca ser un poco desconfiado.

—No estaría aquí sentada si no fuera de verdad —dice Aguado, echándose hacia atrás para que le retiren el plato—.

De todas formas, debo advertirte de que no puedes quitarme el maletín sin más. Lo he protegido con una serie de… salvaguardas.

—¿Qué clase de salvaguardas? ¿De las que destruyen el contenido?

—Muy al contrario —dice la doctora.

Bruno se queda mirándola con desconcierto.

—No sabes lo que contiene —concluye Aguado, al cabo de un rato.

—Sé lo necesario.

—Ah, ya veo —dice Aguado, sonriente.

La sonrisa llega en muy mal momento. Va destinada al camarero que les trae la carne. Cordero al horno de leña con suflé de queso al romero y albahaca. Pero Bruno ha interpretado que era el colofón de la frase anterior.

Lo que no le gusta.

No le gusta en absoluto.

Cuando Aguado levanta la cabeza del plato y ve la mirada de Bruno, se da cuenta de su error.

—Quiero decir… que yo también he sido parte de algo así. De los secretos. Llevo años huyendo de los secretos.

Pero la mirada de Bruno no ha disminuido ni un ápice de su dureza.

La doctora traga el bocado con dificultad. También es casualidad que su amiga mala suerte haya decidido que meta la pata justo cuando al psicópata con el que le han mandado a negociar le acaban de poner los cubiertos de cortar la carne.

—¿Por qué estás tan seria?

La doctora se marea por un momento. Se agarra a la copa de vino, que tiene menos aspecto de bebida que de barandilla.

El puño de Bruno se cierra en torno al mango del cuchillo. De madera, afilado, hoja de sierra para romper con facilidad las fibras de la carne del cordero.

—Por favor… —dice Aguado, alzando la mano frente a ella.

—¿Por qué estás tan seria? —repite, empezando a levantar el cuchillo.

En los siguientes cinco segundos ocurren cinco cosas en rápida sucesión.

Los siguientes cinco segundos

1.

Aura, que estaba esperando pacientemente a tan sólo dos mesas de distancia a que llegue el momento adecuado para intervenir, descubre que la planificación minuciosa, el cuidado extremo de los detalles y la capacidad de anticipación no sirven de nada en cuanto alguien enarbola un cuchillo en donde se suponía que no lo iba a hacer.

Todo eso no pasa por la caja de registro. Son más bien las piernas de Aura las que se mueven por voluntad propia, poniéndose en pie y salvando la distancia que le separa de los otros dos comensales.

La velocidad es, no obstante:

a) demasiada para darse cuenta de que su mera presencia va a ser insuficiente para marcar ninguna diferencia y

b) escasa para impedir que ocurra el punto dos.

2.

Bruno, que ya levantaba el cuchillo, percibe con el rabillo del ojo el movimiento que se ha iniciado a su espalda, mientras su brazo sigue alzándose. Los dedos están firmes en torno al mango del cuchillo, el pulgar apretando la parte inferior, en un gesto ensayado un millar de veces para multiplicar la fuerza de la puñalada.

La distracción es mínima, pero suficiente como para que Bruno falle. La trayectoria de la hoja tenía como destino final el cuello de la doctora Aguado. En su lugar encuentra la mano extendida de la mujer, levantada, perpendicular al suelo, como un escudo.

El cuchillo es bueno. Arcos Chuletero serie Riviera, 130 mm, 21,76 euros.

El filo es, no obstante:

a) suficiente como para penetrar en la palma con un chasquido húmedo, desgarrando la carne y asomando por el dorso de la mano en su práctica totalidad y

b) escaso para salir con la misma facilidad, provocando el punto tres.

3.

Bruno es consciente, con un gruñido preocupado, de que el cuchillo ha penetrado entre dos metacarpianos para acabar enganchado entre el carpo trapezoide y el carpo ganchoso. Un lugar de máxima presión de los huesos, idóneo en la morfología de la mano humana para que se atasque un cuchillo chuletero no muy bien afilado.

Con la amenaza de la pistola que lleva Aguado en el bolso

pendiendo sobre su cabeza, a Bruno no le queda otro remedio que acudir a las palabras que acaban abriendo todas las puertas: empujar y tirar.

Ris, hace el cuchillo hacia adelante.

Ras, hace el cuchillo hacia atrás.

El dolor es, no obstante:

a) suficiente como para evitar que la doctora recuerde siquiera que lleva en el bolso una SIG Sauer P365 SAS Micro Compact 9 mm, 1.039 euros y

b) escaso como para paralizarla del todo, provocando el punto cuatro.

4.

La doctora Aguado suelta un grito ahogado, sordo, contemplando su mano traspasada, de la que brota un borbotón de sangre que salpica el mantel de algodón blanco con estampado de flores, la servilleta y parte de la pared. De la pistola se ha olvidado, pero no del objeto que está debajo de la mesa. En su sistema nervioso simpático se produce una descarga de osteocalcina, lanzando su respuesta de estrés agudo. Entre luchar o huir, el cuerpo de la forense elige la huida, que comienza con agacharse bajo el mantel en busca del maletín.

La reacción es, no obstante:

a) lo bastante torpe como para tirar la silla en la que estaba sentada y

b) suficiente como para que su cuerpo desaparezca del espacio que estaba ocupando, permitiendo el punto cinco.

5.

Aura Reyes (que ha dedicado los tres puntos anteriores a buscar una herramienta con la que resolver el punto 1a) tiene la fortuna de que los comensales de la mesa más cercana tienen prisa para celebrar su aniversario, y ya están en el postre. Sobre un carrito con ruedas encuentra una sartén para flambear. La Cintura di Orione, acero inoxidable 18/10, recubierta de cobre, 385 euros.

El camarero acababa de prender la llama en una crème brûlée al ron cuando los dedos de Aura se cierran en torno al mango de madera. Enarbola la sartén como si fuera una raqueta. Las lecciones de su antiguo profesor de pádel toman el control

(pies coordinados, céntrate en la técnica antes que en la fuerza, intenta no muñequear)

y consigue propinar un golpe de derecha cortada del que sentirse orgullosa. La sartén en llamas impacta en el lateral de la cabeza de Bruno. Unas manchas negras salpicadas de puntos de colores bailotean ante sus ojos, y éste cae sentado de espaldas.

El 7 de diciembre de 1939, la familia Dorr al completo llegó en autobús a Sant Esteve de Guialbes. Un pueblecito minúsculo, al norte de Girona, de apenas doscientos habitantes.

Todos estos detalles no son menores. Nada en la desconocida y aterradora historia de los Dorr lo es.

Parecían llegar de la nada, con maletas atadas con cuerdas, maletines, vetustas bolsas de viaje. Estaban ojerosos, desaliñados y sin peinar. Eran, a todas luces, extranjeros. Si los habitantes de Sant Esteve hubieran conocido la palabra «inmigrantes», la habrían usado. Conocían «forasteros», que fue la que emplearon.

Muchas cosas se dijeron de los Dorr entonces. A voz en grito en la taberna, cuando no había cerca ninguno de aquellos seres larguiruchos y rubicundos. Bisbiseadas a la salida de la misa de los domingos, a la sombra de la iglesia. En los campos y en las eras, por encima del ruido de los azadones.

De los Dorr se dijo que daban la sensación de estar huyendo del Führer (en 1939, en sitios como Sant Esteve, aún era posible pensar en Adolf Hitler —con su bigote, su pose aguerrida, su andar de anátida— como en un personaje cómico) sin pararse a comer, ni a respirar, ni a lavarse.

—¡La peste que echaban! —comentaría el conductor del autobús, poniendo los ojos en blanco.

Llegaron sucios, derrengados y en número poco claro. Eran seis o siete, según a quien preguntes. Dos varones adultos, dos mujeres y unos cuantos niños. Olían mal, si creemos al conductor. Y parecían venir con una mano delante y otra detrás.

La primera noche la pasaron en la plaza, al menos hasta que el cura los invitó a hacer noche en la rectoría. Un anexo estrecho y lleno de humedades, moderno —de tan sólo un par de siglos, en comparación con los nueve que tenía la iglesia—. Con los marcos de las ventanas aún llenos de agujeros de bala, cortesía de la única escaramuza que se había librado en el pueblo durante la guerra, y que habían perdido todos.

No era gran cosa, pero sirvió, quizás, para salvarle la vida a la menor de los visitantes.

Constanz Dorr era tan pequeña, recordaba más tarde su hermano Friedrich, que parecía una cosa sin pelo, como un lechoncillo, y olía igual, además.

—Papá apenas se molestaba en mirarte, imagino que pensaba que te ibas a morir —le diría a menudo, para torturarla.

Esa noche Constanz se salvó de casualidad. A la mañana siguiente, con el alba, un hombre salió del refectorio. Cruzó la plaza hasta la puerta del ayuntamiento y llamó con sendos aldabonazos, desconocedor de las costumbres locales. Cuando el alcalde se presentó hacia el mediodía —temprano para su costumbre—, Heinrich Dorr estaba muerto de hambre.

—Pero buen hombre, qué hace usted aquí a estas horas —dijo, tendiéndole la mano.

Heinrich tenía las sienes plateadas, las cejas grises, de un espesor que suspendía una sombra temible sobre los ojos para completar la ilusión de un rostro de ave rapaz presidido por la curva de su gran nariz. Dos arrugas profundas asediaban su boca como cuchilladas, pero ninguna de estas señales bastaba para degradar la energía juvenil que impregnaba todos sus movimientos, desde la fuerza con la que estrechó la mano del alcalde hasta la franqueza con la que le miró directamente a los ojos.

—*Ich möchte ein Haus in Ihrer schönen Stadt kaufen*— dijo, con una sonrisa.

El alcalde miró a Heinrich, se rascó el lobanillo que le había salido en el cuello, miró al reloj del ayuntamiento y volvió a mirar a Heinrich.

—Seguro que no ha desayunado usted nada. Acompáñeme a casa, que ya va siendo hora del almuerzo.

Que consistió en *pa amb tomàquet*, media chistorra, un par de tragos a una bota rellena de clarete, y una hora larga de intentar entenderse por signos.

Al cabo de ese tiempo, el alcalde obtuvo un hatillo en el que había tres relojes de oro, un anillo con un pequeño brillante y un espantoso dolor de cabeza.

Heinrich Dorr se marchó con un apretón de manos y un papel en el que se certificaba la venta de un terreno semidesértico a las afueras del pueblo. Ahí no crecía nada más que piedras y una casa ruinosa al final de un yermo enorme.

Heinrich Dorr no protestó cuando llegó a su recién adquirida posesión y vio el estado lamentable de la propiedad. Tampoco lo hicieron su mujer Liesel, ni su hermano Bertram, ni ninguno de los Dorr.

En silencio, cruzaron el umbral. En silencio, se

distribuyeron las tareas más inmediatas. En silencio, Heinrich se agachó, levantó la pesada puerta de entrada y la apoyó de nuevo en el quicio.

Sólo entonces se permitió sonreír.

Los Dorr tenían un nuevo hogar.

8

Una huida

Para Aura, el tiempo recupera su velocidad habitual cuando ve a Sere forcejeando con la doctora por el maletín.

El mundo se convierte en una película de Michael Bay. Todo es ruido y confusión.

—¡Llamen a la policía! —grita la única persona de España que no debe tener móvil.

Aura da un paso hacia las mujeres que pugnan a pocos metros de ella, pero se tropieza con la silla en la que estaba sentada la doctora. Se le cae la sartén, con un estruendo metálico.

Para cuando consigue levantarse, Sere está caída en el suelo y la doctora ya se ha esfumado, dejando detrás un reguero de gotas carmesí. Aura reprime el gesto de ir tras ella. No puede dejar a Sere atrás.

—¿Estás bien? —dice, agarrando a su amiga por el brazo.

—Creo que me he roto el hueso del ano —dice, incorporándose con la anquilosada dificultad de una guerrera del teclado.

—Vamos, anda.

Se apresuran hacia la salida, aunque Aura sabe muy bien que van tarde. El rastro de sangre en el suelo es un subrayado innecesario, porque no queda duda de por dónde ha salido su objetivo: por la única puerta del restaurante.

Que es justo la que está bloqueando uno de los camareros, mientras grita algo que Aura no escucha. Alza los brazos, impidiéndoles el paso. Por la cuenta no será, que la dejó Sere pagada con antelación en previsión, justamente, de que tuvieran que salir corriendo. Pero a ver quién se para a explicárselo.

—Apártese, buen hombre —dice Sere, que no está dispuesta a ser ella.

La puerta es de esas de diseño, de las que no hay Dios que sepa cómo se abre, lo cual juega en favor del camarero puesto delante. Aura y Sere empujan, cada una por un lado, y el resultado es que acaban los tres en un indigno revoltijo en el suelo.

Cuando logran incorporarse, el pasillo ya está lleno de gente dando gritos, lo que les retrasa aún más.

Hay tirones de ropa, empujones, acusaciones.

—¡Que alguien llame a la policía! —grita la misma voz de antes.

Cruzar la puerta es tal triunfo que, cuando la atraviesan, Aura se siente como el pescador de perlas que lleva demasiado tiempo sumergido y rompe el techo de agua para tomar aire.

Sin nada que mostrar a cambio de su esfuerzo.

—¿Qué hacemos?

—Vamos al coche —dice Aura, encaminándose al SUV, que está aparcado a pocos metros—. No queremos estar aquí cuando llegue la policía.

—O cuando se despierte tu amigo. Que, por cierto, estaba buenísimo. Lo tiras *pa'rriba* y cae follado.

—No empieces otra vez.

—Aunque a saber cómo le has dejado la cara después de pegarle con una sartén en llamas.

Aura sube al coche, tira del cinturón y se lo abrocha.

—¿Sabes lo que me jode de verdad? No haber dicho antes de darle algo del estilo de *Toma, para que te vayas calentito*.

—Las mejores frases se te ocurren siempre después —reflexiona Sere, poniendo el coche en marcha.

A medida que se alejan del restaurante, el ánimo de Aura va decayendo. Por más que miran alrededor por las calles de Sigüenza, no hay rastro de la doctora Aguado, ni del maletín que les habían encargado buscar.

—Menudo fracaso.

—A ver, no podías prever que el rubiales iba a apuñalarla en mitad de un sitio público. Tampoco te puedes culpar por todo.

La verdad es que sí puedo, piensa Aura, que ha convertido esa actividad en un deporte del que ostenta varias medallas olímpicas.

Lo cierto es que a Sere no le falta razón.

Nadie podía prever un desenlace tan violento. Se suponía

que iban a asistir a un intercambio entre dos partes. Por un lado, la doctora y el dichoso maletín negro. Por el otro, los compradores. Cuya identidad no se les había revelado.

Tenía que ser algo sencillo. Esperar a que se produjera el intercambio, tener el maletín a la vista y hacerse con él a la mínima oportunidad. O bien en el propio restaurante, o a la salida, en la calle.

Habría funcionado de no ser por el rubio de la camisa de flores. Que ha resultado ser un tarado bastante peligroso. No comparte la opinión sobre su físico que tiene Sere. Aura sólo se había fijado en su rostro cuando algo en su conversación con la doctora le había alterado. Se produjo un cambio inmediato en su cara. Se le marcaron de un modo inquietante el cráneo, los huesos y los cartílagos de la cara, como si la piel fuese de una talla más pequeña y los huesos la forzaran hasta un punto de tensión sobrenatural.

Sólo me consuela que no volveremos a verle en la vida, piensa Aura, equivocadísima.

Pero a quien quiere ver no aparece por ningún sitio. Por más que se estruja el cerebro, no ve cómo solucionar la cagada monumental que ha supuesto la última media hora.

Si Mari Paz hubiese estado aquí, todo estaría resuelto, se dice, por enésima vez.

Echar de menos la fuerza bruta de la legionaria en un momento como éste le parece un consuelo casi tan ilícito como el consuelo o el placer de rascarse una costra o la culpabilidad salivante frente a una palmera de chocolate.

La necesidad de verla —de estar las tres juntas, de que le devuelva a sus hijas— late en sus sienes de forma perceptible desde que se subió al coche de Sere, en Matasnos, hace dos días y una eternidad. Como el ruido blanco en una grabación antigua, no puede dejar de escucharlo, por más que se concentre en lo que hay en primer plano.

Por desgracia, es inútil pensar en aquello que no puede cambiar. Toca renunciar a su consuelo y centrarse en el presente, por enésima vez.

Un presente que no ofrece demasiadas alternativas.

—Todo ha salido mal —dice.

—¿Todo?

—Sí, todo —insiste—. Todo lo importante.

—Bueno, eso no es todo. Ni siquiera se le acerca.

Aura siente —como un apretón de manos en el corazón— ese desconcierto que produce Sere cuando dice algo tan sabio e irrebatible que hace dudar, no sólo de su propia cordura, sino de la naturaleza del universo.

Opta por hacer como Mari Paz en estos casos, y cambiar de tercio con un gruñido desaforado.

—¿Y ahora qué? —añade.

El coche acelera al salir de la ciudad. Liberado e impaciente por alejarse todo lo posible de las limitaciones de la vida en común.

—Ahora buscamos un sitio tranquilo por esta carretera —dice Sere, señalando a través del parabrisas—. Y luego llamamos a tu amigo don Misterios y le decimos que use el GPS que le puso al anillo que te dio.

Alza una mano.

Aura mira el dedo desnudo y extendido de su amiga. Después evoca el forcejeo entre Sere y la doctora. Cómo tiraba del maletín. Cómo perdía la batalla de fuerza. Pero ganaba la del ingenio.

—¿Se lo echaste al bolso?

—Tengo mis momentos.

—Creo que podría besarte ahora mismo.

Sere sonríe de oreja a oreja y empieza a tararear *I Am a Rock*.

Irma

Son las siete de la mañana en el Roskopf centenario de Irma Dorr. Poco importa que en el resto del mundo —y en el reloj que lleva en la otra muñeca— sean las siete y cuarto.

Es uno de esos días calurosos y pálidos, de color sepia. Uno de esos días que hacen que tengas ganas de llorar, Dios sabe por qué. Aunque Irma Dorr no llora.

Nunca.

Eso sería mostrar debilidad.

En la naturaleza a los débiles se los elimina pronto. Los Dorr ocultamos nuestras debilidades hasta hacerlas desaparecer. Das ist der Weg.

La voz de Constanz resuena en el interior de su cabeza mientras baja de la cama y mira por la ventana del dormitorio principal de la mansión.

En el cielo se amontonan nubes semejantes a una sustancia fibrosa que se hubiese apretado para después aflojarse. Hay una extraña y estremecida vitalidad malevolente en todo

ello. A través de la masa de nubes, se cuela un ojo enloquecido, que, al brillar, da nitidez a las copas de los árboles del
jardín.

Es uno de esos días en los que va a verse todo con demasiada claridad.

Uno de esos días.

Después de orinar, sale a la galería que conduce a su despacho. Tiene los techos tan altos que no es difícil imaginarse la
formación de otra nube ahí dentro. Apretada, densa y venenosa.

Las paredes están dominadas por pinturas de los grandes
maestros del impresionismo alemán, con alguna extravagante
incursión de algún holandés. El único arte que su madre con-
sideraba aceptable, arte no degenerado.

Irma no presta atención a los cuadros.

Va descalza sobre el suelo de mármol, desnuda excepto por una bata de seda de un precioso gris marengo que
resalta su figura estilizada. Hay algo ceremonioso en su manera de andar, que se puede mirar pero no se puede interrumpir.

A punto de cumplir los cincuenta, Irma conserva una belleza lánguida, gélida. Metro ochenta. Los pechos apenas se
han caído, las piernas siguen delgadas y fuertes gracias a su
rutina de ejercicios diaria, doble los miércoles. Un entrena-
dor, un nutricionista y un chef personal se encargan cada día
de que su cuerpo esté al máximo de sus capacidades.

Todos ellos la acompañan allá donde va. Aunque, desde

hace tres años, Irma no ha abandonado Los Poyatos, salvo raras excepciones, y nunca por más de unas pocas horas.

Desde lo que pasó.

Así que ahora se alojan en «el A», uno de los dos edificios para el servicio que posee la finca, dedicado al personal con el que Irma puede llegar a tener contacto.

«El B» es donde se alojan aquellos que no tienen permiso para dirigirle la palabra a menos que ella les hable primero. Limpiadoras, cocineras, jardineros. A los que Irma trata con suma amabilidad, siempre con una sonrisa y un agradecimiento. Recuerda los nombres de casi todos. Sus salarios son el triple de lo normal. Sus contratos de confidencialidad, leoninos.

Ninguno de ellos tiene permitido poseer móviles con cámara, ni mencionar en absoluto su trabajo o para quién lo realizan. A sus familias les cuentan que están empleados por una empresa de Sevilla como toda explicación. Ninguno trabaja más de treinta horas por semana.

Irma llega al final de la galería, allá donde se convierte en veranda, antes de acceder al porche abierto que conduce directamente a la piscina. Once orquídeas, plantadas en macetas diseñadas por Sandy Brown, la saludan con honores al pasar.

Llega al borde de la piscina, donde la esperan una toalla extendida y un cojín de raso sobre un atril de bronce. Irma se quita con delicadeza el Roskopf, poco amigo del agua, y lo deposita sobre el cojín. El otro se lo deja, el otro solo vale dinero.

Con un simple gesto, se desata la bata, que flota un instante en el aire antes de posarse sobre el suelo de Rosa Gres.

Desnuda por completo, Irma respira hondo y practica sus asanas, sus posturas de yoga favoritas.

La Montaña.

La Pinza.

El Triángulo.

Su cuerpo forma largas sombras a medida que sus músculos van sacudiéndose la lasitud del sueño. Termina con el Saludo al Sol, con los ojos cerrados y sonriente, dejando que el aire —ya caluroso— le alborote el pelo de la cabeza y el pubis, ambos de un dorado inmaculado.

Salta a la piscina, de tamaño olímpico, y hace quince largos antes de aburrirse.

Sale de la piscina por la escalerilla, junto a la que le está esperando su mayordomo y responsable de seguridad, con un grueso albornoz abierto.

—Buenos días, Julio. ¿Has dormido bien?

Julio hace un ruido indeterminado, que puede significar cualquier cosa que a uno le apetezca que signifique. A sus sesenta y ocho años —medio siglo de ellos trabajando en la finca—, Julio se ha ganado cierta libertad en el trato y en las formas. Es el único empleado de la finca al que se le permite estar por encima de su peso ideal. Al resto, tres kilos por encima o tres por debajo suponen una amonestación. Nunca hay una segunda.

Julio tiene una tripa ancha y dura, nada de pelo y mucho carácter.

En Los Poyatos la mayoría lleva sombrero para evitar el

duro sol de Andalucía, pero Julio lo considera un accesorio ridículo. En consecuencia, su cráneo brilla con un bermejo furioso, y la piel salta y se le acumula en los pliegues del cuello. Bajo las cejas aplastadas, dos ojos negros la observan mientras se rasca la larga nariz. Es feo por donde lo mires, pero irradia jerarquía. Cada palabra que sale de su boca parece tallada en mármol. Cada botón de su sempiterna chaqueta blanca, un desdén. Cada mirada contiene un sutil reproche, una invitación a medirse con él y descubrir que no se está a su altura.

Con todos menos con Irma, por supuesto.

No por escalafón, sino por amor. Ha estado en su vida desde su nacimiento. Fue la primera persona que la bañó y la cubrió con una toalla, cuando él no era más que un simple asistente invisible para Constanz. Por lo que a ambos respecta, seguirá hasta que uno de los dos deje de respirar.

Julio comienza a hacerle un resumen de los planes del día en la finca.

Irma le interrumpe con su habitual tono suave y pausado, que levita en las frases.

—¿Sigfrido?

Julio se coloca las gafas gruesas que esconden el brillo astuto de sus ojos de escarabajo.

—El veterinario lo visitó anoche. La pata está impecable, pero requerirá una infiltración. A partir de los ocho años, los cartujos dan lata, ya sabe.

Irma toma nota mental de hablar en persona con el veterinario. Delante de Irma, Julio procura quitar hierro a los problemas, hasta volverlos incidencias o simples corrientes de aire. Y Sigfrido es uno de sus caballos favoritos.

—¿Y el otro asunto?

Julio niega con la cabeza.

El hecho de que Irma haya esperado hasta el final para preguntarle por el intercambio de anoche es indicativo de lo importante que es.

Irma asiente.

—¿Has convocado a los demás?

—Están aguardando a que lancemos la conexión.

Se viste en la caseta junto a la piscina, donde le esperan el Roskopf, ropa interior limpia, camiseta de Bottega Veneta, vaqueros cortos de Balmain, sandalias de Louboutin. Todo ello dispuesto sobre un diván, todo recién planchado y con un leve golpe de Roja Parfums.

Para desgracia de Irma, casi cualquier perfume le produce una reacción alérgica instantánea en contacto con la piel. Desde luego, cualquiera de los que merecen la pena. Así que tiene que conformarse con que el servicio nebulice una cantidad mínima sobre su ropa antes de ponérsela.

Injusticias de la vida.

El pasillo que lleva a su despacho está cubierto de suelo a techo por libros. La colección de Heinrich, continuada por su madre. Desliza las yemas de los dedos por los lomos de los ejemplares, domesticados para vivir entre los hombres. Retapados en tela y cuero, para que los caprichos y las veleidades de los editores —con sus tipos de letra, sus colores, o el peor pecado de todos: ¡poner los títulos en orientaciones distintas!— no afectaran a la estética.

La última de las estanterías pertenece a los archivos de los Dorr. Álbumes de fotos, diarios de sus miembros, un registro familiar.

Todo el escrutinio que los Dorr nunca han permitido a los de fuera lo han vuelto hacia dentro.

Al fin y al cabo, ¿qué es una familia sino recuerdos? Aleatorios y preciosos como el interior del cajón de sastre de la cocina.

En la antesala de su despacho, Irma contempla la maqueta de la propiedad. Tan colosal e inteligible al mismo tiempo. Encargada por Constanz hace tres décadas.

El sueño de su abuelo.

Hecho realidad por su madre.

En el que ella está atrapada, como un insecto en ámbar.

Durante un breve instante de particular lucidez, Irma comprende que los sueños sólo valen la pena si se demoran. O si se esfuman, o se vuelven inaccesibles. O si se quedan en una de las vías muertas de la vida, y les decimos adiós al pasar con la mano, guardando su recuerdo disecado en la pared.

Sólo mueren si se alcanzan.

Sin sueños, sólo quedan tareas.

Ella, por ejemplo, hoy debe decidir si se mata a alguien.

CUARTA PARTE

IRMA

No se hacen tiranos los hombres
para no pasar frío.

ARISTÓTELES

El dinero no hace la felicidad,
pero la compra hecha.

SABINA Y SERRAT

1

Una negociación

—Es un detalle muy pequeño. ¿Por qué no puedo…?

—Porque a los hombres no les gusta que los hagan sentir estúpidos, y no hay otra manera de sentirse cuando te pones estupenda.

Aura asiente, entre molesta y halagada. Sí, es cierto que en su día hizo llorar a unos cuantos. Los hombres de negocios (la gente en general) sienten una profunda ansiedad si ven que alguien a quien consideraban tonto en realidad es más inteligente que ellos. Pero no le acaba de convencer que Sere le llame listilla insoportable a la cara.

—No me acaba de convencer que me llames listilla insoportable a la cara.

—Cualquier idiota puede ser inteligente —sentencia Sere, mientras hace su gimnasia de cada mañana, que consiste en ponerse los zapatos.

Y no le falta razón.

Han dormido de nuevo en el mismo hotel de Madrid en el que se refugiaron la noche en la que Aura salió de la cárcel. No parecía aconsejable quedarse en el de Sigüenza, después del lío que se había formado. Han dormido unas pocas horas, y ahora están preparando qué —y qué no— contarle a don Misterios antes de hacer la llamada. La versión —resumida y dulcificada— que le cuenta Aura tampoco acaba de convencerle.

—Esto complica muchísimo las cosas.

—Tan sólo es un pequeño contratiempo —dice Aura, sonriendo mucho mientras lo dice—. Todo en la vida tiene solución.

—Han perdido a Aguado. No veo cómo.

—Nosotras sí. Se lo diremos cuando empiece a compartir —dice, aumentando la sonrisa para asegurarse de que sea audible.

Tener una actitud positiva no va a resolver tus problemas, pero va a cabrear a tanta gente que ya sólo por eso merece la pena.

El bufido exasperado al otro lado del teléfono es bastante satisfactorio.

—Si ustedes supieran…

—Pero el caso es que no sabemos —le interrumpe enseguida Aura—. No sabemos por qué estamos siguiendo ese maletín. Ni qué es lo que contiene.

—Ya les he dicho que no puedo…

—¿Secretos militares? —vuelve a interrumpir Aura.

—¿La cabeza de Gwyneth Paltrow? —aporta Sere.

—De verdad que preferiría que no pusieran el manos libres —dice don Misterios, con voz de hastiada derrota.

—Y yo preferiría que nos diera más información. Si no va a decirnos qué es lo que contiene el maletín, al menos díganos por qué alguien pagaría una fortuna por tenerlo.

—¿Cómo sabe que se iba a pagar una fortuna?

Aura estaba demasiado lejos como para ver qué es lo que la doctora Aguado se había echado en la mano. Pero durante sus años como gestora de fondos de inversión había hecho unos cuantos tratos sucios. Sobre todo con patrimonios familiares, de esos que tenían que hacer aflorar dinero que se suponía que no tenían.

—He visto alguna vez esas bolsitas de terciopelo negro. No suelen contener pipas. ¿Por qué alguien pagaría tanto?

—Ésa es otra forma de preguntar qué hay dentro del maletín, señora Reyes.

—Tenía que intentarlo. Inténtelo usted un poquito también.

—No voy a decirles qué es. Ni por qué lo necesito.

—En ese caso háblenos de la otra parte interesada.

El silencio que sigue es tenso y apretado, como el del instante que media entre el relámpago y el trueno. Aura sabe que el hombre está buscando la manera de hacer las concesiones mínimas.

—Es gente muy poderosa.

—Comprendo.

—No. No lo comprende.

—He visto gente poderosa antes.

La voz al otro lado de la línea se tiñe de oscuridad.

—No como ésta. Usted, señora Reyes, lleva tratando toda su vida con ricos. Y con algunos que tienen agarrada una esquina, un fragmento del poder. Lo más parecido que ha visto a esto es su amigo Sebastián Ponzano.

—Del poder de ese hijo de puta podría hablarle yo un rato —responde Aura, cortante.

—Señora Reyes, le puedo garantizar que hasta Sebastián Ponzano agacha la cabeza cuando habla Irma Dorr.

El hombre se calla de pronto, como si el nombre se le hubiera escapado y ahora se estuviera arrepintiendo. O como si estuviera fingiéndolo bastante bien.

—Nunca he oído ese nombre.

—Exacto. ¿He satisfecho bastante su curiosidad?

—Ni siquiera ha empezado. ¿Qué hay del tipo ese de la camisa floreada?

Otro silencio. Éste más bien temeroso e incómodo. Con sudor y cambio de postura.

—Manténganse lejos de él.

—Le vi atravesarle a Aguado la mano con un cuchillo —dice Aura.

—De ahí mi consejo.

—Ahórreselo. Los consejos se piden para no seguirlos o para tener a quien culpar cuando salgan mal. Yo lo que quiero es saber con quién nos la estamos jugando.

Hay un cuchicheo al otro lado.

—No sé gran cosa, señora Reyes. Rumores. Casi todos absurdos. Sé que es una mala bestia y que es peligroso.

—¿Cómo de peligroso?

—Creo que conoció usted a la comisaria Romero.

Por la mente de Aura pasa un recuerdo fugaz y angustioso. Del parque con los columpios al que solía llevar a sus hijas. La segunda peor noche de su vida.

Romero se lleva la mano derecha a la gabardina, saca una segunda arma —esta vez un revólver, cromado y más pequeño que la pistola de nueve milímetros que sostiene con la izquierda— y la apoya en el cráneo de Ginés.

—Aprendan —*dice Romero.*

Sin más ceremonia, aprieta el gatillo.

La bala, del calibre 38, atraviesa la cabeza del ejecutivo como si estuviese hecha de cartón. Un estallido de sangre, hueso y masa encefálica salpica por todas partes, incluyendo la cara de Aura y Mari Paz.

Se le ha erizado el vello de la nuca, el estómago se le encoge, el corazón le late con fuerza.

—Tuve el gusto, sí.

—Digamos que Bruno cumple la misma función para Irma Dorr.

—Comprendo —dice Aura.

No es cierto. El intercambio la ha dejado sumida en una bruma de confusión. Necesitaría muchas preguntas más para ahuyentarla.

No va a poder ser.

—A pesar de que el juego que nos traemos tiene su interés, lo reconozco, me temo que toca ponerle fin. Les toca a ustedes, señora Reyes.

Suena definitivo. Aura suspira y deja que Sere le explique cómo, durante el forcejeo, logró plantarle el anillo a la doctora Aguado.

—Eso son buenas noticias. Ya me preguntaba qué estaban haciendo ustedes en Zaragoza.

—No estamos en Zarag…

Aura le da un codazo a Sere, pero es tarde.

—En fin, ya sabe dónde está el maletín —dice Aura, arrebatándole el auricular a su amiga—. Así que ya puede cumplir su parte del trato.

—Buen intento, señora Reyes.

—Estoy segura de que tiene gente mejor y más capacitada que nosotras dos para recuperarlo.

Al otro lado de la línea hay una carcajada desprovista de humor, tan descarnada como un esqueleto al sol.

—Para su desgracia y la mía, señora Reyes, ustedes dos son lo mejor que tengo. Así que ya pueden ir enfilando la A2.

Irma

Julio entra en su despacho y deposita un bandeja frente a ella como quien cancela una antiquísima deuda. Contiene una taza de té, un huevo pasado por agua y una tostada de pan integral marca Silueta (la que mejor sienta). Le han decorado el plato con una ramita de perejil, quizás para compensar su austeridad. Causa el efecto contrario y hace que la tostada sola parezca más triste y adelgace más.

Mientras Irma da cuenta del frugal desayuno, el mayordomo regresa con un portafolio repujado en áspera piel gris. Cosido a mano por un artesano ciego de la calle Ribera de Curtidores, hace cuarenta años. Regalo de un visitante habitual de Los Poyatos para su madre. Al elefante que había suministrado la piel lo había cazado él mismo.

Se dice, por enésima vez, que ha llegado la hora de cambiar el portafolio por uno que le guste a ella.

Por enésima vez, lo pospone.

El portafolio contiene un resumen de dos páginas impresas por una cara, cada una de ellas sujeta a una de las caras interiores de la carpeta.

De domingo a sábado, un regimiento de contables, abogados e informáticos, con oficinas repartidas entre Dubái, Ámsterdam y Montreal, prepara un resumen de los activos de las empresas de Irma Dorr que caen bajo su supervisión. Esos datos llegan de madrugada a un despacho en Londres, donde un equipo de once personas los comprime en ese informe de dos páginas, que Irma puede ingerir en el tiempo que tarda en masticar su tostada Silueta.

Números en rojo, unos pocos. Números en verde, casi todos. Occidente baja, Asia sube.

Desde el informe de la noche anterior ha ganado decenas de millones de euros. Su imperio produce dinero de forma constante de la misma tediosa forma que una olla llena de agua puesta al fuego produce vapor.

Clapf, suena la carpeta al cerrarse.

Irma la aparta con hastío.

Cuando tienes tanto dinero, tener más es sólo una modalidad de coleccionismo.

A menudo, como ejercicio para conciliar el sueño, calcula la cifra exacta de su fortuna a partir de la cual el dinero se volvió inútil. Inalcanzable incluso para ella misma.

Hasta alcanzarla, previamente debería gastar todos los números anteriores. Ni malgastándola como un idiota que cree que el dinero cae del cielo llegaría a ser capaz.

Esa cifra la obsesiona. Le causa un inmenso horror pensar

que algún día va a morir, dejando sin gastar esa montaña de dinero.

Esa cifra, que intenta calcular muchas noches, es la medida de su fracaso.

Casi siempre se duerme antes de conseguirlo.

Dedica los siguientes minutos a la segunda carpeta, que su mayordomo ha preparado personalmente.

Mucho más humilde, de cartón amarillo. Su contenido es infinitamente más delicado, e infinitamente más interesante.

Irma ha visto muchos informes como aquéllos, que suelen valer tanto como una sartén con un agujero.

Éste no.

—Ya estoy lista, Julio.

Es duro ser millonario de tercera generación, se dice Irma, con un cabeceo, mientras espera a que Julio prepare la conexión.

Como desde su nacimiento ha disfrutado de todas las ventajas posibles, uno de los pocos privilegios que le están vedados a Irma Dorr es el la batalla inverosímil. Nunca ha podido refugiarse en la memoria de un pasado épico que nunca sucedió —ni culpar a su crianza de los problemas que arrastra—, porque siempre se estrellaba contra el muro de la lucha real a la que tuvo que hacer frente Constanz.

En mis tiempos, decía su madre. *En mis tiempos...*

—Adelante, señorita.

Julio hace un gesto desde la puerta del despacho, e Irma levanta la tapa del portátil.

—Buenos días a todos.

La pantalla se llena de recuadros, cada uno de ellos con una silueta grisácea con un número del uno al doce. Podría ser la clásica videoconferencia de Zoom que todos hemos sufrido en algún momento. Pero ésta tiene algunas particularidades.

El software es una tecnología privada, sólo disponible para las trece personas que están conectadas ahora mismo.

Las cámaras no están permitidas. Tampoco grabar las conversaciones. La conexión está encriptada de punto a punto.

El programa procesa por inteligencia artificial las voces de los participantes en tiempo real, y las distorsiona y modula hasta que suenan como voces ajenas.

Los hombres y mujeres que están ahora mismo conectados son algunas de las personas más poderosas del planeta. Algunos son conocidos, otros no. No pueden permitirse filtraciones.

Ah, una última regla. Nada de nombres. Todos ellos saben perfectamente quiénes son los demás.

—¿Cuál es el problema, Uno? —dice Siete—. Esto es muy inhabitual.

Las reuniones de El Círculo no son habituales. No se producen más de tres o cuatro veces al año, salvo en periodos más convulsos.

O que, como es el caso, se convoque de urgencia. Algo que no ocurría desde hace más de cinco años.

En tiempos de mi madre.

—Tengo buenas y malas noticias —dice Irma, mientras juguetea con un bolígrafo, dándole vueltas alrededor del pulgar con el anular—. El Artículo 47 ha reaparecido.

Hay un silencio.

Después todos intentan hablar a la vez.

Cuando eso sucede, el software mutea la señal y asigna a uno de los participantes la palabra, sustituyendo el avatar en la pantalla por una caracola marina.

Irma está orgullosa del software, que se creó siguiendo su iniciativa, cuando asumió el liderazgo de El Círculo, tras la ausencia de su madre. Antes de eso las reuniones eran un quebradero de cabeza logístico espantoso y costosísimo. Ahora todos y cada uno de ellos podían conectarse, allá donde estuvieran, con el simple gesto de ponerse unos auriculares en los oídos.

Pero sobre todo estaba orgullosa de la caracola, referencia a *El Señor de las Moscas*, su libro favorito.

—El Artículo 47 fue destruido —dice Siete, con voz neutra—. Nos aseguramos bien de ello.

—Me temo que no —dice Irma, arrastrando un archivo de su escritorio a la ventana del software.

En la pantalla aparecen tres fotografías. Al ampliarlas, puede verse con absoluta claridad que, en efecto, se trata del Artículo 47.

—¿De dónde salen estas fotos? —interviene Dos.

—Una persona se puso en contacto directamente conmigo hace unos meses.

—¿Cómo?

—Dejó un sobre en mi puerta.

La realidad había sido algo más elaborada. La verja de acceso a Los Poyatos está a más de diez kilómetros de la mansión. Electrificada, patrullada por equipos de guardias con pastores alemanes y con alambre de espino en la parte superior. Y ésa es sólo la primera capa de seguridad. El complejo en sí está protegido por muros de hormigón de tres metros de altura.

En realidad alguien había dejado un sobre pegado con cinta aislante en la barrera que hay antes de la puerta de entrada.

Pero la amenaza era la misma.

Hubo un silencio incómodo.

Para los miembros de El Círculo, que habían dedicado —ellos y sus antecesores— ingentes esfuerzos y astronómicas cantidades al anonimato —o a la inaccesibilidad, cuando el primero no era posible—, no había peor pesadilla que *un cualquiera* supiese dónde encontrarlos.

Algunos de ellos habían experimentado en sus propias carnes que alguien les alcanzase, no hace mucho.

Los hijos habían *heredado los pecados de los padres*, por así decirlo.

—¿Has...? ¿Sabes quién fue?

El terror en la voz de Siete fue apenas atenuado por el distorsionador de voz.

—No es la misma persona. Uve doble continúa encarcelado.

—Lo que no sé es por qué ese hijo de puta aún sigue respirando.

Irma tiene claro por qué.

Las cabezas cortadas, en su experiencia, poseen la extraña facultad de rodar hasta mucho más allá de donde uno preveía.

—Paciencia con esa cabeza, Siete.

Cuando empiezan a rodar, adquieren una inercia peligrosísima, que nunca sabes hasta dónde alcanza.

—La persona fue identificada enseguida —continúa Irma—. Una mujer llamada Celia Aguado, antigua médico forense. Tienen los datos en el siguiente adjunto.

Irma lanza el archivo, pero no se detiene. No quiere preguntas en esta fase. No con Siete tan nerviosa.

—Aguado es una mujer muy lista y muy hábil. No hubo forma de encontrarla. Por suerte, lo único que quería a cambio del Artículo 47 era dinero. Así que hice un trato con ella.

—¿Cuánto?

—Diamantes. Treinta millones.

Nadie protesta la cifra. Anteriores experiencias con secuestradores les habían prevenido contra los que no querían dinero. Así que aquello, una simple cifra, no les hacía pestañear.

Pero.

—Todo esto sin informarnos, Uno —dice Dos, con voz agria.

—Es inadmisible —añade Cuatro.

—No tenías derecho —insiste Dos.

Hay un coro de protestas airadas, que el programa silencia enseguida, antes de volver a colocar la caracola sobre el avatar de Irma.

Ella se pasa la mano por el pelo —aún mojado de la piscina—, se retuerce un tirabuzón particularmente rebelde.

Sabía que esta recriminación llegaría, así que responde con la herramienta adecuada.

Sinceridad.

—Hace sólo tres años que asumí el liderazgo de El Círculo. Sé que, para muchos de vosotros, apoyar mi candidatura fue una decisión arriesgada.

Hace una pausa y observa el vaso de agua que Julio le acaba de colocar sobre la mesa. Tiene algo de milagroso y triste. Agua obligada a someterse a la disciplina de un cilindro vertical. El espectáculo deprimente de nuestro triunfo sobre los elementos.

—Constanz Dorr nos lideró con mano sabia durante seis décadas. Su pérdida es insustituible. Pero ella también comenzó con dudas y con rechazo por parte de nuestros mayores, como sabéis.

—No estarás intentando comparar… —comienza a decir Tres, aprovechando la pausa.

—Tenía que sustituir a Heinrich, lo cual tampoco fue una tarea sencilla. Al principio cometió errores, como yo. Por su necesidad de demostrar su valía.

Irma los imagina en sus mansiones y en sus yates, y en sus oficinas en altos rascacielos, sentados frente a una fría pantalla, y hace algo imprevisto, llevada por el calor del momento.

Mueve la mano sobre el teclado y desactiva el filtro distorsionador de voz. Una medida muy inusual —tan contraria a las normas como su fallo en la comunicación—, pero quiere que su voz les llegue limpia, sin interferencias.

Necesita que la crean.

—Por ello, os pido disculpas, y pongo mi liderazgo a vuestra disposición. Me gustaría, no obstante, que me dierais la oportunidad de corregir mi error.

Vuelve a activar el filtro, y espera, paciente, con la mirada clavada de nuevo en el vaso de agua. Al igual que sus oyentes, el agua sabe que está siendo manipulada por el vaso, que está siendo obligada a adoptar esa forma.

Pero no hay gran cosa que el agua pueda hacer.

No sin quebrantar las leyes de la naturaleza.

El silencio es larguísimo.

—Si nadie va a censurar oficialmente a Uno, propongo que sigamos adelante —dice Cuatro, aclarándose la garganta—. ¿Quizás con las buenas noticias?

—Gracias, Cuatro. Me temo que ésas eran las buenas noticias.

—No entiendo, Uno.

—Ahora sabemos que el Artículo 47 estaba suelto por el mundo, lo cual es el primer paso para rectificar el error.

Lanza nuevos archivos dentro del programa.

—Ayer por la noche, durante el intercambio, esta mujer intervino y lo estropeó todo. Aún estamos intentando identificarla.

La imagen de Aura Reyes en El Doncel llena las pantallas.

Y entonces sucede algo realmente inesperado.

—Pero ésa es…

Tres se interrumpe, de pronto. Como si hubiera dicho demasiado.

Pero no lo suficiente.

—¿Tres? ¿Tienes algo que contarnos?

Hay un carraspeo.

—No. Me he equivocado —dice, muy cortés.

De ordinario, Irma lo dejaría pasar.

Pero Tres es Sebastián Ponzano.

E Irma no soporta a Ponzano.

Es de esos que se creen tan listos que saben que un kilo tiene ochocientos gramos, decía su madre.

Aún recuerda el día en que le conoció, hace veinte años. Recuerda cómo dejó que ella pasase por delante a su despacho con la simple intención de espiar mejor su cuerpo. Cómo se acercaba tanto para hablar con ella que Irma temía que su desagradable aliento le desabrochase un botón de la blusa.

Así que no, no lo deja pasar.

—Me ha dado la sensación de que reconocías a esta mujer.

—Podría equivocarme —esquiva Ponzano, incómodo.

—En este momento cualquier ayuda para identificarla será bienvenida —insiste Irma, con voz aún más cortés. De esa clase de cortesía que no tiene nada de amable—. He de confesar que estamos bastante perdidos.

Si hay una cosa que distingue a las reuniones de hombres poderosos es su capacidad de manejar el silencio. Todos ellos conocen muy bien el poder que ejerce el *horror vacui*.

—Esa zorra… —comienza Ponzano.

De nuevo, el agua no puede hacer nada para escapar de la disciplina del vaso.

—Es Aura Reyes.

Irma tarda unos segundos en reconocer el nombre. La

mujer que destruyó la operación de fusión del banco de Ponzano. Que había sido una jugada no autorizada por El Círculo, todo sea dicho.

—Gracias, Tres. Mándanos todo lo que tengas sobre ella, y nosotros la buscaremos.

—No —dice Ponzano, enseguida.

Irma enarca una ceja ante la negativa. Entre los miembros de El Círculo la cortesía no sólo es costumbre, es sagrada.

—Creo que no te he escuchado bien.

—He dicho que no. ¿Acaso no sabéis lo que me hizo?

Hay un breve silencio, mientras todos recuerdan cómo el banco de Ponzano había pendido de un hilo durante unas horas, y con él el dinero de miles de pequeños accionistas. Y cómo Reyes había arruinado a Ponzano, obligándole a recobrar las acciones de su propio banco a un precio muy por encima de su valor.

Una jugada brillante.

—Una horrible elección de chivo expiatorio —interviene Cuatro.

Aquellas palabras hacen *clic* en la cabeza de Irma y encajan una pieza en el rompecabezas.

De algún cajón en el fondo de su memoria emerge de verdad *quién* es Aura Reyes. No sólo la responsable de hundir a Ponzano, ni la persona que él había utilizado para esconder su desastrosa gestión, provocando su propia ruina.

Emerge *qué* le sucedió a Aura Reyes hace ahora casi tres años, la noche en la que asesinaron a su marido.

Y emerge el recuerdo de *por qué* le sucedió.

El asunto acaba de tomar un cariz muy muy peligroso.

—Tres, seré yo personalmente quien gestione este tema.

Se intuye un exabrupto al otro lado, que no llega a escucharse del todo. E Irma recuerda otra frase con la que su madre le hizo un traje al banquero.

Se cree un aristócrata, pero posee el mismo tacto que regalarle a un sin techo un abridor de ostras.

—He dicho que no, Uno. Reyes me causó muchos problemas. Exijo mi compensación. ¡Me quitó la mitad de mi fortuna!

Más bien casi toda tu fortuna, piensa Irma, que sabe cosas.

—Mandaremos a nuestro mejor activo —anuncia, sabiendo el efecto que causará.

El silencio en la línea es seco y árido, con rebote de planta rodadora incluido.

En El Círculo es de sobra conocida la despiadada brutalidad de ese activo. Aunque nadie menciona su nombre en voz alta.

No se habla de Bruno.

—Exijo formar parte —insiste Ponzano.

Irma reflexiona un momento. El asunto es demasiado personal para él. Debe abrir un poco la mano si quiere desbloquear la situación.

—Tu gente podrá acompañarnos en la operación —dice, llegando a un compromiso ineludible consigo misma—. Mientras no recuperemos el Artículo 47, tu venganza queda pospuesta.

—Pero...

—Nadie está por encima de El Círculo —zanja ella, antes de cortar la comunicación.

Friedrich siempre había sentido afecto por su hermana, la peque, como la llamaban en casa Dorr. Sin embargo, la hostigaba con frecuencia: una luz perversa aparecía en sus ojos amarillentos y entonces Constanz tenía la certeza de que iba a hacerla llorar.

Incluso cuando su madre estaba en la misma habitación mirando a Friedrich, el hermano mayor se comportaba así. Incluso cuando mamá corría hacia él gritando *Schwein! Flegel!* (cerdo, patán) y lo abofeteaba y le daba golpes en la cabeza seguía comportándose así.

Constanz amaba a su hermano, pero le tenía un miedo cerval. Cada uno de sus ataques, cada pequeña crueldad, le producían miedo y angustia a partes iguales.

Cuando cumplió cinco años, le dieron sus primeras responsabilidades. Casa Dorr, para entonces, estaba irreconocible. Lo que había sido una ruina en la que no entraban ni los cerdos, era ahora una casa solariega que comenzaba a recuperar parte de su gloria pasada. Más de la mitad de la antigua construcción estaba ahora en uso. Las treinta hectáreas de la finca, yermas y descuidadas hasta hacía un lustro, relucían en primavera con sus huertos y sus arboledas. Heinrich y su hermano habían logrado encontrar agua en un extremo de la propiedad tres veranos antes, y toda la familia había colaborado para cavar la acequia que canalizase esa agua a toda la parcela. A Constanz la dejaban sentada al borde de la zanja, con los pies metidos en la tierra marrón y seca, la cabeza tapada con un pañuelo.

Ahora ya no era un bebé, y por tanto le asignaron tareas. Dar de comer a las gallinas era la más importante y la más ardua. Arrastrar el pesado cubo de grano, mientras las cluecas la perseguían por el cercado, picoteándole las piernas hasta hacerla sangrar.

Los Dorr prosperaban, tanto que en el pueblo ya se empezaba a rumorear que quizás el alcalde no había hecho tan buen negocio como él creía, después de todo. Había miradas de soslayo cada vez que iban a la iglesia, momento que Friedrich aprovechaba —una vez más— para torturar a su hermana, señalando a un lugareño, sin importar su aspecto, y susurrándole a Constanz que esa noche ese hombre se colaría en su habitación para degollarla.

Todo cambió la primera vez que su padre la llevó a Barcelona.

En aquella época, entrados los cuarenta, era un viaje largo y extenuante. La distancia que hoy puede recorrerse en una hora, en un cómodo coche climatizado, en aquella época llevaba una larga jornada.

El viaje era habitual para Heinrich y Bertram. Al menos una vez al mes iban a la ciudad en busca de negocios o noticias de la guerra en Europa. En una de esas ocasiones, su padre la llevó al Liceo.

Cerca de La Boquería, donde ahora se agolpan turistas intentando comer unas almejas con un cava en una copa de plástico y evitar a nudistas sorpresa, se retomó en aquellos tiempos una humilde versión del Festival de Bayreuth. Representaciones wagnerianas, patrocinadas y dirigidas por hombres elegantísimos. Vestidos de gala unos, con uniformes de las SS otros. No faltaban los largos pendones rojos adornados con la esvástica, colgando de los palcos y de los laterales del telón.

Constanz no sabía lo que era esa bandera con la araña

negra. Su padre se lo explicó de forma somera en el camino de vuelta, pero a ella no le importó. El Reich de los mil años no fue para ella ni la mitad de trascendente que lo que vio aquella noche sobre el escenario. La representación era mediocre, la escenografía deficiente, pero la música, ay. La música no sólo se le metió a Constanz en el alma, sino que la reescribió por completo.

No es sencillo narrar esta parte de la historia contando sólo con fragmentos, reinterpretaciones, fuentes secundarias e incluso terciarias. Constanz no volvió a hablar de lo sucedido aquella noche, salvo con algún familiar muy cercano. Pero todos a los que se les pregunta cuentan que la niña apocada y temerosa no regresó de Barcelona. Si hay que buscar en algún lugar el origen de la fuerza tenebrosa en la que se convertiría Constanz Dorr, este autor cree encontrarlo en esa noche.

La obra en cuestión era *El ocaso de los dioses*. En el momento de la inmolación de Brunilda en la pira funeraria, durante el diálogo dolorido y dramático de la soprano con la orquesta, Constanz se puso en pie en el patio de butacas, con las manos entrelazadas sobre el pecho, llorando.

El profundo impacto que causó en su vida da fe de que Constanz —ya en su nombre o en el de alguno de la miríada de testaferros de la familia— fue la principal patrocinadora de las representaciones en el Liceo durante los años cincuenta, a la muerte de Heinrich. Esas veladas están suficientemente documentadas, a pesar de los intentos de los Dorr de desaparecer del foco. Hay al menos tres fotografías del palco de honor (fechadas entre 1957 y 1963) en las que aparecen Wieland y Wolfgang Wagner, nietos del compositor, ambos vistiendo el brazalete con la cruz gamada, sin pudor alguno. Un poco más atrás, oculta entre las sombras del palco, se puede ver a Constanz en dos de esas imágenes.

Heinrich y Constanz hicieron noche en la Ciudad Condal, y regresaron al día siguiente a Sant Esteve de Guialbes. Llegaron a la hora de la cena, cansados y sucios del viaje por las carreteras polvorientas. Sobre la mesa había salchichas, huevos y legumbres. Constanz comió con desgana, debido al cansancio. Cuando llegó el postre, sin embargo, su interés se avivó. Su madre y su tía habían cocinado *strudel* de manzana —con su nata y todo—, la golosina favorita de Constanz. Liesel sirvió a cada miembro de la familia una porción, sin mayores incidentes. Pero Heinrich, agotado como estaba, anunció que se iba a la cama y declinó el postre.

—Esto para la peque, como premio por haber aguantado su primera ópera —dijo, depositándolo en el plato de la niña.

—Gracias, padre. Es usted muy amable —dijo ella.

La familia al completo se incorporó, en señal de respeto al patriarca. Tan pronto como Heinrich se marchó escaleras arriba, Friedrich se lanzó sobre el plato de Constanz y le arrebató el *strudel*. De poco sirvió el grito de su madre, reconviniéndole. Friedrich se metió el dulce en la boca, empujándolo con los dedos, embutiéndolo casi, para que no pudieran arrebatárselo.

Constanz no gritó. Se limitó a coger su plato y alzarlo sobre la cara sonriente de Friedrich, que se burlaba de ella con los carrillos repletos como un hámster. Alzó los ojos hacia el círculo de cerámica blanca que le tapaba la luz de la lámpara del comedor, y luego miró a su hermana, retándola, sin dejar de masticar con su repugnante boca abierta.

Constanz bajó el brazo con todas sus fuerzas. El plato se rompió en seis pedazos, cortando el carrillo y la sien de Friedrich, que cayó al suelo, escupiendo los restos no digeridos del *strudel* entre espumarajos de sangre.

—Ya es suficiente —dijo con voz calmada.

No es seguro que Friedrich le oyera, entre el barullo que se formó alrededor de la mesa y sus propios gritos. Quien lo escuchó sin duda fue Heinrich, que había vuelto a aparecer en la puerta del comedor y estudiaba a su hija con mirada indescifrable.

2

Un motel

Las niñas no pueden más.

Necesitan un respiro, por pequeño que sea.

Y más, teniendo en cuenta el día que es hoy.

La noche anterior la pasaron en el coche. Aparcadas en un erial a las afueras de Alcubillas.

Hacía calor, un calor infernal. Las niñas se revolvían, incómodas. Roncaban como dragones acatarrados.

Mari Paz montó guardia mientras aguantó, temerosa de que se echaran sobre ellas por sorpresa. Aunque al final se dejó ir ella también, cuando la luz índigo que precede al día se insinuaba en el horizonte.

Logra dormir un par de horas. Aun así, se despierta antes que ellas.

Con un esfuerzo repleto de chasquidos, Mari Paz pone en pie sus huesos cansados. Alza el cuello hacia el cielo. Le cruje como una nuez rota.

A través de la ventanilla del coche, observa a las niñas despertarse.

Ha visto este proceso decenas de veces, y siempre le rompe el alma. Siempre lo ha hecho. Por qué sigue asistiendo a él cada vez que tiene ocasión, no lo entiende.

Las heridas mortales tienen de particular que se ocultan, pero no se cierran: siempre dolorosas, permanecen vivas y abiertas en el corazón.

La desgracia lamina cualquier diferencia entre las dos. Las dos han perdido al mismo padre, de la misma forma. Las dos sufren la ausencia de la madre.

Cada mañana, al despertar, hay una fracción de segundo durante la que no recuerdan qué pasó, qué fue lo que partió su vida en dos hasta que llegaron a pensar: *Nunca volveré a ser feliz.*

Durante ese instante, lo son.

Puedes verlas sonreír, casi al mismo tiempo. La luz ya dorada del amanecer que les enmarca el rostro, con sus partículas en suspensión, ilumina un instante impecable, inmaculado. De perfecta felicidad.

Mari Paz se quedaría a vivir en ese instante.

Por desgracia, no dura.

Aún no han abierto los ojos y enseguida ves cómo el presente empaña la felicidad, la empapa con las aguas fecales de la realidad. Sobre su conciencia cae como una losa el recuerdo de lo que cambió todo. De lo que lo destruyó todo.

Mari Paz aparta la mirada, como cada vez que ha contemplado el breve milagro. Dos lágrimas le ruedan por las mejillas.

Hay que darles un descanso. A ellas. Y a ella. Ellas necesitan ducharse y dormir en una cama. Ella necesita una puerta que poder cerrar.

Una idea sigue bullendo por su mente, una idea horrible.

Cuenta el dinero que le queda en el bolsillo. Apenas alcanzará para sobrevivir un par de días. Si se lo gastan en comida caliente y una cama, los dos días se convertirán en uno. Pero no queda otra si quiere poner en práctica su idea horrible.

Nunca choveu que non escampara, piensa Mari Paz.

El motel es poco más que seis habitaciones y dos plantas.

Las atiende un hombre de mediana edad, con la voz cascada y aspecto de fumar mientras come. Pagan una noche por adelantado. El dinero en efectivo es amnésico, tanto que el hombre se olvida de pedir los DNI.

La habitación es poco más que seis metros cuadrados y dos camas.

El comedor es poco más que seis sillas y dos mesas.

Las atiende una mujer que se identifica como la esposa de Miguel, que es quien les ha dado las llaves de la habitación

—de metal, con un llavero de bronce que impide que viajen en ningún bolsillo—. Trae un delantal muy gastado, una libreta en la mano y ganas de cháchara.

—¿Viajáis las tres solitas? ¿Cómo os llamáis, preciosas?

La legionaria quiere anticiparse, impedir que contesten, quitársela de encima lo antes posible. Pero no han encargado aún la comida. Las niñas contestan, de esa forma educada y automática con la que hemos embridado a los niños, domesticados para convertirlos en muñecos de esos que sueltan una frase cuando tiras de una cuerda.

Envalentonada, la mujer continúa meando fuera del tiesto. Con esa voz desagradable y aflautada con la que los adultos se dirigen a los niños domesticados.

—¿Y dónde está vuestro papi?

Mari Paz siente el dolor de ambas —descarnado, desbocado— antes de que se produzca.

Con el agotamiento que arrastran, es muy fácil lastimar una cicatriz y que se convierta de nuevo en una herida abierta y palpitante. La muerte de su padre les dejó dentro una astilla de su nefasta crueldad en el corazón. Una astilla dura como el diamante. Para regresar al recuerdo de lo que destruyó todo, sólo hay que hacer la pregunta incorrecta en el peor momento.

La legionaria tiene que agarrarse a la mesa, para no saltar. Apretando el mantel de papel, fabricado en el mismo material que impide que las servilletas de bar tengan el mínimo propósito más allá de esparcir la porquería por todas partes.

Cris baja la cabeza. Alex mira a Mari Paz, buscando ayuda.

—¿Le puedo hacer yo una pregunta, señora?

—Uy, gallega. Con lo que me gusta a mí Galicia.

—¿A *vostede* qué hostias le importa el padre, me podría explicar?

—Pues para charlar un rato, mujer. No te pongas así que te pones muy fea.

Enarbola la ofensa en la voz como un escudo, pero Mari Paz se ha levantado con el pie izquierdo.

Y más siendo el día que es hoy.

—Ya que tanto le interesa, su padre está muerto —escupe, a toda prisa, sin poder contenerse—. Lo asesinaron hará tres años. La policía nunca descubrió la verdad. Y estas dos rapazas no están pasando por su mejor momento. Llevan no sé cuántos días fuera de casa, y no pueden volver por cosas que a usted tanto le dan.

Poco a poco el rostro de la mujer va virando del rosa saludable a un bermellón intenso.

—Lo lamento infinito —trata de articular la mujer—. Que la tierra le sea leve.

—Un *carallo* lo lamenta, señora. Que usted no le conocía y a nosotras nos conoció hace diez minutos.

—Yo...

—¿Y qué mierdas es eso de que la tierra le sea leve? ¿Me dice usted cómo se iba a dar cuenta, *o morto*? Que además le incineraron, para que lo sepa. ¿Se lo quiere apuntar, y así no se le olvida?

La mujer mira la libreta que trae en la mano, y luego mira las cartas —tres folios plastificados y doblados a la mitad—, que Alex sostiene, apuntando hacia ella. Ansiedad, ira y ver-

güenza revolotean en rápida sucesión por su rostro enrojecido.

—Tres platos combinados, por favor —dice la niña—. Del
número seis.

—Mis huevos revueltos y bien *esmagaos*, me hace usted el
favor —aclara Mari Paz, con una sonrisa de oreja a oreja.

La mujer recoge las cartas y huye, conteniendo las lágrimas a duras penas.

Alex y Cris miran a Mari Paz como si los cielos se hubie-
sen abierto y de ellos hubiese descendido Taylor Swift cantando *Shake It Off* y lanzando botes de Lacasitos.

Mari Paz se permite un instante para disfrutar del dolor
que ha causado, y luego es sincera consigo misma.

Ha sido cruel, pueril e innecesario, y ha hecho el mundo
un lugar un poquito peor.

Se pasa la palma de una mano por el lado del pelo que lleva cortado a cepillo, y toma una decisión.

—Ahora vuelvo —dice.

Las niñas juntan las cabezas sobre la mesa y se ponen a
hacerse confidencias.

La legionaria sigue a la mujer hasta la cocina. Es minúscula, pero está limpia y ordenada. Sobre la plancha ya se tues-
tan los filetes de pollo, sobre las mejillas de la señora ya se
secan los lagrimones. Da un paso atrás cuando la ve entrar en
la cocina.

—Vengo en son de paz —dice Mari Paz, levantando las
manos, con ademán conciliador.

—Ha sido usted muy desagradable —dice la mujer, evitando mirarla a los ojos.

—Cuando no duermo me pongo *rabuda*.

La mujer le da la vuelta a los filetes, que chisporrotean alegres, y durante un instante no hacen otra cosa más que observarlos. Después Mari Paz se pone junto a la mujer a cascar los huevos sobre la plancha, y sacude un par de veces la freidora donde las patatas nadan en un aceite que conoció gobiernos de José María Aznar.

—Se maneja usted bien.

—No tengo ni puta idea. Pero hago como que sé —dice la legionaria.

—Pues igual que yo. Me llamo Conchi.

—Yo Mari Paz.

Un par de sacudidas más a la cesta de la freidora, cuyo interior está a punto de entrar en ese estado breve —de unos cuarenta segundos— en el que las patatas fritas congeladas son aptas para el consumo humano.

—Estamos pasando una mala racha —confiesa.

—Se la ve. ¿Eso se lo ha hecho con una plancha? —dice, señalando al brazo vendado de Mari Paz.

—Me he cortado afeitándome.

—Ya está usted otra vez.

—Pues anda que usted.

Conchi se ríe, y saca unos platos de un mueble cercano. Mari Paz sirve los filetes primero y los huevos después. Saca la cesta de la freidora y la deja apoyada sobre la cubeta, con la vana esperanza de que escurra algo de aceite de las patatas.

Más valdría rascarlo con la espátula.

—¿Vosotras qué andáis *fuchicando, meu?* —dice, sin apartar la vista de los tubérculos.

Una cortina de esas de tiras de plástico separa la cocina del salón. Mantiene a raya a las moscas, con la excepción de dos de tamaño y forma muy similares a las de la cabeza de una niña de once años.

—Veníamos a ver si todo iba bien —dice Alex.

—Estábamos preocupadas —dice Cris.

—Todo va, de verdad, de deporte —responde Mari Paz—. Volved a vuestra mesa.

Las cabezas desaparecen.

—Son buenas mozas —dice Conchi.

—No se hace idea.

Mari Paz sirve las patatas en los platos, a la par que Conchi echa un poco de ensalada —también de bolsa— para dar color.

—Da gusto venir a los pueblos.

—Donde esté lo natural… —confirma Conchi—. Oiga, a lo mejor yo estuve un poco metiche antes.

Mari Paz se encoge de hombros.

—¿Hay algo que pueda hacer por usted y las niñas? —insiste la mujer.

Mari Paz se queda mirando la bolsa ahora vacía de la ensalada. Brotes Tiernos de Hacendado.

—La huerta de donde cosechó eso, ¿seguirá abierta?

—No cierran a mediodía. ¿Por?

Mari Paz se lo explica.

Veinte minutos después, las niñas echan hacia atrás la silla y se palmean la barriga, ambas a la vez.

—La mejor comida de mi vida.

Cualquiera lo creería, teniendo en cuenta que han rebañado tanto con el pan que los platos pueden regresar directos al armario.

Mari Paz, también repleta, se muere por un cigarro y una siesta de un lustro, pero no quiere perderse lo que viene ahora.

—¿Podemos salir a jugar?

—Un momentito —dice ella.

De la cocina llega una melodía, la canción más bochornosa que puede sonar alguna vez en un comedor o restaurante cuando se bajan las luces y aparece un postre con velas encima. Pero como la está cantando Conchi —bastante bien, ojo—, y no hay nadie más en el local, la vergüenza es menos.

Conchi cruza la cortinilla de la cocina llevando una bandeja en las manos. Deposita sobre la mesa una tarta de la Liga de la Justicia (ocho raciones por 8,50 euros). Atraviesa la cara de Superman una vela encendida, con un número uno. Mari Paz mira cruzada a Conchi, que forma con los labios la frase *sólo les quedaba una*.

A Alex y Cris no parece importarles. Miran la tarta como miraron antes a Mari Paz.

—¡No te has olvidado!

Y cómo podría, piensa ella.

Bruno

Descuelga el teléfono con desgana.

Cuando se despertó, había un policía de uniforme frente a él, exigiendo ver su documentación. Bruno exigió hielo. El policía se acercó tanto que Bruno notaba el olor a tabaco en su piel. Le puso la mano en el hombro. Bruno lanzó la palma de la mano hacia arriba, casi sin pensar. Golpeó en su antebrazo, al tiempo que con la mano izquierda le agarraba y le hacía caer contra el borde de la mesa. Se aseguró de que el golpe fuera incapacitante pero no mortal. Siempre le daban muchísimo la lata por los policías muertos.

Exigió hielo por segunda vez, y esta vez se lo trajeron enseguida.

Durmió en el coche.

Se miró en el retrovisor al despertar.

Tenía la mejilla roja, y la camisa arruinada.

La noche había sido un fiasco. Pero no un desastre. Al menos no había habido muertos colaterales. Siempre le daban mucho la lata cuando había colaterales.

Menos que por los policías, pero…

Hablando de lata, suena el teléfono.

Contesta, con desgana. Un gruñido. Le duele la cabeza.

—Dijimos que nada de sorpresas.

—Vienen con la vida, jefa.

Irma contiene la respuesta hiriente de forma perceptible. O quizás es que no se le ocurre nada.

Bruno disfruta del momento, breve pero dulce.

No tanto del silencio.

Echa de menos a Constanz.

Bruno había acabado odiando a Constanz con toda su alma, como sólo se puede odiar a una madre. Más que nada, sus suspiros, que comunicaban la vida con la muerte. Cuando estaba callada, quieta, pensando, la anciana emitía unos sonidos broncos, que demostraban la existencia de fantasmas, y que nunca dejaba salir de la boca. Se escuchaban de todas formas.

Constanz era dura. Era cruel. Cuando iba a visitarle, en la casita que habían habilitado para él en un extremo remoto de Los Poyatos, no se interesaba por su bienestar, tan sólo por sus progresos.

La casa tenía una cama y un gimnasio. Eso era todo. No era el gimnasio al que vas a hacer zumba los martes después del trabajo. Era otra clase de gimnasio. Con un tatami, un muñeco de madera. Cuchillos y vendas ensangrentadas en el suelo.

Sus maestros iban y venían. El dolor permanecía.

Convertirle en un asesino llevó años.

Y créeme, de esa parte no quieres saber nada.

Pero había momentos. Cuando los progresos se acercaban a lo que Constanz esperaba de él, iba a buscarle personalmente a la casita. Caminaba envarada, como si hubiera nacido con menos articulaciones de lo normal. Nunca le miraba directamente a los ojos, sino a un punto situado por encima de su cabeza, como si no quisiera o no supiera doblar la cerviz.

—Acompáñame.

Le conducía a la mansión. Servía una cena exquisita, y a continuación ponía un DVD en la televisión del salón. Había dulces y aperitivos.

El día en que le hizo invencible, la película se titulaba *La mujer y el monstruo*. Un clásico de 1954, con un villano consistente en un señor con un disfraz de plástico.

Bruno la contemplaba aterrorizado.

Estaba completamente inmerso en la historia. Y entonces Constanz se inclinó por encima del bol de palomitas y le susurró al oído:

—¿Te has fijado en que se le ve la cremallera en la espalda del traje?

Aquel día Bruno recibió la lección más valiosa de su vida.

¿Qué importa lo que crea un hombre si sólo cuenta lo que un hombre teme?

Un hombre que vea la cremallera en la espalda del traje no temerá nunca a nada.

El problema de Irma no es que no sea Constanz, piensa Bruno, cada vez que habla con ella. *Porque nadie puede ser Constanz Dorr. Nadie podrá alcanzar esa combinación despiadada de astucia, frialdad y raciocinio.*

—Hemos identificado a la mujer que te noqueó —dice Irma, sacando a Bruno del recuerdo.

Aquí está la respuesta. Camuflada de eficiencia, como todo lo que hace Irma. *Te noqueó una mujer.* Bruno no se deja llevar por la trampa, ni se defiende.

Al fin y al cabo, al que le duele la cabeza por el sartenazo es a él. No va, encima, a sentirse culpable porque la gente vaya actuando como una loca.

—¿Nombre?

Si Irma está decepcionada por lo bien que encaja la velada reprimenda, no lo trasluce.

—Se llama Aura Reyes. Tienes toda la información en tu teléfono.

Bruno escucha la familiar campanilla de la llegada de un mensaje. No puede consultarlo ahora, porque no sabe leer.

(Y, créeme, tampoco quieres saber la historia de por qué no sabe).

Tendrá que esperar a que cuelguen, y entonces hacer uso de las aplicaciones de lectura de su iPhone.

—¿De dónde sale esta tipa?

—Tiene algo personal con Sebastián Ponzano. La metió

en la cárcel. Ella le hizo perder algo más de tres mil millones de euros.

Bruno suelta un silbido apreciativo.

—¿CNI? ¿Interpol?

—Ama de casa.

—¿Disculpa?

—Y antes de eso, gestora de fondos de inversión. No tiene entrenamiento, ni habilidades claras. Ponzano dice que es una gran estratega.

—Ajá.

Irma ríe sin ganas.

—Te sorprenderá saberlo, pero existe gente que es capaz de pensar antes de actuar.

Esta vez, Bruno casi muerde el anzuelo. En lugar de eso se muerde la cara interior de un carrillo, hasta que la sangre brota y le inunda la boca de un sabor salado y metálico.

Aguarda.

Ha tratado con muchos ricos y sabe que la confianza que tienen en sí mismos es como una nuez hueca. Fácil de aplastar, llena de aire. Basta esperar unos segundos para que empiecen a querer llenar el silencio.

—¿Estás ahí?

Bruno escupe por la ventanilla antes de contestar.

—Estoy.

—Ah —dice Irma, decepcionada por no haber obtenido la respuesta que esperaba—. En cualquier caso, no debes preocuparte más por Aura Reyes.

—Me gustaría saber a qué me enfrento.

—Tú no vas a enfrentarte a nada.

—No… entiendo —dice Bruno, desconcertado.

Se maldice enseguida, pero es tarde. Ya ha dejado traslucir sus sentimientos.

—Apuñalaste a Aguado, a pesar de que se te dijo que hicieras un intercambio pacífico.

—Eso no es motivo suficiente para apartarme del rastro —protesta Bruno.

—Desobedeciste. Y antes de tener el maletín. Ahora el intercambio está arruinado.

—Sólo tengo que encontrar a la forense —dice Bruno, con desdén.

Irma le redobla el desdén. Le tiene justo donde quería.

—¿A una experta en seguridad informática que lleva años viviendo bajo el radar? No lo creo, Bruno. Tú eres otra clase de instrumento.

Bruno aprieta los labios ante la humillación. Su dolor de cabeza va en aumento. Echa mano de la guantera, de la que saca un sobre de Espidifen.

—¿Entonces?

Con los dientes, arranca la parte superior del papel.

—Vamos a dejar que Aura Reyes la encuentre.

—¿El ama de casa? —escupe Bruno, mandando el trocito de sobre por la ventana.

—¿Cuántos analgésicos llevas esta mañana?

No ha podido escucharme rasgar el sobre, piensa él, con el polvo amarillento —sabor melocotón— a menos de medio centímetro de los labios. Bajo la lengua hace efecto antes que disuelto en agua, aunque te deja en carne viva la boca durante unos minutos.

—Tuvo un golpe de suerte. Me dio literalmente con una sartén.

—No desprecies a Reyes. Está muy motivada. Cuando *leas* su historial, sabrás por qué. Lo que le pasó. Y entenderás quién está detrás de ella. Caminamos sobre hielo muy fino —avisa.

Bruno, que se ha quedado en el retintín con el que subrayó la palabra «leas», intenta hacer una pelota con la rabia que está sintiendo, y mandarla en la misma dirección en la que está mandando el ibuprofeno que, por fin, ha conseguido tragar. El tercero de la última hora, por cierto.

—¿Qué quieres que haga, entonces? ¿Que vuelva a casa?

—Ay, Bruno. ¿Es que mamá no te enseñó nada?

No menciones su nombre, puta, piensa Bruno. Sólo lo piensa. No puede gritarlo, porque la última vez que se enfrentó a Irma hubo consecuencias.

No es que las tema.

Bruno no teme a nada.

Es que no es el momento.

—Reyes es lista. Tiene un par de amigas un poco inusuales. Una está con ella, es hábil con los ordenadores. Y debemos asumir que tiene la ayuda de… la otra parte.

—Puedes decir su nombre. No van a aparecer por arte de magia.

Oye pensar a Irma.

—Nuestra mejor apuesta es esperar a que Reyes se haga con el maletín —dice, al cabo.

—¿Y yo?

—Tú vas a asegurarte de que Reyes colabore en cuanto lo

tenga. La otra amiga inusual tiene a las hijas. Están huyendo de la gente de Ponzano.

—¿La comisaria Romero?

—Ponzano la despidió hace meses. Por culpa de Reyes, por cierto. No, me temo que tendrás que convivir con un equipo de segunda.

—Preferiría que no estuvieran.

—Yo también. Pero es lo máximo que he podido conseguir sin provocar un conflicto.

Bruno guarda silencio un momento. Lo que dice Irma tiene sentido. Aunque la última parte se le hace muy cuesta arriba.

—No creas que me gusta.

—No creas que me importa —zanja ella, antes de colgar sin despedirse.

Bruno suelta un taco. Arroja el teléfono al asiento de atrás. Golpea el volante con ambas manos.

Irma ha ganado la partida, una vez más. Por los pelos, y de una forma muy burda, pero ha ganado.

El problema de Irma no es que no sea Constanz, piensa Bruno, masajeándose las sienes para calmarse.

El problema de Irma es que es Irma. Y se le ve la cremallera en la espalda del traje.

El estudio de los Dorr, cómo adquirieron su fortuna y cómo la centuplicaron arroja conclusiones escalofriantes, hasta el punto de que este autor teme por su vida si en algún momento se filtra la existencia del libro antes de que se publique. Pero cabe preguntarse por su comportamiento más personal, más cercano.

Concretamente, por su salud mental.

No hay diagnósticos claros, así que tendrá el lector que sacar conclusiones desde los hechos.

En 1925, en Düsseldorf, Alemania, ciudad de origen de la familia, Edwina Dorr, abuela de Constanz, fue ingresada en la Lubitz Klinik, donde falleció siete años más tarde. En el registro, junto a su nombre se lee «Histeria».

En 1931, Peter, el hermano de Edwina, cuyo apellido de soltera era Kürten, fue ejecutado por el asesinato de ocho niños y una mujer*.

En 1933, en la misma ciudad, Gitta Dorr, prima de Constanz y uno de los Dorr que viajaron a España, fue diagnosticada con miodesopsias severas** y problemas visuales asociados como ceguera nocturna, halos y fotofobia. De Gitta no hemos logrado encontrar más rastro, ni siquiera la fecha en la que fue violada y asesinada por Friedrich, circa 1958.

En el verano de 1939, Bergen Dorr, abuelo de Constanz, se suicidó, arrojándose del tejado del edificio donde vivían, en Unterbilk. Lo hizo sujetando de la mano a sus nietos Agneta, de tres años, y un varón cuyo nombre no ha trascendido.

Los registros médicos se interrumpen en el momento en el que los Dorr llegan a este país.

No existe ningún documento oficial de ningún tipo en el que aparezca el nombre de Constanz Dorr.

*Mucho se ha hablado de Peter Kürten, el Vampiro de Düsseldorf. No creo deber abundar en ello en este libro para no desviar el foco de los verdaderos crímenes de los Dorr.

**Las miodesopsias, también llamadas moscas volantes (del latín muscae volitantes) o cuerpos flotantes, son un fenómeno ocular que se manifiesta en la visión como un conjunto de manchas, puntos o filamentos (a veces en forma de telaraña) suspendidos en el campo visual, que no se corresponden con objetos externos reales.

3

Un reconocimiento

—Ni de coña, jefa.

—No es tan difícil.

—Ni de coña, te digo.

—¿Quieres tranquilizarte? Lo tengo todo pensado.

Sere quiere, desde luego que quiere. Pero el preocupante número de veces que Aura repite esa frase no está ayudando.

Las dos están sentadas en el coche, aparcadas frente a un gigantesco edificio a las afueras de Zaragoza. El edificio está rodeado por calles estrechas y vacías, de dos direcciones. La A2 está a menos de seiscientos metros.

—No vamos a disfrazarnos para entrar —insiste Sere.

—Ya funcionó una vez.

—Fue antes de que me tuvierais a mí. Y no os funcionó, te recuerdo. Ese plan era más tonto que un tango con patines.

Aura se cruza de brazos, fingiendo —a medias— enfado.

—¿Desde cuándo eres tú la razonable?

—Alguien tiene que hacer de Mari Paz.

—¿Mari Paz es la razonable? ¿Tú también vas a tirarte en paracaídas?

—No va a ser necesario. Lo que de verdad necesitamos es localizar dónde demonios está.

Porque el localizador GPS del anillo ha indicado que está dentro del edificio, y ahí concluye la información. Que no es poca cosa pero no es suficiente. Aún tienen que descubrir en qué planta está.

—Tenía que ser el edificio más alto de toda Zaragoza.

La monstruosa edificación en blanco y antracita tiene casi trescientas viviendas. Ir casa por casa está descartado. Tardarían un tiempo precioso del que no disponen.

—Podrías hacer un conjuro de esos tuyos.

Sere menea la cabeza y se cubre los ojos con una mano. El sol empieza a picar con fuerza, y están cansadas después del largo viaje en coche.

—Me he dado un descanso de la magia. Necesito reajustar mi conexión con el otro lado.

Justo ahora que necesitamos milagros.

—No puede ser tan complicado hackear una promotora inmobiliaria —dice Aura, señalando un cartel a la entrada del edificio. Indica que aún quedan viviendas disponibles en el edificio, que se acabó de construir hace unos meses.

—Invítame a algo y lo descubrimos, jefa.

Almuerzan en un bar cercano donde les sirven una de esas tortillas que se reparten con escoplo. El dinero vuelve a ser un problema, ya que el medio de pago que les había dado don Misterios está ahora en manos ajenas.

Aura no se arredra. Ya ha vivido antes esta situación.

Ser lo que es ella es vivir a la desesperada, en mitad del océano, agarrada a un trozo de madera. Hay que estar muy loco para querer ser feliz siendo un ladrón. *Y más loco aún*, piensa Aura, *para no querer serlo.*

Terminada la tortilla, Sere levanta las manos como si estuviera esperando a que un asistente se las preparara para una operación quirúrgica.

—Despéjame el terreno, marichocho.

Aura aparta vasos, platos y tenedores, y los apila en una esquina a la espera de la camarera.

Sere saca su portátil. Recién estrenado, adquirido durante el frenesí de compras de hace un par de mañanas, y se pone a la tarea, aprovechando una sim virtual recién comprada con la tarjeta de don Misterios.

Sin libros, sin teléfono móvil, y sin información con la que elaborar un plan, Aura está inquieta y aburrida. Y para Aura el aburrimiento es besuquearse con la muerte.

—¿Es muy difícil lo de hackear? —dice Aura, harta de mirar por la ventana, con los ojos vidriosos.

—Es más difícil si te hablan mientras —responde Sere, haciendo un gesto hacia su amiga, como el que ahuyenta una mosca.

—No soporto no saber nada de ellas —dice Aura.

—Están bien.

—¿Cómo lo sabes?

Sere aparta la vista del ordenador y la fija en ella.

—Prométeme que no vas a flipar, chocho.

Aura se pone inmediatamente en guardia, con la mandíbula ligeramente adelantada, como un perro que ha escuchado abrirse la puerta de la nevera.

—Mari Paz y yo tenemos un sistema.

—¿Que tenéis qué?

—Mi antiguo número de móvil. Sigo pagando las cuotas de Movistar. Por sólo siete euros al mes puedo conservar el...

—Sere.

—La tarjeta está en casa. A esta aventura nuestra no podíamos traer ningún teléfono asociado a nosotras salvo este de don Misterios, porque Ponzano te está buscand...

—Sere, por favor.

—El caso es que el antiguo número sigue funcionando. Y tiene una funcionalidad que manda un SMS para avisar si te llega un mensaje al buzón de voz, con la transcripción. Y yo he desviado ese SMS a un buzón de correo, así que...

—Me estás tomando el pelo.

—No.

—¿Mari Paz puede ponerse en contacto contigo?

—Sí, sólo tiene que llamar a ese número y dejar un mensaje, y yo lo sabría enseguida.

—¿Y no pensabas decírmelo en ningún momento?

—Bueno, la verdad es que no...

Aura está hirviendo, así que Sere se apresura a levantar las manos con ademán conciliador.

—... para que no te pusieras así. Porque harías como

siempre… Pasarías de la negación y el enfado a la negociación muy deprisa…

—¿Y tú no puedes ponerte en contacto con ella?

—No.

—¿Ni siquiera llamando tú a tu antiguo número?

—No. Y ahora te pondrás muy triste y empezarás a pensar que por qué no hemos pensado en algún detalle que se te acaba de ocurrir…

—Tú también podrías necesitar ponerte en contacto con ella —dice Aura, bajando la cabeza y hundiendo el rostro entre las manos, con desesperación.

—Y, finalmente, te darás cuenta de que no podíamos correr riesgos, y de que lo importante era protegerlas a ellas, y llegará la aceptación.

—Podías habérmelo dicho antes —dice Aura, que sigue bastante atascada en la fase del enfado.

—No estabas preparada para esta conversación. Y ahora déjame trabajar, jefa.

Diez minutos más tarde, Sere cuelga el teléfono. El proceso ha sido muy sencillo. Ha mandado un email a la promotora, con un archivo adjunto que era aparentemente un PDF con unos documentos. Después ha llamado a la recepcionista y le ha pedido que abriera el correo. El troyano disfrazado de PDF le abrió la puerta enseguida.

—Ya tengo acceso a su servidor —dice, alzando la cabeza.

Aura, que ha logrado calmarse por el método de las lentejas y de echarse agua en la cara en el lavabo del baño, vuelve justo a tiempo.

—Mira a ver si encuentras un listado de clientes.

Otros diez minutos, y Sere consigue un Excel que se ponen a cribar. Aura, a las personas que compraron sobre plano.

—Nos interesa gente que haya comprado con el edificio terminado.

—¿Por qué?

—Porque esta mujer está huyendo. Y no creo que haya tenido tanta previsión.

Queda medio centenar de nombres, pero todos son de parejas jóvenes.

—Si ha sido recientemente… ¿no estará de alquiler?

—Es posible. ¿Hay muchos pisos a nombre de empresas?

Otro medio centenar. Eso por no contar los posibles tratos entre particulares.

—Me parece que vamos a tener que ir puerta por puerta, jefa. Esto es un callejón sin salida.

Algo no estamos haciendo bien.

—¿Por qué aquí? —dice, señalando al enorme edificio, que se ve a través de la cristalera del restaurante.

Sere se da un par de golpecitos en el labio inferior, y luego abre otro documento extraído del servidor de la promotora. Son los planos de la torre.

—Tiene varias salidas. Cinco ascensores, garajes… Si alguien viniera a buscarla podría escabullirse fácilmente.

Abre una ventana del navegador e introduce la dirección en Google Maps.

—Además está a tiro de piedra de las arterias de la ciudad. Y de la autovía. Y de la estación de autobuses. Y de este bar con la peor tortilla de España.

Es un lugar de tránsito idóneo. Una parada entre destinos, piensa Aura.

—Su plan está claro. Huyó. Robó algo valioso. Ahora querrá largarse a algún paraíso tropical. A Senegal o a algún sitio bonito y sin tratado de extradición.

—¿Recuerdas la noche después del golpe contra Ponzano? Los planes que hicimos. Tú querías que nos fuéramos a Bolivia.

Sere pone ojitos soñadores, y Aura se deja llevar por el sonido del arpa. Aquella noche en la que festejaron, a base de Malibú con piña, el haber puesto de rodillas al banquero. Aquella noche en la que fantasearon como adolescentes el dejarlo todo atrás.

—*Por resumir, rubia. Tu propuesta consiste en que desaparezcamos contigo, fabriquemos nuevas identidades y nos dediquemos a dar palos a las piñatas.*

—*A piñatas especialmente odiosas* —puntualiza Aura.

—*Como Ponzano, ¿verdad?*

Aura recuerda el vértigo extraño, la sensación de euforia y libertad como no había experimentado nunca antes.

Tanto esfuerzo intentando jugar la mano que me habían repartido, cuando lo único que tenía que hacer era romper la baraja.

Había cedido al realismo. No había querido imponerles a las niñas una vida de huir, de mirar por encima del hombro. De no tener un puto duro.

La ironía del resultado le pesa más que una báscula.

Si hubiera tomado otra decisión...

Si hubiera...

Si...

La nostalgia es la neuralgia del recuerdo. Se frota los ojos, intentando sacudírsela.

Viene en su ayuda la camarera, que deja la cuenta delante de ellas.

Aura se lleva la mano al bolsillo para pagar, echando cuentas mentalmente del dinero que les queda. Tendrá que pedirle a su misterioso patrocinador algún medio para que les haga llegar...

De pronto se interrumpe y se da una sonora palmada en el muslo.

El dinero es la clave, está segura de ello.

Tanto como que la solución está delante de ellas.

Escondida en esa hoja de cálculo.

—Si esta mujer está huyendo, es como nosotras.

—¿Bella e incomprendida?

—No tendrá nada a su nombre. Ni tendrá un duro.

—O al menos le preocupará mucho la panoja. Acuérdate de lo que le dijo al de la camisa de flores... «Llevo mucho tiempo a huevos fritos» —cita Sere, pensativa. Se acomoda un poco el pelo. Rebelde, rizado, cargado de electricidad estática, le cae sobre la frente cada vez que se inclina sobre la pantalla del ordenador.

—¿Por qué iba una mujer a la que le preocupa el dinero a comprar o alquilar un piso en el edificio más caro y moderno de Zaragoza?

—Porque es supercuqui. Y tiene piscina. Dos piscinas, de hecho —dice, señalando el plano—. Hoy nos vendría de coña un bañito.

Sere se abanica con la carta del restaurante las manos, la cara y las axilas.

Aura se la queda mirando. Dejando que llegue ella misma a la conclusión.

—A no ser que no lo esté ni alquilando ni comprando. No está mal, jefa, no está nada mal.

Sere busca en el Excel y obtiene enseguida un listado, mucho más pequeño, de apartamentos de la promoción inmobiliaria que aún están vacíos, sin vender.

—Descarta el piso piloto.

—Hecho.

—Y también el más caro y grande.

—Los que tengan mejor vista.

Sere saca el plano, lo superpone sobre Google Maps. Todos los del lado del edificio que dan al parque quedan descartados.

—Hecho.

Sobre el Excel quedan siete propiedades. Las menos atractivas. Las que más tiempo tardarán en venderse, y por tanto, las que menos riesgo inminente suponen para una okupa perseguida.

—Está en una de esas —dice Aura, pensativa.

—¿Me voy poniendo los dedos de llamar al telefonillo?

Aura menea la cabeza. Es muy mala idea.

—El telefonillo tiene cámara. Y ya nos ha visto la cara a las dos.

—Podemos fingir que nos hemos equivocado.

—Esta tía es forense. No sólo es lista. Será de las que se fijan en los detalles. Por no mencionar que estará paranoica después de haber salido corriendo ayer con la mano atravesada.

Sere coge una servilleta y apunta los números de los pisos vacíos con su letra redonda y esmerada.

—¿Entonces? —dice, alargándoselo a Aura.

—A nosotras no nos va a abrir la puerta, pero tal vez sí a alguien a quien espere.

Bruno

Es uno de esos bares.

Éste está a las afueras de Carabanchel Alto, pero se puede entrar en él en cualquier pueblo o ciudad de España. Con una foto de la alineación del Real Madrid en la que aún están Sanchís y Butragueño. Un cuadro de payaso triste en el baño. El sonido de la tragaperras pide «Avance» cada cierto tiempo, y, si se busca bien en la nevera, aún quedará una Mirinda al fondo.

En uno esos bares, hay clientes que forman parte del mobiliario. Uno duda si irán a casa a dormir o el dueño —que suele ser el camarero, y el cocinero, y el de la limpieza— les echará una manta de Iberia a cuadros por encima de la cabeza, para que no cojan polvo por las noches.

El hombre al que busca Bruno es uno de esos muebles.

Está sentado cerca de la puerta, equidistante de la barra y la máquina de tabaco. Lleva una camiseta blanca de Andamios Luis, vaqueros y sandalias. Está chupado, a pesar de

—o quizás gracias a— su alimentación exclusiva a base de botellines y cacahuetes.

—Otro botijo, José Manuel, que éste tenía un agujero —pide, con voz cascada, pero firme. Acento madrileño, con sus jotas por eses.

José Manuel alcanza su mesa casi al mismo tiempo que Bruno. Deposita el botellín al lado de los otros, que no se molesta en recoger. Los anteriores hacen guardia —impasible el ademán— a un cuadernillo de sudokus y un boli Bic rojo.

Luego se vuelve hacia Bruno, interrogante.

—Otro. Yo invito a esta ronda y a las que lleve.

El camarero desaparece tras la barra, y se limita a dejar el segundo botellín en medio, con un chasquido de cristales que ejerce de declaración de intenciones. No más paseítos. Aunque sean las tres de la tarde y el bar esté vacío, el hombre tiene mejores cosas que hacer.

Bruno lo coge y se deja caer en la silla, frente al hombre.

—Buenos días, Ortega.

Ortega lleva tres botellines esa mañana, insuficientes para que le dé todo igual pero suficientes para preguntarse cómo va a pagar hoy la cuenta. Así que la irrupción del desconocido de la camisa floreada es de lo más bienvenida.

No suelen sentarse desconocidos a su mesa, ni tampoco aproximársele.

Porque Ortega es difícil de mirar. Pasa de los cuarenta, está demasiado delgado, pero todo eso se esfuma en cuanto pasas del cuello.

Una especie de hendidura vertical que va desde el pómulo hasta casi la mandíbula le corta en dos la mejilla izquierda. La derecha se hunde en un hoyuelo desmesurado que la ocupa entera, semejante a un territorio derrumbado y chupado hacia el interior de la tierra por alguna catástrofe geológica.

Su cara arruinada tiene que agradecérsela a una mina terrestre, que pisó el que iba adelante al servicio de España.

A cambio, él tampoco va contando por ahí que es feo por patriotismo, y así está todo el día en el bar, bebiéndose la pensión de la Legión y con José Manuel por toda compañía, mientras éste maldice —a veces para sus adentros, a veces para sus afueras— que se siente tan cerca de la puerta y ahuyente a la clientela.

—¿Qué se te ofrece, chaval? —dice Ortega, mirando a Bruno con extrañeza.

Bruno ya se ha sentado en la silla de enfrente, después de hacer un aspaviento para despejar las cáscaras de cacahuete que la cubrían.

—¿Recuerdas a Celeiro?

Tan pronto como menciona el nombre, los ojos de Ortega se entrecierran unos milímetros.

—¿Acaso la conoces tú?

Bruno niega con la cabeza y el otro asiente.

—Si la hubieras conocido, no la habrías olvidado. ¿Te debe dinero?

Bruno niega con la cabeza por segunda vez.

—Es un tema de una herencia —miente.

Ortega hace como que se cree la mentira.

—Hace mucho que no la veo.

Bruno saborea la decepción con la misma complacencia

que le produce el olor de sus propias flatulencias. Cualquier esperanza de encontrar rápido a Celeiro y restregarle la victoria a Irma se está escapando. Ha llegado, de hecho, hasta este sucio rincón del sobaco de Madrid, para toparse con un callejón sin salida.

Porque Ortega es el único contacto conocido de la legionaria.

Ha estado toda la mañana escuchando los informes que le pasó Irma sobre Celeiro, mientras conducía hacia Madrid en busca de alguna pista del paradero de la mujer.

No hay nada.

Tenía un teléfono móvil registrado a su nombre, pero dejó de estar conectado hace varios días. No tiene trabajo, ni domicilio conocido.

—Era muy amiga de unos lejías. El Málaga y unos colegas suyos. ¿Has probado a hablar con ellos?

Bruno ha probado. Ha estado hace una hora en el piso que tenía el Málaga, a las afueras de Cuatro Vientos. Vacío. En el espacio donde solía aparcar su furgoneta sólo quedaba una mancha de aceite.

—Hace ocho meses que se fueron. ¿Tienes idea de por qué?

—Se metieron en un lío con una comisaria de policía, una tía muy chunga, muy cañera. Se han bajado al moro, cuentan.

Da un trago al botellín, y mira por la ventana, como dando la conversación por concluida.

De ese gesto Bruno saca dos conclusiones y una mano que llevaba en el bolsillo del pantalón:

Que Ortega no le toma en serio. Y que hay que subir el volumen.

—A lo mejor no estoy explicándome bien —dice Bruno, acercando la mano a la entrepierna de Ortega. No llega a tocarle porque lo hace antes la punta de la navaja militar que sostiene.

Ortega traga saliva, obligado a revaluar a toda prisa la situación.

—¿Quién cojones eres?

—El que te va a cortar los cojones como no empieces a hablar, engendro.

—No sé dónde está Celeiro.

—Ya me has dicho eso. ¿Por qué no me cuentas cómo es ella? ¿A qué dedica el tiempo libre?

Ortega se rasca el cuello con ansia. El ruido es el de una escoba barriendo el suelo. Que, a juzgar por cómo cruje la mierda bajo los pies de Bruno cada vez que se mueve, sería la primera vez que se escuchara en este bar.

—Estuvimos en la misma unidad. En la BOEL.

—Eso ya lo sé. Ya tengo vuestras biografías. Lo que me interesa es lo que no viene.

Al principio Ortega suelta las palabras con cuentagotas, como si no confiara en su capacidad de pronunciar más de una a la vez. Pero poco a poco se va animando.

—Un trabajo se mete en ti, cualquier trabajo. El taxi, la medicina, las cámaras, la Legión. Lo llevas puesto a todos lados, te guste o no. Yo he visto mucho pero Celeiro ha visto más que todos nosotros juntos.

—Y yo he visto su ficha. ¿Por qué está casi todo en blanco?

—Porque las cosas que ha visto no son para ser contadas. Y los otros… Yo, incluso. Las misiones en las que estuvimos en la BOEL. Cada uno fuimos por una razón. Por dinero, muchos. Pero a ninguno nos gustaba cuando empezaban a silbar las balas. A ella… no diré que le gustase. Estaba cagada de miedo. Pero creo que le daba más miedo no tener miedo.

Bruno entiende esta última parte bastante bien. Para el mozo del establo, cuyo deber es barrer el estiércol, el terror supremo es la posibilidad de un mundo sin caballos. El que le dijera que palear mierda es repulsivo, estaría cometiendo una gran estupidez.

—Las ha pasado putas, esa tía. En la guerra y en los despachos. Lo que le hicieron al volver… Fuego amigo de la peor especie. Digamos que tiene menos razones que la mayoría para admirar a la raza humana. Y sin embargo nunca se convirtió en un animal.

Bruno alza una ceja.

—¿Animal?

Es una palabra muy concreta.

El legionario hunde la mirada en la cerveza, con ojos de arqueólogo. Los anillos de espuma casi han llegado al fondo del botellín. Revuelve el escaso líquido que contiene, sin decidirse a rematarlo. Las perspectiva de acabarlo le produce tanta inquietud como el cuchillo que tiene apuntando a los genitales.

—En Mostar y en Líbano serví con alguno de ellos. Tarados de verdad. ¿Puedo pedir otra?

—Después. ¿Por qué Celeiro no es un animal?

—Porque se contiene —dice el legionario—. Le da miedo hacer daño a los demás. Siempre retiene un poco el puño antes de pegar. Y nadie puede ser un verdadero animal si no es capaz de disfrutar la violencia.

Bruno se da cuenta, sorprendido, de que podría firmar cada letra de esa frase.

—¿Es una floja, entonces?

Ortega resopla.

—Era la mejor que había. En el Líbano, echó a correr ella sola por un callejón, llevando casi bajo el brazo al diplomático. Había una multitud bloqueando el paso, una emboscada. Le dieron una medalla. No sé cómo pudo anticiparse a eso. A veces le pegaban venazos de esos, como si se cagara de golpe. Y luego resulta que sí había de qué preocuparse. Un francotirador o algo así.

—La tuya no la vio venir, ¿no? —dice, señalándole la cara.

Ortega se encoge un poco.

—No, ésa no. No estaba ese día.

Vuelve a mirar por la ventana, molesto.

—No me estás contando todo lo que podrías contarme —dice, con una voz suave como un reproche.

—No me obligues a seguir.

—¿Obligar? Aquí no se obliga a nadie, tío. Cada uno se cava sus propios agujeritos, ya sabes.

Bruno aprieta de nuevo el cuchillo.

El hombre traga saliva, despacio.

—Te diré algo que te puede servir. Pero sólo si me prometes…

Se detiene al ver la sonrisa que se acaba de dibujar en el rostro perfecto de Bruno.

¿Quieres una promesa, Ortega? Te haré todas las que tú quieras. Te prometo la paz en el mundo, un harén de venezolanas y un sugus de piña. Pero tú no te calles.

Ortega inclina la cabeza, derrotado.

—Celeiro tiene… tenía una amiga.

—¿Legionaria?

—No. Estaba en servicios de apoyo.

—¿Amiga amiga?

Ortega asiente.

—¿Y dónde puedo encontrar a esa amiga amiga?

Ortega coge el boli Bic rojo y escribe una dirección en la servilleta.

—Me haces muy feliz, Ortega. Después de lo que me has contado de ella, no sabes las ganas que tengo de conocerla.

Bruno retira el cuchillo del pantalón del legionario y lo devuelve al suyo propio. Casi con el mismo gesto saca un par de billetes de cien euros, que muestra, extendidos, en dirección a Ortega.

—Toma, para las cervezas de mañana.

Es mentira. El dinero es el signo más tangible del amor de Dios. Y la manera más sencilla y directa para ensuciar una conciencia. Si Ortega coge los billetes, todo lo que le ha contado no habrá sido coacción, sino transacción. Ésa es la segunda mejor forma de no dejar cabos sueltos.

Para la primera no le faltan ganas a Bruno, pero sí tiempo y recursos. No tiene cómo librarse fácil del cuerpo —los cuerpos, si hay que encargarse también del camarero—, es tarde y tiene que ponerse en marcha. Así que aguarda a que el legionario se decida a estirar los dedos.

—No seas remilgos, coño —dice Bruno, sacudiendo el dinero.

Que la alternativa es peor.

4

Un repartidor

Se colocan junto a la puerta de entrada. Con la espalda pegada a la pared, para no ser vistas desde la terraza, ni desde el telefonillo.

Sólo dos amigas que hablan, que charlan de sus cosas, mientras comparten una bolsa de gominolas.

—A ver, jefa, si vas en un coche que va a la velocidad de la luz y enciendes los faros, ¿harían algo?

Aura reflexiona un momento.

—¿La luz se iría hacia los lados, empujada por la velocidad del coche?

—Esa respuesta es correctísima —dice Sere, sonriendo.

—Tenemos que pasar menos tiempo juntas.

Sere hace un gesto hacia la espalda de Aura. El reflejo en las gafas de sol de su amiga le permite ver a un hombre bajo, empapado en sudor por el calor infame, bajándose de una bi-

cicleta. De su mochila enorme amarilla y verde saca una caja
con comida.

—¿Éste es el cuarto o el quinto?

—Es el quinto.

El repartidor se acerca al telefonillo.

Aprieta un botón en el gigantesco cuadro de mandos.

—¿Cuál es éste? —pregunta Aura, en voz baja.

—Creo que el del piso doceavo.

—Se dice duodécimo.

—Pues a lo mejor sí, pero ¿a que me has entendido, chocho?

El repartidor se queda esperando.

Vuelve a llamar.

Nadie contesta.

El repartidor, de origen asiático, mira alrededor, desesperado. Comprueba el tíquet. Vuelve a llamar. Vuelve a mirar
alrededor y se fija en ellas.

—¿Comida china? —dice, levantando las bolsas.

Sere menea la cabeza.

—Se está yendo.

—Pues otro descartado.

Son las nueve de la noche. La hora punta de pedir a domicilio. Aún sigue habiendo luz, aunque no la suficiente para las
gafas de espejo que calza Sere.

—Estamos llamando demasiado la atención.

—No lo creo.

—Y estamos demasiado a la vista.

—Tú disimula, jefa.

El método que se le había ocurrido a Aura para detectar a la doctora Aguado era muy sencillo. Tenían que mandarle comida a domicilio a los pisos vacíos, y esperar que contestara en alguno.

Siete restaurantes de comida china, de los que aceptaban pago en efectivo a la entrega. Siete llamadas con un pedido modesto. Rollito de primavera, ensalada china y pollo con almendras. Cosas fáciles de vender a otro cliente cuando se volvieran al restaurante con ellas.

—No queremos estropearles la caja.

De los siete repartidores, se habían presentado ya cinco, que se habían ido como habían venido. Aura ha ido tachando los números en la servilleta.

—Quedan dos —dice, en un alarde de cálculo.

—Éste es el bueno, ya verás —dice Sere, señalando al que ya dobla la esquina con su moto.

La vespino se detiene con un traqueteo y un salto hacia adelante. El hombre se baja y toca al telefonillo.

Nadie contesta.

El hombre aguarda.

Nadie contesta.

—Pues tendremos que…

Se oye un chasquido.

—¿Sí?

—Comida china —dice el hombre.

—Yo no he pedido chino —se escucha la voz a través del telefonillo. Metálica, acacharrada. Pero voz de mujer.

—¿Estoy llamando al decimocuarto B? —dice el repartidor, leyendo del tíquet grapado a la bolsa.

Aura sonríe y le aprieta el antebrazo a Sere, que finge estar demasiado concentrada en la conversación que tiene lugar a pocos metros.

—Es aquí pero yo no he pedido chino, ¡yo he pedido pizza! Buenas noches.

Hay un chasquido de nuevo, cuando la voz al otro lado cuelga.

—Pues ya lo tenemos —dice Aura, cogiendo una gominola de la bolsa.

Sere saca la servilleta y rodea con un puntilloso círculo la anotación 14.º B.

—Y ahora, ¿qué?

—Dímelo tú.

—Ahora es cuando diseñas un plan infalible que sale espectacularmente mal.

Aura asiente, con una sonrisa.

—Si lo sabes, ¿para qué preguntas?

El salto definitivo de los Dorr fue debido a un reloj de pulsera.

Hasta ese momento, sólo eran unos advenedizos. Braceros glorificados, que huían más de la pobreza que del Führer.

En Reino Unido, la pervivencia de los mismos apellidos en lo más alto del sistema social se ha estimado en ocho siglos. En Cataluña, esa cifra se reduce a seis. En Madrid, a cinco siglos. Las mismas familias, una y otra vez.

—Somos unas cuatrocientas personas que nos encontramos en todas partes —me dijo una vez una de esas personas, durante una fiesta en la embajada de Inglaterra.

Heinrich Dorr tenía muy clara esta circunstancia. Por eso empujaba, una y otra vez, a su hermano para que acudieran a los sitios adecuados, donde pudieran codearse con la gente adecuada.

Pero la gente adecuada vivía un momento inadecuado.

Durante los extraños meses anteriores y posteriores al final de la Segunda Guerra Mundial, la comunidad de alemanes en Cataluña se vio arrastrada a una situación kafkiana. No había ni dinero en metálico ni el oro se admitía: los cheques eran rechazados; las letras de crédito carecían de valor. Los millonarios y jerarcas nazis que habían cruzado los Pirineos dependían de la buena voluntad de los hosteleros de la Diagonal y se veían obligados a pedirles prestado hasta para comprar el periódico. La gente se llevaba su propia azúcar, sus galletas y sus bolsitas de infusión cuando iba de visita. Imperaban las cartillas de racionamiento, y durante las cenas, los invitados, con sus vestidos de noche y sus chaqués, les entregaban las suyas a los anfitriones que servían la comida. Reinaba un estado generalizado de precariedad indigente.

Hacia finales de 1945, con ayuda del Régimen, todos los huidos fueron asimilados y se regularizó su situación. También el oro y las joyas que habían robado comenzaron a circular de nuevo.

Las insignes familias de la burguesía catalana que habían acogido a los fugitivos recibieron su premio. Negocios con los empresarios que habían conseguido quedarse con los restos de la industria alemana que se había lucrado en Auschwitz con el trabajo esclavo para su fábrica de Buna.

Las cenas ya no se sirvieron con cartilla de racionamiento. Regresó la abundancia.

A principios de 1946, Bertram, el hermano de Heinrich, anunció que viajaría a Sant Celoni para un negocio con un tratante de ganado. Llevaba oculto en el abrigo un fajo de billetes de cinco pesetas, para adquirir seis novillos.

Al no regresar al día siguiente, Heinrich se preocupó. Pidió prestado en el pueblo el único vehículo a motor que aún funcionaba, además del suyo, que se había llevado su hermano. Un camión de gasógeno, lento como la justicia. Pidió a Friedrich que le acompañara y salieron en su busca.

Era noche cerrada cuando los faros del camión iluminaron una cuneta a las afueras de Sant Celoni. Allí, junto al viejo Fiat del que hemos hablado en anteriores capítulos, yacía Bertram, muerto. Le habían apuñalado once veces. Dos en el cuello y el resto en el pecho. Con la mano derecha aferraba, ahora sin fuerzas, el guardabarros del coche, en un último esfuerzo por escapar de su asesino.

Incluso a la escasa luz de los faros, antes incluso de comprobar que le habían robado el dinero de las vacas, Heinrich vio la muñeca desnuda de su hermano.

Pasó un año sin culpables ni pistas. Poco importaban en aquellos años los muertos en las cunetas. Pero una noche Heinrich asistió en Barcelona a una representación de *Parsifal* en el Liceo. No llevaba galas, sólo chaqueta y corbata. A la salida se encontró con un conocido de sus tiempos de Düsseldorf, que le invitó a un cóctel que se celebraría en casa de una familia de muy alta posición.

En otra ocasión, Heinrich Dorr se habría alegrado. Llevaban años luchando por entrar en aquellos círculos reducidos, en las reuniones de la gente adecuada, sin éxito. Pero el asesinato sin resolver de su hermano le había agriado el carácter. Intentó excusarse, alegando que no iba vestido para la ocasión, pero el conocido insistió.

Heinrich cedió.

No tardó en arrepentirse.

La reunión era de alto copete, y él se quedó en una esquina, incapaz de mezclarse con los invitados.

Uno de ellos, precisamente, alzó el brazo y se miró la muñeca.

—Algunos no saben cuándo es la hora de irse —dijo, en español. En voz lo bastante alto.

Hubo un revuelo a su alrededor. Las risas de los invitados

chirriaron, como cuchillos y tenedores al chocar unos con otros.

Heinrich no cedió, ni se avergonzó. Antes siquiera del insulto y las risas, algo había llamado su atención.

—Disculpe —dijo, él también en español, que hablaba con sorprendente fluidez—. ¿Podría indicarme qué hora es?

—Lo que les decía… no saben la hora —insistió el gracioso.

Su nombre no ha trascendido. De él sólo sabemos que era español e iba bien vestido.

Hubo más risas.

—Por eso, como no la sé, me gustaría que me la indicara —dijo Heinrich.

Sus palabras eran amables, pero el tono no lo era en absoluto. El resto de los invitados que asistían a la conversación no se percataron, pero el gracioso percibió la amenaza.

—Cómprese un reloj —dijo.

—Ya tenía uno, y lo perdí. Un Roskopf, fabricado en Suiza en 1889. Me ha parecido ver que usted también tenía uno similar.

—¿Y qué si es así?

—Me gustaría ver su reloj. El mío fue un regalo de mi madre a mi padre cuando se prometieron. Si fuera tan amable de enseñármelo, me traería buenos recuerdos.

Para entonces, el gracioso ya se había puesto en guardia, pero la historia de Heinrich había calado entre los asistentes, y de nada sirvieron sus negativas. Tuvo que mostrar el reloj y todo el mundo comprobó que, efectivamente, era un Roskopf.

—Creo que tiene usted mi reloj, *mein herr*.

—Este reloj es mío. Lo compré hace muchos años, en Suiza —dijo el gracioso.

—Es curioso, sin duda —dijo Heinrich, con una risa gélida.

—¿Qué le hace tanta gracia?

—Que sólo existen, que yo sepa, dos relojes de pulsera Roskopf en el mundo.

Para entonces, todos los invitados a la fiesta habían dejado de lado sus copas y sus *hors d'œuvres*, y habían formado un corro cuyo epicentro era el reloj. Alguien susurró que era cierto, que no existían los relojes de pulsera Roskopf.

—Será una falsificación, entonces.

Heinrich meneó la cabeza.

—Verá usted… Georges Roskopf, el relojero, era en realidad alemán, aunque se nacionalizó suizo. Viejo conocido de la rama materna de mi familia. Cuando mi madre le pidió *eine Armbanduhr*, un reloj de pulsera, Roskopf fabricó dos, los únicos que existen.

Heinrich señaló al noreste, a través de una ventana.

—Con uno le enterraron.

Después señaló a la muñeca del hombre.

—El otro es el que usted robó del cadáver de mi hermano, después de quitarle su dinero, apuñalarle y dejarle en la cuneta, como a un perro.

El acusado intentó correr hacia la puerta, pero la multitud se le echó encima. De nada sirvieron sus enérgicas protestas. Tan pronto le arrancaron el reloj de la muñeca, allí estaban, tal y como Heinrich había anticipado, grabados en la caja, los nombres de su padre y de su madre.

Del hombre nunca más se supo. Pero desde entonces,

Heinrich fue un habitual de aquellos salones. Su historia se hizo famosa enseguida. Su arrojo y su inteligencia le granjearon algunas llamadas. Se hicieron encargos, se pidieron favores.

De invisible había pasado a imprescindible. Con su breve y eficaz actuación, Heinrich había demostrado cualidades que podían resultar muy útiles a quienes tenían dinero y poder. Y eso precipitó lo que sucedería después.

5

Una ventaja

El ataque en la ducha comienza con un hormigueo alrededor de los labios. Un darse cuenta de que está respirando demasiado deprisa.

Miedo.

El hormigueo se extiende al resto de la cara. Su visión se reduce a un círculo rodeado de oscuridad, donde no quedan sino los azulejos del baño. El miedo puro la abruma. Se desliza contra la pared cuando le ceden las piernas. Se las abraza bajo el chorro de agua caliente.

El miedo que siente es ciego, vacío de contenido u objeto. Siente como si fuera a morir. Sabe que no lo hará.

No es el primer ataque de pánico que sufre Mari Paz. Pero he aquí la belleza aterradora de este enemigo. Cada vez que lo sufres es igual de malo que la primera, como un disco de Melendi.

La comparación mental hace que se eche a reír, y en ese instante el pánico desaparece tan rápida y misteriosamente como llegó. Se pone de pie, tambaleándose, y se lava con agua fría durante tres minutos. Duchada y descansada, se siente bien, o tan bien como puede sentirse alguien que huye —sin dinero ni esperanza— de unos asesinos.

Aún no hace demasiado calor.

Se queda dentro de la ducha un poco más, con la frente apoyada en el azulejo, disfrutando de la sensación del agua secándose sobre la piel. La vieja urgencia pide paso, el momento es adecuado. Hace un tímido intento de ponerse la mano entre las piernas, pero la de tocarse ha sido siempre la izquierda, y esa extremidad no está para muchas alegrías. Prueba con la derecha durante un rato, pero no le pilla el punto y desiste.

Descarta las vendas mojadas, teñidas de un rosa desleído por la mezcla de sangre reseca y agua. Se cura la herida con desinfectantes y antibióticos de uso tópico. Se aplica el Bactrovet, para mayor seguridad.

Mira con lástima el tatuaje arruinado por el orificio de bala. Tendría que hacérselo de nuevo. Lo suficientemente escondido, lo suficientemente hondo. Pero sospecha que no encontrará el lugar adecuado.

Lo más profundo que hay en el ser humano es la piel.

Se viste con pantalón cargo y camiseta arrugada. Echa una navaja al bolsillo, por si acaso.

La tele sigue encendida cuando regresa a la habitación.

Cris y Alex, que ocupan la cama de la derecha, habían pedido dejarla puesta con el volumen al mínimo. Tan pronto se durmieron, Mari Paz apretó el botón de mute.

Un programa de teletienda ofrece una especie de máquina de ejercicios. Un hombre musculoso con coleta y una enorme boca, similar a la de un perro, ladra en silencio desde la pantalla.

Deja una nota sobre la mesa. Volverá antes de que se den cuenta de que se ha ido, pero deja instrucciones para que le pidan el desayuno a Conchi, por si acaso.

Siendo las únicas clientas del lugar, tampoco le va a dar gran trabajo.

Cuando Mari Paz asoma por la puerta del motel, está amaneciendo. La carretera aún no se ha despertado. El asfalto sigue desprendiendo el calor del día anterior. No acabará de soltarlo antes de empezar a recibir el de hoy.

El termómetro que hay junto a la entrada —de mercurio, de esos que venden en las tiendas de turistas, con una foto que sugiere visitar Úbeda— marca ya treinta grados.

A la hora del café serán cuarenta y pico.

No apetece visitar Úbeda, ni ningún sitio.

La legionaria se despereza. Echa una mirada a su coche, echa otra a la carretera.

Treinta y pico kilómetros.

Sigue siendo una idea horrible.

Pero a falta de otras...

Piensa en Conchi y su marido mientras conduce.

No sabe cómo son capaces de mantener abierto el negocio en un lugar como éste. Una comarca en mitad de la nada, con poco de lo que presumir, salvo un supermercado pequeño, una iglesia y tres bares. Entre este pueblo y el siguiente, kilómetros y kilómetros de tierra desértica y abandonada.

Observa el paisaje mientras conduce —el sol rielando en el capó como si lo fuera a fundir—, pensando que esos barrancos resecos deben de tener el mismo aspecto desde siempre. El mismo que conservarán por los siglos de los siglos.

Una mujer podría desaparecer en un lugar como ése sin ni siquiera proponérselo, vivir su vida sin que nadie reparara en ella. Mari Paz piensa que, cuando todo eso termine, tal vez regrese. Quizás necesite un lugar así.

Mari Paz aparca frente a su destino media hora después, consultando preocupada el indicador de gasolina. Ya está en la reserva.

Más vale que esto salga bien.

Al abrir la puerta, una oleada de calor golpea el Skoda.

Pone un pie en el suelo polvoriento.

Un lagarto huye a su paso y se oculta, como un calambre verde, bajo la recién creada sombra del coche.

Alza la vista hacia el letrero.

En su día, las letras eran blancas y el fondo rosa, pero el tiempo le había ido quitando a ambos colores la seguridad en sí mismos. Ahora palidecen al afirmar

Bienvenidos al Arizona

Y debajo, en letras muy pequeñas:

No somos como dicen

Para convertirse en filósofo, el primer paso es caminar lento. Y eso le pasa a Mari Paz mientras salva los once metros que la separan de la entrada.

De noche, los prostíbulos quieren ser lugares secretos y atrayentes. Por la mañana de un día abrasador de verano, no son más que una casa vieja con un cartel gastado y un parking solitario.

Aprieta el timbre, que suena a campana de convento.

Espera.

Al cabo de un par de minutos, aparece una mujer de piel oscura —negra, en realidad— con tacones imposibles, medias de rejilla, camisa azul desabotonada y lo que siendo generosos podríamos considerar casi media minifalda. A Mari Paz la vista se le va a sus pechos. Igual de imposibles que los tacones.

—No estamos abiertos, corazón.

La legionaria jalea a la mujer por atenerse a sus horarios en un lugar donde no parece abundar la clientela. Y se abuchea a sí misma por no haber concluido las tareas de mantenimiento que inició en la ducha.

—Estoy buscando a una amiga.

—Y quién no —dice la mujer, poniéndole un dedo en el centro de la camiseta—. Vuelve luego a las cuatro, cariño, y pregunta por Diana, que soy yo.

Mari Paz hace un pacto consigo misma de precisar más el lenguaje, cosa compleja dados sus orígenes y las revoluciones en aumento.

—A una amiga concreta. A Silvia.

La mujer parpadea un par de veces, sin entender.

—Silvia Galván. Gallega. La dueña, vamos.

—No sé quién es, pero yo soy nueva. ¿Eres comercial de Coca-Cola? Aquí vendemos Pepsi, que nos hace precio…

—No, no soy comercial. ¿Puedes preguntar a alguien?

—Espera un momento, corazón.

Otro ratito de espera, que alivia con un cigarro.

Está nerviosa, y no sólo por el roce de Diana, que se le ha quedado atrapado entre la camiseta y la piel. También por ver a Silvia de nuevo. Un antiguo amor es un antiguo amor, aunque hayan pasado quince años. Donde hubo fuego, y tal.

Estuvieron juntas sólo noventa y cuatro días. A Mari Paz le bastó uno —el primero— para enamorarse y otro —el nonagésimo cuarto— para cagarla.

Ella estaba currando en servicios de apoyo en el acuartelamiento de Pontevedra. Pero había heredado de un tío suyo este local, que vio como su oportunidad. Así que se fue, no sin dejar una tarjeta a cada uno de los hombres del cuartel.

—Vente conmigo —le había dicho a Mari Paz.

La legionaria puso el grito en el cielo. Tenía ideas muy claras al respecto.

—Los cojones —respondió—. ¿No puedes ganarte la vida aquí, honradamente?

—Estoy harta de ser una esclava.

Mari Paz tenía claro que la libertad no sólo es huir de ser esclavo. También debes evitar convertirte en amo. Pero claro, esas frases a ella no le salían. Le salió, muy nítido, en cambio un

—*Vai tomar polo cu.*

Y aquí estoy, quince años después, piensa hoy. *Llamando a la puerta de una ex, a ver si me presta dinero. De ese que le dije que no se iba a ganar honradamente.*

Si es posible sentirse más como la mierda —o más desesperada—, Mari Paz no lo sabe.

Lleva el segundo cigarro por la mitad cuando la puerta vuelve a abrirse.

—Hola, cielo.

Una segunda mujer. Algo más mayor. Más esquiva. A la luz del día se ve que la vida la ha baqueteado mucho, pero retiene fragmentos de una belleza que intenta mantener cosida con alfileres.

—Me han dicho que buscas a Silvia, ¿no?

—Soy una vieja amiga.

—Yo le compré el negocio el año pasado —dice la mujer, que no añade su nombre.

Mari Paz percibe algo raro en sus ojos. Incomodidad, quizás. O quizás sueño y ganas de irse a la cama.

—No sabrá usted dónde está.

—Ahora vive ahí arriba, en Úbeda.

—No tendrá usted el teléfono.

La mujer mira hacia detrás y luego hacia Mari Paz.

—Ahí en la barra, lo tengo. Pasa y te pongo una cerveza.

Mari Paz sigue a la mujer al interior. Un breve recibidor. Poco más que un atril, un ficus y un perchero donde colgar el sombrero. Una cortina gris y púrpura conduce al salón.

Tan pronto como Mari Paz cruza la primera y se adentra en el segundo, descubre algo sobre sí misma.

La ventaja evolutiva de la que le hablaba la abuela Celeiro (con otras palabras) no deja de ser una capacidad inconsciente de sacar conclusiones más o menos acertadas de datos presentes pero no evidentes. No es el sentido arácnido de Spiderman.

Mari Paz siente como si una esquirla de hielo le recorriera la espalda. Una filtración del futuro en el presente. De un futuro terrorífico que, por lo visto, se manifestará al cabo de unos minutos.

Pero claro, lo interesante habría sido tenerlo *antes* de cruzar la cortina, y no *después*, cuando ya tenía la pistola de Chanclas apoyada en la parte de atrás del cráneo.

A lo fácil, cualquiera.

6

Una mirilla

—Yo creo que no va a salir en la vida.

Aura suspira con desagrado. Estar tumbada boca arriba la induce a la introspección, y ella nunca ha sido demasiado amiga de la introspección. Teme conocerse demasiado a sí misma, no sea que deje de saludarse.

Tumbarse boca arriba en un suelo desnudo, sin una triste alfombra para amortiguar la espalda, es todavía peor.

El piso junto al que está ocupando Aguado también está vacío y sin vender. Lo cual provocó en Aura un plan infalible casi instantáneo.

—Nos colamos en el piso vacío, esperamos a que ella salga y después nos colamos en el suyo —explicó a Sere.

—Entrar y salir, sin movidas espectaculares de las tuyas —dijo Sere—. ¿Ves?, ésta sí es una misión a nuestra altura.

Resultó que entrar en un piso con la cerradura de obra lleva apenas seis segundos. Lo que tardó Sere en deslizar su tarjeta de puntos del Club Dia entre el marco y el resbalón.

Clic, hizo la puerta enseguida.

Aura sonrió.

Por fin nos salen las cosas bien a la primera.

Se turnaron frente a la mirilla y se pusieron a vigilar.

—Antes o despúes tendrá que salir. A comprar, a cenar, a lo que sea —dijo Aura.

Resultó que vigilar un pasillo a través de una mirilla durante más de seis minutos es algo muy doloroso para el cuello, además de increíblemente tedioso.

Sere, harta, dio con una solución. Consistía en tumbarse en el suelo, con la puerta ligeramente entreabierta.

—El problema es si nos dormimos.

—Hacemos turnos de un par de horas. Como las guardias en las novelas de aventuras —propuso Aura.

Y así pasaron la noche. Maldurmiendo y con dolor de espalda. No ocurrió nada, salvo lo que no pasó. El edificio estaba ausente, no se levantó un rumor, no se desplegó un ruido, no irrumpió una voz, no se golpeó una puerta, no se descolgó la gota de un grifo. Nadie tuvo tos en esa noche de verano en Zaragoza.

—Estamos en la mierda —dice Aura, ya bien entrada la mañana.

Sere se revuelve, unos pasos más atrás.

—Decía siempre mi tío Jacinto: cuando estás en un lugar oscuro, y crees que te han enterrado, quizás en realidad hayas sido plantada.

Aura forcejea con la polisemia hasta comprender.

Sere ladea la cabeza a su vez, estirándose.

—Mi tío Jacinto a veces decía tonterías.

Más horas pasan, en silencio. Por el pasillo, sin embargo, no pasa nadie.

A ratos, y esforzándose, medio escuchan medio se imaginan voces en otros pisos, y el distante rumor de pisadas. No demasiadas. A lo lejos, por la ventana abierta, un atisbo del júbilo de unos niños jugando en la piscina.

Se turnan para ir a buscar algo con lo que desayunar, papel higiénico, una pastilla de jabón. Cualquier cosa que puedan permitirse con su escaso presupuesto, y que alivie un poco el tedio que va impregnando las paredes desnudas, el polvo que flota en el ambiente, el rodapié barato con aspecto de caro.

—Yo creo que no va a salir en la vida —dice Sere, por enésima vez.

Es su turno de estar tumbada, vigilando a través de la rendija.

De pronto escuchan el doble chasquido inconfundible de una puerta abriéndose y cerrándose. Unos pies pasan junto a la abertura, tan rápido que Sere apenas tiene tiempo de reaccionar. Tan sólo de hacer unos gestos exagerados, llamando a Aura.

Los pies desaparecen, pasillo abajo.

—¿Era ella? —susurra Aura.

—No lo sé —responde Sere, en el mismo tono—. Ha pasado muy deprisa.

—Pero ha salido del piso de al lado.

De eso están bastante seguras.

Aura cierra la puerta, con sumo cuidado.

—Vamos a intentarlo.

—¿Estás segura?

—Pues claro que no. Pero estoy hasta el higo de esperar.

De eso también están bastante seguras.

Aura se dirige hacia la terraza. Es larga y estrecha, con espacio para una mesa y poco más. Pero tiene una ventaja muy grande.

Está lo bastante cerca de la terraza contigua como para saltar de una a otra.

En ausencia de Mari Paz, el papel físico le ha tocado a ella.

—Yo probablemente me mataría —se ha excusado Sere.

—Es un salto muy fácil.

—Ya, ya, por eso.

Así que ahí está Aura, al borde del pretil de la primera terraza, planteándose cómo demonios hacerlo.

Tiene que ponerse de pie. Después quedar en equilibrio sobre el murete, que mide aproximadamente catorce centímetros de ancho. Salvar de un salto la distancia hasta la segunda terraza, que será de más o menos un metro.

Un salto sencillo.

Si tuviese lugar en el suelo. Cuando sucede a treinta y pico metros de altura, ya no parece tan fácil.

—Agárrame para equilibrarme —pide Aura a Sere.

Su amiga se pone detrás de ella, agarrándola de la parte trasera del pantalón. Cuando Aura pone el pie en la parte superior del murete, el miedo que le entra es considerable.

—Venga, chocho. Si no es para tanto.

—Pues hazlo tú, no te jode —dice Aura.

Cuenta hasta tres para darse ánimos.

Luego otra vez.

A la tercera cuenta de tres, simplemente empuja con la pierna derecha. Casi se va hacia adelante, cayendo al vacío.

Por suerte Sere tira de ella, equilibrándola lo suficiente como para que logre poner los dos pies en el murete.

—Ay, ay, ay —dice Aura, apretando los dientes.

Pone una mano en la pared. Intenta no mirar hacia abajo. No lo consigue.

No pienses. No pienses. No pienses.

Sin más, salta.

Durante la fracción de segundo en que su cuerpo recorre el espacio entre las dos terrazas, sin nada en que la sustente, Aura mira hacia adentro, y lo que ve le asusta.

Es un fogonazo, no queda tiempo para recrearse. Y aun así.

Aura no se ha sentido nunca más viva ni más fuerte. Más capaz de cualquier cosa. El aire cálido y denso a su alrededor parece impulsarla. Como una alfombra mágica.

Tiene miedo, sí.

Pero no va a hacerle mucho caso.

Es mejor dejarse llevar.

—Joder —dice, cuando los dos pies aterrizan en la siguiente terraza.

Durante el siguiente medio segundo, llevada por la inercia, su cuerpo aún sigue cayendo. Tiene que apoyar las manos en el suelo. Su cerebro, sin embargo, le manda una generosa recompensa en forma de endorfinas, serotonina y vasopresina. Más fuerte que cualquier orgasmo que haya experimentado nunca. Distinta, también.

—Joder —repite, con un jadeo.

—¿Estás bien?

Aura se incorpora de un salto. Se ha ensuciado un poco la mano al caer, nada que no se arregle con jabón.

—Estoy bien. No te muevas.

Abre la puerta de la terraza y se mete corriendo en la casa. Vuelve a salir al cabo de un minuto.

—¿De dónde has sacado eso?

Eso es un rectángulo contrachapado de ochenta centímetros de ancho por doscientos cinco de alto. Lacado en blanco y con manija y bisagras en plateado.

—Del cuarto de baño.

Aura atraviesa la puerta del retrete en el espacio entre las dos terrazas, formando un puente precario.

—Vaya, jefa. Esto es bastante brillante.

—Por si acaso. Voy a buscar el maletín. Tú vete a la puerta a vigilar.

Aura vuelve a entrar en el apartamento.

Está habitado, sin duda.

Por alguien no demasiado ordenado.

Hay bolsas de comida de varios días encima de unas cajas de cartón. Paquetes de tabaco arrugado, botellas de cerveza.

En mitad del salón, un saco de dormir azul. Ropa en distintos estados de suciedad, apilada en el lado izquierdo. Al derecho, un puñado de vendas sucias de sangre.

Aura percibe algo más además del desorden. El hecho de que esté localizado en un punto, en el centro del salón. El olor que flota. No el de comida algo pasada y calcetines sudados, que también.

No.

Por encima.

Huele a tristeza, una tristeza limítrofe, como las de esas carreteras que se agotan al alcanzar el mar y simplemente se extinguen, en ausencia de tierra firme. Una tristeza pegajosa y ácida. Una tristeza practicada con constancia, como un vicio.

No, no como un vicio.

Como un castigo.

Aura Reyes ya ha estado aquí antes. En un lugar minúsculo, con los mismos metros cuadrados que está ocupando el desorden de Aguado.

Observa los ventanales. A través de ellos se filtra a raudales la luz de un Dios mezquino y vengativo. Las noches no ofrecen intimidad ni protección.

Ese lugar no es el escondite de una fugitiva.

Ese lugar es una prisión.

Aura se pregunta qué habrá hecho Aguado. Qué crimen le habrá hecho acreedora de ese sufrimiento glotón, amargo y autoinfligido.

Sacude la cabeza, infundiéndose premura. Recordándose a qué ha venido.

Recorre las habitaciones de la casa.

Pocas.

Y vacías.

No hay donde esconder el maletín.

Regresa al salón, desconcertada. Rebusca entre las cajas de cartón y los restos de comida. Incluso debajo del saco de dormir.

Nada.

Se pregunta si lo habrá guardado en el coche. No le parece probable que se haya arriesgado así.

De pronto le asalta una intuición.

El salón tiene la cocina integrada. Aún sin electrodomésticos. Pero éste es uno de esos edificios hipermodernos y superecológicos, que vienen con una compuerta en la pared que conecta con un compactador de basura en el sótano.

La compuerta es de acero inoxidable. Tiene un uñero que sirve para abrirla y arrojar dentro la basura. Una pegatina amarilla con letras rojas avisa en español y catalán que se prohíbe tirar cristal, plástico o metal.

Aura tira del uñero, descubriendo un espacio angosto repleto de silencio. Tras la trampilla hay un descenso en ángulo de cuarenta y cinco grados, que se convierte en recto un poco más abajo.

Se vislumbra, porque no se ve.

Aura estudia con detenimiento el agujero, lamentando no tener nada con lo que alumbrarse. A falta de mejor método, recurre a los dedos. Mete el brazo por la abertura, estirado al máximo, y explora el espacio a toda prisa, consciente como nunca de que el tiempo ha transcurrido en su contra. Que Aguado puede haber ido sólo a por tabaco.

De pronto sus dedos se tropiezan con algo. Un relieve suave, inapreciable sobre el metal, pero que no debería estar ahí. Como cuando te encuentras un punto negro o un pelo incrustado en la piel, y las uñas se dirigen, casi solas, a rasparlo.

No puede ver ese algo, con el brazo dentro, el borde de la trampilla de la basura incrustado en la axila y el cuello estirado en dirección contraria para llegar más lejos. Pero sabe que es lo que necesita.

Tira, mete las uñas por debajo. Forcejea un poco. Tras un rato de pelearse comprende que cuanta más fuerza hace, menos logra. La solución es cerrar un poco la trampilla, sin soltar lo que está sujetando.

De pronto se afloja, le da un punto de agarre.

Aura puede tirar entonces de lo que resultan ser varias fibras de hilo de pescar. Astutamente enrollado alrededor de las bisagras que abren la trampilla.

Lo que hay al otro lado es pesado. El hilo de pescar le lacera las manos.

Duele, pero no tiene espacio ni tiempo que concederle al dolor.

Poco a poco, con un raspar metálico, emerge del agujero una figura amorfa.

Dos tirones más, Aura es capaz de alcanzarlo con la mano izquierda. Tan pronto lo saca del agujero puede comprobar que es lo que buscaban. Ni siquiera la bolsa de basura negra en la que está envuelto puede disimular la forma del maletín.

Se incorpora, con un gesto de triunfo, cuando escucha una voz detrás de ella.

—¿Y tú quién coño eres?

7

Un salón con dos oes

Lo mejor del sitio es el loro.

En un rincón, una jaula ornamental cuelga del techo de una cadena. Dentro está el susodicho. Amarillo, azul y rojo. Los observa en silencio mientras chupa una uva roja y grande que sujeta con una garra.

Lo peor del sitio es la decoración.

Ambientado en su día como si fuera un salón del Oeste. Un salón con dos oes. Cuarenta años después, muchos de los elementos con los que fue decorado han ido desapareciendo y siendo sustituidos por otros diferentes, desde Merkamueble a Ikea. A parches. El resultado es lamentable y triste, sobre todo con las luces de limpiar encendidas, que no se dejan ni un defecto por resaltar. Sus misterios desenmascarados como grietas y manchas en un papel de pared venido a menos.

A mitad de camino entre el loro y la decoración, están los tres asesinos a sueldo.

A Chanclas, que es quien sostiene la pistola contra la cabeza de Mari Paz, ya le conoce. La cara no se la ve, pero a la que levanta los brazos mira de reojo hacia atrás. A ver si hay hechura, y puede desarmarle de un codazo. No hay. Pero el reojo le sirve para distinguir las Gucci, como bozales en los pies.

A Cueros también. Hoy no hace honor a su nombre, porque es asesino, no gilipollas. Pero incluso cambiando la camisa de cuero por camiseta de rejilla Mari Paz reconoce la cara de asqueroso que tiene.

Detrás de la barra del fondo (con espejo inclinado y todo) hay un tercer hombre, maniobrando con el grifo de cerveza. Coloca un vaso y tira una caña con lentitud atroz. Como un estrangulador asfixiaría a su víctima. Tomándose su tiempo.

Ni la hora temprana, ni tener un cañón apoyado en el cráneo, ni reconocer en lo alto del grifo el logo de Cruzcampo impiden que Mari Paz se pase la lengua por los labios.

—Ven, siéntate —dice el hombre, mientras escancia.

La legionaria da un paso hacia adelante, pero Cueros le pone la mano en el pecho, impidiéndole avanzar. Soporta el cacheo de ambos impertérrita, con una media sonrisa. Hasta cuando Chanclas le quita la navaja.

Cuando finalmente la sueltan, camina hacia el taburete situado en la barra. Rodea la mesa a la que se han sentado las dos prostitutas con cara de pánico. Alcanza al cabo el asiento, frente al que la está esperando el doble de cerveza más perfectamente tirado que ha visto jamás.

Se sienta y da un sorbo, largo. *Qué desperdicio de talento para esta mierda*, piensa. Pero le sabe a gloria igual.

—Tú eres nuevo —dice, mirando al responsable de la bebida.

—Me llamo Bruno —aclara el hombre, con una sonrisa, mientras sirve una segunda con idéntica precisión.

Dedos finos, bigotito color arena, camisa de flores.

Peligroso de cojones, concluye la legionaria, dando otro sorbo.

—¿Te mandan a poner orden?

Bruno asiente, mientras da un repaso al grifo con un paño, hasta dejarlo impecable.

—Ha habido algunos cambios.

—¿Venís a disculparos? Ya era hora, *carallo*.

—He venido a por las niñas.

—Entonces no ha habido ningún cambio.

—Lo de las disculpas se puede arreglar —dice, haciendo un gesto hacia Cueros.

Cueros se pone de pie.

—Me disculpo —dice. Sus ojos son tan sinceros como un cerdo que promete perder peso.

—Pues todo bien, entonces —dice Mari Paz, dándole un sorbo al doble de cerveza—. Ya os podéis ir cagando melodías.

Bruno camina hasta el extremo de la barra. Atraviesa las dos puertas batientes —recuerdo de la decoración original— y recorre el camino contrario hasta sentarse al lado de la legionaria.

Despacito, como si él fuera filósofo también.

Es más joven, más fuerte. Seguramente va armado. Tiene apoyándole a dos cabronazos que sí que van armados. Uno de ellos, el que me metió una bala en este brazo que todavía me duele y que me deja a medio gas.

No hay forma de ganar esa pelea.

A lo mejor provocando…

—Vas de tipo duro, pero todo es fachada.

Bruno tira del taburete y se sienta junto a la legionaria. Tan cerca que sus antebrazos no se rozan por milímetros. Coge también la cerveza y le da un breve sorbo. Valorativo. Se limpia la espuma que le ha quedado en el bigote con el dorso de la mano.

—Todos somos fachada. Eso es lo que nos hace tan interesantes.

Un silencio vaporoso, como de televisión recién apagada, pasa entre ambos, acariciándolos.

—En cuanto a la dureza, permíteme que te aclare esa mierda, legionaria —dice, señalando al espejo inclinado.

Mari Paz alza la vista, a tiempo de ver cómo Chanclas se aparta de la cortina y avanza hasta la mesa donde aguardan las prostitutas.

La dueña parece perdida bajo la luz dicroica, contemplándose las manos, apoyadas ante sí sobre la mesa. Parece estudiarlas con atención, como si no las reconociera del todo como suyas. O como si alguien fuera a pedirle que las identificara más adelante en un cesto lleno de manos cortadas.

Apenas nota el metal de la pistola cuando se lo apoyan en la frente.

Chanclas se muerde el labio con los dientes pequeños y amarillentos. Sus ojos como cuentas brillantes están fijos en Mari Paz.

Chanclas aprieta el gatillo.

El loro chilla.

Mari Paz aprieta los dientes.

La dueña cae al suelo sin emitir sonido alguno. Tiene un agujero redondo en la frente del que sale sangre a borbotones, sangre que le entra en los ojos llevándose consigo el mundo visible que se desgaja lentamente.

Chanclas se limpia la mano en el borde de la mesa, ajeno a que Diana, la prostituta negra, dé un grito de horror y corra hacia la puerta, a una velocidad que desmienten los tacones.

Cueros casi no la atrapa antes de que llegue a la cortina. Le tira del pelo, obligándola a caer de espaldas. Lo que sigue sucede fuera del encuadre que ofrece el espejo, lo que Mari Paz agradece. El sonido del cuchillo hundiéndose en la carne sí que le llega. Y el del gorgoteo quejumbroso de la mujer, suplicando con sus últimas fuerzas, hasta que se extingue.

Hay odios muy sanos.

Respiras por ellos.

Mari Paz se encuentra odiando con todas sus fuerzas a esos tres hijos de puta. Se concentra un rato en el odio, que es lo que le impide bajarse del taburete y liarla.

Sólo el recuerdo de las niñas —y el odio— le permite contener la furia que le está comiendo el alma a bocados.

—Como ves, estos dos son como son —dice Bruno, dando con la uña del meñique, inusualmente larga, en el cristal del vaso.

—Te voy a quebrar el alma —dice Mari Paz, con la voz teñida de oscuridad.

—A lo mejor. Tú ahora escucha, legionaria. Eso que acabas de ver —dice, señalando hacia detrás— es el día a día para estos dos. Ponzano les mandó a matar a las niñas para joder a tu amiga Reyes. Hasta aquí, otro día más en la oficina.

Mari Paz se da cuenta de que ha liado un cigarro por inercia, y ahora aparece en su mano pidiendo arder. Lo alza con cierta fascinación. *El ser humano es una máquina sin hierros*, decía su antiguo sargento.

—Pero ha habido suerte —continúa Bruno, como quien anuncia el último número del cupón de la ONCE—. Resulta que Reyes y tu amiga están sobre la pista de algo que mi jefa quiere. Así que las cosas han cambiado.

A Mari Paz la cerilla que acaba de encender le tiembla tanto que se le apaga.

Está libre, se grita por dentro.

Aura está libre.

Y está con Sere.

La sonrisa que se dibuja en la boca le aprieta más el cigarro en los labios. La segunda cerilla rasca el raspador, y viaja hasta la boca con pulso más firme.

Hay esperanza, coño.

O la habría si no estuviera atrapada en este garito infecto, por imbécil.

—Así que tu jefa manda más que Ponzano.

A Mari Paz le gusta llevar por fuera su escepticismo, como Superman los calzoncillos.

Bruno asiente.

—Ya no hace falta que las niñas estén muertas. Y tú vas a entregármelas.

Ambos se dirigen la palabra —alzando ligeramente el mentón— a través de sus imágenes reflejadas en el espejo. Se tienen enfrente, a pesar de que sus hombros estén rozándose.

—¿Qué te hace pensar eso, colega?

Bruno se ríe.

Como aspirando.

A Mari Paz esa risa le hace pensar en esas personas que para bromear se ponen serias y cuya risa viaja hacia dentro, como un vídeo que se reproduce en sentido contrario.

—Porque soy el único que te entiende.

—¿Qué hay que entender?

—Entiendo por qué estás aquí. Te entiendo.

Mari Paz no responde.

—No es normal que pase esto que nos está pasando. Porque nadie entiende nada, ¿sabes? Ni a nadie. Nadie entiende a su marido, ni a sus hijos. Ni a sus padres, ni a su abuela. Nadie entiende a Sabina, ni a Cervantes.

—¿Tú has leído a Cervantes?

—Yo no he leído nada en mi puta vida. Ni falta que me hace para lo que te estoy diciendo. Imaginemos que me estoy explicando.

—Imaginemos.

—Pones la radio. O escuchas a alguien en el bar, o por la calle. Los oyes hablar y sabes que no entienden nada. Los peores, los que más listos se creen. Ésos son los que menos entienden.

—Pero tú sí que entiendes.

—Yo no he entendido nada en mi puta vida. Igual que todo el mundo. No me estás escuchando.

—No te estás explicando.

—Imaginemos que sí.

—Imaginemos.

—Nadie entiende nada. Salvo de vez en cuando. A veces te llega algo, *pum*. Como una conexión.

—Ah. O sea que a ti te ha dado una de esas. Si quieres te puedo dar yo otra —ofrece, apretando el puño.

—Tú eres una tía que ve el mundo como es. Un puto desastre. Un caos. Todo es una mierda sin sentido. Todos corriendo como putas ratas detrás del queso. No, corriendo no. Nadando en el río de mierda.

—Eso es como lo de los peces, ¿no?

La voz que interrumpe es carraspeante y desagradable. Ambos, Bruno y Mari Paz, se giran a la vez, extrañados.

Cueros, que se ha sentado junto a Chanclas, intenta limpiarse la sangre de la cara.

—Dos peces que se cruzan con otro pez, y el pez pregunta: ¿Cómo está hoy el agua? Y los otros dos le dicen: ¿Qué es el agua?

Los dos vuelven a girarse hacia el espejo, sin responder.

Bruno mira a Mari Paz, como diciendo *¿Ves lo que tengo que aguantar?*

—Unos pocos, los que ven la mierda o parte de ella...
—continúa Bruno— ésos sueñan con cambiarlo todo. Cambiar de un día para otro. Pero hacer algo... eso ya es otra cosa.

Mari Paz entierra el cigarro junto a otras víctimas en un cenicero cercano.

—Tú y yo somos muy parecidos, ¿sabes? Los dos hemos visto el mundo tal y como es. Y en este caos hemos elegido que algo merecía la pena. Puede ser una bandera de un país que te desprecia en cuanto dejas de valer. O alguien a quien amar, aunque no te corresponda. Un par de mocosas a las que cuidar...

La mención a las niñas le provoca a Mari Paz muchísimas ganas de darle una bofetada que le desplanche la camisa de flores. En ausencia de esa posibilidad, se concentra en sacar tabaco del paquete y liar un pitillo con lentitud extrema, para dejar las manos ocupadas.

—Podría ponerte encima de la mesa mucho dinero para que me dijeras dónde están. Pero no lo cogerías.

Mari Paz alza la vista del cigarro y ve a Bruno escudriñando el vaso, ahora vacío, como si buscara algo perdido en el fondo.

—Porque si lo cogieras, sería lo mismo que decirte a ti misma... No soy nada —dice Bruno, golpeando el vaso con la uña—. No valgo nada. Tu corazón ahora mismo te está pidiendo que sigas adelante, protegiendo lo único que vale algo en este río de mierda.

—Entonces, ¿no vas a ofrecerme dinero?

Bruno resopla.

—¿Quieres dinero?

—Si era por saber cuánto valgo.

—Puedo ofrecerte algo mejor. Puedo ofrecerte libertad.

Mari Paz le da una vueltecita a los extremos del pitillo, en silencio. El cilindro empieza a estar demasiado apretado.

—Verás… —continúa Bruno—. Hay una fase más de conocimiento. Están los que habéis visto el río de mierda y habéis elegido qué tenía sentido. Estamos los que, además, hemos visto que incluso eso que habéis elegido tampoco lo tiene.

Otra vueltecita más. Si aplica demasiada presión, el papel estallará y habrá hebras de tabaco por todas partes.

—Ésta es mi oferta, legionaria. Dime dónde están las niñas. Vas a hacerlo, de todas formas. Ahórranos tiempo y molestias a todos, y márchate. Libre, por fin, de esa piedra que te has atado tú sola al cuello.

Mari Paz se lleva el cigarro a la boca, tenso y apretado, y después enciende una nueva cerilla.

—Yo también tengo una oferta, guaperas…

Enciende el cigarro y da una calada que le sabe muy rica. Ante ella se abre un terreno inexplorado. La certeza de la muerte, y, con ella, la libertad aterradora de saber que a partir de ahora ya nada se convertirá en recuerdo.

—… que me comas los huevos por detrás.

Bruno hace un gesto hacia sus secuaces, que se ponen en pie y convergen sobre la espalda de la legionaria.

—Por las malas, entonces.

8

Un salón con una O

Aura no necesita darse la vuelta para saber que le están apuntando con una pistola. Ya ha escuchado antes ese tono acre y confiado. Que huele a pólvora y a distancia de seguridad.

—Date la vuelta despacio —dice Aguado, de todas formas.

Aura se da la vuelta, despacio. A tiempo de comprobar que, efectivamente, Aguado lleva una pistola en la mano y que, efectivamente, está apuntando al centro de su pecho.

—¿De dónde coño sales tú?

—Necesito este maletín —dice Aura, abrazándose a él.

—¿Te envían los Dorr?

Aura no responde. Busca una manera de librarse de la situación, pero la mujer que tiene enfrente tiene un gusto horrible para el vestir. Lleva unos pantalones cortos de deporte combinados con una camisa de manga corta. Por otro lado, sabe lo que hace. Se ha colocado a un par de metros de ella, y sostiene la pistola con ambas manos, a pesar de que una de ellas está envuelta en vendas.

Arrearle con el maletín en los morros, que era el plan de emergencia de Aura, no va a ser posible.

—No lo sé —dice, por fin.

—¿Cómo que no lo sabes?

—No me ha dicho su nombre.

—¿Es un hombre?

Aura asiente, con suavidad.

—¿Tiene acento guiri?

—¿Perdón?

—Que si es guiri. Que si tiene acento. ¿Tú hablas inglés?

Aura está a punto de responder que sí, y que sabe usar Word a nivel usuario.

—Era gestora de fondos de inversión.

Hay un destello extraño detrás de los ojos de Aguado. Reconocimiento, probablemente. Nostalgia, quizás.

—Ah. Ya sé quién eres.

Aura hincha el pecho, enfadada —todo lo que le deja el peso del maletín, al menos.

—Parece que aquí todo el mundo sabe más que yo. ¿Se puede saber de qué me conoces?

Pero Aguado sigue mirándola, con cautela, convencida de que hay algo más. Como quien revisa dos veces la etiqueta de las calorías de un alimento para asegurarse de si la cifra total es por bolsa o por porción.

Nunca nunca son buenas noticias.

—Eres la del restaurante —dice Aguado, abriendo mucho los ojos.

—La que te salvó de que te apuñalaran, sí —dice Aura, aferrándose al maletín y dando un paso hacia la puerta.

—Estate quieta y deja eso en el suelo.

Da un paso hacia adelante, sin dejar de apuntar.

—¿Por qué? Tú ya no quieres esto para nada —dice, sin dejar de abrazar el maletín—. Y yo lo necesito.

—Aún no me has respondido.

—¿A qué?

—¿Era guiri? ¿Americano? ¿Sabes distinguir entre el acento inglés y el americano?

Aura recuerda la voz al otro lado del teléfono. Educada, precisa. Pero también intentando disimular un acento que había por debajo.

—No es guiri. O si lo es, había aprendido a hablar castellano mejor que yo.

—¿Tenía acento? —insiste Aguado, dando un paso más hacia Aura.

En su voz hay miedo.

Miedo puro.

Está sudando, tiene los músculos en tensión. Probablemente tenga fiebre. Le tiemblan las manos. Que no olvidemos que sostienen una pistola.

—Escucha, creo que deberíamos calmarnos…

—Que si tenía acento.

—¡Que no tenía acento, joder! —grita Aura, que tiene el cañón cada vez más cerca de la cara—. Andaluz, a lo mejor, pero trataba de esconderlo.

Aguado respira hondo, resopla. Está tratando de pensar.

—No sabes lo peligroso que es ese tío.

—¿El andaluz?

—No. El americano. Un psicópata. Un cabrón.

Aura, sin dejar de agarrar el maletín, intenta alzar la mano para calmar a la mujer.

—Escucha…

—Deja el maletín en el suelo.

Aura retrocede un paso más hacia la puerta.

—No sé qué es lo que te ha pasado, pero yo necesito esto. A ti ya te han pagado. Esto ya no lo necesitas.

—Los diamantes están en esa bolsa —dice Aguado, señalando con la punta de la pistola hacia el maletín, enfundado en la bolsa de basura—. Déjala ahora mismo en el suelo.

Algo en el tono de voz de la mujer obliga a Aura a obedecer.

—Ya no lo necesitas.

—¿Qué te han prometido? Ése con el que hablas. Necesito saber quién es.

—Me ha prometido recuperar mi vida.

—A mí me quitaron la mía —dice Aguado, con amargura—. Esa panda de alimañas. Siempre hacen lo mismo. Buscan un punto débil y lo aprovechan. Te quitan lo que más quieres. Y te hacen hacer lo que más odias.

—¿A qué te refieres? —dice Aura, tragando saliva.

—El americano… sólo es un instrumento. Uno más. ¿A quién quieres salvar tú?

—A mí nadie me ha amenazado —dice Aura—. Pero hay alguien que quiere hacernos daño a mí y a mis hijas.

Aguado ríe, desquiciada. Tiene los ojos inyectados en sangre, y la piel muy pálida.

Ésta está muy jodida, piensa Aura. *De la fiebre, seguro. Y también se ha tomado algo.*

—Pues lo harán. Si quieren, lo harán.

—Déjame que me lleve el maletín —suplica Aura—. Tú ya no lo necesitas.

—Es inútil. No podrás hacer nada para evitarlo.

—Tengo que intentarlo.

—¡Cállate!

Aguado grita, y da un paso hacia ella. Pone el cañón en la cara de Aura, y empuja hacia abajo. Quiere que se arrodille. Pero Aura ya estuvo arrodillada una vez delante del cañón de una pistola, y no salió bien. Así que se niega. Aprieta los músculos del cuello, resistiendo el empuje del metal en el pómulo.

—¿Creéis que no os he visto? ¿Que no supe que ayer llamasteis a un repartidor? ¿Que no os he oído en el piso de al lado, susurrando, toda la noche?

Mientras grita, escupe a la cara de Aura, que aguanta como buenamente puede el chaparrón, mientras intenta no mirar por encima de su hombro.

Que no vea lo que acaba de ver ella.

Intenta mantener el contacto visual.

Que no deje de mirarla.

—Ahora cuando he salido, sólo he tenido que andar hasta el ascensor, esperar unos minutos y volver. Sabía que os colaríais aquí como putas ratas. ¿Dónde está tu amiga?

—Pues justo aquí, chocho —se oye una voz, a espaldas de Aguado.

La forense se vuelve, de forma instintiva. Hacia ella se dirige lo que parece una pared blanca a gran velocidad. Se trata, en realidad, de un trozo de plástico termoduro de color blanco liso, y la velocidad es toda la que puede imprimirle Sere. Que no es mucha. Pero por poca que sea, cuando te dan de lleno en la nariz,

Bum.

pues caes al suelo.

—Y esta otra, para que no te levantes —dice Sere, dándole en la parte de atrás de la cabeza.

Bum.

—¡¿Acabas de darle con una tapa de retrete?! —dice Aura, mirando a Sere con admiración.

—Acabo de *salvarte* con una tapa de retrete, jefa.

Aura, que había visto a su amiga emerger desde la terraza, no sabe si está más sorprendida por la inventiva de arrancar la tapa del inodoro o por el hecho de que Sere haya cruzado el espacio entre las terrazas.

—Mejor que le cojas la pistola.

Cuando Sere se agacha para buscar el arma, Aguado se revuelve de repente. Al parecer no estaba inconsciente del todo. Sin tiempo para pensar, Aura agarra el maletín con una mano y a Sere con la otra, y sale a la terraza corriendo.

—¡Quietas! —grita Aguado.

Aura la ignora y empuja por delante de ella a Sere, en dirección al precario puente que habían tendido. Su amiga empieza a cruzarlo, cuando Aura escucha el chillido paranoico de Aguado a su espalda.

—¡Hijas de puta!

Aguado aprieta el gatillo, por inercia. Por despecho. Sabiendo que la pistola no tiene balas, que las tiró hace meses por el retrete, en una noche de borrachera, cuando estaba a un par de minutos y una canción de Los Secretos de meterse una de ellas por el hueso temporal. Por el mismo sitio por el que ella metió una en el cráneo de un policía, hace dos años y ocho meses, a petición de un señor con acento americano.

Y, a pesar de la borrachera, su cobardía se impuso.

Ahora se impone la rabia y la paranoia inducida por las drogas y la fiebre.

Cuando Aura sube, a su vez, a la puerta, intentando huir de una desquiciada Aguado, la doctora le agarra la pierna, haciéndola trastabillar.

Aura se desploma sobre la puerta. Aterriza sobre el codo, que atraviesa el contrachapado de la puerta. Trozos de papel lacado salen volando y retorciéndose en el aire, en su camino hacia el suelo. Aterrizan con suavidad en las baldosas de hormigón impreso, treinta y pico metros más abajo, entre los pies de una pareja que salía de casa en dirección al supermercado. Los dos miran hacia arriba, atónitos.

Treinta y pico metros más arriba, Aura se revuelve, se da la vuelta, intenta patear las manos y la cara de Aguado. Logra, con mucho esfuerzo, soltar la pernera de sus pantalones y avanzar un poco hacia Sere, que ya está llegando al otro lado.

El codo de Aura se ha quedado atascado en la puerta. Tira de él, tratando de liberarlo, pero al hacerlo la puerta se mueve hacia el lado contrario, deslizándose sobre los pretiles de las terrazas, asomando en ángulo sobre el vacío. El cuerpo de Aura se desliza hacia el mismo lado.

—Hijas de puta —gruñe Aguado, una vez más.

Intenta tirar de la puerta, pero Sere, que ya ha llegado al otro lado, tira a su vez de ella, haciendo contrapeso. Durante un instante, Aura se queda a tres centímetros de rebasar el punto de equilibrio y rodar hacia su muerte.

El instante pasa, y Aura logra sacar el codo atrapado por el contrachapado y reptar hacia adelante sobre la puerta.

Aguado, viendo escaparse todo por lo que había peleado, trepa al endeble puente. Pero su peso acaba de desequilibrarlo todo. Mientras Aura avanza un poco más y coge la mano de Sere, Aguado se tropieza. Intenta agarrarla de nuevo, esta vez por uno de los zapatos.

Cómo se alegra Aura de haber escogido esas Geox cómodas, *slip-on*, de entre los tres pares que le había comprado Sere hacía unos días.

Se ponen muy fácil, salen también muy fácil.

El zapato se le queda en las manos a Aguado, y su cuerpo sí que rebasa el punto de equilibrio. Se desliza hacia el vacío, pero logra aferrar con las manos el agujero que el codo de Aura ha abierto en el contrachapado. Con todo su peso colgando de ese punto, la puerta se convierte en un balancín que empuja el cuerpo de Aura hacia arriba y hacia atrás. En el mismo momento en el que Aura se queda suspendida en el vacío, la puerta desaparece debajo de su cuerpo.

Cae.

Aguado, con la mano crispada aún dentro de la puerta, también cae.

Aura no escucha el sonido que hace su cuerpo al impactar contra el suelo, treinta y cinco metros más abajo.

No está pensando, aún no.

Eso llegará más tarde, cuando comprenda del todo lo que ha sucedido. Cuando la realidad del intercambio que acaba de tener lugar se abra paso de pleno entre la bruma de su conciencia.

Ahora no está pensando. Tampoco escucha el ruido de Aguado desapareciendo de la existencia. Está demasiado ocupada peleando por la suya. Agarrada con ambos brazos al pretil de la terraza, sobre el que ha caído. Dando patadas al aire, con los pies colgando.

Sólo la intervención de Sere, que se inclina sobre ella y le agarra por los fondillos de los pantalones, impide que Aura siga el mismo camino que han recorrido la forense y la puerta.

Sere tira, Aura tira. Una rodilla encuentra un apoyo imposible. Poco a poco, el cuerpo de Aura rebasa el pretil, hasta aterrizar con un —muy poco elegante— ruido sordo sobre los baldosines.

Aura jadea.

Sere jadea.

Aura busca —el rostro encendido por el esfuerzo, las manos tendidas, abriéndose y cerrándose— a su amiga. Cuando la encuentra las dos se abrazan, llorando, de alivio y de miedo. Aura y Sere ni siquiera son conscientes de que el maletín, aún dentro de la bolsa, está a pocos centímetros, a salvo.

Bastante tienen con estar a salvo ellas.

Así permanecen medio minuto más, hasta que escuchan las sirenas.

Los dioses castigan al codicioso haciéndolo pobre. Al muy codicioso, haciéndolo rico. Y a todos los demás en el proceso.

Tal fue el destino de Heinrich Dorr, los designios que Fortuna tenía para él, y el anticipo de su trágico final.

El ascenso de los Dorr nunca fue una cuestión ideológica. Este autor no ha logrado descubrir cuál fue el motivo de su huida de Alemania en 1939. No eran judíos, al menos que se sepa. Tanto Heinrich como Bertram tenían el carnet del Partido Nazi, pero ambos eran «violetas de marzo»*.

Mi sospecha es que su ideología era la del poder y la del dinero, al igual que las familias de la alta burguesía con las que empezó a codearse, que no tuvieron ningún problema en pasar de dar un apoyo cerrado al franquismo a dárselo a CiU. *Geschäft ist Geschäft. El negoci és el negoci.*

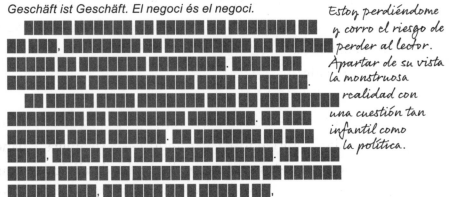

Estoy perdiéndome y corro el riesgo de perder al lector. Apartar de su vista la monstruosa realidad con una cuestión tan infantil como la política.

*Con el Congreso rodeado por los camisas pardas, Hitler recibió poderes de dictador el 23 de marzo de 1933. Al día siguiente, larguísimas colas se formaron frente a las sedes del partido, solicitando el ingreso. Estos rezagados eran etiquetados cínicamente por los nazis de la vieja guardia como «violetas de marzo». En mayo, el Partido Nazi congeló la membresía. Muchos de los excluidos solicitaron unirse a las SS, que aún aceptó miembros durante algunos meses más.

La inclusión de Heinrich en el grupo de «la gente adecuada» tuvo lugar pocos meses antes de un hecho que cambiaría para siempre la configuración del poder en España. Un informe de la CIA denunció la presencia de jerarcas nazis en empresas españolas. Todas las patentes que multinacionales como IG Warben poseían le habían dado el control de algunas de las empresas más importantes de la industria química y farmacéutica en nuestro país. A raíz del informe de la CIA, Estados Unidos presionó al Régimen para que cambiara la titularidad de esas empresas por personas que no estuvieran manchadas, bajo los criterios de los juicios de Núremberg.

Heinrich Dorr estaba en el lugar adecuado en el momento adecuado. Puso su nombre, al principio como simple testaferro. *No debo incluir estos nombres. Es demasiado peligroso.*

██████████ y ██████ murieron también en extrañas circunstancias, con diferencia de unos pocos meses…

Es imposible determinar si Heinrich hubiera actuado de esta forma despiadada si no le hubieran arrebatado a su hermano. Pero a finales de 1955, todas esas empresas cuya titularidad había asumido como testaferro le pertenecían de forma oficial.

Controlaba, entonces, un capital de más de seiscientos millones de pesetas. Al cambio de hoy, doscientos millones de euros. Una cifra enorme, escrita con sangre.

Pero pongámosla en perspectiva. Si la fortuna de los Dorr se hubiese quedado ahí, ya sería más de lo que ninguno de nosotros veremos en cien vidas.

Lo cierto es que, en el momento de escribir estas líneas,

esa cifra es más de mil veces mayor.

No haré hincapié en esas cifras. Dudo que el lector las comprenda. Yo mismo no las comprendo.

Lo terrible de este episodio no fue el robo, sino la lección que aprendieron Heinrich y una joven Constanz que, pese a su corta edad, ya era la mano derecha de su padre.

El auténtico poder sólo puede ejercerse desde la sombra.

9

Un saco

En algún rincón del suelo hay ochenta kilos de dolor tirados de cualquier forma. No cae en la cuenta de que esos ochenta kilos corresponden a los suyos hasta que unas manos le agarran de la ropa y la ponen en pie.

—Arriba, legionaria.

Mari Paz gime, exhausta.

—El saco no, por favor.

No sirve de nada.

La habían metido en uno de los dormitorios. Uno de los sucios cuartuchos de la parte de atrás, de los que se alquilaban por horas, con la compañía incluida en el precio. Un colchón con una funda de papel desechable era todo el mobiliario.

Mari Paz temió por un instante que fueran a violarla, pero no estaban interesados en eso.

Sino en algo mucho peor.

Le ataron las manos con correas de plástico. Primero entre sí, después a la bombilla que colgaba del techo. El cable es duro, aguanta. La bombilla hace tiempo que se rompió.

Después le pusieron un saco sobre la cabeza.

Un saco de tela con un cordel en el cuello, que se ajustaría sobre el de ella, asfixiándola.

Un saco de tela que debía haber contenido aceitunas. Un olor que no tenía por qué ser desagradable. Pero que, acumulado, opresivo, y sustituyendo al aire que debía respirar, se convierte en una nube densa y fétida.

—Ventajas de haber leído tu expediente médico, legionaria —dijo Bruno, mostrándoselo antes—. «Grave episodio de pánico causado por claustrofobia traumática». Debo confesar que me atrae mucho contemplar lo que viene ahora.

El mundo se vuelve negro.

El saco le hace caer por un pozo, un vacío carente de todo lo que es real, justo y bueno.

Sin aire, sin luz. Sin sonido.

Las tripas se le agitan como si su cuerpo estuviera a merced de las olas, en Muxía, cuando el mar es negro y las olas un infierno de espuma. Siente cómo los rompientes tiran de su cuerpo, cómo lo llevan contra las rocas afiladas, hambrientas de su carne. Siente cómo le hacen pedazos, reventando sus órganos, convirtiéndola en un muñeco sin articulaciones.

Esto es serio. Esto va en serio.

Sabe que no va a morir. Como lo supo esta mañana, en la ducha. Pero aquel ataque era a éste como una cerilla a un incendio.

Como un disco de Melendi.

No ríe.

Intenta centrarse en lo físico. En lo real.

No hay pozo, ni mar negro embravecido.

La debilidad de los brazos, sobre todo el izquierdo herido, la vejiga suelta, las tripas revueltas. Todo se lo debe a su vieja amiga, adrenalina.

No va a matarla.

Pero el viaje no es menos penoso por ello.

—¿Dónde están?

Bruno le habla, al oído, a través de la tela del saco. Puede anclarse a ello. Puede guiarse por esa voz, como un faro en la oscuridad.

Esa voz suave, de caramelo, es la causante de su dolor. Y el dolor, a diferencia del miedo, tiene una explicación. Es una brújula en la oscuridad, un clavo ardiendo al que agarrarse.

Resiste.

Cada media hora le dan un respiro.

Para ella no son treinta minutos, claro.

Para ella son semanas, meses.

Cuando la desenganchan del cable que cuelga del techo, cuando le quitan el saco, todo se vuelve peor. La luz la deslumbra, y entonces vienen los golpes. En la cara, en las costillas. Una bomba de dolor explota en su caja torácica, y las consecuencias se vuelven una onda expansiva que le rebota, rugiendo, contra el cerebro.

La dejan caer al suelo.

—Cuéntame lo que hiciste ayer. Dónde fuiste. Dónde has dormido.

Mari Paz necesita un cigarro. No se toma la molestia de pedirlo. Su mente es un borrón, y su ánimo una escalera resbaladiza. No necesita preguntarse por qué Bruno ha cambiado de tercio, porque lo sabe de sobra.

Las trampas que le tiende son obvias.

No hay manera de evitarlas.

Como no se puede evitar

el asfalto cuando

te tiran de un

séptimo

piso.

Concéntrate, carallo.

Sacude la cabeza, trata de respirar.

Mari Paz intenta calmarse, pero su mente sigue fija en el tabaco. No puede concentrarse en otra cosa. Siente cómo la desesperación se apodera de ella y sus músculos se tensan aún más. Sabe que debería estar pensando en escapar, pero en este momento todo lo que quiere es un cigarro.

Mari Paz se da cuenta de que su necesidad es tal que estaría dispuesta a hacer cualquier cosa por fumar. Incluso a enfrentarse a Bruno si eso le asegurara un cigarrillo.

Lanza una patada, en la oscuridad.

Un puño la alcanza de lleno en el vientre.

Boquea, dentro del saco, tratando de respirar.

—¿Dónde están las niñas?

Mari Paz quiere decirle que se vaya a tomar por culo. Quiere suplicarle que la mate ya y que acabe de una vez.

No es capaz, porque no tiene aire.

10

Un millar

Mari Paz transita, flotando, por mil ciclos indefinidos como éste.

Bruno

Y Bruno, ¿cómo está, mientras?

Bruno está agitado, nervioso.

Excitado, incluso.

Mientras.

Al principio, cuando comenzó a hablar con Celeiro, intuyó que había algo especial en ella. Después de horas de tortura comprueba que no se había equivocado. La legionaria es algo fuera de lo común. Alguien de quien no solamente extraer información, sino alguien con quien tener una auténtica conversación. Algo que le removía por dentro de pura anticipación, de anhelo.

O quizás sólo está proyectando.

No es posible saberlo. No conviene quedarse mucho rato dentro de la cabeza de Bruno.

Bruno no está bien.

Bruno no se siente solo, mientras.

Y créeme, de esa parte no quieres saber nada.

11

Un collar

—Bajadla.

La dejan caer al suelo de nuevo.

Las piernas de Mari Paz son como tubos rellenos de papilla. Apenas las siente. Su boca está reseca como un ladrillo.

Cuando el saco desaparece, el rostro de Bruno se vuelve el mundo entero.

Le sostiene la mandíbula entre las manos, obligándola a mirarle. Los ojos de la legionaria brillan como vidrios rotos. Su cara está resbaladiza por el sudor y la piel, pálida y mortecina. Cada respiración agitada es como inhalar clavos. Grita, como un hurón atrapado en un cepo de acero. Pone los ojos en blanco y un hilillo de saliva le cae de la boca.

—¿Dónde están las niñas?

Mari Paz le escupe a los ojos. Con la boca tan seca, apenas es aire húmedo lo que llega a la piel de Bruno. Pero éste le pega en el estómago como si hubiera llegado el lapo entero.

—Vas a decírmelo, antes o después.

—Es dura ésta, ¿eh? —dice Chanclas.

Bruno ríe. Esa risa suya hacia dentro.

—Ya veremos lo dura que es.

—Digo yo, jefe —interviene Cueros—, que en todos los trabajos se fuma.

Bruno mira el reloj.

—Vamos a tomarnos un descanso, sí. Tú y yo, a mi coche. Tú —señalando a Chanclas—. Te quedas aquí.

—Voy a ponerme una cañita, ¿eh?

La dejan sola.

Y es casi peor.

Miedo, miedo. Miedo.

No es una emoción, sino algo físico, visceral, que ha tomado el control de sus músculos y de sus pulmones. Enluta, ahoga, corta la respiración. Se la bebe, con labios muertos. Cada vez con más virulencia. El corazón intenta seguir el ritmo, sin conseguirlo. El cerebro aprieta el paso, pero sin ir a ningún sitio. Privados de luz por el saco, los ojos no ofrecen asistencia. No es capaz de encontrar salida alguna.

Los pensamientos se derraman como
las cuentas de un collar de perlas
que caen en un charco
de un callejón
solitario.

La lección había sido recibida, por partida doble. El poder se ejerce desde la sombra. Y, de nuevo, Heinrich era la persona adecuada en el momento adecuado.

Algo más habían aprendido los Dorr cuando huyeron de la Alemania nazi. La lechuza de Minerva sólo remonta el vuelo al atardecer. Porque, invariablemente, el conocimiento llega demasiado tarde. La sabiduría llega demasiado tarde. Cuando la mente humana aprehende lo que sucede, ya está en manos de las bestias y se convierte en Historia.

Los Dorr lo vieron en sus propias carnes, y decidieron que a ellos no iba a sucederles. Decidieron que tendrían el poder y el dinero para protegerse de las bestias, y que lo ejercerían fuera de los focos.

No sabemos cuánto dinero dedicó Heinrich a conseguir que su nombre desapareciera de todas partes. Archivos, bibliotecas, periódicos locales. Registros municipales. Ingentes sumas debieron de gastarse en sobornos y chantajes.

Es imposible borrar tu apellido por completo. Un resto, por pequeño que sea, quedará. Ni siquiera el inmenso poder y riqueza ha conseguido que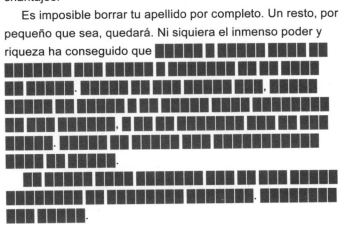

Y de no haber sido por la intervención de ████████████,
yo no estaría escribiendo este libro.

Cuando comencé hace un par de años lo hice ilusionado,
lleno de fuerza y altura moral.

A medida que los obstáculos se acumulaban, a medida
que la presión sobre mi vida aumenta, lo único que desearía
es que el empeño de Heinrich hubiera tenido éxito.

Desearía no haber escuchado nunca el apellido Dorr.

12

Un colchón

Transcurre el tiempo.
Cuánto, no lo sabe.

El saco se ha llenado de sudor y de la humedad que exhala su aliento. Se le pega a la cara, le raspa la piel, produciendo un picor insufrible.

El cordel que le rodea el cuello le obliga a respirar a través de la tela, lo cual vuelve respirar un trabajo insostenible. Con cada vez menos oxígeno, su torrente sanguíneo burbujea como agua con gas. Del codo al hombro, los músculos le palpitan. Del codo a la muñeca ya no siente nada. Sus muñecas son aros de fuego allí donde el plástico las mantiene enganchadas al cable de la bombilla. La columna vertebral, un nudo.

Desesperada, un nuevo ataque espasmódico le hace lanzar

patadas en todas direcciones. Sus pies descalzos no rozan el suelo, le han quitado las botas. El cable y los agarres de la muñeca la hacen girar, hasta perder cualquier sentido de la dirección.

De pronto sus pies encuentran algo, y todo cambia.

Hasta ese momento llevaba una eternidad girando en la negrura. De pronto su cuerpo localiza una referencia.

Es el borde del colchón.

Si alza lo suficiente la pierna izquierda, puede rozar la costura exterior con el dedo gordo del pie.

Mari Paz no ha estudiado física, pero conoce el principio de la palanca. Y el del clavo ardiendo. Esa costura lejana, que da vueltas en la oscuridad, para ella significa ambas cosas.

Lanza una nueva patada.

Y otra.

Al quinto intento, consigue enganchar el dedo en la costura.

La posición es ridícula. Ella, colgando del cable del techo. Su pierna izquierda, hacia atrás, apoyada por el dedo gordo en un colchón situado a su espalda, pegado a la pared.

Pero ahora se produce una transmisión de fuerzas. La que ella hace contra el cable sirve de punto de apoyo para tirar con el dedo gordo del pie.

Milímetro a milímetro.

Cualquier avance, cualquier movimiento que sirva para hacer girar el colchón sobre el somier, es un rayo de esperanza. Un triunfo.

No pierdas el agarre.

No pierdas el agarre.

No pierdas el agarre.

Si pierde el agarre, si pierde en la oscuridad el extremo del colchón, lo perderá para siempre. Volverá a girar sin control colgada del cable, y ellos regresarán, y se acabará todo. La ironía de que sería mucho más fácil si no se hubiera cortado las uñas de los pies tampoco se le escapa.

No pierdas el agarre.

No pierdas el agarre.

No pierdas el agarre.

Cuando logra apoyar el dedo gordo completo sobre el colchón, y rozar con el segundo dedo del pie, la esperanza semihistérica se convierte en determinación pura. Es capaz de ejercer cada vez más fuerza. Los milímetros se convierten en centímetros.

El colchón está casi debajo de su pie.

De pronto puede girar el cuerpo.

Erguirse.

Gime.

El peso que soportan los brazos se reduce, los ligamentos comprimidos de su espalda empiezan a recibir sangre y alivio al mismo tiempo.

Si tira lo suficiente, podría desengancharse.

Tira.

Tira.

La paciencia se le acaba.

Se retuerce, al borde de la desesperación. La histeria llama a la puerta, golpeando como si fuera a derribarla.

De pronto se oye un chasquido.

Siente que cae, que su cuerpo se lanza hacia la nada a velocidad de vértigo. Alcanza el suelo en mitad de una negrura interrumpida por un enjambre de luciérnagas de color verde fosforito.

Ha aterrizado con la cara.

Los gruñidos de un animal enloquecido le atronan los oídos. No es consciente de que son los suyos propios.

Trata de quitarse el cordel que hay al extremo del saco. Después de horas colgada, sus dedos son muñones inservibles, sin sensibilidad. En el intento, se rompe una uña. La herida apenas sangra. Se hiere el cuello con la esquina de la uña destrozada, pero logra quitarse el saco.

Aire. Luz.

Sola en la habitación.

Por poco tiempo.

Oye música proveniente del salón. Alguien cantando.

Chanclas.

Examina los daños a toda prisa. Una costilla rota, a lo mejor. Moratones por todas partes, mañana.

Nada irreparable.

Sus muñecas siguen unidas con el cordel de plástico.

No hay tiempo de quitárselo. Contra Chanclas sola tiene una oportunidad. Contra los tres, ninguna.

Todo sucede muy deprisa, como en un sueño. Su percepción, alterada por el tiempo que ha pasado colgada de la bombilla con el saco en la cabeza, se ha modificado. El mundo real es un lugar cargado de sensaciones que se multiplican, saturan y marean.

Mari Paz ya no es una mujer, ya no es un ser humano pensante. Ya no es un filósofo que camina despacio. Ahora es un animal salvaje, un barco con todas las velas desplegadas. El entorno es arma, cada figura, un enemigo.

Sus botas y sus calcetines están tirados en el suelo. Coge las botas, hace un nudo entre los cordones y se las cuelga del cuello. No hay tiempo. Los calcetines quedan atrás, olvidados.

Camina con la espalda encorvada y las piernas encogidas, como si los techos midieran metro y medio y estuvieran ardiendo. El suelo bajo sus pies cruje con el traicionero gemido del parquet que supera el medio siglo. La música que viene del salón le sirve de cobertura, aunque no es del todo consciente de ello. Con la sangre bombeándole en los oídos, en ese estado primitivo en el que se ha sumergido, no reconoce la música.

Un paso.

Otro paso.

Chanclas está sentado dándole la espalda, en el mismo taburete que antes había ocupado Bruno. Mueve la cabeza al ritmo de la música, alza un brazo, canta. No hay forma de que pueda oírle acercarse por detrás. Sólo si levanta la mirada hacia el espejo inclinado. Si levanta la mirada, se acabó.

Ella no se ve en el espejo. Su visión se ha vuelto a reducir a un túnel oscuro, como en la ducha. No sabe cuándo. Sólo ve la nuca de su enemigo.

Otro paso.

Otro paso.

Está ya casi rozando el taburete. Que es justo cuando Chanclas alza la vista hacia el espejo, y cuando la sonrisa se le congela.

Mari Paz se pone en pie de golpe. Suelta un grito que no reconoce como suyo. Un grito de hace miles de años, de antes de que Dios fuera amor.

Pasa las manos atadas por encima de la cabeza de Chanclas. Le engancha del cuello y tira de los brazos hacia atrás. Caen al suelo. Chanclas trata de meter las manos por dentro de la cadena pero no puede. Mari Paz se queda tumbada tirando de las correas de plástico con la cara apartada. Chanclas se debate como un loco y empieza a desplazarse en círculo por el suelo, volcando el taburete, mandando una de las chanclas al otro lado del salón de una patada.

Si los viéramos desde arriba, si esto fuera una película de los hermanos Coen, dejaría marcas negras de zapatos bien visibles en el suelo. Si llevara zapatos.

Chanclas sangra por la boca y borbotea. Se está ahogando con su propia sangre. Mari Paz tira con más fuerza. Las correas se les hincan en la piel, rasgándola. A ella la hiere, al otro lo mata. La arteria carótida de Chanclas revienta y un chorro de sangre sale disparado, chocando contra la barra del bar y resbalando por ella. Se le aflojan las piernas. Convulsiona, una, dos veces. Luego deja de moverse.

Mari Paz aún aguanta varios segundos, en la misma posición, hasta que su instinto se lo permite.

La urgencia no ha disminuido. Los otros llegarán en cualquier momento.

Registra los bolsillos de Chanclas hasta dar con la navaja. Con los dedos empapados de sangre le cuesta desplegar el filo. Cuando por fin lo logra, tarda un segundo en liberarse.

Separar las manos le aporta algo de claridad mental. Sigue hurgándole el cuerpo.

La pistola.

Éste era el de la pistola.

No la encuentra. Registra los bolsillos, en busca de las llaves del coche.

Vamos.

Vamos.

No aparecen por ningún sitio. Mari Paz tiembla, de rabia y de ansiedad, como el animal perseguido en el que la han convertido.

De pronto cae en la cuenta de algo.

Aparta el cuerpo de Chanclas, haciéndolo girar sobre sí mismo.

Bajo la espalda, caídas durante la refriega, aparecen las llaves.

Mari Paz las agarra y corre en dirección al coche.

Afuera, el cielo se ha oscurecido, casi anochece. Un crepúsculo sombrío, malhumorado. No queda ya belleza alguna en el paisaje. Sólo queda en el horizonte un sol apenas visible, como una llama entre cenizas humeantes.

Pone el motor en marcha.

Sólo hay un pensamiento en su cabeza.

Llegar junto a las niñas cuanto antes.

Irma

—Todo listo —le dice Bruno.

—Bien —responde ella.

Cuelga el teléfono, con una sonrisa leve, que enseguida se esfuma. No se fía del éxito, y menos de lo que trae bajo el brazo. Esa euforia que lo enmascara todo, posponiendo no se sabe qué.

La derrota y la muerte, por supuesto.

Y la mujer sensata convive con esas dos certezas, piensa Irma, muy satisfecha de sí misma. *Si no fuésemos mortales, no podríamos llorar.*

La euforia es lo más peligroso que hay.

Por suerte, tiene un antídoto contra ella.

Detrás de su despacho hay una puerta secreta que lleva a un jardín secreto.

Sólo dos personas tienen la llave de la puerta secreta. Julio y ella. Ambos comparten la responsabilidad de cuidar del jardín secreto y del secreto que esconde en su interior.

El atril de acero sostiene un pesado volumen de Taschen, una primera edición de Helmut Newton. Una hábil modificación le ha añadido ruedas, para que Irma pueda mover con facilidad el conjunto, que pesa más de treinta kilos. Tras el volumen se esconde una cerradura, que abre la puerta que da al jardín.

Irma la cruza, intentando dominar sus nervios.

El jardín podría pasar por el refugio perfecto. Tiene muros de tres metros de alto, ornados con planchas de piedra de Colmenar cortadas a escoplo. La hermosa superficie pulida de la caliza refleja la luz del sol sin llegar a deslumbrar. Los humidificadores colocados en lo alto del muro crean un ambiente respirable en ese día insoportable.

Irma recorre el camino de losetas de pizarra, colocadas exactamente a treinta y tres centímetros una de otra, con leves franjas de césped entre ellas. Le parte el corazón ver parches y calvas, pero hay un límite a lo que Julio y ella pueden hacer.

El jardín mide apenas doscientos metros cuadrados, y está compuesto sobre todo de grava ornamental en blanco y negro. Entre los muros, y recorriendo el camino, hay enebros, camelias y glicinias. Aún muy jóvenes.

Al fin y al cabo este jardín se construyó de forma apresurada, aislando una parte del terreno, hace tan sólo tres años. Ésta es la única parte de la mansión que no se planificó hasta el exceso.

El tiempo apremiaba.

Al fondo del jardín hay una casita. Construida en madera de keyaki, un árbol en peligro de extinción. El tejado inclinado se extiende hasta cubrir los seis escalones de acceso.

Irma los asciende con el corazón tan inquieto como antes. El breve paseo por el jardín no ha aplacado su ánimo.

No debería estar aquí.

No en este estado de ánimo.

Pero no puede evitarlo.

Si por una parte su obsesión la esclaviza, por otra la guarece.

Respira hondo, tratando de serenarse, mientras se quita los zapatos y descorre el panel de la entrada.

Durante sus años de formación, Irma pasó una larga temporada en Japón. El país la enamoró, y dejó en ella una honda impresión, que le hizo cambiar muchas de sus costumbres.

Para eso viajamos, piensa. *Para regresar con pruebas en contra de quienes éramos antes de nuestra partida.*

Para construir esta casa trajo a tres carpinteros japoneses desde Kioto. Los tres tenían compromisos y encargos para una década, encargos cuyo coste Irma tuvo que asumir. El monto total ascendió a más de once millones de euros, que Irma pagó sin pestañear.

Dos de los carpinteros se encargaron de la casa. El tercero, un experto en *sashimono*, se centró en crear uno de los tres muebles que ahora ocupan la espaciosa habitación principal.

Una silla sin respaldo, construida al estilo tradicional japonés, sin clavos ni tornillos, cuyas patas han sido unidas al asiento empleando *shiho kama tsugi*, la articulación de cuello de cisne de cuatro caras.

—Es un corte extremadamente difícil de realizar en ese ángulo. E innecesario —había dicho el carpintero, en un inglés aspirado y ronco.

—Lo hará usted exactamente así —zanjó Irma.

Las espigas de cuello de cisne, cuando están terminadas, se deslizan diagonalmente en una mortaja, bloqueándose entre sí.

A Irma no se le ocurre nada más apropiado.

Irma cierra los ojos al entrar y se dirige a la silla.

No tiene miedo de tropezar.

En la estancia sólo hay otros dos muebles. Una cama de hospital de última tecnología y una silla de ruedas. La misma silla que ocupó el abuelo Heinrich durante tres décadas.

De su estancia en Japón, Irma trajo otro recuerdo imborrable. En los hogares tradicionales japoneses existe un elemento arquitectónico fascinante. El *tokonoma*, un hueco elevado donde se predisponen arreglos florales y pinturas. Alguien le habló de un noble del periodo Muromachi que se sentaba durante horas delante de una orquídea colocada en su *tokonoma*, intentando aprehender el misterio de su tallo perfecto.

Irma había adaptado ese concepto libremente. Salvo que

lo que ella contemplaba a diario, a veces durante horas, no era una flor, sino una persona.

Irma abre los ojos, y contempla a su madre.

El cabello, que parece ondulado, de color rubio gris, da la sensación de ser el pelo de un maniquí, moldeado, apenas perturbado por el ángulo extraño en el que sostiene la cabeza.

El tubo transparente del gotero, caracoleando alrededor de una de sus orejas.

El rostro, afilado y rapaz, esbozado a navajazos ascendentes.

Sus extraños ojos claros que miran fijamente y parecen desnudos. Ojos de asombro, de cálculo, de ansia. Dan la sensación de no tener pestañas. Algo en el derecho hace que parezca dañado, como un filamento quemado en una bombilla. Las córneas son amarillentas, del color del marfil viejo.

Sus cejas, con forma de signo de interrogación, que se guardan una pregunta situada entre ambas.

Es en ese punto, en el entrecejo, donde Irma suele fijar la mirada.

•

Le gusta admirar ese espacio en un estado de relajación, casi vacío. Pero mirarlo no basta. Su objetivo es entrar en el rostro de Constanz igual que se avanza a través de un monte espeso, apartando la vegetación con los brazos, sin saber a dónde se va. Se obliga a mirarlo durante largas sesiones.

Sólo al final, cuando se quiebra la barrera de caos que ofrece su historia compartida, Irma consigue penetrar durante un instante en los pensamientos e intenciones de su madre, y alcanzar algo parecido a la comprensión.

Un instante que pasa enseguida.

Siempre que se sienta en la silla le parece contemplar el rostro de su madre por primera vez. Cuando logra alcanzar ese fugaz entendimiento, algo similar a la comprensión, rompe el contacto, se pone en pie y regresa a su vida y sus tareas.

No quiere ir más allá del entendimiento. Porque al otro lado se encuentra el perdón, y el perdón no tiene cabida.

No para lo que ella hizo.

Constanz se agita un poco, y mueve los labios, intentando decir algo. El movimiento sobresalta a Irma, que aferra enseguida los brazos de la silla, aterrorizada.

—No me das miedo —dice, en voz alta.

Se odia enseguida por ello.

Constanz lleva tres años muerta para el mundo.

Tres años enterrada en el cementerio de Sant Esteve de Guialbes, junto a las tumbas de toda la familia Dorr.

En un ataúd vacío, pero tanto da.

Tres años sin que nadie la llore.

Cualquiera pensaría que Irma se habría librado del miedo a estas alturas.

¡Como si no lo hubiera intentado, joder!

Irma se muerde los labios hasta dejárselos en carne viva de

puro odio hacia sí misma. Más que a la propia Constanz, a quienes todos decían que se parecía.

Irma no puede creer que su cuerpo —lleno de vitalidad, de energía, incluso de lujuria a pesar de sus cincuenta años— haya podido brotar de esa rama seca y angosta. Más que nada por los requerimientos. Cuesta imaginarla haciendo nada erótico con nadie. O quizás sí lo hizo una vez y desde entonces le dura el asco.

No nos parecemos. No tenemos nada en común.

Ya no soy una niña aterrorizada. Soy la heredera de un imperio. Cientos de miles de personas trabajan a mis órdenes, aunque no lo sepan. Millones comen gracias a mi voluntad.

Su voluntad. Le ha arrebatado todo, igual que su madre hizo con ella.

Ya no es una niña aterrorizada.

Constanz sabía cuáles eran sus puntos débiles. Cuándo estaba agotada, cuándo el alma se le reducía al tamaño de una pasa. Entonces vertía el veneno en sus oídos una y otra vez hasta lograr una aturdida sumisión.

Cómo quería que me quisieras.

—No me das miedo —repite, en voz alta.

Y, sin embargo, ha bastado un leve movimiento para que ella salte.

Irma se levanta de golpe y rodea la silla de ruedas, forzándose a sí misma a no alejarse demasiado.

No puede hacerme nada. No puede hacerme nada.

Desde hace tres años, desde que logró convencer a Julio.

Cuando logró vencer todas sus objeciones y quejas. Todas sus protestas.

Le obligó a ayudarla. Suplicó, sobornó. Amenazó.

Él obedeció.

Desde hace tres años, desde que Julio y ella entraron en su habitación, de noche, y la drogaron por primera vez, ha estado a su merced.

Inofensiva.

Los tres meses que llevó construir el jardín secreto fueron los peores. El médico que les ayudó a someterla fue duro de convencer, incluso con la suma de dinero que Irma puso sobre la mesa. Pero cuando lo lograron, el doctor se dedicó en exclusiva a mantener a Constanz con vida y saludable. Masajes, cuidado de la piel, electroestimulación, vitaminas, alimentación forzosa.

—Por cada año que la mantenga con vida le daré cinco millones de euros, doctor.

Resulta que hay muchas técnicas para mantener a una persona con vida. A sus ochenta y un años, además, Constanz estaba hecha un toro. Antes de que la sometieran caminaba doce kilómetros diarios alrededor de la finca. Sus músculos y huesos estaban en un estado impecable.

—Propio de una mujer veinte años más joven —dijo el médico—. Ésa será la parte fácil.

¿La parte difícil?

Su cerebro.

Cada semana, el médico ajusta la medicación que se le suministra de forma intravenosa. En el gotero cuelga un cóctel de flunitrazepam, metocarbamol y otros siete compuestos cuya composición se ajusta hasta el nanogramo.

El objetivo es convertir a Constanz en un fósil viviente. En una versión de Heinrich Dorr. Una muñeca que respire y sienta, permanentemente aturdida e indefensa.

Alguien delante de quien Irma pueda sentarse a contemplar, como un cuadro cuyo sentido trata de desentrañar.

Pero no es sencillo.

—Es como si estuviera batallando todo el rato contra la medicación —dice el médico, admirado—. Nunca he visto nada igual.

Irma rodea la silla con calma fingida, y aprieta el botón que le ha dejado el médico para esos casos. El gotero acelera su cadencia, y el brazo de Constanz deja de moverse.

—No me das miedo —dice, en voz alta, por tercera vez.

13

Un error

Mari Paz conduce como si el futuro fuera algo que no esperara ver.

La carretera se extiende frente a ella como la piel de un gran animal adormilado cuya cabeza no se llega a vislumbrar. Sólo su longitud, que se extiende hasta el horizonte. Aunque no hay horizonte. Se desvanece en una neblina imprecisa a lo lejos, en el crepúsculo.

Como las vías de tren. También son mentirosas. Te hacen creer que se estrechan hasta juntarse y finalmente desaparecer. Que escapan a ese futuro que Mari Paz no tiene esperanza de alcanzar.

Algo no va bien.

Algo no va bien, y no sabe lo que es.

No puede pararse a averiguarlo. Ya está llegando al motel. Ya lo ve, a lo lejos. Ya distingue las figuras de las niñas, sentadas en la acera, iluminadas por el letrero de la entrada.

Frena frente a ellas. Ve sus caras de alivio, siente las lágrimas que le caen por las mejillas cuando rodean el coche para abrazarla a través de la ventanilla.

—Subid. Rápido.

Cris y Alex se miran.

—Pero… las mochilas… Conchi…

—Ahora —ruge Mari Paz.

Las niñas obedecen, asustadas. Como siempre. Siguen adelante, sabiendo que ella sabe. Esa certeza, que Mari Paz sabe, son los cimientos sobre los que han edificado todo.

—Bien, bien hecho, *rapaciñas* —dice Mari Paz, con una sonrisa tensa, cuando suben y se ponen el cinturón—. Todo saldrá bien.

Por eso las niñas, aunque hayan dejado todo atrás en décimas de segundo, no han dudado. Ni han preguntado dónde ha estado en todo el día. Ni por las heridas en las muñecas, ni el ojo hinchado, ni el círculo violáceo en el cuello.

Por esa certeza.

Apenas se han alejado un kilómetro del hotel cuando la certeza se pone a prueba.

Unos faros aparecen en el retrovisor.

No vienen de lejos, y poco a poco se van acercando, haciéndose cada vez más grandes.

No.

Estos faros aparecen de golpe, en el centro del espejo. Como si se acabaran de encender de repente, que es lo que han hecho. Como si el coche que les estuviese siguiendo, un todoterreno de color negro, se acabase de materializar de la nada, en la carretera desierta, a menos de cincuenta metros de donde ellas están.

Mari Paz no necesita juntar dos y dos, porque le vienen bien juntitos, apretados y con un lazo. O, mejor dicho, con el logo de Mercedes AMG. Sólo un gilipollas como Bruno se pasearía por ahí en un monstruo hipercontaminante de casi trescientos mil euros.

Y sólo una gilipollas como yo sería tan imbécil como para caer en esta trampa.

La cruda realidad de lo sucedido se le manifiesta de pronto, con los bordes nítidos, tan afilados que cortan.

La tortura, destinada a la desorientación, pero no a la incapacitación.

Lentísima. Una tortura que podría haber durado días. Un tiempo que Bruno no tenía. Él quería resultados cuanto antes.

Se marcharon, dejando al más tonto vigilando.

Seguramente, con instrucciones.

«Si se libera, déjala escapar».

No, no *si*.

Cuando.

Porque Bruno no le había puesto el saco en la cabeza en el salón del burdel, sino que la habían llevado a punta de pistola hasta la habitación, asegurándose muy bien de que veía todo lo que había a su alrededor. Y había dejado el colchón a una distancia adecuada. Suficiente como para que le costase un huevo, pero no para que fuera imposible.

Mari Paz se liberó. Vaya si se liberó.

Llevándose a Chanclas por delante.

Seguramente Bruno no contaría con que ella le matase. O sí, y le daba igual. Con lo que sí contaba era con que ella saliera corriendo en busca de las niñas.

Llevándole directo hasta ellas.

Recuerda cómo se sintió cuando cruzó la puerta del burdel, regresando a la calle, tras haberse liberado a sí misma.

Acorralada, sí. Perseguida.

Pero también poderosa, indómita. Imparable.

Como advertía la abuela Celeiro, previniéndola contra el orgullo: Nunca sonrías cuando te hagan una foto.

—¿Por qué, *avoa*? —preguntaba su nieta.

—Porque la fotografía te sobrevivirá y parecerás una *parva* de campeonato, sonriendo cuando estés muerta.

Mari Paz aprieta el acelerador al máximo, pero no tiene caso. El Mercedes lleva quinientos y pico caballos. Ella lleva una tartana.

—¿Qué pasa, Emepé? —pregunta Cris, que se ha dado cuenta enseguida de que algo sucede.

Cuando el todoterreno golpea la parte de atrás —apenas un roce, pero que se siente por toda la carrocería—, ya no hace falta que ella diga nada más que

—Agarraos fuerte.

El AMG hace un amago hacia la izquierda, y otro a la derecha. Después pega un acelerón, las adelanta y se coloca casi doscientos metros más adelante, como un perro que se suelta de la correa y te adelanta en el camino.

Está jugando conmigo. El hijo de puta.

El todoterreno se atraviesa en la carretera. Tres toneladas de acero y metal, cinco metros de largo. A la velocidad a la que va Mari Paz, chocar contra él sería como pegarse contra un muro.

No le queda otra que pegar un volantazo, en el último segundo.

Ha visto un camino de tierra, a la izquierda de la vía que ellas estaban siguiendo, que era de asfalto. Lo enfila, sabiendo que es exactamente lo que él desea.

El camino transcurre, sinuoso, entre suaves barrancos, estériles y despoblados. Tierra, piedras. Jaras y cantuesos. Algún alcornoque solitario.

En ese piso irregular, donde las humildes ruedas del Skoda apenas encuentran agarre, el todoterreno tiene la mano ganadora, y Bruno carta blanca para hacer con ellas lo que se le antoje.

—Tengo miedo —dice Cris, llorando.

Mari Paz, sin soltar el volante, echa la mano derecha hacia atrás y agarra la rodilla de Cris durante un segundo, para darle fuerzas.

Justo en ese momento el AMG les adelanta por la derecha, aprovechando la potencia y las ruedas más altas para pegarse a la pendiente ascendente. Después vuelve a cruzarse en el camino. Mari Paz se ve obligada a frenar, tan bruscamente que el coche se le cala.

Al otro lado hay un barranco. No para matarse, pero no para bajarlo con el coche. Enfrente, el todoterreno.

Sólo queda ir hacia atrás.

—¿Qué está pasando? —pregunta Cris.

—¡Vámonos! —apresura Alex.

Cris se agarra la garganta, agita las manos, se lleva una de ellas al pecho.

—No puedo respirar.

—Chisss —dice Mari Paz, mientras gira la llave en el contacto, tratando de volver a poner en marcha el Skoda—. ¿Cuántos años tienes, *rula*?

—¿Qué? ¿Por qué?

—Tú dime cuántos años tienes —insiste Mari Paz, apretando el embrague, peleando con el encendido.

—¡Once!

—Levanta tantos dedos como años tengas. Imagínate que son velas de cumpleaños, ¿sí? Como la del otro día, ¿sí?

Cris levanta los dedos, tantos como años tiene, y alguno menos.

—Ahora sopla los dedos uno a uno. Llenas, soplas, *ruliña*. Cuando acabes, empiezas de nuevo.

Cris obedece. Sin saber que ésta es una técnica usada por los soldados de la Legión, que Mari Paz aprendió el siglo pasado para controlar sus propios episodios de hiperventilación, la primera vez que se subió a un helicóptero.

El ruido que hacen los soplidos de la niña se solapa con los quejidos del motor, también ahogados, tratando de regresar a la vida.

Vamos.

Vamos.

No sirve de nada. El depósito de combustible ya estaba regular cuando había salido esta mañana. La persecución a toda velocidad tan sólo ha servido para beberse la reserva en pocos minutos.

Sólo le queda la salida desesperada.

—Tenéis que correr —dice Mari Paz, volviéndose hacia el asiento de atrás.

—¡¿Qué?!

Bruno y Cueros ya han bajado del coche, y están caminando hacia ellos. Cueros lleva, bien visible, la pistola, apuntando hacia el asiento del conductor.

—Que os vayáis —dice la legionaria, abriendo a su vez la puerta y poniendo un pie en el suelo.

A la que baja, agarra la humilde barra antirrobo —marca Ranz, pintada en rojo, descascarillada por los bordes—. Al cerrarse sus dedos sobre ella, no puede evitar recordar el día en que conoció a Aura. O la mañana siguiente, al menos. La misma en la que conoció a aquellas dos niñas adorables.

Mientras yo viva, rubia. Ni un pelo les tocan, ¿oíste? Ni un pelo, le había prometido a su madre, cuando las dejó a su cargo.

—Mientras yo viva —dice, empuñando la barra y caminando hacia los dos hombres.

Cueros levanta la pistola hacia la figura que avanza hacia ellos. Recortada por los faros del coche, no hay fallo posible.

—No —dice Bruno, poniéndole la mano en el antebrazo.

Cueros le mira, molesto. Una suerte de torva malevolencia se le acumula en la frente. Pero dobla el codo y apunta el arma hacia la luna y las estrellas, que van a ser los únicos testigos de la estúpida y valiente acción.

Bruno se adelanta a su vez.

Mari Paz resopla.

Bruno esquiva el primer golpe, que llega telegrafiado desde una eternidad antes. La barra golpea contra el suelo, levantando una nube de polvo que se queda prendida en los senderos que trazan los faros en la oscuridad.

—Lenta, legionaria.

Ella tira de rabia, que es lo único que le queda en el depósito. Resulta no ser suficiente. Bruno —bien alimentado, bien descansado, que ha pasado las últimas catorce horas sin ser objeto de torturas— esquiva el segundo golpe. Y el tercero.

Se adelanta y lanza el puño hacia el estómago de Mari Paz, que trata de hurtar el cuerpo, pero fracasa. Después le encaja otro, y otro. Y uno más en la cara.

Mari Paz deja caer la barra y se desploma de rodillas, agarrándose el estómago. Escupe sangre, entre los dientes.

Que estén bien. Que hayan salido corriendo, piensa.

Pero no lo están. Están a menos de un metro de ella. Agarradas de la mano, y contemplando la paliza. Llorando.

Como ella, al límite de sus fuerzas. Sin nada más que entregar.

Quiere gritarles que se vayan, pero no tiene tiempo.

Porque Bruno le pone un pie en el hombro.

—Pues al final no eras para tanto —dice.

Y después la empuja, barranco abajo.

QUINTA PARTE

PROMESAS

Aunque el frío queme,
aunque el miedo muerda,
aunque el sol se esconda,
y se calle el viento.

MARIO BENEDETTI

No tengo miedo a la muerte.
Tan sólo quiero estar
en otro sitio cuando suceda.

SPIKE MILLIGAN

1

Un grito

—¡No!

Cris y Alex gritan, viendo cómo el cuerpo de Mari Paz rueda por la pendiente, entre las jaras, antes de acabar deteniéndose en la quebrada de un arroyo seco, casi once metros más abajo.

Por un instante temen lo peor. Pero, a la luz de la luna, ven cómo su amiga se mueve. Alza un brazo, una mano. Intenta incorporarse, con dificultad, para acabar desplomándose, sin fuerzas.

Alex grita de nuevo. Luego tira del brazo a Cris.

—Tenemos que correr —dice.

Demasiado tarde. Bruno ya está junto a ellas.

—Todo ha terminado —dice—. Venid conmigo. No tardaréis en ver a vuestra madre.

Cris está temblando de miedo. Mira hacia abajo, hacia la oscuridad.

Luego hacia Bruno, que tiende la mano hacia las dos.

Y toma una decisión.

—Ayúdala —dice.

Y después empuja a su hermana, barranco abajo.

2

Una cabra

Bruno se queda mirando a Cris con la boca medio abierta en una sonrisa sorprendida.

Comprende, tan sólo un par de segundos después que la niña, el cálculo que acaba de hacer.

Cueros se adelanta, encabronado, y aparta a la niña de un empujón. Se queda al borde de la pendiente del barranco. La oscuridad va y viene, al ritmo de las nubes que tapan la luna. Deslumbrado por los faros del coche y corto de vista, Cueros no distingue formas en la negrura.

—Cógela mientras yo bajo a por la otra —le dice a Bruno.

—Yo iré con vosotros —dice Cris, con la voz temblorosa.

Se ha sacrificado ella, usándose como barrera. Porque no se veía capaz de bajar ahí a ayudar a Mari Paz. Porque bajar significaba una caída de varios metros por esa pendiente, rodar entre matas y piedras.

Cris, la cobarde.

Cris, la debilucha.

Cris, siempre a remolque de Alex.

Bruno, de alguna forma, comprende todo esto.

Recuerda una vieja película de los años noventa que Constanz le había puesto una vez. *De antes de que tú nacieras.* Unos científicos creaban unos dinosaurios en una isla. Había uno muy grande, que había que alimentar con animales vivos. De una trampilla en el suelo emergía una cabra atada a un poste.

Lo que más le impactó de toda la película fue esa escena. La cabra tenía que *saber* lo que sucedía. Tenía que oler a esa bestia hambrienta. Y, sin embargo, no se movía, no corría. La cuerda colgaba lacia del poste al que estaba atada.

Comprendió por qué años después, cuando ya llevaba más de diez asesinatos. Una mujer madura supo quién era él y a lo que venía antes de lo conveniente. Pero tampoco corrió, ni se rebeló. Se terminó el poleo menta que se estaba tomando, entrelazó las manos y cerró los ojos.

Eligió quedarse quieta. La lógica de la cabra ante el tiranosaurio.

Es fácil.

Es natural.

Es sabio.

Sólo deja que suceda y listo. La experiencia, el dolor, el horror del miedo desaparecen de su conciencia, dejando un dichoso vacío como recompensa por su completa aceptación. Está cara a cara con la muerte y se siente liberada.

Bruno se sintió conmovido entonces por la valentía, pero también admirado por el poder de ese cálculo. La mujer había comprendido que no tenía sentido pelear.

La niña que tenía enfrente había encontrado el mismo camino, y había decidido ofrecerse ella misma.

Bruno ha matado a más de ochenta hombres, mujeres y niños en doce años. Casi siempre liquidados de forma efectiva y brutal, sin tiempo para la réplica o el debate. Los que pertenecen al grupo del casi, lo intentaron y murieron.

Hasta ahora nunca había visto una valentía tan grande como la de la mujer del poleo menta.

Hasta ahora.

—No —le dice a Cueros.

Ahí abajo pueden escuchar a la niña moviéndose, entre las matas.

Cueros levanta el brazo y dispara. A bulto, a la oscuridad. El relampagueo furioso de la pólvora ilumina la pendiente durante un instante. La bala se pierde, a lo lejos.

Cris grita, y se tapa los oídos.

—¿Qué cojones haces? —pregunta Bruno.

—No podemos dejarla ir —dice Cueros, poniendo un pie en la pendiente—. Vamos.

—Tenemos a la otra. Es más que suficiente para presionar a Reyes.

Cris se remueve al escuchar esto. Están hablando de su madre. Alza la ceja.

Cueros mira a Bruno, y luego mira hacia abajo, hacia el barranco, hacia las jaras y los cantuesos.

—Esa hija de puta ha matado al Javi —dice, pasándose la mano por la nariz—. Tengo que bajar a rematarla.

Bruno mira hacia abajo, hacia el barranco, luego mira a Cris.

—Está oscuro —dice, sin apartar la mirada de la niña—. Si te tropiezas te vas a romper una pierna o algo. Déjalas.

—Que ha matado a mi colega, te digo.

—Me da igual. Tenemos lo que nos han dicho.

—Lo tendrás tú.

La pistola gira, cuarenta y cinco grados, y se queda apuntando a Bruno.

—Te he dicho que bajamos —insiste Cueros—. Ahora.

Cueros es basura. Por la quinta parte de un gramo de coca habría vendido a su mejor amigo, de tener uno. Lo de su compañero sólo es una excusa. Si quiere ir abajo, sólo hay una razón para ello.

Y es que Ponzano le ha dicho que mate a las niñas.

Pero Cueros no se atreve a bajar solo, en la oscuridad.

Por eso quiere obligarlo a bajar a él.

Irma ya le había avisado, vaya si le había avisado.

Pero con un buen aviso y un par de euros te compras una bolsa de pipas Facundo, como dice Bruno siempre.

Se lleva la mano derecha a la espalda, muy despacio.

—Está bien —dice, levantando la mano izquierda—. Vamos.

Cueros deja de apuntar a Bruno y se da la vuelta.

Bruno saca la mano derecha de la espalda. En ella aparece

una daga táctica SpyOpera con hoja de ocho centímetros. Poca cosa. No asusta.

Cueros percibe el movimiento con el rabillo del ojo.

El brazo de Bruno se mueve como una descarga eléctrica. Golpea la axila derecha de Cueros antes de que éste apunte donde había estado su cara hace medio segundo. Un corte seco, preciso. Entrar y salir, como el beso de una serpiente. Secciona el punto en el que la arteria subclavia se convierte en arteria axilar.

Cueros grita.

Estaría desangrado y muerto antes de un minuto, pero eso es demasiado tiempo para Bruno. Le agarra de la muñeca que sostiene la pistola, le obliga a girar el cuerpo y le causa una segunda herida mortal en el cuello, mucho más rápida, casi en el mismo punto en el que Mari Paz hirió a Chanclas hace un rato.

Cueros cae de rodillas, casi en el mismo punto en el que lo había hecho Mari Paz, hace menos rato.

Tiene la boca abierta, como si estuviera a punto de hablar. La sangre resbala sobre la piel, se hunde en las arrugas profundas de su cuello, se abre como el delta de un río.

Qué sorprendente es la muerte para el que se muere. Tan irrevocable, tan absoluta, piensa Bruno, observando cómo se le van oscureciendo los ojos a Cueros.

Éste se desploma hacia adelante, a los pies de la niña, da un último espasmo y se queda quieto.

Bruno escupe seco y se limpia la boca en el hombro de su camisa de flores.

—¿Cuál de las dos eres tú? —pregunta a la niña, que se ha quedado absorta, mirando el cadáver.

Bruno casi percibe la vibración de su cerebro, esforzándose por comprender lo sucedido.

—Cris —dice ella, dando un paso hacia adelante y estirando el cuello, como asomándose.

No aparta la mirada. No lo hace con curiosidad, sino con terror. Como si se revelara de repente la realidad del cuerpo humano. Su esencia de máquina. Su interior laberíntico pero simétrico.

Bruno no ha visto antes una reacción como ésta. Cuando matas a un adulto delante de un niño, suelen llorar, esconderse, correr.

Nunca avanzar.

—Vamos —dice Bruno—. Es muy tarde.

Cuando consiguieron desaparecer, o al menos volverse tan invisibles como les permitió su fortuna y sus influencias, Heinrich tomó la penúltima de las decisiones que tomaría en su vida. Resultaría ser la que lo cambiaría todo. Mi vida, la de mis padres. La suya, lector.

La gran afición de Heinrich era la jardinería.

Había tenido que escapar de la guerra, y había tenido que violar todos sus pactos con la muerte y revolcarse como un cerdo en el muladar para descubrir con casi treinta años de retraso los privilegios de la simplicidad.

Un día tuvo una conversación aparentemente banal con el padre de ██████████, quien la dejó reflejada por escrito en su diario.* De no haberse producido esa conversación, este libro no existiría ni usted, lector, conocería esta verdad incómoda.

—La gente normal, *mein guter Freund*… cree que el éxito es llegar a las ramas más altas del árbol. A los tronos enjoyados. No saben que el éxito es estar fuera del árbol.

—¿Fuera de la pelea por el éxito? Me resulta curioso que digas eso —dijo señalando al bello jardín en el que ahora se había convertido la parte trasera de la casa, en la finca de Sant Esteve.

En el camino a explicarse, Heinrich se puso aún más críptico.

—Son curiosos los arces —dijo, señalando uno de la variedad japónica, joven, que rayaba en los dos metros—. Se parecen mucho a nuestro país.

Detalló a su confuso interlocutor cómo había que mantener unas ramas y podar otras, ya que las más verdes y comunes eran más vigorosas y numerosas, y podían extinguir a las más

*Ahora que ▰▰▰▰▰ está muerto, quizás haya llegado el momento de revelar su nombre. Él fue la fuente primigenia, al fin y al cabo. Debo pensar sobre ello.

especiales y valiosas. Pero donde más se detuvo fue en la explicación sobre la dirección del tronco.

—Puedes guiar al arce con mucho cuidado. Con pequeñas y leves correcciones. —Señaló a las varillas de acero, clavadas al suelo, a las que se iba atando el árbol mientras crecía—. Pero si tiras demasiado o demasiado tarde, el arce se troncha.

—Sigo sin entenderte, Enrique —dijo el interlocutor, que era de los pocos que llamaban a Heinrich por el apelativo cariñoso con el que se le conocía en Sant Esteve.

—No pasará mañana, ni el año que viene —respondió Heinrich, con la mirada perdida en el horizonte; más allá del Ebro, por la Nacional II, parecía alcanzar hasta la capital—, pero el arce se tronchará. Antes o después habrá que plantar otro. Uno que podamos guiar desde el principio.

██████████ tardó en comprender lo que pretendía Heinrich. Pero unas semanas después recibió una llamada para reunirse en Barcelona con él «y unos amigos».

La reunión se produjo en el Hotel Majestic, a finales de 1958. El hotel se reservó al completo, devolviendo a los clientes que tenían reservas previas el triple de lo que habían abonado, y ofreciéndoles además una estadía gratuita en una fecha de su elección. Ese día se sustituyó al servicio por personal de confianza. Pero ni siquiera ellos podían acceder a la última planta, que quedó reservada para el señor Dorr y sus invitados.

Nadie sabe cuántos fueron los invitados de Heinrich. Una docena, si hemos de creer a ██████████. Una docena de elegidos que se sentaron a una mesa circular y escucharon la propuesta.

No hubo medias tintas. No hubo charla vana.

No hubo máscaras ni excusas, ni falsos argumentos teológicos y filosóficos, al estilo de otras sociedades secretas que fueron más pose y club de caballeros que poder auténtico.

Aquellos hombres eran ricos, eran poderosos. Los banqueros y constructores, los industriales, los proveedores de la guerra y el mercado, no hace falta decirlo. Langostas provistas de un hambre estrepitosa y traqueteante.

Todos compartían un pasado común, en las sagas familiares que se entrecruzaban ya en generaciones anteriores, cuando los padres eran socios o amigos, y a sus hijos el futuro les deparaba un vínculo heredado.

3

Un coche

Odia conducir de noche.

Se obliga a ir más despacio de lo que le gustaría. A ese ritmo tardarán más de cinco horas en llegar a Los Poyatos. Hay cuatrocientos kilómetros por malas carreteras, y él está muy cansado.

Y luego está su pasajera.

Es una niña aterradora. Y lista también.

Bruno siempre ha dispensado a los niños la misma imparcialidad que a los adultos, y ha matado a los que tenía que matar. Sin hacer distingos. En cuestión de preferencias personales, siempre les ha tenido en poca estima. Criaturas que, generalmente, intentan extraerse las ideas por la nariz.

Ésta no. Ésta es lista.

Bruno lo percibe en su voz, en la forma de evaluarlo con la mirada, utilizando el silencio para investigarlo, para examinarlo. Siente como si estuviera hablando con alguien mucho mayor que él, aunque no es eso, tampoco. No puede precisar qué es, pero es.

Cómo subió al coche, por ejemplo. Bruno se limitó a abrir la puerta del copiloto, y rodear el coche hasta la del conductor.

Bruno se acomodó y la contempló a través del hueco, contemplando a su vez el asiento.

—Sube —dijo.

—No me dejan ir en el asiento de delante —dijo ella.

—Tu madre no está aquí para verlo.

—Estoy yo.

Bruno alzó una ceja, frunció los labios hasta que el bigote le rascó la parte inferior de la nariz. Ahora era su propio cerebro el que vibraba.

—Escucha, iré despacio y con cuidado. Pero no puedo dejarte ir atrás.

—¿Por qué?

—Porque no vería lo que haces y tendrías ventaja.

—Sólo tengo once años —dijo Cris, moviendo los pies, inquieta.

—Fíate tú de los peces de colores —dijo Bruno.

—¿Qué significa eso?

—Significa que subas de una vez.

La niña subió. Se abrochó el cinturón muy despacio, mirando al retrovisor. De él colgaban —por el cuello— dos dálmatas de los de la película de Disney. La incongruencia de los peluches interrumpió por unos momentos la desquiciante sensación de extrañamiento y torpeza.

Finalmente avisó:

—Estoy lista.

—Fue muy valiente lo que hiciste —dice Bruno, al cabo de media hora.

Empieza la conversación, sobre todo, por entretenerse. Las carreteras son pesadas y peligrosas, incluso con un tanque como el que está conduciendo.

Lleva más de dos días sin dormir. La noche anterior, cuando llegaron al burdel, se pusieron hasta arriba de farlopa y aguardaron. Los otros se habían quejado, pero él los mandó a las habitaciones con las mujeres, y los dos obedecieron.

Bruno había tenido la corazonada de que Celeiro acabaría yendo a ese lugar. Que, por otro lado, era la única dirección que tenían. Les había tocado la lotería.

El precio en desgaste físico había sido alto, no obstante.

La coca no te deja dormir. La coca es una sierra circular en una habitación pintada de blanco España y tú vas rebotando de pared en pared. La coca te puede reventar el cerebro, el corazón, pero mientras tanto aguantas como un puto campeón.

Ahora Bruno se ha quedado sin droga, y el cuerpo empieza a pedirle descanso.

Sólo son cinco horas.

Los ojos se le cierran.

Por eso habla.

—Valiente de verdad —dice Bruno.

Un brillo extraño cruza los ojos de la niña. Se ruboriza ante el piropo, pero también hay miedo. Mucho miedo.

No contesta. Pero él necesita que le hable.

—¿Quieres agua?

En el lateral de la puerta hay una botella. Bruno la coge con la mano izquierda, desenrosca el tapón con los dientes, y se la tiende. Conduce el lujoso coche con una sola mano, incluso al trazar una amplia curva por la enrevesada carretera.

—Bebe —dice.

Cris mira la botella, y luego le mira a él.

—No voy a envenenarte, ni nada raro —dice Bruno, exasperado—. ¿Qué sentido tendría, joder?

Cris se echa un poco hacia atrás en el asiento, ante la subida de tono.

Bruno chasquea la lengua contra el paladar, exasperado, y da un trago largo a la botella, dejándola mediada.

—¿Ves? No pasa nada. Está buena. Calentorra, pero buena.

Cris coge la botella y la sostiene frente a ella, abierta.

—Escucha. Necesito que me hables. Es muy tarde y estoy muy cansado. No querrás que choquemos, ¿no?

Cris junta los labios resecos, sacando un poco más el inferior, con cierto remilgo, y deja caer en su boca un poco de agua.

Luego dice:

—¿Qué se siente al matar a alguien?

Bruno entrecierra los ojos, sorprendido por la pregunta. Desprevenido. Aminora la marcha un poco, le echa una larga mirada a la niña antes de responder.

—No sabría decirte.

Cris se calla, dejando que el ruido de las ruedas sobre la

carretera vaya creciendo dentro del coche. El motor —silencioso como un corazón que no se desmanda— no pone objeciones.

Bruno sí.

—¿No prefieres hablar de otra cosa?

Más silencio.

Bruno se rinde.

—¿Has ido alguna vez al dentista?

Cris asiente con la cabeza.

—Es un poco lo mismo. Cuando te ponen la inyección, y se te queda la boca así, como corcho, y te hurgan con sus cacharros metálicos, y por dentro están cortando y taladrando, pero tú no sientes nada.

—Como una tele sin sonido —dice Cris, tras pensarlo un momento.

Bruno gruñe un asentimiento extrañado.

—Lo siento mucho por ti —dice Cris, tras meditarlo un instante.

Bruno aspira una carcajada de esas suyas, de fuera adentro. Una sorpresiva, rápida, de las que se escapan de la jaula. Y luego una segunda, más nasal, más admirativa.

—En tu familia sois todas unas hijas de puta duras como la madre que os hizo, ¿eh?

Cris no responde.

Sólo piensa *ojalá*.

Su hermana, por ejemplo. Tan parecida a su madre en tantas cosas. Desde hace años había comprendido que una de las escasas formas de ser feliz consiste en modificar la realidad. Cambiarla, a su antojo.

Cris no era así. Alex creía en tomar partido. En sumergirse en el fango hasta el cuello, no en flotar sobre él sin mancharse. Al final era ella la que acababa saltando la primera al charco, mientras Cris pisaba sobre sus hombros y llegaba impoluta al lado contrario.

—Ojalá —acaba diciendo.

Bruno sonríe. Se asegura de que la niña le vea sonreír. Tiene unos dientes estupendos, dientes de concursante de *La isla de las tentaciones*. Rectos como una verja. Tan blancos que puedes leer a su luz en una habitación a oscuras.

—Tu hermana es la favorita de mamá, ¿eh?

—De todo el mundo.

Se queda un rato con la mirada perdida en el quitamiedos. Están pasando por la sierra de Cazorla, y el número de árboles empieza a aumentar. La soledad es tan palpable y asfixiante como algodón embuchado en la garganta.

Ella está llorando.

Bruno no dice nada durante un rato.

Al cabo, Cris recuerda su obligación de darle conversación.

—¿Te has parado a pensar que está mal matar gente?

—¿Eso quién lo dice? ¿La gente?

Bruno vuelve a darse cuenta de que ha elevado el tono, esta vez con sarcasmo.

—La gente dice muchas cosas. Está diciendo cosas todo el

rato —añade enseguida—. Casi nunca sabe de lo que habla, y cada vez menos.

—Matar sigue estando mal —le contradice Cris, sorbiendo los mocos.

Bruno levanta el pie del acelerador, dejando que el peso del coche cuesta arriba haga reducir la velocidad. Un animal, seguramente una liebre, ha cruzado la carretera, y prefiere extremar la precaución.

—A la gente se le llena la boca de afirmar que el bien y el mal son relativos. Qué puta novedad, genios.

Cris sigue con la cabeza apoyada en la ventana. Deseando, quizás, correr entre los árboles, en la oscuridad, escuchando el suave susurrar del viento en las copas de los pinos, que es a la vez placentero y perturbador. Deseando no haber empujado a su hermana, para no tener que estar sola en el lugar donde se encuentra ahora mismo.

—El bien y el mal siempre han sido relativos por ahí fuera. Pero aquí dentro no —dice Bruno.

Se golpea la camisa floreada, a la altura del bolsillo.

—Que es donde importa.

El coche llega a un punto alto en la carretera, que vuelve a curvarse. Bruno maniobra con el volante con la izquierda, mientras la derecha sigue subrayando su discurso.

—Tú miras dentro.

Vuelve a golpearse sobre el corazón.

—Trazas una línea.

Hace un gesto en el aire, con el dedo índice.

—Y luego te pones al lado que toca y pagas lo que se te pide. O cobras.

Cris sigue en silencio. Su respiración se ha acompasado. Bruno agita ligeramente el volante, a ver si se ha dormido. Ella enseguida se incorpora y se frota los ojos.

—No puedes dejar que me duerma.

—No quiero seguir hablando de esto.

—Has sacado tú el tema.

—Bueno, pues ya no quiero hablar más de esto.

Vuelve a apoyar la cabeza en la ventanilla.

Bruno casi se ha olvidado de la presencia de la niña. Sigue hablando para no dormirse. Porque la conversación es interesante, aunque su interlocutora haya resultado ser un fiasco.

Imagina que hablase con Celeiro. Ella sí que le entendería. Aunque haya resultado, también ella, ser un fiasco.

Bruno sigue hablando porque se aburre. Porque lleva —como casi todos los españoles— un pódcast dentro que no le importa a nadie.

Y porque le encanta el sonido de su propia voz.

—Esos tíos… estaban ahí por pasta. Que les lloren sus putas madres.

Silencio.

—Si me apuntas con un arma, como han hecho, mejor que sepas que yo estoy listo para lo que venga. Para la bala y para el cuchillo.

Silencio.

—Mi vida no vale nada.

Silencio.

—Mucha gente cree que su vida vale mucho más de lo que vale. La tuya, la mía, la de quien sea.

Silencio.

—Por eso son débiles. Y por eso ahora mismo hay un tío desangrándose ahí atrás.

La respiración de la niña ha vuelto a acompasarse. No pega un nuevo volantazo para despertarla. Ya no necesita que le hable. Se ha despejado lo suficiente. Sube el aire acondicionado del coche hasta que el pelo de los brazos se le eriza y le duelen los flancos del frío.

Horas más tarde pasan junto a una pista sin letreros, semioculta entre un puñado de árboles. La pista asciende por una suave elevación y desaparece en una hilera de encinas.

Bruno sigue adelante, como si no la hubiera visto. Un par de minutos después, frena el coche, aguarda hasta que comprueba que nadie les sigue, y luego vuelve atrás sobre sus pasos.

Una precaución innecesaria, pero Bruno es lo que es, no puede evitarlo.

Al principio de la hilera de encinas se adivina un sendero de grava que se abre a la derecha. Hay que tener paciencia para recorrer once kilómetros de terreno sin asfaltar en segunda. Alguien se ha asegurado de que ningún idiota tome el desvío de forma equivocada. Al final del camino hay que reducir a primera en la parrilla de guardaganados, porque sus afiladas bandas de hierro pueden filetear los neumáticos.

Cien metros más adelante se encuentra el acceso a Los Poyatos.

Ya casi está en casa.

Y lleva lo que Irma le pidió.

Bruno sonríe.

Y qué dientes.

4

Un final feliz

Apenas hablan durante el camino de vuelta. Esperaron hasta que se hizo de noche y la zona se calmó del trasiego de policías y ambulancias que se montó cuando Aguado se hizo polvo contra el suelo.

Sere está agotada, y ella también. La música de la radio rellena algo el silencio, pero no lo suficiente. Aura se queda a solas con sus pensamientos dando vueltas en la cabeza, el aire revolviéndole el pelo y el volante en las manos.

Aún rememora lo sucedido con Aguado. Repasa una y otra vez sus actos, y los posibles resultados. Si volviese hacia atrás, ¿podría cambiar algo?

Se ríe con amargura de sí misma, por lo bajo, para no despertar a Sere. Se ríe de sus planes de niña, de sus esfuerzos de adulta. Se ríe de sus convicciones.

Se ríe, sobre todo, del extraño demiurgo que escribe su destino.

¿Qué hay más risible que un ama de casa metida a esa extraña mezcla de ladrona y caballero andante? Sólo una cosa: hacerla española. De esa raza trastornada e incomparable de quienes siguen sobre el azul del mar el caminar del sol, para encontrarse al volver con un puñal en la espalda. De esa raza que aspiró a todo y fue gobernada hacia la nada.

Vuelve a reírse. A través del retrovisor, echa un ojo al maletín, situado en el asiento trasero del coche. Toca los saquitos de terciopelo, que lleva en el bolsillo.

Qué más da todo, piensa.

Ha conseguido el tesoro.

Por fin.

Los que han nacido en cuna de púrpura y nunca han deseado nada no saben lo que es la felicidad de vivir que está experimentando Aura. Lo mismo que no pueden conocer el precio de un cielo puro los que no han entregado nunca su vida a merced de cuatro tablas arrojadas a un mar enfurecido.

Hace casi tres años, una noche cualquiera, cuando alguien irrumpió en su casa para matarla, cuando alguien asesinó a su marido y la hirió a ella, Aura creyó que tan sólo era la secundaria en una historia de terror. Un cadáver más.

Hace ocho meses, cuando conoció a las mujeres que cambiarían su vida, Aura soñó que era la protagonista de una novela de piratas. Soñó también que se haría a la mar con ellas, huyendo de las consecuencias.

Hace unos días, cuando logró fugarse de una prisión donde se encontraba recluida injustamente por un delito que no había cometido, Aura lo hizo convencida de que su historia era *El conde de Montecristo*.

Es ingenua, sí.

Hemos dejado de lado aquellas historias bonitas, las historias de nuestras abuelas. Llenas de esperanzas y de consuelo. Nadie las quiere, pero no han encontrado recambio.

Al menos en el corazón de Aura.

Vuelve a mirar de reojo el maletín. Apenas puede creerse que en ese rectángulo de metal quepa su vida junto a sus hijas.

Empieza a hacer planes. Contactarán con Mari Paz y las niñas. Tan pronto estén las cinco juntas, se irán de aquí. A algún lugar soleado. Y luego buscarán a los lejías. Ellos, que la ayudaron en los golpes del casino y de Ponzano, y que acabaron huyendo también, con las manos vacías.

Es su oportunidad de restaurar las cosas. De reparar y empezar de cero. De desintoxicarse de la sobredosis de realidad. De cortar los hilos del demiurgo y empezar a escribir ella su propia historia, con final feliz.

Con todos los pelos que se han dejado en la gatera, es lo menos que se merecen.

Está absorta en esos pensamientos felices cuando suena el teléfono.

—Menudas horas de llamar —dice Sere, que lo lleva en el bolso, y el bolso entre las piernas, y las piernas estiradas mientras intentaba dormir.

—Querrá saber. Puede esperar hasta mañana.

Pero el teléfono sigue sonando y sonando, hasta que Aura se exaspera y le pide a Sere que lo apague o que conteste.

Hace lo segundo.

Si no fuera de noche y no estuviera pendiente de la carretera, Aura habría visto a Sere palidecer.

—Tienes que escuchar esto —dice, activando el manos libres.

—Aura Reyes —dice una voz de caramelo al otro lado de la línea.

Voz de mujer.

—¿Quién llama?

—Me llamo Irma Dorr.

Aura siente un escalofrío.

—Tu silencio me dice que ya te han hablado de mí.

—Lo han hecho —dice Aura, cautelosa.

—Normalmente me molestaría. No te angusties, hoy casi lo agradezco. Verás… tengo un problema serio.

—¿Has probado a llamar al 112?

Silencio.

—¿Hola?

—Perdona, estaba buscando algo en tu expediente —dice Irma, medio ausente—. «Tiende a recurrir al humor cuando se siente nerviosa o acorralada».

—Maledicencias.

—Firma tu antiguo jefe.

A Aura se le quiebra un poco la sonrisa.

—Qué sabrá.

—Yo diría que el informe es bastante completo. Ese párrafo está encima de otro que dice «haría cualquier cosa por sus hijas».

Aura da un volantazo.

Las manos le tiemblan. Casi sin darse cuenta, echa el coche a un lado de la carretera. Con las manos de otra, porque ya no las siente, aprieta el botón de los *warning*.

—¿Dónde están?

—Tengo a una de ellas en mi poder —dice Irma—. Ahora mismo está de camino a un lugar seguro.

Aura agolpa un puñado de preguntas incomprensibles contra el auricular.

—Silencio —ordena Irma—. El trato es muy sencillo. Me devuelves el maletín, y yo te devuelvo a tu hija Cris.

—Dime dónde —dice Aura, con la ansiedad pintada en la voz—. Iremos ahora mismo a llevártelo.

—No. Necesito asegurarme de que me das lo que quiero.

Aura separa los labios y parpadea, confusa, hasta que ve a Sere menear la cabeza, con los ojos llenos de miedo.

—No querrás decir…

—Quiero decir exactamente eso, Aura Reyes. Tráeme el maletín abierto.

—Eso no va a ser tan sencillo —dice Aura.

Porque la única persona que conocía el código de ese maletín imposible de abrir está ahora mismo en una morgue, ocupando varias bolsas.

—Tienes cuarenta y ocho horas.

—¡Espera! ¿Dónde está Alex? ¿Y Mari Paz? ¿Dónde…?

El sonido de colgar deja en el aire el resto de las preguntas.

Aura se aferra al volante para no caerse por el pozo que se acaba de abrir frente a sus pies. Se marea, le falta el aire. El vértigo y la impotencia se han adueñado de su respiración.

Cierra los ojos y niega con la cabeza. No, no. No puede

ser verdad lo que ha escuchado. Secuestrada. Es una palabra, nada más. Observa la palabra depositada sobre el salpicadero del coche, como un insecto patas arriba, sin explicación.

No la hay.

Se vuelve hacia el asiento del copiloto, en busca de ayuda. Suelta una mano del volante, que planea en el aire, desesperada, hasta que se aferra al antebrazo de su amiga.

Sere menea la cabeza.

—No puedo hacerlo. No en tan poco tiempo.

Irma

—Ya han llegado —dice Julio, entrando en su despacho.

En la mano trae una bandeja con una taza de té de jazmín, que deposita frente a Irma. Algo suave y delicado, apropiado para estas horas tan intempestivas.

—¿Dónde has instalado a la niña?

—En la habitación azul —dice Julio.

Irma asiente. La habitación azul tiene rejas en las ventanas y llave en la puerta. También su propio baño y una cama con dosel.

—Procura que esté cómoda.

—Por supuesto —responde él.

Un instante demasiado pronto, un grado demasiado frío. Infinitesimal, pero presente.

No aprueba nada de todo esto.

Julio no suele tener reservas. Y aún menos expresarlas, más allá de un cauto recelo, una exagerada contención en las formas. Cuando sucede, vale la pena considerarlo.

Irma se para un instante y explora los recovecos de su mente en busca del menor rastro de error, de dudas. Especialmente de soberbia. No encuentra nada. Así ha de ser. El dinero y la soberbia es una combinación tan peligrosa como la tos y la diarrea.

Sólo cuando está completamente segura de sí misma y de sus actos, se vuelve hacia Julio.

—Puedes hablar.

El mayordomo retuerce la bandeja entre las manos.

—No me gusta.

—¿Por qué? ¿Porque es una niña?

Él aparta la mirada, con cierto embarazo que a Irma se le antoja irritante. En todos los años que llevan juntos le ha visto actuar con una determinación rayana en el fanatismo. Cualquier cosa que pidiese Constanz sucedía. Algunas de ellas, realmente oscuras y siniestras.

—No veo por qué esta vez es distinto —dice ella, dejando que se filtre en la voz una mínima parte de su irritación.

—Es distinto —dice él, aún sin mirarla.

Irma piensa en su madre.

Decía Constanz que la moralidad sólo era ausencia selectiva de información. Como esos ridículos veganos, que restriegan su superioridad por la cara a todos con los que se encuentran. Y luego se atiborran a aguacates, almendras y kiwis. Productos que destruyen el medio ambiente y cuestan la vida a decenas de miles de millones de abejas.

—¿Distinto a Requena? ¿A las hijas del ministro? ¿Distinto a Compostela en el 14? ¿Distinto cómo?

La voz de Irma es como una linterna aplicada sobre ese

rincón oscuro del salón donde, hace meses, se rompió un vaso y no se limpió a conciencia. Los vidrios rotos emergen a la luz, filosos e incómodos.

—Distinto.

Irma no ha visto a la niña en persona. Para eso se les paga a otros, para no tener que hacernos cargo nosotros de los platos en el fregadero, del polvo en las estanterías y de los esqueletos en los armarios.

Qué sentido tendría ser rica si una tuviese que lidiar con su propia mierda.

Pero evoca las fotos del dosier que le pasó Ponzano y le viene una sospecha. Es una niña de pelo y ojos claros. Más bien delicada y flacucha. Como si fuera a salir volando al primer soplido de aire.

—Te recuerda a mí a su edad.

No lo pregunta. Lo afirma. Resulta evidente, de ese tipo de evidencias contrarias a la certidumbre.

Julio no lo niega. Otro comportamiento extraordinario en un hombre que ha construido su vida alrededor de no dar signos de debilidad.

—No soy yo. Yo estoy aquí, sentada frente a ti, bebiendo este té de jazmín. Que, por cierto, se ha quedado demasiado frío.

—Traeré otro enseguida —dice Julio, adelantándose a coger la taza.

Cuando él pone la mano sobre la mesa, Irma coloca la suya sobre la de él y le da un ligero apretón, al que él no es capaz de corresponder por la sorpresa. Retira enseguida la mano, como si el gesto en sí mismo fuera pecaminoso.

—¿En qué es distinto, Julio? —repite.

Ahora dulce.

Comprensiva.

Queriendo reclutar afectos, no imponerlos.

—Esta vez no me parece necesario —responde él.

—Las necesidades son ficciones, Julio. Primero se inventan y luego las volvemos imprescindibles.

Julio aparta la mano y la mirada de la taza de té. La primera acaba dentro del bolsillo de su chaqueta blanca. La segunda, detrás de la puerta secreta que lleva al jardín secreto, y al secreto que guarda en su interior.

El gesto es sutil, pero no fugaz. Como un beso de los que se marcan en el aire.

Qué haría Constanz.

Casi le provoca risa. Su madre, que era implacable y cruel sin medida, un ejemplo de comportamiento. Una figura hacia la que alzar los ojos.

Casi. Pues ese gesto es la explicación a su comportamiento, y su justificación última. Mientras exista Constanz, o su recuerdo, no existirá Irma, más que como un sucedáneo.

—¿Sabes en qué está basada la evolución humana, Julio?

Julio cambia el peso del cuerpo de un lado a otro, incómodo.

—En la bipedestación, supongo.

—Casi —dice Irma, echándose un poco hacia adelante en el asiento—. Pero los chimpancés también la poseen, y ellos están en los zoos y nosotros aquí. No, la culpa la tienen las piedras.

Julio parpadea, sin mirarla. Sigue molesto, lo cual a Irma

le extraña. En otro tiempo solía responder mejor a sus circunloquios intelectuales.

—Los humanos somos la única especie que puede lanzar objetos con precisión. Eso terminó con las jerarquías basadas en la fuerza bruta hace dos millones de años, cuando éramos *Homo erectus*. ¿Por qué crees que los perros salen corriendo cuando nos agachamos a por una piedra? Lo saben desde antes de que existieran los *sapiens*.

—No estoy seguro de seguirla.

—Cualquier idiota puede lanzar una piedra y acabar con el jefe, Julio. La única manera de impedir que se agache a por la piedra es liderar con convicción.

En la frente de Irma han aparecido unas diminutas gotas de sudor. No hay aire acondicionado en su despacho, su madre no lo soportaba. En mitad de esa ola de calor, incluso las noches se vuelven tardes y hay que apartar el aire con las manos, como una cortina.

—Mi autoridad en El Círculo es más tenue que nunca.

Julio no responde.

—Fue Constanz la que falló en destruir el Artículo 47. Fue bajo su autoridad bajo la que lo perdimos. Y por obra y gracia de su criatura, nada menos. De su proyecto favorito.

Julio no responde.

—Ponzano y… los dos conspiraron para hacer la fusión de sus bancos. Fuera de El Círculo. Sabían que nunca se aprobaría si lo sometían a votación. Sabían que *yo* no lo autorizaría. Sabían que no era el momento, no después de lo que le pasó al hijo de Trueba…

Julio no responde, pero vuelve su mirada hacia ella, hasta que sus ojos se juntan. Intenta aliviarle el trago del resumen. *No hace falta que ahonde*, le dicen sus ojos.

—Si se atrevieron a ello fue porque no estaba Constanz. Con mi madre al frente no habrían cruzado esa raya. No se habrían agachado a coger una piedra.

Vuelve a tomar la taza y la alza hasta que queda a la altura de sus ojos. Porcelana china de la corte del emperador Yongle, el tercero de la dinastía Ming. El interior está decorado por un medallón rodeado por una banda estrecha de floretes en azul cobalto. Un esmalte satinado y suave. Sedoso, casi.

La taza favorita de su madre. Una de las seis piezas Yongle que existen en el mundo. Le costó varios millones de euros, porque es la única en la que un artesano anónimo, que lleva siete siglos muerto, tuvo un error al pintar la grulla en el centro del medallón y hacerla con tres patas.

Nos encanta la imperfección, la clase adecuada de imperfección.

Irma odia la taza con todas sus fuerzas. La estrellaría contra el suelo, si se atreviese.

En lugar de ello, se la lleva a los labios y apura el té de un trago, tibio e insípido.

—Cuando todo esto termine, ya no habrá quien discuta mi liderazgo. Habremos completado la transición, por fin.

—¿Y si falla?

Irma agita las manos. Una sacudida demoledora y discreta, que arrastra todo a su paso y deja sólo un gran socavón donde antes había dudas.

—¿Cuánta gente hay ahora mismo en casa?

—Veintiséis empleados.

—¿Seguridad?

—Ocho.

—Trae otros cuatro. Manda al resto a su casa hasta pasado mañana.

—¿Doce serán suficientes?

—Estando Bruno de vuelta, sí.

Cuando Julio se marcha, Irma descubre que le habría gustado que se quedara. Tal vez sean amigos, en cierto sentido.

Pero ese tono…

Irma ha tenido malas experiencias con el servicio en el pasado. Sabe que hay un momento en que el tono cambia de repente, como si hubieras dejado un vaso de leche fuera de la nevera durante demasiado tiempo. Los descubres hablando como si nada importara, como si todo hubiera terminado ya y ellos no estuvieran del todo allí.

Pero Julio no es servicio. Es como de la familia.

Y, sin embargo, ahí está ese tono de leche pasada.

Irma vuelve a examinarse por dentro, una vez más, mientras golpea la taza de porcelana con la uña del dedo índice, arrancando un repiqueteo que enerva a las paredes y los cristales.

La convicción sigue ahí, en su sitio.

Aura Reyes entregará el maletín, lo abra o no. Si no lo abre, se encargará su gente. Lo importante no es tanto que consiga abrirlo como que pase miedo durante estas horas. Cuando vuelva a llamarla para indicarle un lugar de entrega, lo hará en inferioridad de condiciones. Y Bruno se encargará del resto.

En cuanto a la niña, será rápido.

Quizás le pida a Julio que se encargue él, personalmente.

Para asegurarse de que los tonos se corten en seco.

5

Un barranco

Arde el día como si la tierra hubiera dejado de girar.

No se oye otro sonido que el zumbido de las moscas, el zureo de las palomas.

Y no son ni las diez de la mañana.

Alex está sentada a la escueta sombra de una jara. Apenas ofrece alivio.

Despertó con la primera luz. Fue una sorpresa ver lo deprisa que el sol se había alzado en el cielo. Una vez que el amanecer empieza, no hay manera de retrasarlo ni de impedirlo.

Por supuesto que no es el sol el que se alza. Somos nosotros, el planeta entero, los que vamos en su busca, nos exponemos a él y volvemos a ocultarnos.

Pero al fondo del Barranco de los Mártires, en Jaén, a finales de julio, en mitad de una ola de calor, en el peor año de la

Historia desde que hay registros, uno desconfía de la ciencia. Es el sol el que se alza. El sol es un enemigo.

En un día como ése, con una dorsal caliente proveniente del Sáhara, cargada de polvo del desierto, el sol es mortal.

Al igual que los habitantes del Londres del 41, la única solución es esconderte de la muerte que cae del cielo.

Para Alex no es una opción. Allá donde mire tan sólo encuentra un desierto inclemente en el que no va a hallar refugio. Sólo el piar de los gorriones y el leve soplo del viento se atreve a quebrar el silencio mineral, sólido, que la rodea.

No le queda otro remedio que ponerse en marcha. Pero eso tampoco es una opción, por dos motivos.

El primero se encuentra al final de su pierna.

Y es fruto de la traición.

Cuando Cris la empujó barranco abajo, Alex no tuvo tiempo ni de sorprenderse.

Cayó casi tres metros en el vacío antes de aterrizar en la pendiente con ambos pies. Logró flexionar las rodillas, más por casualidad que por instinto, antes de rebotar sobre la grava y lanzarse casi otro medio metro hacia adelante, esta vez de boca.

Su segundo aterrizaje fue mucho menos afortunado, sobre los antebrazos, las manos y la cara. Se despellejó cruelmente la piel de las palmas y de los codos. Quebró una rama de un arbusto con el lateral de la cabeza, y sólo el pelo que desvió la fuerza impidió que esa misma rama le entrase por la cuenca del ojo izquierdo.

El tercer impacto fue sobre la espalda. Habría sido el más afortunado de no haber habido una piedra sobresaliendo en el lugar cuya arista coincidía casi a la perfección con el espacio entre su sexta y séptima costilla izquierda. El dolor fue atroz, agudo, inapelable. También activó su cuerpo hasta extremos que no había conocido antes. Llena de adrenalina, el dolor en el resto del cuerpo se diluyó hasta convertirse en algo forzoso pero a lo que no se le hace demasiado caso, como el primo al que se invita por lástima en Nochevieja para que no esté solo.

Al aterrizar sobre la espalda, consiguió frenar su caída con los pies lo suficiente como para esquivar las raíces nudosas y fragmentadas que se encontraban en su trayectoria. Abiertas como las fauces de un animal antediluviano, enterrado hace milenios, al que el viento y las lluvias torrenciales habrían hecho emerger de su tumba.

Al pasar, deslizándose junto a las raíces, Alex logró engancharse con la mano a una de ellas. No lo suficiente como para detenerse, porque la fuerza de su caída la arrastró, dejando en la madera una mancha de sangre y trozos de piel. Pero sí lo suficiente como para que el cuerpo se girara cuarenta grados, quedando paralelo a la pendiente.

La física hizo el resto.

Dos metros más abajo, entre dos arbustos y un puñado de rocallas y grava, Alex se detuvo del todo.

Tampoco entonces tuvo tiempo de sorprenderse por la traición de su hermana. Escuchaba las voces de sus perseguidores ahí arriba, discutiendo. Debían de estar a más de diez o doce metros, pero en la quietud de la noche los escuchaba como si estuviese junto a ellos. Y los veía ahí arriba, en la oscuridad. Se movió, deprisa, sin pensar. Sin dejar que el dolor que le cubría las manos y la cara, pesado y ácido, se adueñase de su voluntad.

Ni un instante demasiado pronto. Apenas se movió, un relámpago iluminó la pendiente del barranco, la quebrada del arroyo y volvió el cielo blanco por una fracción de segundo. Después llegó el estampido de la bala, y Alex supo que le estaban disparando. Se escabulló, agachada, cojeante, hasta que ya no pudo escuchar nada. Permaneció en ese escondite que a ella se le antojó seguro durante un rato largo, larguísimo, llorando de puro terror y lamentándose de su mala suerte. Exhausta, se quedó dormida, abrazándose las rodillas.

Amanecía cuando despertó.

Entonces tuvo tiempo de sorprenderse.

Su hermana la había arrojado por un barranco.

Cuanto más pensaba en ello, más se le antojaba absurda la traición que había sufrido. El momento en el que, indefensas las dos, Cris había decidido por ambas. Cómo la había empujado, sin más.

Podía haberla matado. Revivió, una y otra vez, la caída en su cerebro. Cada una de las vueltas, de los choques, de los instantes en los que las cosas habían salido de la menos mala de las formas posibles. Podía haberse matado con el arbusto roto, con la roca, con las raíces. Hubo una decena de ocasiones en esa caída en las que podía haberse herido de mucha gravedad, o haberse quedado en el sitio.

La traición, sin embargo, no residía ahí. Alex era muy consciente de que Cris podía acabar de salvarle la vida.

Lo que realmente le dolía a Alex era cómo su hermana acababa de usurpar su papel, su personalidad, aquello que le correspondía por derecho.

Ella no tenía la inteligencia de su hermana. Ni esa compasión y sensibilidad que hacía que todos a su alrededor corrieran a abrazarla cada vez que hacía un puchero.

Así que Alex se había hecho fuerte. Se había hecho protectora, se había vuelto dura. Había sacado la cara por ella en un millón de ocasiones. Había encajado broncas de los profesores y empujones en el patio que no le correspondían. Y lo había hecho a conciencia. Porque era su papel.

Cris le había arrebatado todo eso en un segundo.

Con un empujón.

No había matones suficientes en los patios de los colegios que alguna vez compensaran aquella heroicidad.

Alex lloró de rabia y de miedo. Por y hacia su hermana.

Después, trató de incorporarse.

Se dio cuenta entonces de que tenía el tobillo derecho del tamaño de una pelota de tenis.

Torcido o roto, no lo sabía.

Y ése era el primer motivo por el que ponerse en marcha no era una opción.

Junto al segundo motivo está sentada ahora mismo.

Tardó un buen rato en encontrar a Mari Paz. Cojeaba muchísimo, tenía que andar a saltos sobre su pie izquierdo.

Se le ocurrió apoyarse en una rama, como si fuera una muleta, pero no encontró ninguna lo suficientemente larga o fuerte.

Al cabo de media hora vio algo entre los arbustos. Algo blanco y estirado. Cojeó hasta allí, y se dejó caer a su lado.

—Emepé. ¡Emepé!

Mari Paz estaba quieta, muy quieta, en un repecho formado por la quebrada del arroyo, donde debía de haber rodado después de haber hecho aquel último intento de levantarse. Tenía la espalda apoyada contra la pared, y estaba encogida, como un animal herido.

Le habló, la zarandeó, pero estaba desmayada e ida.

Ella se dejó ir también. Se hizo un ovillo a su lado, y se quedó dormida.

Y aquí está Alex, reflexionando sobre su situación.

No puede volver al camino, donde está el coche. La pendiente es demasiado pronunciada, y su pie se encuentra demasiado lastimado.

Tiene que moverse, pero no puede dejar atrás a Mari Paz.

Vuelve a arrastrarse junto a ella.

Su aspecto es lastimoso.

Tiene la cara llena de sangre coagulada. Los labios, secos y cortados. El ojo derecho inflamado como una granada madura a través de la cual asoma una única pepita rojiza. Los miembros están amoratados e inmóviles. La ropa hecha jirones y llena de abrojos. La camiseta, tan desgarrada que deja ver el sujetador negro y deportivo.

Trata de despertarla moviéndole la cara, pero Mari Paz no reacciona. Tira de su brazo con fuerza para intentar incorporarla, pero el cuerpo parece atornillado al suelo. La abofetea con fuerza y sólo así la legionaria da señales de vida.

—Deja de pegarme, rapaza. Ya estuvo.

Alex da un grito de alivio y de alegría y se abraza a ella como un náufrago a un trozo de madera desgajada y llena de astillas. Mari Paz pincha por todas partes, la camiseta y el pelo están llenos de restos de zarzas que le han lacerado la piel.

—¿Qué vamos a hacer?

Mari Paz se pregunta lo mismo.

Se palpa los muslos con las manos agrietadas y ensangrentadas. Comprueba las articulaciones. Su cuerpo es una masa dolorida, pero parece que no hay nada roto. Cuando cayó por el barranco se arrastró, más que rodar.

A la luz del día, ve la pendiente como lo que es, no como lo que la noche le hizo ver. Un talud no demasiado agresivo, de entre cincuenta y cincuenta y cinco grados. Podría subirlo de regreso al coche.

—¿Puedes andar?

La voz le sale áspera. La lengua sobre el paladar, los labios entre sí suenan como el roce de dos trozos de papel de cocina.

—No muy bien —responde Alex, tratando de ponerse en pie.

Lo cierto es que ella tampoco.

—¿Dónde está tu hermana?

Alex la pone al día de lo que ha sucedido. Mientras habla,

Mari Paz le palpa los brazos, la cabeza y el torso en busca de desperfectos. La camiseta roja —de oferta en Zara, con un corazoncito aburridísimo, Alex había protestado lo más grande— está hecha un trapo. Los vaqueros aguantan bien. Está llena de cortes y arañazos por todas partes. Tiene un esguince de tobillo, seguro.

—Respira hondo —dice, interrumpiéndole el relato—. Hincha el pecho todo lo que puedas.

—Me duele un poco.

En lenguaje de Alex es que le duele bastante.

Una costilla fisurada o rota. O más de una.

Que con las suyas propias forman cuatro o cinco, por lo menos.

—…Y ahora estoy preocupadísima por Cris. Es que… tenía que haber sido yo —concluye el relato.

—No —escupe, abrupta—. No vuelvas a decir eso.

Alex se encoge un poco. Mari Paz no suele usar su voz de madre. La que ha ido desarrollando durante todos estos meses. La que usaba la abuela Celeiro, preludio a sacarse la zapatilla.

Pero cuando lo hace, es aterrador.

—No vuelvas a decir eso —repite, con una voz más suave. Más suya. Una indiferencia que recubre la dulzura interior, como un trozo de cartón una tarta de chocolate—. Ella te ha hecho un regalo. Querer cambiarte por ella es natural. Pero tienes que obligarte a aceptarlo. Por mucho que te cueste.

Mari Paz no le aclara lo que Alex intuye de refilón. Que ese *debería haber sido yo* lo ha pronunciado la legionaria en más de una ocasión. Que ha visto la muerte propia enterrarse en la carne de otro. Que ha bebido hasta el amanecer y ha vomitado culpa suficiente para dos vidas.

Alex no le aclara lo que Mari Paz intuye de refilón. Que ande otra persona en el mundo con tu cara ya es bastante difícil, como para encima tener que manejar la preocupación, el amor, la frustración y la envidia de forma simultánea.

Ninguna de las dos entiende a la otra del todo, pero se intuyen lo suficiente.

—¿Qué vamos a hacer? —repite Alex.

Mari Paz se lleva la mano al bolsillo, en busca del tabaco. Necesita pensar.

Descubre, con horror, que no tiene. Que todo lo que logró sacar ayer del Arizona fueron las botas —sin calcetines—, las llaves del coche y la navaja. La navaja la lleva en el bolsillo. Las llaves del coche están en el contacto, ahí arriba.

Demasiado lejos.

—¿Vamos a subir? —pregunta Alex.

Tanto ella como su hermana son niñas delgadas, de huesos delicados. Escurridizas como lagartijas. Pero son altas, pasan del metro cuarenta y cinco y de los cuarenta kilos.

No podrá cargarla talud arriba. No con dos o tres costillas rotas. Con el balazo en el brazo y un dedo del pie roto. Con la piel gritando llena de desgarrones.

—No hay nada ahí arriba.

Y es cierto. Sin gasolina, el coche no tiene nada que ofrecerles.

—¿Entonces?

—Tendremos que andar.

La legionaria intenta hacerse a la idea de cuánto terreno recorrió anoche en su huida y por dónde. No tiene la menor idea. Tampoco sabe dónde está.

Lo que tiene claro es que las dos llevan muchas horas sin ingerir ningún alimento. Ni líquidos. Que ese día va a hacer un calor absolutamente infernal. Ella está agotada. La niña también. Para aguantar necesitarían seis o siete litros de agua, al menos.

Si se quedan en ese punto y esperan a la noche, su situación empeorará drásticamente. Están en el punto más bajo de una quebrada que no ofrece sombra alguna y concentra aún más el calor. Sus heridas y cortes abiertos son superficiales, pero les harán perder mucha humedad y energía. Su cuerpo ya está trabajando para cerrarlas, para combatir la infección de los millones de gérmenes patógenos que han entrado en su interior, luchando por multiplicarse. Su organismo las debilitará aún más. Podrían sufrir un golpe de calor. Como esos de los que ves uno o dos, a diario, en las noticias. *Un hombre caminaba por la calle, estaba bien... era joven... una mujer, en su casa, era mayor... era un niño jugando...* Un instante están bien, al instante siguiente están muertos.

Si se quedan, no tendrían que estar en movimiento en las horas peores del día.

No se deja engañar por la proximidad con lo que conocemos como civilización. Diez kilómetros en el campo pueden convertirse en mil. Y ellas pueden estar a varias horas de cualquier lugar civilizado.

Si decide que caminen, se juega dos vidas.

Si se quedan, también. Y además, se juega la de Cris.

No hay decisión correcta desde el punto de vista práctico. Desde el punto de vista moral, ya es otra cosa.

—Tenemos que ayudar a tu hermana, rapaza. Llamaré al teléfono que me dio Sere y le dejaré un mensaje para que venga a buscarnos.

Hace una pausa y luego añade:

—Es posible que esté con tu madre.

—Mamá... ¿va a volver?

La legionaria asiente, con un movimiento que no compromete demasiado.

—Ésos —hace un gesto con el dedo hacia lo alto del barranco— dijeron que estaba fuera. *Non sei máis*.

Alex se encoge un poco.

—¿Estás asustada?

—Claro.

—Esto funciona así, *ruliña*. Tú haces eso que hace que te asusta y después te entra el valor. Pero no antes de hacer eso que te asusta.

—Tendría que ser al revés.

—Lo sé —suspira Mari Paz—. Pero funciona así.

—Vamos, entonces.

Mari Paz estira un poco el brazo izquierdo para que la niña se apoye. El brazo herido, que coincide con el que Alex necesita para caminar. La niña se agarra con fuerza, arrancándole un respingo de dolor a cada paso.

—Ya te podías haber torcido el otro, *carallo*.

Soy un cristiano ferviente. Creo en una vida después de ésta, creo en la misericordia de Dios. Más me vale, porque no creo que llegue al final de esta semana.

Poco importa lo que crea un hombre, si sólo cuenta lo que un hombre teme.

La religión no trata tanto de decir al hombre que hay un Dios como de impedir que el hombre piense que es Dios.

En parte por ello he escrito esto.

Anoche abrí la Sagrada Biblia, en busca de consuelo, y mis ojos se posaron por casualidad en este párrafo:

El que peque merece la muerte. Ningún hijo pagará por el pecado de su padre, ni tampoco ningún padre pagará por el pecado de su hijo. ¿Acaso me es placentero que el malvado muera? Quiero que se aparte de su maldad y que viva.

Ezequiel, 18:20

Ezequiel era un sacerdote judío en la época en la que los judíos estaban cautivos en Babilonia. El pueblo era preso de un poder opresor y tiránico. Y Jeremías habló de la justicia en tiempos difíciles. Que cada uno pague sus propias culpas, es lo que significa.

Los hijos no heredan los pecados de los padres. Los pecados no. Pero el fruto de esos pecados no lo escupen. No reniegan de él ni de la forma en la que lo han conseguido.

1959 es otro año trascendental para los Dorr. El clan sigue teniendo su base en la finca de Sant Esteve de Guialbes, pero la casa solariega recuerda a Heinrich demasiado su origen humilde y la muerte de su hermano.

La estrella de Constanz sigue en ascenso. La hija predilecta de Heinrich es la elegida para sucederle, tal y como habíamos dicho. Friedrich, el primogénito y siete años mayor que Constanz, está fuera de la ecuación desde meses atrás y el espantoso suceso que tuvo lugar en la finca de Sant Esteve.

██████████ ██ █████████ ██ ██████ █████ ██ ███████ ███████. █████ ██ █████ ███ ████████████ ████ ██ █████. ██ █████████ ██████ ███ ██████ █████ █████████ █████████ █████████ ████████. ███ ██████ ████ ██████. ██ ████████ ██ ██ ████, █████ █████ ██████. La violación y el asesinato de Gitta, hija de Bertram y sobrina de Dorr por parte de Friedrich, fue ocultada por la familia con la ayuda de ██████████. El resultado fue el ingreso de Friedrich en el manicomio dirigido por el doctor Sugrañes, en Barcelona.

En ese contexto, Heinrich desea encontrar una nueva residencia para la familia. Un contacto le habla de un terreno a la altura de sus expectativas. *Debo ir más deprisa. La calidad literaria del texto, la estructura... ya no son relevantes. Cada vez están más cerca.*

El terreno se llama Los Poyatos, una parcela de diez mil hectáreas. De nuevo, ¿cómo poner en contexto la enormidad de la fortuna de los Dorr, para que se comprenda la distancia entre ellos y nosotros? *Sólo espero tener tiempo de contar la verdad.*

Veinte mil veces el Camp Nou.

Ochocientas veces el parque del Retiro.

Cien millones de metros cuadrados .

Eso es lo que medía la parcela que iba a comprar Heinrich, destinada a vivienda unifamiliar.

Busco en mi Biblia.

Y le dijo Jehová a Moisés: Ésta es la tierra que juré a Abraham, a Isaac y a Jacob, diciendo: A tu descendencia la daré. Te he permitido verla con tus ojos, mas nunca pondrás un pie en ella".

Deuteronomio, 34:4

En mayo de 1959, Heinrich se bajó del coche en la linde de la parcela de Los Poyatos, donde le esperaban el abogado que iba a presentar los documentos para la firma, el aparcero y el alguacil. Una compañía de lo más adecuada, considerando lo que sucedió. Tan pronto Heinrich dio tres pasos, se detuvo, con una mirada extraña en el rostro. Una mirada de cachorro de bóxer, como si le debiese dinero a alguien y tuviera miedo de que se lo reclamaran en cualquier momento. Se llevó la mano derecha a la sien, como quien va a retirarse el pelo de la oreja.

—*Viele Kuchen* —dicen que dijo.

Después se desplomó. El coche estaba aparcado en una cuneta inclinada, así que Heinrich rodó entre el polvo y los matorrales durante unos metros antes de detenerse.

Tenía cincuenta y ocho años.

Aunque no hay confirmación médica, podemos suponer que Heinrich sufrió un ictus. Aún viviría treinta y seis años más, confinado en una silla de ruedas, mudo y tetrapléjico. No cabe imaginar mayor castigo para ese hombre tan vital y poderoso que pasar casi cuatro décadas atrapado en el propio cuerpo, cagándose encima.

Los hijos no heredan los pecados de los padres, pero
Constanz Dorr heredó absolutamente todo lo demás.
Incluyendo el asiento a la cabeza de El Círculo.

6

Un maletín

La noche la han pasado en blanco.
La mañana lleva el mismo camino.

No volvieron al hotel.

Apagaron enseguida el teléfono. Sere tuvo que desatornillarlo y desconectar la batería, para evitar riesgos.

Aura siguió conduciendo en dirección a Madrid unos kilómetros más, y luego se desvió por carreteras secundarias hasta perderse por completo. El último cartel que vieron ponía REBOLLOSA DE LOS ESCUDEROS.

Se hizo a un lado, en un campo abandonado, y aparcó.

—Tienes que intentarlo —le dijo a Sere.

Ella intentó explicárselo. Aquello no era un maletín normal. Aquella caja rectangular de acero era un maletín GF50.

Fabricado en Israel siguiendo criterios del Mosad, o al menos eso decían en su página web. La cerradura no utilizaba llave, sino una combinación de nueve caracteres, que podían ser números o letras. Se introducía a través de un diminuto panel situado junto al asa del maletín, debajo de un panel desplegable.

—Si no ponemos la clave correcta, si nos equivocamos o intentamos forzarlo, se activarán las contramedidas.

—¿Explotará?

—A lo mejor. O destruirá el contenido. No lo sé, jefa.

—Inténtalo —repitió Aura.

—No lo entiendes —suplicó Sere—. No tengo herramientas, no…

—Inténtalo —dijo ella, por tercera vez.

Sale al campo y se pone a caminar, alejándose unos pasos del coche.

En otra época, la desolación de ese lugar le habría resultado insoportable. Ni el hombre más solitario puede soportar una soledad tan agónica. La fealdad de la trocha, este olor seco y polvoriento, pero sobre todo el inhóspito, improductivo y melancólico vacío. En un campo como ése sólo se recala cuando la vida te cerca. Es el último desplazamiento del rey en ajedrez, el movimiento del lazo con el que te ahorcas.

Mira a Sere, a través de los cristales. Está manipulando la cerradura del maletín. Ha conectado un cable a uno de los extremos de la caja.

Teclea algo en su portátil.

Aura vuelve a alejarse, abanicándose con la mano para intentar aliviar el calor, que aumenta con cada grado que asciende el sol en el cielo.

Aura espera.

Esperar la vuelve indefensa, la encadena a un limbo extraño entre pausa y acción. Y como no recibe lo que espera, comienza a hablarse a sí misma. Un *vamos, vamos, vamos*, intermitente, ineficaz.

Entre cada exhortación, la amenaza crece.

Lo que le esté sucediendo a su hija ahora mismo, mientras espera, se vuelve la peor clase de amenaza. Esa inconcreta, en la que el monstruo de la incertidumbre va mutando de forma, sin detenerse en ninguna concreta el tiempo suficiente como para poder decidir cómo enfrentarse a ella. Cada niño que ha existido y se ha quedado solo conoce bien a este monstruo. Habita en el periodo que transcurre entre que gritamos llamando a nuestra madre, porque las sombras han revelado una garra, un hocico sediento de sangre, y el momento en el que ella aparece. En esa espera, la madre ha muerto de mil formas horribles, dejándonos a merced de la oscuridad. Cada instante de espera, cada segundo transcurrido, va encogiendo más y más a Aura, hasta transformar su ansiedad y su miedo en un único punto candente.

Un agujero negro de violencia y desesperación, que lo devora todo.

7

Un desierto

Siente los pulmones como si por dentro le arrancasen tiras de esparadrapo.

Puede sentir el cerebro moverse dentro del cráneo, tirando de los vasos sanguíneos como si fueran alambres de queso, de esos que quedan colgando entre la boca y el trozo cuando la pizza está demasiado caliente.

El cuello y los hombros hierven.

Siente la garganta en carne viva, la lengua pesada.

Está más sedienta de lo que puede recordar, incluso durante las marchas forzadas, de maniobras, en sus días en la Legión. Es una sensación extraña, esta sed, esta *verdadera* sed.

Nunca ha deseado, necesitado, nada como ahora quiere un vaso de agua.

Antes, en el pasado, en un tiempo ya olvidado —desterrado por el sol y por el paisaje inclemente que afirma a cada paso su inmensidad—, creyó conocer la sed. La sed cómoda, la que se tiene con la lengua y la garganta. La sed incómoda, con la boca seca, los labios cortados.

Esto es la sed *real*. La certeza absoluta de estar muriendo. Su organismo entero murmura con anhelo, como si anticipara lo que está a punto de pasar.

La sed ha crecido tanto dentro de ella que empieza a tomar el control. Ya lleva una mano en el volante. Tiene miedo de su propio cuerpo. De cuando eso pase, cuando no quede nadie para tomar decisiones más que la sed.

Camina.

Camina.

Alex dejó de hablar hace mucho rato. Cada vez se agarra más a Mari Paz, dejando caer su cuerpo contra el de la legionaria. Ella tiene que agacharse un poco, encorvarse para poder sostener el cuerpo de la niña.

Camina.

Camina.

Lenta, pero segura.

Sin errores.

Vigila bien las piedras, las raíces.

Un paso conquista el siguiente, permite el que viene después.

Un error podría hacer que las dos cayeran al suelo.

El suelo. Un pedregal inmenso. Algún caballón ocasional que una vez delimitó un sembrado, abandonado hace décadas. Allí no puede crecer nada. Hasta las jaras son cada vez más escasas.

El suelo. Desprende calor, seco. Calor de horno. Si se caen ahí, la niña no podrá levantarse.

Sin errores.

Camina.

Camina.

Su cerebro ha entrado en una especie de estado de semiconsciencia en el que las órdenes motoras se suceden como el traqueteo de una máquina. Levanta el brazo para que Alex se apoye, mueve el pie, espera a que ella balancee la pierna hacia el otro lado, mueve el otro. Aprieta los dientes cada pocos pasos, intentando contrarrestar el dolor.

La niña gime. Pero no protesta.

Camina.

Camina.

Ha contado los pasos. Treinta y dos por minuto. En una hora serán dos kilómetros.

¿Cuántas horas más?

Por el tamaño de sus sombras calcula que serán las tres de la tarde, quizás las cuatro. No han visto ni un alma en todo el trayecto. Han cruzado varios caminos de tierra. A lo lejos, Mari Paz creyó ver una carretera, y cambiaron ligeramente el rumbo. No hubo tal.

No pienses, sólo

camina.

Camina.

Ya no es capaz de registrar pensamientos conscientes, coherentes. Verbos, algunos. Sustantivos, los imprescindibles. Quien esté al mando ha desenganchado todos los circuitos prescindibles. La autómata en la que se ha convertido no deja hueco para nada que no sea el movimiento en la dirección en la que cree que está la supervivencia.

Camina.

Camina.

Camina.

Camina.

Camina.

Camina.

Son más de las cinco cuando Mari Paz —o quien sea que quede al volante— descubre que había un nivel mayor de sed que no había conocido aún.

Locura.

El dolor de sus riñones, que no tienen con qué trabajar, el latido de sus globos oculares cada vez más encogidos por la deshidratación, el esófago y la laringe convertidos en un sonajero de vidrios rotos. Todo eso desaparece.

Camina.

Camina.

La oscuridad y el vacío empiezan a insinuarse como una posibilidad real. Promesa de alivio. De libertad. Dejarse caer, la más dulce de las alternativas. Existir dejaría de ser un problema. La carga que lleva a un lado, que ahora casi arrastra, cuyo nombre ha olvidado, dejaría de ser un plomo sobre su conciencia.

Camina.

Camina.

A lo lejos, algo se insinúa. Una forma al final del horizonte que parece desafiar las normas del paisaje. La ley de la naturaleza no admite ángulos rectos. Ni filos metálicos. La ley de la naturaleza prohíbe esa forma que se insinúa al final. La mujer que camina por el desierto, que ha olvidado su propio nombre, encamina hacia allí sus pasos.

La niña que lleva enganchada a su costado no puede moverse ya. Se ha quedado de pie, clavada en el sitio. Sólo el apoyo de ella impide que se deje caer. Se ha rendido.

La mujer mira hacia la forma al final del paisaje. Su instinto le dice que deje atrás a la niña y que siga en esa dirección. No debe de estar a más de un kilómetro. Ya no sabe lo que es un kilómetro.

La niña se tambalea.

La mujer no piensa. La parte que actúa no es su cerebro o su conciencia, pues hace mucho que la sed tomó el control, y después de ella la locura. La parte que actúa es algo más profundo, enterrado por debajo de los músculos y de los huesos, de la sangre y de las arterias. Lo llamaría corazón, si le quedasen palabras.

Ella.

La mujer se agacha, se dobla, echa hacia adelante el hombro. Apenas siente el dolor ya. Otro sistema desconectado. La mujer empuja, rodea con los brazos, encaja la mandíbula. Logra separar los pies de la niña del suelo, de la gravedad que jala de ella, de la tierra que la reclama. Después se incorpora, la levanta.

Mueve la pierna, bascula el cuerpo. El pie se hunde en la costra seca y quebradiza de greda. Por debajo hay polvo, polvo que le niega el avance, que sube y le trepa por las botas. Tira, hacia arriba, con todas las fuerzas que le quedan. Apostando todo a cada paso.

Otra vez.

Otra vez.

Así, media hora.

Sigue su sombra, cada vez más larga. La sombra de un gigante.

Así, una hora.

Su sombra alcanza, a lo lejos, el extremo de la figura que había divisado. Es una pared blanca. Es un chamizo apartado y desierto. Tiene un tejado de uralita.

Su sombra se va a haciendo cada vez más grande sobre la pared blanca, que de cerca se le muestra llena de desconchones

Se pone de rodillas. Deja su carga en el suelo

(cuya naturaleza no recuerda, tan sólo que es frágil, que es importante, lo más importante que ha cargado nunca)

es una operación larga y compleja. Consigue depositar a la niña en el suelo con toda la delicadeza de la que es capaz.

Después, ella misma se queda en el suelo, ardiente y pegajoso. Lo ha conseguido. Su propósito se ha cumplido. Ya puede rendirse a la negrura.

Pasa así un tiempo.

Cuánto, no lo sabe. La mitad de su cara está hundida en la tierra. Algo en el fondo de su mente quiere decirle algo. Algo sobre esa tierra, que es distinta. Pegajosa.

Húmeda.

Agua.

El conocimiento llega como una melodía lejana que el cerebro no es capaz de descifrar. Reconoce las notas, reconoce su familiaridad, pero no es capaz de ponerle nombre. Se pone en marcha, arrastrándose, sobre los codos y las manos, sobre las rodillas y el empeine de las botas, dejando un rastro en el barro rojizo.

Dobla la esquina del chamizo. Allí, sobre un brocal de piedra, pende un objeto familiar. Un grifo amarillento y goteante. Parpadea, incrédula. Aún tardará un par de segundos en reasimilar su funcionamiento. La mano es sabia. Se apoya y gira la manija.

Primero hay un ruido, un quejido borboteante. En algún lugar, la tierra protesta, se resiste. Finalmente brota un hilo, finísimo y delgado. La mitad de una uña. Menos de la mitad. De tanto en tanto se adelgaza hasta convertirse en un goteo.

La mujer mete la boca debajo del grifo, pero no traga. Sabe que no debe hacerlo. No recuerda por qué.

Tragar es malo.

La certeza le llega desde tan lejos que a lo largo del resto de su vida se la atribuirá a Dios. Sólo pone la boca y deja que el agua resbale por los labios y el interior de las mejillas antes de caer hacia el brocal de piedra. La lengua se adelanta, absorbe parte de ese líquido.

Duele.

Escuece.

Su cuerpo vuelve a despertar. Recuerda lo que es el dolor. Recuerda sus funciones y sus propósitos.

Se toma un instante para recuperarse. Luego vuelve al grifo y se permite tragar su primer sorbo. Baja por la garganta con la consistencia del fuego. La tiene en carne viva. No llega a entrar en el estómago. Sí lo hará el segundo sorbo, que le hará encoger los músculos de la barriga, le pedirá vomitar.

No lo hace.

Suficiente por ahora.

El calambre pasa.

Pone las manos y la cara debajo del grifo. El agua en el fondo del brocal se loda de sangre y polvo. Sus párpados se aprietan. Si tuviera alguna lágrima, lloraría con algo más que placer o alivio.

Entonces recuerda su carga.

Vuelve hacia la niña, a gatas. Intenta tirar de ella, intenta acercarla al grifo, pero no es capaz. Todo lo que tenía lo entregó cargándola durante el último kilómetro.

Alex. Se llama Alex.

El nombre de la niña parece despertar algo dentro de ella. Busca alrededor. Encuentra una teja. No es gran cosa. Es la vida. La coloca debajo del grifo, capturando unas pocas gotas. Luego gatea hacia la niña. Deja caer las gotas en sus labios.

Repite la operación, una y otra vez, hasta que la niña regresa a la vida. Cuando puede incorporarse, le ayuda a gatear hasta el grifo. Ella pone la boca debajo y traga un buche demasiado grande.

—Despacio —dice.

Su voz chirría y crepita. Escucharla es una sorpresa. No contaba con que funcionase en absoluto.

La niña también tiene un espasmo en el estómago. Ella le ayuda a controlarlo. Se sienta en el suelo, pone la cabeza de la niña sobre sus rodillas, le dice que se centre en su respiración.

Le va echando agua sobre el pelo, sobre la cara, sobre los brazos. Tiene la piel cuarteada y febril. Mari Paz se quita la camiseta, la moja y se la pone a la niña sobre la frente.

El sol casi se ha ocultado cuando la niña se duerme.

Mari Paz aún monta guardia un poco más.

La enfermedad de Heinrich le dio a Constanz una conciencia nueva y espantosa. Los padres forman el último rompeolas contra la muerte. Cuando caen, tú ocupas su sitio y te conviertes en el rompeolas de alguien.

Heinrich era sólo un monigote balbuceante.

Es la segunda vez en esta historia en la que el destino de mucha gente podría haber sido distinto. La primera es esa noche del invierno de 1939 en que una Constanz de pocas semanas no durmió al raso gracias a la amabilidad de un sacerdote que acogió a los extraños en la rectoría.

El imperio de los Dorr era un conglomerado de empresas, sociedades, multinacionales y servidumbres cuyo tamaño y estructura empezaba a ser descomunal.

No tiene nada que ver con lo que es hoy, casi seis décadas después. La globalización e internet permiten que tengan, literalmente, decenas de miles de empresas interconectadas en un centenar de países, todas ellas cruzándose facturas, eludiendo impuestos, lavando dinero en tiempo real. En el tiempo que usted ha terminado de leer este párrafo, se han blanqueado cien mil euros.

En aquella época, sin embargo, el blindaje digital era imposible. Puesto en papeles, el imperio ocuparía una enciclopedia. Necesitaba una mano firme y personal de confianza.

Constanz era una mujer que aún no había cumplido los veinte años, a finales de los cincuenta. Y su padre no estaba muerto, sólo incapacitado.

Nadie creía que fuera capaz.

La situación se trasladaba a su relación con El Círculo. Se suponía que los Dorr encabezarían la iniciativa. Sin Heinrich, todo parecía condenado a desmoronarse antes de haber empezado a dar fruto.

Constanz hizo lo que tenía que hacer.

Se compró un marido.

Pascual de la Torre era un emblema viviente de la aristocracia natural que la mejor crianza imprime en unos pocos elegidos. Nadie que no le mirara con avidez plebeya —que Constanz se había esforzado en conservar bajo su ceño de águila real hecha a sí misma—, podría creer que ese joven de piel de melocotón, lánguido y esbelto, admirablemente proporcionado bajo su traje sastre, tuviera cuarenta años y la inteligencia justa para pasar el día.

Pascual de la Torre doblaba a Constanz en edad y en peso.

Ella a él en inteligencia y determinación.

El acuerdo se forjó en apenas unos días. Pascual era el heredero de otro de los miembros de El Círculo y su labor consistiría en decir «sí quiero» y dedicarse el resto de sus días a disparar perdices.

En julio de 1959, bajo un sol abrasador, se celebró una boda en Los Poyatos.

En aquella época el terreno era un pedregal con algún ocasional olivo solitario. Según el documento de venta, la finca poseía una gruesa (doce docenas) de árboles. En un terreno del tamaño de veinte mil campos de fútbol, no había sombra bajo la que refugiarse.

Constanz insistió en que se casarían ahí.

—Un nuevo comienzo —dijo.

Nadie pudo disuadirla.

Se instalaron toldos blancos, se llevaron cubas de vino y un camión cisterna lleno de agua, se pusieron alfombras y se acondicionó una pequeña parte del agreste terreno. Se llevaron macetas con flores, que murieron casi antes de que el sacerdote —el párroco de Sant Esteve— dijera «marido y mujer».

. Al acabar la ceremonia, Constanz abrazó a su padre, cuya silla de ruedas estaba flanqueada por dos criados con sendas sombrillas.

Constanz había llegado a este país literalmente en pañales. Los Dorr habían tenido que luchar por la tierra, por el agua, por el ganado. La sangre se había vertido sobre esa misma tierra infértil. Constanz sabía lo que costaba cada grano de arena que pisaban.

Pascual, por su parte, conocía muy bien su papel. Firmar las actas matrimoniales y hacer lo que se le dijera. Una vez al mes, su acuerdo incluía tener relaciones con Constanz, que buscó activamente un heredero durante años, pagando a los mejores especialistas del mundo. Su deseo dio finalmente fruto en 1973, con el nacimiento de Irma Dorr.

Salvo por su compromiso mensual (y después del nacimiento de su única hija, ni siquiera eso), Pascual, con una asignación millonaria, se dedicó a apartarse del camino de Constanz, que ahora había quedado allanado por completo.8

8

Una línea

Rondaba el mediodía cuando llegaron.

Sere frenó a pocos metros. Los pies de Aura ya corrían sobre la grava del aparcamiento antes de que las ruedas del coche se detuvieran del todo.

Las dos llevan toda la noche en pie. Desde que llegó la llamada de Irma Dorr y Sere se había dedicado a intentar, sin éxito, descifrar la clave que abría el maletín de la doctora Aguado.

Poco después del amanecer, apareció un email de Mari Paz en la bandeja de entrada de Sere.

Breve.

Escueto.

Doloroso.

Aura ve a Alex, sentada en la puerta del motel de Conchi. No ha querido esperar dentro, a pesar de la insistencia de

Mari Paz. La niña está hecha un cristo, con la piel quemada por el sol, despellejada en los hombros y en los brazos. Los labios en carne viva. Lleva chorros de Betadine por todas partes, como pinturas de guerra.

Aun así, tan pronto como el coche frena en el parking, Alex se pone en pie.

Se queda mirando a Aura correr hacia ella. Le parece una desconocida. Casi quiere husmearla, olerla igual que hace un animal con los de su clase, para verificar su identidad.

Aura no le da tiempo. La rodea con sus brazos, haciéndole daño en el proceso. Ninguna de las dos le presta demasiada atención a ese dolor, ocupadas como están encontrándose.

—Sabía que vendrías.

—¿Cómo? —dice Aura, sin parar de llorar.

—Porque tú eres mamá. Es tu trabajo que estemos bien.

Aura separa a su hija un instante, lo justo para mirarla a los ojos y empaparse de la confianza y la culpabilidad que le transmite esa frase grandiosa y terrible, y luego vuelve a abrazarla.

Con un solo brazo.

El otro está vacío, sin propósito.

Es horrible tener un pedazo de tu corazón fuera de tu cuerpo, colgando de un hilo. *Si hubieras sabido desde el principio que podrías perderlas de este modo brutal, doloroso… ¿las habrías tenido?*

Aura no deja de preguntárselo.

Cuando consigue reponerse lo suficiente, se incorpora y se enfrenta a Mari Paz.

No es fácil.

Éste es uno de esos momentos en los que uno desearía sinceramente no morir sino estar muerto ya, para sortear el sufrimiento y no hacer frente al desgarro que le aguarda.

Cuando los ojos de ambas se encuentran, el mundo se resquebraja.

—Siento no haber cumplido la promesa, rubia.

Aura no dice nada.

Tiene la mano derecha apoyada en el hombro de Alex, que no se ha apartado de ella. La otra descansa en el vacío, en la ausencia.

La distancia entre ellas es inmensa.

Insalvable.

Se sientan las tres a ponerse al día. Conchi se lleva a Alex a la parte de atrás, donde le sirve un almuerzo ligero en el comedor, con la tele encendida. Después vuelve a la recepción, y les pone allí delante vasos de agua fresca y un plato con fruta insípida recién cortada.

—Mi marido me ha dado permiso para cerrar el motel, mientras ustedes hacen lo que tengan que hacer. Vamos, le he dicho yo que me lo dé. Que ya me lo está dando.

—Sabremos compensárselo con creces —dice Aura, inclinando la cabeza con agradecimiento.

Conchi se retuerce las manos con ansiedad.

La pobre mujer, que se había quedado estupefacta cuando vio aparecer a Mari Paz y a la niña de madrugada, medio muertas. Que las había protegido y no había llamado a la policía. Que había comprendido, con muy pocas palabras.

Son pocas las que usa Aura, también, para explicar lo sucedido. Aún menos las que emplea Mari Paz.

—¿Qué vamos a hacer? —dice, al concluir.

Aura se vuelve hacia Sere.

—No puedo abrir el maletín.

—¿Es imposible?

—Necesitaría conocimientos que no poseo. Y herramientas que tendría que fabricar. No es imposible. Pero sí antes de mañana.

—En ese caso tendremos que ir a por ella —dice Mari Paz.

—Eso es muy mala idea —dice Aura.

—Se nos da fatal correr en dirección contraria a las malas ideas —recuerda Sere.

—Tú no lo entiendes —escupe Aura, con amargura.

Las tres caen en el silencio, doloroso y accidentado, como quien se cae de un caballo.

Aura no se cree las palabras que acaba de pronunciar. Ese agitar de carnet de madre que tanto le ha reventado siempre. Aún recuerda una vez, borracha en una fiesta, cuando una mujer particularmente molesta hizo algo parecido con ella.

No, tú no puedes entenderlo porque no tienes hijos.

No, me temo que mi coño aún no ha respondido a La Llamada. Aún sigue malgastando el tiempo en lo de darme placer.

Mari Paz no ha visto nunca a su amiga tan abatida. Desde que la conoce, Aura ha sido repelente en ocasiones, ha perdido los estribos con facilidad, se ha mostrado amable casi siempre y rabiosa otras tantas veces.

Jamás derrotada.

Es como ver al sol caer del cielo.

—Lo siento —dice Sere, intentando romper el silencio.

Aura le pone una mano en la rodilla.

—No importa que les entreguemos el maletín abierto o cerrado —dice—. No creo que nos dejasen con vida a ninguna.

La certeza de lo que acaba de decir Aura cae sobre ellas pesada, inamovible.

Cincelada.

La certeza del caos ofrece, sin embargo, un consuelo.

Una buena persona se enfrenta al caos con caballerosidad. Hace lo correcto porque ésa es la manera de causar el menor dolor y morir con el menor arrepentimiento.

—Dame el teléfono —le pide a Sere— y las llaves del coche.

Sere le pasa las llaves, pero le da un aviso antes de alargarle el móvil.

—Esto que ves aquí colgando —dice, señalando un cable que cuelga con un rudimentario pulsador, atrapado entre el teléfono y la funda rubí oscuro— está conectado a la batería. Si no lo aprietas, el teléfono no tiene energía. Si dejas de apretarlo, la batería pierde el contacto inmediatamente. Recuerda tenerlo en marcha el tiempo imprescindible.

Aura abandona el pobre refugio que ofrece el ventilador de la recepción, y sale al parking, donde el sol no da tregua.

Regresa al cabo de una hora, con un velo oscuro y denso sobre los ojos.

—¿Has hablado con don Misterios? —pregunta Sere.

Aura asiente.

—No estaba contento.

—¿Le has dicho lo de Cris?

Aura asiente de nuevo.

—¿Y va a ayudarnos?

Aura menea la cabeza.

—Pero ese tío tiene contactos. Podría…

—Parecía que estaba metido en su propia movida. No sonaba calmado, como otras veces. Le he dicho que estábamos a punto de conseguir el maletín, y que mañana lo tendríamos.

—¿Vas a entregárselo?

—Ni de coña —dice Aura—. No hasta que sepa qué es. No después de lo que me dijo Aguado.

—¿Te has ido lo bastante lejos para llamar? —dice Sere.

—Casi treinta kilómetros —dice Aura, devolviéndole el teléfono—. Aun así, no estaremos aquí mucho tiempo.

Sere la observa, intrigada.

—Me ha dicho dónde está Cris.

Las tres vuelven a guardar silencio.

Ya sólo queda una cosa por hacer.

Hace una eternidad, cuando Aura conoció a Mari Paz, supo enseguida quién era.

Qué clase de máquina era.

Para qué la habían fabricado.

Le pidió que renunciara a sus engranajes, porque no podría vivir con su conciencia, en caso contrario.

Ahora tiene que recorrer el camino inverso. Porque no importa todo lo que han luchado juntas, todos los pasos que han dado para sobrevivir. Cada batalla que han librado, solas o en grupo. Al final, el enemigo era demasiado fuerte, demasiado poderoso, y seguía sus propias reglas.

Aura comprende, por fin, qué clase de historia es ésta. No es *El conde de Montecristo*, nunca lo fue.

Esto es *Raíces profundas*. Y ella, la modesta granjera que suplica ayuda al pistolero errante. Herido y medio roto por fuera y roto del todo por dentro.

—Es una locura —avisa Mari Paz, cuando Aura vuelve la mirada hacia ella, entreabriendo los labios.

Aura lo sabe.

Y se queda en silencio, aguardando una respuesta de la que tiene idéntica seguridad.

Si el mismo Lucifer trazara una línea en la arena, Mari Paz estaría con Aura, cualquiera que fuera el lado que ella eligiera. No tiene que tomar una decisión, simplemente es así.

—Haré lo que me pidas —dice Mari Paz, al cabo de un instante—. Y se lo haré a quien sea.

Hace una pausa.

—Pero tienes que decirlo en voz alta.

Aura tiembla por dentro, pero lo esconde bien. Deseaba, egoístamente, que le ahorrase el mal trago, pero comprende que es justo que se lo pida.

Hay dignidad en su postura. El pulso firme, la cabeza erguida, los ojos resueltos. Tanta como en su respuesta breve y escueta.

—Mátalos a todos.

[Faltan muchas páginas antes de esta sección]

Ya no queda tiempo. La ingente cantidad de datos, fechas y lugares que he recopilado aquí debería bastar por sí misma para arrojar luz sobre la importancia capital de Constanz Dorr y de El Círculo en la historia secreta de este país.

No creo en la libertad.

Tú, lector, tampoco.

Muy pocos creen de verdad en la libertad genuina. Los humanos somos irresponsables, acomodaticios y gregarios.

Hay que estar loco para empeñarse en la libertad hasta el punto de pagar su precio, y por eso honramos a los de nosotros que son capaces. Nos quedamos admirando un momento sus estatuas —póstumas—, reparamos en la ligera desviación de su mirada, chasqueamos la lengua y procuramos irnos de allí discretamente.

Pero de no creer en la libertad a saberse ganado hay un trecho.

Además, los Dorr son sólo la punta de un iceberg. El Círculo es una complejísima estructura de poder, invisible, pero que si se ve amenazada actúa en bloque. Si alguien tuviese la fuerza necesaria para tirar de la cuerda a la que está atada Constanz Dorr, se le vendría encima el país entero y lo aplastaría.

Estamos a merced de El Círculo.

Ya sea con la financiación de partidos y el estrangulamiento de otros, con las cloacas, con los medios de comunicación que poseen —que son todos—, con los servicios de inteligencia.

O de forma física directa. Como hemos probado de forma inapelable en los capítulos anteriores, con el caso

████████████, o con el atentado contra ████████████.

En lo de Valencia.

Y, por supuesto, en la creación del Proyecto █████
████.

Nunca en primer plano, siempre al fondo de la fotografía. Siempre susurrando al poder, nunca ejerciéndolo. Una apisonadora bota amoral e invisible.

Heinrich Dorr dijo una vez que cuando les das el poder a los virtuosos, todo el mundo se muere de hambre. Y no sólo de hambre.

No pretendo juzgar al monstruo.

No soy tan ingenuo.

Tampoco lo odio, incluso aunque esté a pocas horas de que me devore.

Los hombres apostados bajo mi casa esperan ahora en el descansillo. No me queda comida, ni por supuesto dejan que se acerque ningún repartidor. Pensé en pedir ayuda a la vecina, pero no es posible. Han comprado todos los apartamentos del edificio, en tiempo récord. Los propietarios se han marchado casi con lo puesto. Me imagino lo que habrá costado algo así, y sonrío fascinado.

No odio al monstruo.

Concluyo este libro casi con admiración.

9

Una lista

Lo segundo de la lista son los hielos.

Dos sacos grandes de diez bolsas cada uno.

El marido de Conchi fue a buscarlos con la furgoneta. Los dejó en la puerta de la habitación y desapareció discretamente.

Aura los recogió y los vació en la bañera, llena por la mitad, hasta cubrirla.

Mari Paz se metió dentro, sin nada más que las bragas y el sujetador. El agua se volvió rosada enseguida. Tenía varias heridas que seguían sangrando, a pesar de los remiendos que se había hecho de cualquier manera.

—¿Cuánto? —pregunta Aura.

—Quince minutos.

Ella se sienta junto a la puerta, desde donde puede ojear el despertador de la mesilla de noche. Ve a Mari Paz agitándose, dentro del agua gélida. Se agarra al borde de la bañera con la mano derecha, que está a un par de centímetros de la suya.

Siente la necesidad de apretársela. De reconfortarla. Pero no se siente capaz. El sacrificio que ha hecho por ella, por las niñas, convive con el hecho ineludible de que Cris está ahora mismo en manos de esa gente. Y no culpa a Mari Paz, por no haber sido lo bastante fuerte.

A quien se culpa es a sí misma.

—Se ha cumplido el tiempo —anuncia.

—Un poco más —dice la legionaria, tiritando.

Aura mete una falange del dedo meñique en el agua y la saca a toda prisa.

—¿Para qué sirve?

La legionaria no le explica los efectos del adenosín trifosfato en el organismo, ni la biogénesis mitocondrial. Porque todos esos conceptos se le fueron de la cabeza hace mucho. Como siempre en la vida, se ciñó a lo importante.

—Con esto duele menos y te recuperas antes —resume.

—¿Y hay un límite?

—Con un poco de estoicismo te lo puedes fumar.

—Tu estoicismo está por encima de toda duda.

—Vete a pastar, ¿quieres?

—Pero acuérdate de lo que decía Séneca. Dios está más allá del sufrimiento. El verdadero estoico, por encima de él.

Mari Paz suspira.

—Un día tengo que ponerme a pensar en por qué *carallo* tanta gente intenta decirme cómo vivir mi puta vida.

—Un día. Pero no hoy.

Las dos se quedan mirando, con intensidad, y acaban

echándose a reír al mismo tiempo. Una risa explosiva, resonante, que empuja el aire contra los azulejos del baño.

—Sal —dice Aura, tendiéndole la mano.

Una mano que sirve para apoyar, razona, *no dolerá lo mismo que una que sirve para reconfortar.*

Cuando Mari Paz envuelve su mano con la de ella, Aura comprueba que el razonamiento estaba completamente equivocado.

Es la primera vez que se tocan desde que se despidieron, hace ocho meses. El contacto es breve, seco, funcional. Apenas el necesario para que Aura pueda ayudarla a incorporarse.

La mano de Mari Paz está gélida. Su piel, hinchada por el agua, pero aun así callosa y dura. Sus dedos rechonchos se aferran a ella como alicates.

Se pone de pie, salpicando agua fría y hielos por todas partes. Aura la envuelve con una toalla, y nota cómo sus músculos tiemblan como un motor al que se le han gastado las correas.

—Quítate las bragas y el sujetador, que están empapados.

Mari Paz se lleva la mano a la toalla, pero se detiene en el último momento.

—Date la vuelta.

—¿Por qué?

—Ya sabes por qué.

Aura se da la vuelta.

—A mí no me importa.

—Pero a mí sí.

Así que se queda girada hasta que Mari Paz le da permiso.

—Un día tendremos que hablar de esto —suspira.

—Un día. Pero no hoy.

Lo tercero de la lista se lo encargó Mari Paz a Sere.

—Un viaje a la farmacia, ¿y me eliges a mí?

—De todo eso no te pueden vender nada sin receta, locatis.

—Y me eliges a mí.

—A ver, por aspecto…

Así que Sere va a la farmacia del pueblo, acompañada por Conchi. Para el Nolotil inyectable no ponen demasiadas pegas, ni tampoco para los antisépticos, gasas, vaselina, vendas y útiles de coser.

Lo que hace que la farmacéutica ponga el grito en el cielo es el Elvanse de setenta miligramos.

—Eso no os lo puedo vender, prima, que eso es muy fuerte.

—Ya, pero es que nos hace falta.

—¿Me puedes decir para qué quieres tú lisdexanfetamina, prima, por el amor de Dios?

—Es para una amiga —tercia Sere.

—¿Y esa amiga para qué las quiere? —dice la farmacéutica, mirando a Sere de arriba abajo. Con su kimono más fresco, su abanico y el pelo recién salido de la ducha, todavía mojado.

—Pues no se lo va a creer usted, señora. Y como no se lo va a creer, pues no le miento.

—A ver, pruebe.

—Pues resulta que mi amiga era legionaria, de las fuerzas especiales —dice, dándole un golpe, *ras, ras*, al abanico—. Y hace unos días le pegaron un tiro en el brazo, y antes de ayer la torturaron y le dieron una paliza y la tiraron por un barranco.

Ras, ras.

—Y luego ella y una niña, que es hija de otra amiga, tuvieron que cruzar ellas solas el Barranco de los Mártires, y atravesar Larva, hasta que volvieron al pueblo. Sin agua, y con un dedo del pie y una costilla rota una, y con un esguince la otra que no podía ni andar. Que aquello era como la peli esa del Peter O'Toole pero a la andaluza. Y que llegaron deshidratadas a un sitio donde encontraron agua y ya pararon un coche y ya consiguieron llegar al motel de su prima.

Ras, ras.

—Pero resulta, que aquí viene el tomate, que los que le dieron la paliza a mi amiga...

—¿La de la niña?

—No, la legionaria. Preste atención, ¿quiere? Pues resulta que los cabrones estos se llevaron a la otra hija de mi amiga, que son además gemelas, pero que las distingues por el pelo y por la ropa, que si no, no. Que una vez me pasó que estábamos en el parque jugando...

Conchi le da un codazo, discreto, que le hunde el hígado y le ayuda a centrarse.

—¡Ay! Pues eso, que necesitamos las pirulas para ponerla a andar.

La farmacéutica se queda mirando a Sere, que ya ha dejado el abanico en modo refrigeración.

—Pues tenía usted razón, que no me creo nada.

—Si ya se lo decía yo.

—Yo respondo por ellas, prima. Tú dale lo que te ha pedido.

—¿Están ustedes seguras?

—Mi amiga sabe lo que necesita. Me recuerda a mi tío Jacinto, que también conocía su cuerpo a la perfección. Un martes nos llamó uno por uno a amigos y familiares para avisarnos de que se moría ese viernes. Ese sábado le enterramos. Era un hombre cabal, mi tío Jacinto.

La farmacéutica deposita sobre la mesa una caja blanca, sin rechistar.

Lo primero de la lista cayó en manos de Aura.

—Tienes que llamar a este número de teléfono y preguntar por el Cartagenero.

—¿No prefieres hacerlo tú?

—No. Será más fácil para todos así.

—¿Un amigo?

—No. Me estoy cobrando un favor.

Aura llamó al número que Mari Paz le había recitado de memoria. Contestaron al sexto timbrazo, un hombre con la voz rota pero amable, y menos consonantes en sus frases de las que recomiendan la prudencia y la inteligibilidad.

Aura le explicó al hombre lo que necesitaban. El hombre no negoció, ni hizo preguntas. Tan sólo tomó nota de la lista.

—Estaré ahí dentro de cuatro horas —dijo, antes de colgar.

Fueron más bien cinco. Tiempo que dedicaron a remendar a Mari Paz.

La tarde estaba bien avanzada cuando el hombre aparcó —de culo— un Nissan Juke en la puerta del motel.

Aura y Sere salieron a recibirlo, también por petición de la legionaria.

—Qué solanera hace, madre. ¿Y Celeiro? —dijo el hombre, echándoles un buen vistazo a las dos.

Él, cincuentón pasable. Vestido con vaqueros grises y una camisa azul que debía haber comenzado el día impecablemente planchada pero que ahora acusaba el kilometraje. Remangada de esa manera, los tatuajes que llevaba en los antebrazos saltaban a la vista. Tatuajes muy parecidos a los de Mari Paz.

—Nos ha pedido que nos encarguemos nosotras.

—Se podía haber molestado en saludar.

El tipo se encoge de hombros y abre el maletero del Juke, que podría albergar un quinteto de cuerda. En su lugar hay una maleta grande de resina con refuerzos metálicos en los extremos. Una de esas maletas que sólo pueden llevar dos clases de cosas, y el Cartagenero no tiene pinta de saber tocar la guitarra.

La tradición es la tradición, piensa Aura.

El hombre mira a izquierda y derecha, en el parking solitario de la carretera solitaria, antes de levantar las presillas de la maleta y abrir la tapa.

En un molde de espuma recortada duerme un pedazo de metal y plástico de color negro. Denso y peligroso. Parece absorber la luz de media tarde.

—Schmeisser AR15 —describe, despacio—. Modificado para disparo automático. Con mira telescópica, gatillo customizado en dos fases de ochocientos gramos de presión.

Levanta la primera bandeja de la maleta donde reposa el rifle, dejando ver la segunda, bastante menos ordenada.

—Seis cargadores de veinte cartuchos para el AR15. Correajes tácticos. Dos Glock de nueve milímetros. Algunas *chuminás* más por si le valen.

Cierra la maleta y se queda mirando a Aura y Sere. Éstas se miran entre ellas, y al hombre también.

—¿Lo pilláis o qué? —aclara.

—Sí, claro. Por supuesto.

Aura y Sere se apresuran a bajar la maleta cogiéndola por los laterales, y la depositan en el suelo.

—Le decís a Celeiro que como la pillen con esto el *esclavejío* va a ser pequeño, ¿estamos?

Aura asiente, pensando que ojalá le entendiera.

El hombre cierra el maletero del Juke de un portazo que hace huir a las palomas que dormían la siesta en los aleros del motel.

—Y le decís que estamos en paz. Que lo de Mostar está olvidado. Que me debe una, qué coño. ¿Estamos?

—¿Quién las cuenta? —dice Sere, intentando hacerse la graciosa.

—Pues, por lo visto, vuestra amiga —dice el tipo—. Hoy en día ya no hay altruismo en este mundo.

Y con un segundo portazo, se sube al coche y desaparece por donde ha venido.

10

Una cuneta

Mari Paz y Aura están tumbadas, boca arriba, en una cuneta. Son más de las dos de la madrugada.

A lo lejos, un grillo le mide las pulsaciones a la noche. Hace calor.

Ellas hablan, por llenar el tiempo, entre bocado y bocado.

—No quiero oír ninguna de tus ideas, rubia. ¡Nunca!

—Escocia. Estoy segura de que querías saberlo, por eso te lo digo. Escocia.

—¿Ésa es tu gran idea?

—Chica, será la última de nuestras aventuras.

—Escocia no será mejor que esto.

—Qué sabrás tú.

—Dime algo, rubia. Dame una buena razón.

—En Escocia tienen nuestras costumbres.

—¿De veras?

—Sí, allí casi no somos extranjeros.

—Los *fodechinchos* sois extranjeros en todos lados.

Aura se ríe, por lo bajo.

Ha descubierto que es capaz.

Incluso en ese momento.

Incluso con el corazón colgando de un hilo.

El plan no tardó mucho en esbozarse. Tres cabezas sobre el portátil de Sere, tres voces que hablan encadenadas, que se interrumpen, que casi se funden en una.

—No sabemos gran cosa sobre la finca —empezó Sere, enseñándoles las fotos de Google Images—. Tiene una casa principal, un par de edificios para el servicio. Eso es todo.

—¿No hay más resolución?

—Esto es lo máximo que me ha dejado acercarme. Toda la zona está borrosa, pero la silueta de los edificios se reconoce.

—Alex estará en el principal. Podríamos…

—No hay manera de entrar sin que nos vean, chocho.

—¿Y cuál es el plan, entonces?

—Entrar haciendo muchísimo ruido. Eliminar a toda la oposición con contundencia. Yo les distraigo y tú intentas colarte por detrás.

—Es muy peligroso para Cris.

—Presentarnos con el maletín y esperar que nos la devuelvan es igual de peligroso. En esto no hay certezas, rubia.

Se juegan la vida de la niña, hagan lo que hagan. Por acción o inacción. Si son dóciles, o lo contrario.

Será lo contrario.

Dejaron a Mari Paz dormir en el coche de camino. Tres horas largas. La legionaria se tumbó atrás, abrazando una almohada consistente en cuarenta y cinco kilos de niña de once años.

Esta vez van a ir todas juntas.

Alex va a ir con ellas. Sere conducirá en la última parte del camino y les dejará a Aura y a ella, antes de alejarse de nuevo y esperar en un punto de la carretera a que regresen Aura, Mari Paz y Cris.

Esta vez no van a separarse.

Sere las dejó a ambas a doce kilómetros del acceso cerca de la medianoche. No podían correr el riesgo de usar un coche, por si había alguna medida de seguridad que alertase de su presencia.

Aura se despidió con un movimiento de cabeza de Sere y con un beso breve de su hija. Deliberadamente escueta en el afecto. Aquello no era una despedida.

—Hasta luego.

Alex agitó la mano, viéndolas partir. Su madre, con vaqueros y chaqueta negros, botas y una mochila. Mari Paz cargada como si fuera a la guerra, que es justo a donde iba.

Siguió agitando la mano —y conteniendo las lágrimas— hasta que las dos doblaron un recodo de la carretera.

Y aquí están, en la cuneta, tumbadas, a pocos metros del acceso a Los Poyatos. Llegar les ha costado un par de horas andando, con tan sólo un descanso breve para beber agua y comer algo. Este segundo descanso es para abandonar todo lo que no van a necesitar y prepararse.

Aura se masajea las piernas y mete en una bolsa de plástico todo lo que no va a necesitar. Restos de unos sándwiches hipercalóricos, dos botellas de agua ahora vacías.

—Ve a mear, también —le dice Mari Paz.

—No tengo ganas.

—Es por las anfetas. Tú ve.

Aura va y orina con fuerza, como si llevara horas aguantándose, aunque su cerebro no le había avisado. Mari Paz le había dado una cápsula de lisdexanfetamina. Ella se había tomado tres.

—En cada salto nos atiborraban de éstas. Yo tengo más tolerancia y peso mucho más —se había excusado, ante la mirada de extrañeza de ella.

Lo cierto es que a Aura la droga le ha quitado de golpe el cansancio y ha aumentado su concentración. Cuando regresa junto a la legionaria, se siente fuerte. Incluso su miedo se ha reducido un tanto.

Cuánto se debe a las pastillas y cuánto a la carcajada que le ha arrancado Mari Paz, no lo sabe.

Vuelve a reírse, sin poder evitarlo, como si unos dedos fuertes y rápidos le estuvieran haciendo cosquillas. Es angustioso y emocionante, y hace que su corazón palpite más deprisa, aunque no de felicidad.

Mari Paz apura el cigarro que se estaba fumando y le pone la mano en el hombro para infundirle ánimo. Eso es todo. Aura agradecería una frase tranquilizadora, pero no la hay.

—Tengo algo para ti —dice Aura.

De la mochila saca lo que llevaba al fondo. Que no estaba en la lista, pero que sabía que ella iba a necesitar. Ha venido cargando con ella desde que la recogió en el piso, hace una eternidad.

La saca de la mochila, doblada con cuidado en tres, y se la alarga.

—Recibí el mensaje —dice.

Mari Paz se queda mirando un momento su vieja y gastada chaqueta de sarga. Lo primero que hace es palpar en busca de su medalla. Lo segundo, recordar el momento en el que renunció a llevársela, con gran dolor de su corazón.

La promesa que hizo.

Pocos impulsos son más peligrosos para el bien común que el heroísmo, en especial cuando la audiencia es la mujer que amas.

—A la gente, rubia, no hay que juzgarla por las promesas que cumplen. Sino por las que mantienen.

Aura no dice nada mientras Mari Paz se pone la chaqueta —operación que lleva un rato.

El nudo que se le forma en la garganta le dura todo ese rato, y un poquito más.

11

Una garita

Son dos hombres, de pie junto a la barrera.

De ordinario el acceso no está vigilado más que por cámaras. Mari Paz no tiene esa suerte, o quizás sí que lo sea.

Durante el último tramo, la caminata andando, se ha estado examinando a sí misma. La costilla rota no le molesta demasiado, con las inyecciones de analgésico y cuidando la respiración. Si no sube el ritmo para no necesitar demasiado aire, podrá controlar el dolor.

Al menos hasta que todo empiece.

Su cuerpo está en la zona roja. Si la viera un médico le diría que necesitaría una semana para recuperarse antes de plantearse ir a por tabaco.

Cris no tiene una semana.

Ni siquiera con todos los remiendos que le han hecho podrá aguantar mucho sin desplomarse. Calcula que tiene diez o doce minutos de pelea al máximo nivel en el depósito. No más.

Durante el paseo ha estado pensando qué le diría su antiguo sargento sobre esa incursión en solitario. Más allá de que tenía algo roto en la cabeza, y que tenía que hacérselo mirar. Pero si lograba superar ese detalle, el resultado sería que no puede llevar la lucha a ellos. Son ellos quienes tienen que llevarla en su dirección.

De ahí que la presencia de los dos hombres en la garita sea una suerte.

Deja a Aura esperando en la cuneta y se acerca a ellos trazando un rodeo entre los matojos, caminando encorvada, aprovechando la oscuridad. A esta hora —quizás la peor de una guardia, y Mari Paz ha sufrido muchas— están cansados y dispersos. Hablando entre ellos. Puede escuchar su conversación con nitidez.

—¿Has visto el nuevo VT-16?

—Sí, ya me habían hablado de él. Es algo extraordinario.

—¿Qué ha sido eso?

—Nada, no te preocupes.

Eso había sido Mari Paz, cruzando el último metro de espacio libre tras ellos. Apenas se ha extinguido la última sílaba de la frase tranquilizadora del de la derecha, cuando Mari Paz ya saluda con voz dulce.

—*Boas noites*. Me vais sacando las armas y las dejáis caer al suelo *amodiño*, ¿sí?

Lo de *amodiño*, que es despacito —pero despacito y con calma, sin apresurarse, prestando atención—, no lo entienden, pero lo deducen del contexto.

El contexto es que Mari Paz apoya el cañón de una de sus dos pistolas en la cabeza del de la izquierda, dejando su cuerpo entre ella y el de la derecha, al que está apuntando con la otra pistola.

Los dos hombres obedecen sin protestar gran cosa. Mari Paz les hace andar un poco hacia adelante. Luego les manda arrodillarse, uno delante del otro. El de más atrás coge las esposas que el otro lleva en el cinturón y le esposa las manos a la espalda. El de delante se tumba boca arriba. El de más atrás se pone una de sus propias esposas en la muñeca. Mari Paz le pone la otra —la parte más delicada y tensa de la operación—, y le manda a su vez tumbarse. Ella saca del bolsillo lateral de la mochila unas cuantas bridas de plástico y les ata los pies con cuidado. No quiere que salgan corriendo.

Cuando acaba el proceso, Mari Paz tiene a dos hombres inmovilizados boca abajo, sus armas metidas en el cinturón y una taquicardia incipiente. Está jadeando por la tensión, la sangre le zumba en los oídos y la costilla ha vuelto a dolerle una barbaridad.

Aguanta. Aguanta, carallo.

Mari Paz se apoya en la barrera de seguridad. En parte para resistir el dolor, en parte para resistir las ganas de fumar. Lo primero le sale malamente, lo segundo peor. Se ha liado varios pitillos por anticipado. Como era su costumbre cuando estaba en la BOEL y tocaba misión al día siguiente. Servía para calmar el temblor de manos, servía para ahorrar tiempo sobre el terreno. Servía para pensar que a lo mejor (*ja, ja, qué risa*) esos cigarros te sobrevivían, y no se los fumaba nadie.

Apoyada en la barrera, saca uno de los cigarros —que ha trasladado al bolsillo delantero de la chaqueta de sarga—, se lo enciende sin los paripés de siempre y mira a esos dos hombres del suelo. Vestidos de negro, con camisas y pantalones negros de trabajo. Llevan el logo de una empresa de seguridad que ella no reconoce.

El esfuerzo de reducirlos ha sido brutal. Innecesario desde el punto de vista táctico. Podría haberlos abatido desde la cuneta en menos de diez segundos.

Pero los dos hombres del suelo no le habían hecho nada. Eran obstáculos entre ella y Cris, pero no dejaban de ser personas. Empleados. Gente a quien están esperando en algún sitio, alguien.

Cuando todo empiece de verdad, cuando vengan a por ella, será distinto.

Puede que sea una cabrona, pero no soy una puta cabrona.

Puede que la diferencia sea sutil.

Que sólo le importe a ella.

Pero existe.

—Ya puedes salir, rubia —dice, en voz alta.

Aura se une a ella al cabo de unos segundos.

—Ve pegada a la valla —le recuerda, señalando el terreno que hay a su espalda—. Pero no muy pegada. Deja cinco o seis metros, por lo menos. Ve deprisa, pero no muy deprisa. Cuando veas las luces de la casa grande, espera cerca de la zona de la piscina.

—Todo eso ya me lo has dicho —dice Aura.

—Pues tirando millas —responde Mari Paz.

Seca. Profesional.

No gira el cuello cuando ella se marcha. La costilla ha ido poco a poco aumentando su presencia. Bastante tiene con no dejarse caer al suelo junto a los hombres.

—Ahora me vais a hacer un favor —dice, poniendo la mano sobre el hombro del más alto—. ¿Quién de los dos es el más listo?

—Él —responden los dos a la vez.

—Enhorabuena.

Como tanto da, coge la radio del primero y se la pone junto a la boca.

Le dice lo que tiene que decir.

Le obliga a repetirlo, hasta que lo clava.

Después coge una de las pistolas que les ha quitado a los dos hombres, apunta hacia el cielo y aprieta el gatillo. Una, dos, tres veces.

—Ahora —ordena, apretando el botón de la radio.

—Casa Grande, aquí Entrada. Nos están disparando, repito, nos están disparando. Son tres asaltantes armados.

Mari Paz vuelve a disparar, dos veces más.

—Y ahora callados, y todavía lo contáis —dice, mientras les quita las radios a ambos.

Después se agacha por debajo de la barrera y se interna en la finca.

Pasada la garita, el camino se divide en dos. Uno angosto, de tierra prensada. El otro de asfalto, suficiente para permitir el paso de dos coches. El primero rodea la finca por el lado contrario al que acaba de enviar a Aura.

Una entrada de servicio.

El segundo se interna directamente en un bosque de encinas. Al norte hay un lago, alrededor del cual discurre la carretera, tenuemente iluminada por balizas cada veinte metros.

Hay una depresión que forma una loma entre los árboles justo donde la carretera se bifurca. Mari Paz se arrodilla ahí y se quita el AR15 del hombro.

Le cuesta respirar sin dolor.

Considera otra anfetamina, pero su ritmo cardiaco está alto. No iba a hacerle ningún favor. En lugar de ello se decide por otro de los Nolotiles inyectables. Quiebra el cuello de la ampolla entre el índice y el pulgar y se echa el contenido —amargo— bajo la lengua. Lo mantiene ahí todo lo que puede, aunque escueza un poco, dejando que el medicamento se filtre a través de las mucosas.

Mari Paz permanece allí, de rodillas, atenta al recorrido que las moléculas del metamizol magnésico del Nolotil efectúan a través de los surcos de su cerebro, donde se acaba de despertar la endorfina del optimismo, si tal cosa es posible en alguien nacido al otro lado del macizo Galaico.

Ya escucha los motores.

Ya vienen.

12

Un dechado de autoridad

Cuando se corta la comunicación, se activa el protocolo.

Al primero al que avisan es a Julio, el mayordomo y responsable de seguridad. Estaba dormido, pero con un sueño ligero y culpable. Tan pronto suena su móvil, se echa agua en la cara, se pone los pantalones y se presenta en la zona del edificio B en la que los vigilantes tienen su oficina, vestuarios y sala de descanso.

—¿Qué está sucediendo?

Le explican. Él da órdenes. Claras, concisas. Un dechado de autoridad. Un asalto frontal. Reprimirlo antes de que se adentren en la finca. Todos los vigilantes —incluso los que estaban descansando— se personan en la oficina a toda velocidad. Hacen cola frente al armero. Pantalones negros, botas negras, gorras negras. Tela, cuero, plástico. Madera que cruje bajo pies pesados. Recogen escopetas Franchi SPS-350 y fusi-

les de asalto HK G36. Salen al patio que une los edificios ane-
xos del servicio. Son ocho, que se reparten en dos potentes
Land Rover Defender, uno verde y uno gris.

Julio informa a Irma a través de su móvil. La encuentra de
un humor extraño. Él no. Él está exultante. Después de la
discusión silenciosa que mantuvieron acerca de la niña, esto
le da una oportunidad de resarcirse de su culpabilidad y de su
frustración. No pensar, sólo actuar.

Ella le da órdenes.

Él las ignora.

El mayordomo da instrucciones al primer todoterreno
para que baje por el camino de servicio hasta la entrada. El
otro coche, al que se sube él, irá por el principal. Avisan por
radio a la patrulla que recorre el perímetro para que se diri-
jan a la garita. Harán un movimiento de pinza. Llevan armas
automáticas. Caerán sobre el enemigo desde tres puntos distintos.

Imparables.

13

Un poco de paciencia

Mari Paz respira hondo. Después del Nolotil, el dolor en el pecho es como música mala que atrona en el piso de al lado. Lo sufre, pero no va del todo con ella.

La tierra está húmeda en ese punto en el que está tumbada. Un vergel en mitad del desierto. Cientos de kilómetros de tubo de riego automático superficial. El que rodea el árbol junto al que ella se ha apostado aún tiene una gota colgando. Mari Paz resiste el impulso de aproximar la boca y recogerla con la punta de la lengua.

Su cuerpo percibe la frescura y la exuberancia, la inmensa comodidad de la tierra blanda, su repentino regreso a un mundo donde el agua no cuesta nada. Por primera vez desde que abandonó el desierto se siente a punto de derrumbarse. Su cansancio insiste en descansar, pero si descansa morirá.

Escucha los motores.

Ya vienen.

Tal y como había previsto, los coches vienen hacia ella desde dos puntos distintos. Puede ver al que baja por el camino de servicio, con los faros encendidos. Debe de estar a unos ochocientos metros. Apoya el AR15 sobre la hierba, eligiendo bien la posición. El camino baja en un ángulo de unos cuarenta grados respecto a su posición. Preferiría algo más directo, que le ofreciera un buen blanco del parabrisas, para poder centrarse en el conductor, pero no le supone un problema.

Aquellos hombres tampoco.

Están armados, son mayores de edad y vienen a matarla, no a dialogar.

No siente gran cosa cuando pone el dedo sobre el gatillo. Calma, quizás. El coche es un blanco claro, no hay obstáculos ni posibles daños colaterales. La memoria muscular y la técnica se despliegan ante ella como un hermoso vestido, colocado sobre la cama. Un vestido confortable, algo apolillado y polvoriento, pero que encaja sobre su cuerpo y se pega a la piel.

Técnica.

Cálculo.

El coche se mueve a una velocidad de entre quince y veinte metros por segundo. A esa velocidad alcanzará su posición en cuarenta segundos. La verán, sin duda. No ha hecho gran cosa por esconderse. No había mucho dónde, tampoco.

No necesita cobertura.

Necesita posición y distancia.

Con el rabillo del ojo ve cómo un segundo coche se acerca por el camino principal. Más lejos pero más deprisa. Demasiado tarde para cambiar de blanco ahora.

Presiona el gatillo.

El AR15 tiene un retroceso brutal. La culata envía una coz contra su hombro de veinticinco *joules*. Desentrenada como está, débil como está, no puede absorberla toda con el hombro. Esa energía se escurre por su torso, directa a la costilla rota, como si ésta fuera el desagüe.

Duele.

Duele más el fallo.

La bala ha pasado por encima del techo del coche. Hay que corregir el ángulo de ataque. Apuntar ligeramente por delante, hacia el vacío donde estará.

Dispara.

El segundo proyectil revienta la ventanilla del conductor. El coche da un ligero volantazo, y se frena un poco. Podría haber acelerado, una reacción igualmente esperable. Pero frena. La ventanilla de detrás del conductor se baja, alguien dispara en su dirección. Mari Paz dispara al hueco que acaba de abrirse, dos veces.

Un quinto tiro, de nuevo a la ventanilla del conductor. Un sexto, un séptimo. El coche se sale del camino, esta vez recorriendo una circunferencia muy abierta.

El conductor está muerto, o herido grave.

Escucha más disparos. Éstos vienen del camino principal. Y zumban más atinados. Uno impacta en el árbol junto al que se ha apostado. Astillas y trozos de corteza caen sobre su espalda.

No se concede prestarle atención al miedo. Un poco de paciencia. Técnica. Es imprescindible acabar con el primer coche. Ahora que está más cerca, a menos de ochenta metros, puede ver que es de color verde. Está frenándose, en parte por la curva que está trazando, en parte por las sacudidas del terreno abierto, en parte porque el conductor ha dejado de presionar el acelerador. A través de la mira puede ver su rostro destrozado, inerte, rebotando al compás del coche.

Dispara de nuevo contra el asiento del copiloto. Tres veces. Esta vez encaja las tres balas sobre el parabrisas, con una distancia de menos de un palmo entre ellas. Forman tres diminutas telas de araña del tamaño de una pelota de golf. No tiene tiempo de esperar a ver el resultado, porque una de las puertas traseras se está abriendo.

Esta vez no dispara al hueco de la puerta, sino al suelo que hay bajo ella, y un poco por detrás. Sus disparos once y doce se pierden, el decimotercero revienta el pie del que se estaba bajando, haciéndole caer al suelo. El decimocuarto le entra por la clavícula, el decimoquinto por la garganta.

Una rociada de balas, proveniente del segundo coche, pasa a menos de medio metro de su pierna. Uno de los que van en el segundo Land Rover Defender va asomado a la ventanilla, y ha localizado perfectamente su posición.

El vehículo está a menos de cien metros y sigue acelerando. Mari Paz echa cuentas de las balas de las que dispone en el cargador.

Cinco.

Sin tiempo para recargar.

Sólo queda jugársela.

Dos balas más silban junto a sus oídos. Otra media docena, por encima de su cabeza.

Con extrema calma, sin agobiarse, Mari Paz desmonta las

cabrillas del AR15 con un gesto seco y gira en dirección al coche que viene hacia ella. No tiene tiempo de montar el fusil de nuevo. El terreno es irregular. La única manera de conseguir estabilidad es apoyándose en el antebrazo izquierdo. Se muerde el labio inferior ante el dolor que va a devenir cuando apoye todo el peso del arma sobre él. Gracias a Dios —y a Aura— por la chaqueta de sarga, que alivia el trago. O al menos envuelve el sufrimiento en cercanía.

El coche viene de frente hacia ella.

Acertar es muy difícil.

Fallar, imposible.

Pone toda su fe —y los cinco disparos que le quedan— en el mismo blanco, como el jugador pelado de fichas, de madrugada, arroja el reloj desesperado al centro de la mesa, confiando en que el crupier haga el resto.

Los cinco disparos impactan en el parabrisas del Defender gris —ahora puede ver que es gris, o quizás azul claro—. Forman una línea irregular y escarpada, como si una bestia hubiera descargado su garra contra el cristal. Tres de ellos revientan la caja torácica del conductor, uno desaparece por la ventanilla trasera, el último le destroza la mandíbula. El coche se para de golpe, como si lo último que hubiera podido hacer el conductor antes de morir hubiera sido clavar el freno.

Las dos puertas traseras se abren al mismo tiempo. Mari Paz no tiene más remedio que rodar sobre sí misma y parapetarse detrás del árbol, mientras una lluvia de balas destroza el tronco de la encina, enviando trozos de madera por todas partes.

El AR15, descargado, queda a un metro de ella. Podría estar en Marte. O en Murcia. Ahí va toda su ventaja.

Saca la Glock. Nueve disparos. Frente a dos tipos que la van a flanquear con automáticas. No hay posibilidad de que salga con vida. Salvo si les da un infarto, quizás.

Entra en juego entonces la estupidez. La ajena. Los dos vigilantes a los que había mandado el mayordomo a ir contra ella aparecen en el camino, viniendo desde la garita. Alguien grita. Los del coche no han dejado de disparar. Los que llegaban se han metido en el fuego cruzado. Uno de ellos cae abatido, el otro devuelve los tiros en mitad de la confusión.

Mari Paz aprovecha para volverse hacia el AR15. Más balas zumban alrededor de ella. La legionaria consigue agarrar el arma por el cañón. Está caliente al tacto, pero no quema. Tira hacia ella. Se encoge, se tapa la cabeza. La técnica y la memoria muscular han cedido al caos y al miedo. A la improvisación. A la suerte. Es la guerra, donde la muerte se muere de risa y la vida se muere de llanto.

Dispara, mientras tira hacia ella del rifle, con la pistola. Más a bulto que sabiendo. Una figura se desploma delante de ella, dándole un instante para recargar el fusil.

Quedan dos.

Los dos que se bajaron del coche gris.

No queda otra que ponerse en pie. Aprieta la espalda contra el árbol. Dispara dos veces para distraerles, por la izquierda. Corre hacia la derecha, aprovechando la ligera ondulación del terreno. Las balas arrancan nubes de polvo y piedras a pocos centímetros de sus pies. Un poco más lejos el bosque de encinas se vuelve más denso. ¿Suficiente como para perder a sus perseguidores? No. Pero al menos les ha quitado la posibilidad de flanquearla. Se agacha tras un arce joven, de ramas delgadas, cargadas de follaje denso. Las hojas son pequeñas y muy finas.

Una cobertura imperfecta.

Los dos hombres aparecen en el sendero, siguiendo sus pasos. Ellos conocen el terreno, ella no. Ellos son dos, ella no.

Ellos son unos aficionados. Ella no.

Con una leve presión del pulgar en la palanca sobre el gatillo, cambia la selección de disparo a automático. Peligroso en manos menos capaces y fuertes. Es fácil dejarse llevar y vaciar todo el cargador con una sola presión del dedo. Pero la legionaria tiene el cuajo suficiente como para repartir. Medio cargador al de la derecha. Otro medio al de la izquierda.

Y eso es todo.

El final de la ardua pelea es sucio, embarullado y anticlimático. Termina con un silencio. Sin frases grandilocuentes, ni gloria. Habiendo durado un par de minutos que han parecido un par de años. Termina salvando el culo gracias a quinientos gramos de talento y un kilo de suerte.

Termina como todas las putas batallas en las que ha estado. Con la bilis atascada en la garganta. Se toma un instante para acabarse la última botella de agua que le queda, y dos instantes para tres caladas apresuradas a un pitillo, tapando la brasa con la mano, no vaya a ser.

Recorre el campo de batalla, en la tediosa tarea de asegurarse de que ninguno de aquellos va a volver a tocarle las narices. Esa parte de su trabajo que no sale en las películas.

La limpieza.

Dentro de ambos coches sólo quedan muertos o heridos graves. Ninguno en condiciones de empuñar un arma. En el asiento del copiloto del coche gris hay un hombre vestido con una chaqueta que fue blanca antes de tener un agujero del que brota rojo. Calvo, grande. Aún empuña una pistola, con una mano sin fuerzas. Mari Paz le quita el arma con cuidado, deja caer el cargador y la arroja lejos. El hombre mira a la legionaria con impotencia y frustración.

La frustración la comparten.

Mari Paz confiaba en que Bruno estuviera entre los abatidos.

No lo está.

Lo que significa que tengo que seguir con mucho, muchísimo cuidado.

Bruno, dos minutos antes

Cuando por fin despierta, Bruno tiene 43 llamadas perdidas de Irma.

Ha pasado el día durmiendo, y ahora está jodido, boca arriba, con el pelo grasiento y sucio. Aún no ha pasado por la ducha.

Ha pasado el día haciéndose preguntas.

¿Qué preguntas?

A qué cosa habría podido dar vida si hubiera dedicado a quién sabe qué otra empresa la enorme energía que corre por sus venas. No es ciego ni tonto. No va sobrado de inteligencia, pero sí de astucia e intuición. Ha comprendido la esencia del mundo, ha captado, con una perspicacia agudísima, feroz, el modo en que funciona. Su esquina del mundo, al menos. Y es una esquina sombría y despiadada. Sabe que existe otra esquina del mundo más luminosa. Una esquina en la que algunas personas tienen la fortuna de invertir sus fuerzas para crear algo más hermoso que ellas mismas. La ha visto, a través de cristales ajenos. Como conocimiento, no es gran cosa. Sabe que existe del mismo modo que una persona que hojea un atlas sabe que existen costas lejanas y mares insondables. Nunca ha estado en esos lugares, ni estará. Constanz se aseguró bien.

Cuánto la odia por ello.

Cuánto se lo agradece.

Cuánto la echa de menos.

Está tumbado en la oscuridad, empapado en sudor, mirando las aspas del ventilador que da vueltas en el techo. Junto a él, medio tapada por la almohada, hay una pistola. Una botella vacía de Martell Cordon Bleu en la mesilla de noche. Sonaría *This Is the End* si tuviera radio.

Cuando la vibración del móvil le arranca por fin del sueño, ve las cuarenta y tres llamadas perdidas. Esto no había pasado nunca. Un descuido así, el teléfono en silencio. Con Constanz no habría pasado.

Escucha disparos en el exterior.

Bruno se pone en pie. Sólo pantalones, sin camiseta. Gotas le resbalan entre los pectorales.

Coge la pistola.

Cruza la puerta. El aire de fuera le llena los pulmones de energía maniaca y alucinada. El alcohol y la cocaína algo tienen que ver. Pasa junto a su coche, sin verlo.

Corre entre los árboles, en dirección a los disparos. Su casucha, el único hogar que ha conocido, está a mitad de camino entre la casa y la garita. Llegar le lleva pocos minutos, pero cuando llega ya es tarde. Ya ha pasado todo. Sólo hay cuerpos tirados en la oscuridad.

Va de uno a otro, contemplando el horror. Reconoce el

Defender verde de los vigilantes. Y el gris, que solía usar Julio dentro de la finca. La carrera le ha aliviado un tanto los efectos del alcohol en el organismo, pero también ha servido para dotar al campo de batalla de una cualidad onírica, irreal. Con bordes serrados y luminosos.

Abre la puerta del Defender gris. Ahí está Julio. El mayordomo le cae bien a ratos, porque es consciente de quién es Bruno, y ha procurado siempre quitarse de su camino. Estaba ahí como están los muebles imprescindibles. Seamos sinceros, ¿cuántas veces al día piensas en el sofá de tu salón? Salvo cuando tiene un agujero en la tapicería blanca por el que chorrea sangre.

Bruno le toca en el hombro.

El leve roce —amistoso, casi— parece despertarle.

El mayordomo separa los labios, tratando de reunir suficiente aire.

—Agua —consigue pedir.

Bruno se mete la pistola en la cintura de los pantalones y busca alrededor. En el reposabrazos que separa los asientos del copiloto hay una botella mediada de Solán de Cabras. Le quita el tapón y la acerca a la boca del herido, que traga con esfuerzo.

—¿Quién ha sido?

—Celeiro —susurra el mayordomo.

Bruno se queda atónito. El apellido no parece corresponder con el de la persona a la que él conoció. La persona a la que él conoció, a la que torturó y engañó, a la que siguió a escondidas, con la que peleó y a la que arrojó por el barranco, era sólo un ser humano. Rota y desbordada por la astucia de

Bruno, que había jugado con cartas marcadas. El escenario que ha dejado atrás, repleto de cadáveres, se parece más a la concepción que tiene Bruno de sí mismo. La de un ser ficcional, un fantasma, alguien que deambula entre el sueño y la vigilia, la vida y la muerte. Alguien que no pertenece a la esquina iluminada del mundo. Se siente frustrado por no haber cedido a su primer instinto, cuando la tenía a su merced y supo que era alguien con quien tener una auténtica conversación. Alguien tan parecido a él, que merecía la pena ser conocido.

Ahora eso no puede suceder.

—¿Ha ido hacia la casa?

Julio coge a Bruno por el brazo. Su agarre es débil, como una caricia involuntaria.

—No vayas —le dice—. No vale la pena morir por Irma Dorr.

—Depende de quién muera, ¿no?

Los labios de Bruno se aprietan en un cruel remedo de sonrisa.

Se parece demasiado a su padre, piensa Julio.

—Tengo que contarte una cosa.

Sabe que va a morir. Tiene apenas unos minutos, está más allá de toda ayuda. Así que reúne todas sus fuerzas y habla. Habla de Bruno y de Constanz. Habla de lo que hizo Constanz con Irma.

Es un resumen apresurado e inexacto, pero contiene unas cuantas verdades.

A medida que el mayordomo habla entre espumarajos sanguinolentos, el despecho en los ojos de Bruno llega hasta lo que pasa por su alma. Y cala bien adentro, empapándolo todo.

No se puede cambiar la naturaleza de un animal como Bruno con unas pocas frases, al igual que no puedes cambiar la naturaleza de un prisma cuando diriges sobre él un rayo de luz. Pero si giras el prisma en el ángulo exacto…

Julio no llega a contarlo todo. Muere antes. Bruno aún se queda ahí unos pocos segundos más, esperando, por si brota algún sonido más de su pecho, ahora inmóvil.

Después empuña la pistola y se dirige hacia la casa.

Antes de concluir, una última nota. Una última pieza del puzle, por si alguien que encuentra este libro es capaz de continuar mi trabajo.

Los Dorr matarían —han matado— para ocultar sus secretos.

El más terrible de ellos, sin embargo, no tiene que ver con su actividad económica o política, sino con esa locura congénita de la que cada vez estoy más seguro.

Esto me lo contó Lucas Barandiarán, el marido de Irma Dorr, poco antes de morir.

Irma y él nunca tuvieron hijos, por más que lo intentaron.

La causa, según Lucas, no fue la infertilidad de Irma, sino un embarazo anterior "que la había destrozado por dentro".

Grabé las declaraciones de Lucas. Dudo que la cinta sobreviva, así que las copio aquí. Además, estaba muy alcoholizado cuando me lo contó. Por mala que sea mi letra, así se entiende mejor.

"Tardó mucho en confesármelo. Esto fue un año o así antes de que se liara con el jardinero. Entonces todavía éramos amigos, creo. Yo... no sé, hice muchas cosas mal, no lo dudes, pero la escuchaba. Cuando se abría, la escuchaba. Es una... Es jodido el amor, ¿verdad? Es una mierda el matrimonio, pero si alguien te escucha, merece la pena, creo.

Y ella se abrió, entonces. Ya habíamos perdido la esperanza de tener hijos, y yo pensé que quizás a lo mejor es eso lo que nos salva, ¿no? A lo mejor ahora podemos acercarnos sin un trabajo por delante. Y esa noche, ella y yo... no habíamos bebido, creo. Hicimos un viaje de fin de semana al lago de Como, tienen una casa allí, y me lo contó. [...] No fue... no fue una confesión íntima, abrazados después de follar, ni con una cena, ni nada de eso. Me llamó al baño, estaba allí, en la bañera, con el agua hasta el borde, y ella con la barbilla levantada por encima del agua, como una niña en clase de natación.

Simplemente empezó a hablar. Porque quería, ¿sabes a lo que me refiero? Porque quería contarlo. Ella era... es así.

Y me contó que fue cuando tenía veintidós años. Era la Navidad de 1994, y su tío Friedrich había salido del hospital psiquiátrico. [...] No, no. No sé cuánto tiempo. Muchos años. Había violado y asesinado a una prima, no recuerdo el nombre. Podría preguntárselo a Constanz (se ríe con amargura). Ellos lo saben todo, lo conservan todo en unos libros. Todos los recuerdos, los nombres. Están obsesionados con ellos mismos, ¿sabes?

Su tío... debía de tener sesenta años entonces, pero era alto, era fuerte. Son duros, los cabrones de esa familia. Duros y longevos, aguantan. No enferman... [...] Y Constanz odiaba a su hermano, pero era lo poco que le quedaba, era... era jodido verla ahí, en conflicto, pero quería verle. Quería que volviera. Organizó una cena de bienvenida en Los Poyatos, todo fue bien.

Esa misma noche, se coló en la habitación de Irma. Le puso un cuchillo en la garganta y la violó. E Irma no dijo nada, nunca. Ni a Constanz ni a nadie. Me dijo que era la primera vez que lo contaba. Allí, con la espuma que ya se iba y el agua que se enfriaba, y ella estaba allí desnuda, y abrazándose las piernas, y contando esto por primera vez. No me atreví a tocarla.

[...]

Y luego Friedrich se fue de casa, y murió a los pocos meses, dicen que de una embolia, pero Irma cree que se suicidó.

Cuando el embarazo se empezó a notar, Irma dijo que era de un chico al que había conocido en la universidad. Constanz no quiso que abortara, ni Irma fue capaz, aunque quería, me dijo. Me dijo que quería con todas sus fuerzas quitarse aquello de dentro, pero que no podía, como si fuera a pasarle algo malo si lo hacía. [...]

Y cuando nació, al niño lo dieron en adopción. Pagaron a una mujer para que lo llevase, una tirada de Sevilla, medio fumada siempre. [...] En este tipo de cosas son expertos. [...] Fue ella la que figuraba como madre biológica.

Y yo creí que eso era todo, así que le cogí la mano para consolarla, porque creía entender. Pero ella la retiró, como si le quemase, o más bien como si... como si no se mereciera que la tocaran, ¿entiendes? Y me dijo: "Espera. Aún hay más". Y el agua de la bañera ya se había empezado a retirar, y le había dejado los hombros al descubierto, tenía la piel de gallina, debía de estar helada, pero siguió hablando.

"Llevo huyendo de esto toda la vida", me dijo. "No importa cuánto dinero y poder tenga una mujer", me dijo. "Siempre estamos huyendo de algo".

Y me dijo que Constanz no había dejado de vigilar al niño... y que un día se escapó del orfanato e hizo

algo, algo malo. Irma no me quiso decir qué. [...]
Creo que ya entonces su propio hijo le daba miedo. Y
que cuando lo llevaron delante de Constanz, Constanz lo
supo, porque el niño era la viva imagen de su hermano
Friedrich. Era su nieto y su sobrino al mismo tiempo, y
lo que hizo con él es... Créeme, de esa parte no quieres
saber nada. [...] Y desde entonces hubo una consigna en
esa familia:

 No se habla de Bruno."

Irma

El amor es lo más jodido que existe.

Irma no tiene esta clase de reflexiones a menudo. De ordinario sus pensamientos son una búsqueda constante del equilibrio. De dejar caer hacia el fondo del pozo lo que sobra.

La voz de su madre, sobre todo.

Cada frase que alguna vez le dijo, o eso parece.

Pensamientos como garrapatas que se le han metido en su propia carne. Pequeños y repugnantes insectos que no se atreves a intentar eliminar con pinzas, no sea que sus negros cuerpos se rompan en pedazos y se queden dentro, infectando su sangre.

Ese barco ya zarpó, piensa, dándole un sorbo al Petrus de 2005.

Sigue en su despacho. No se fue a la cama, prefirió quedarse leyendo algo, o haciendo como que leía. Por eso la llamada de Julio la sorprende en mitad de un momento de quietud e introspección. De hastío vital.

Le da otro sorbo al vino. Largo.

Ya ha mediado la botella.

No es muy aficionada al burdeos, pero aun así lo degusta con entusiasmo. Si algo le ha inculcado Constanz es a aprender a estar de acuerdo con lo que detesta.

Es una cuestión de modales el aceptar como agradable lo odioso, decía su madre.

Fue una boda de cuento de hadas.

Constanz engalanó Los Poyatos para la ocasión. Se instalaron carpas, se alfombraron los caminos con pétalos de rosas amarillas, las favoritas de su madre. Seis toneladas de rosas, cultivadas en exclusiva para ella. Aquel año no hubo rosas amarillas en casi ninguna floristería del sur de Europa. Una procesión de aviones las carreteó hasta el aeródromo privado de los Dorr, al igual que a algunos de los ilustres invitados.

Se sirvieron los mejores caldos, y nueve chefs con estrella Michelin se encargaron de los distintos menús que se sirvieron durante los tres días que duraron los festejos.

Irma tuvo la boda soñada por su madre. La que Constanz nunca pudo tener. Para esa época Heinrich Dorr estaba muerto, pero eso no impidió que Constanz instalase un retrato de él junto al altar que se levantó en la gran explanada al norte del lago artificial.

Salvo pronunciar los votos —lo que le tocó a Irma— Constanz se encargó de todo en aquella ceremonia. Incluyendo elegir al novio.

—Tiene que ser adecuado —había dicho Constanz, cuando surgió el tema por última vez.

El tema era el reloj biológico de Irma, que iba en la misma dirección en la que van todos los relojes, y no en la que a Constanz le gustaría.

—Ya tienes casi treinta.

Irma no respondía.

Apareció el novio.

Lucas Barandiarán. Hijo de un magnate del acero, también un miembro de El Círculo, como lo fue en su día Pascual de la Torre. Algo que no obraba en su favor. Irma había comprobado —de forma más empírica de lo que cualquiera podría— que cuando tienes tanto dinero que debes plancharlo por las dos caras para que te quepa en el armario, te vuelves un cretino.

—Le conozco, mamá —dijo, molesta—. Tiene cara de rana atropellada.

—Es adecuado.

—Es un fatuo y un lelo.

Constanz ni respondió. En su sonrisa habitaba siempre un rictus de suficiencia dirigido sólo a Irma. Como el beso que Wendy guarda en la comisura derecha de la boca, destinado a Peter Pan.

Irma se mordió los labios, se despellejó la piel de las manos y suplicó. Le habría ido mejor lanzándose al estanque de las carpas (que, por cierto, no es el mismo que el lago artificial, el lago es navegable).

Seis meses después, la boda.

Lucas conocía muy bien su papel. Firmar las actas matrimoniales y hacer lo que se le dijera. Una vez al mes, su acuerdo incluía tener relaciones con Irma, que se vio obligada a colaborar en las pretensiones de su madre de tener un heredero durante años, abriéndose de piernas asesorada por los mejores especialistas del mundo. Su deseo no dio fruto.

Hubo embarazos, sí.

Que ya es más de lo que había logrado Constanz en más largo periodo.

Pero ninguno pasó del tercer mes.

—Empiezo a pensar que no quieres hacerme abuela, querida —dijo Constanz, con voz suave y tranquila.

Irma y ella no hablaban nunca de lo que pasó cuando ella tenía veintidós años.

No se habla de eso.

Nunca.

Irma se mordió los labios, se despellejó la piel de las manos, y siguió colaborando.

La ansiedad que le provocaba no quedarse embarazada era sólo equivalente a la que le provocaba la idea de hacerlo.

Había sido criada y educada de la mejor forma que el dinero podía comprar. Acompañado de una estimable inteligencia. Verse reducida a un semillero una vez al mes era algo sucio y humillante. Sólo se avenía a ello porque la negativa habría generado mucho más dolor y sufrimiento. La tortura psicológica a la que la sometería su madre sería aún peor.

Tampoco mejoraba las cosas el hecho de que Lucas no fuera Pascual de la Torre.

Su padre había sido un inane y un infeliz, se había mantenido a distancia y se había muerto cuando tocaba, es decir, al poco de que ella naciera. La procedencia de una definición tan concreta es fácil de imaginar.

Lucas era un vividor y un pieza, revoloteaba alrededor de Irma y tenía un defecto fundamental. Y es que estaba enamorado de ella.

Cuánto tenía que ver con el rechazo intermitente de Irma, sería largo de contar. En los años que estuvieron casados, ella pasó por momentos en los que la compañía de él no acababa de desagradarle del todo. Pero en cuanto mostraba un exceso de afecto —en opinión de Constanz— su madre aparecía pronta y dispuesta para quitarse de en medio al yerno.

Todo iba mal hasta que fue peor.

¿Cuál fue el motivo que motivó a Constanz a lo que sucedió después?

Eso es lo que ha seguido intentando averiguar durante los últimos tres años. Durante todo este tiempo en el que ha mantenido a su madre drogada y secuestrada, en el que se ha sentado frente a ella durante largas sesiones, escrutando su rostro, tratando de entender.

El guion de esta película de bajo presupuesto de las tardes de Antena 3, o al menos lo que ella fue capaz de reconstruir:

Primero, aparece Raúl.

Un jardinero, nada menos. De esos que no tenían permiso para dirigirse a Irma salvo que se les dirigiera la palabra a ellos primero.

Irma se lo cruzó una mañana de abril, junto al muro que dividía la pista de tenis del bosquecillo de alcornoques. Irma escuchó un quejido, y, al volver la cabeza, sus ojos se encontraron.

La mirada de Raúl era de esas que te hacen desear que la muerte no exista.

De inmediato la quiso para sí, y no sólo por su belleza. La quiso porque le pertenecía a ella. Como si fuera algo realmente valioso, realmente preciado, que se había perdido tanto tiempo atrás que casi había caído en el olvido, pero que ahora había sido hallado. Como si la hubiera poseído en una vida pasada, una vida en la que ella era una princesa o algo así, y aquel joven fibroso y menudo, un pretendiente esperanzado.

—Las buganvillas son muy peligrosas —dijo Irma, señalando la mano sangrante de Raúl, de la que asomaba una espina de unos diez centímetros—. Deberías usar guantes.

—Entonces no sentiría lo que estoy cortando —respondió él.

Diecisiete minutos después de que sus miradas se cruzaran por primera vez, Irma se lo estaba follando en la enfermería del edificio B, adonde le había llevado con la excusa de curarle la mano. Fue un polvo salvaje, hambriento y excitante, pero también sensual y dulce.

El primero de muchos.

Segundo, Constanz se entera.

Irma había hecho antes y después de casarse lo que le había dado la gana con su cuerpo y con su libido. Lo que había consistido, esencialmente, en follarse a todo el que se le antojara, y alguno más por aburrimiento. Los actores y modelos más famosos del mundo habían sido invitados a una reunión privada —previo pago de una generosa gratificación—, y ninguno supo nunca quién les estaba metiendo en su cama.

La lista de hombres —y no pocas mujeres— de usar y tirar que había pasado por dicho mueble era larguísima. Altos y bajos, de todos los colores y sabores.

Constanz, que había sido literalmente mujer de un solo hombre —al que despreciaba—, no aprobaba la conducta de su hija. Pero la toleraba porque en el desfile de rostros sólo había un denominador común.

Irma nunca repetía.

Tercero, Constanz se lo cuenta a Lucas.

Este segmento queda completamente en la niebla del entendimiento. Como cuando te duermes durante la peliculita en cuestión, te despiertas al final, justo a tiempo de ver el trágico desenlace del siguiente punto. Y no sabes por qué pasa lo que pasa.

Cuarto, la madeja se lía.

Raúl e Irma siguieron con lo suyo. Ella, además, enamorándose, quién se lo iba a decir. El único momento en el que paraban era cuando se acercaba la fecha del encuentro mensual entre Irma y Lucas. Marcado en rojo sangre menstrual por el equipo de especialistas en medicina reproductiva que se esforzaba —llevándose un buen dinero— por que Constanz fuera abuela.

Eso era insoportable para ambos, pero aún lo era más para Lucas. Que, faltaría más, también hacía su vida con todas las que se le antojaba, pero que aún alimentaba la estúpida idea de que Irma se acabaría enamorando de él.

En lugar de ello, y contra todo pronóstico, se enamoró del jardinero.

Quinto, el trágico desenlace.

Y una tarde, Lucas, borracho y loco de celos, se bajó del caballo y le descerrajó un tiro en la frente a Raúl, a pocos metros del muro de la pista de tenis, mientras éste tiraba de una carretilla cargada de ramas de poda.

Irma escuchó el disparo, y salió al balcón de su despacho a mirar. Justo a tiempo de ver a Lucas dejar caer el arma, subirse de nuevo al caballo y desaparecer entre los árboles. En dirección al parking, obviamente no huyó a caballo.

No volvieron a verse.

Tampoco pudo vengarse.

Como hijo de un miembro de El Círculo, era intocable.

Irma se consumió en el fuego de la revancha negada, como esos árboles que aparentan un sanísimo aspecto pero que bajo la corteza están devorados por hongos y termitas.

Hasta que un día, hace tres años, Constanz hizo un comentario casual. Aparentemente casual.

—Cuando una persona sabia quiere a otra a la que ve equivocarse, hace o dice lo que tiene que hacer o decir.

Todo ello sin dejar de sonreír y sorber su taza de té negro, bien cargado de azúcar y con una nubecita de leche.

Ese día, Irma lo supo.

Ese día supo, también, que era la gota que colmaba el vaso.

Ese día, ayudada por Julio, comenzó a planear su venganza. A quitarse de en medio a su madre.

Los dedos de Irma acarician una bonita caja de caoba sobre su mesa. Con una madera que brilla con un marrón tan rico en matices que vislumbra minúsculos destellos rojos en su acabado.

Levanta la tapa.

Sobre una cama de felpa azul yace una pistola del 22 con cachas de nácar. Un arma casi de juguete, con poquísima capacidad de penetración. Si te dispararan con ella en la frente, la bala no sería capaz de abandonar el cráneo, rebotaría y tendría al menos dos trayectorias: una para acá y otra para allá. Y, entremedias, tu cerebro convertido en pulpa, y ya te podrías poner en manos del doctor, que te daría igual.

Cada día, desde que Constanz está encerrada en el jardín secreto de su despacho, Irma tiene que buscar motivos para no sacar el arma —la misma con la que Lucas había matado a Raúl— de la caja. Para no plantarse delante de la silla de ruedas, ni apoyar el cañón en la frente de su madre. En el mismo punto del entrecejo donde había entrado la bala de Lucas en el cráneo de su amor. En el mismo punto en el que Irma clava la mirada cada día, intentando entender.

Entender a quien metió en su casa al hombre que la violó. Entender a quien la obligó a tener el hijo, contra su voluntad, el hijo que la destrozó por dentro. Entender a quien la forzó a casarse sin amor. Entender a quien trajo al fruto repulsivo de su vientre y lo convirtió en un monstruo. Entender a quien había arruinado cada posibilidad que alguna vez pudo tener de ser feliz.

Entenderla.

Cada día, Irma busca los motivos.

—Hoy se nos han acabado —dice, en voz alta, mientras sus dedos se cierran sobre la culata de la pistola.

14

Unas escaleras

La imponente entrada de la mansión de Los Poyatos tiene como protagonista unas escaleras.

La balaustrada que las rodea es de mármol de Carrara. La cantera de la que salieron las losas que las forman, en un pueblo italiano al pie de las montañas, es la misma de la que surgió el *David* de Miguel Ángel.

De más cerca vienen las baldosas del suelo que cubren los trece escalones, fabricadas en piedra de Colmenar de Oreja. Una caliza que no se sometió a los cambios que sufrió el mármol. Su tono delicado se forjó hace cien millones de años. Estuvo aguardando bajo tierra hasta que hace tan sólo sesenta Constanz las eligió para ser lo primero que hollasen sus pies cuando bajase del coche a la puerta de la mansión.

Han hecho falta miles de decisiones y de acontecimientos

para disponer este escenario y los actores que van a irrumpir en él. La primera es Aura Reyes.

Aura se había dirigido hacia la mansión hacía casi media hora. No se detuvo cuando escuchó los disparos, aunque su corazón se saltó varios latidos. Siguió caminando, confiando más allá de lo razonable en que su amiga saldría de ésta. Caminó en la oscuridad que envolvía al perímetro de la finca, hasta que vio las luces de la parte trasera, y la piscina iluminada con leds suficientes para hacer aterrizar un avión.

Allí aguardó a que Mari Paz se reuniera con ella. Pero un grito que ha escuchado hace tan sólo medio minuto le ha hecho mandar a la mierda el plan. Rodeó la casa y alcanzó la balaustrada exactamente a las dos y cuarenta y dos minutos de la madrugada.

Casi al mismo tiempo, con una diferencia escasa de un par de segundos con respecto a Aura, entran en escena Cris e Irma Dorr.

Cris ha pasado las últimas horas aburridísima, encerrada en una habitación. Un hombre le encendió la tele y le llevó comida y bebida. El tiempo ha transcurrido entre la ansiedad y el tedio. Estaba dormida cuando entró en la habitación una mujer alta y nervuda. Morena de piel, con el pelo color arena. La arrancó del sueño y de la cama a tirones, agarrándola por el pelo. No le dijo una sola palabra. Cris se vio llevada a rastras por un pasillo de suelo ajedrezado. La sorpresa y el dolor de los tirones en el pelo, a los que se resistió clavándole las uñas en la mano a la mujer, apenas le dejaron sentir miedo.

Irma Dorr, por su parte, cogió la pistola hace unos minutos, como sabemos. Cuando la tuvo en la mano, sin más propósito que entrar en su jardín secreto, cambió de idea. Intuyó, sin necesidad de comprobarlo, que Julio no había obedecido sus órdenes. Que no había utilizado a la niña como escudo humano, y que había corrido hacia la entrada dejando atrás su mejor baza. De quién es la culpa, bien lo sabe. Quién ha cometido una infinidad de errores diminutos desde que Julio y ella traicionaron a su madre. Quién ha ido a remolque de Constanz durante los últimos tres años. Quién no ha estado nunca a la altura de las circunstancias. La respuesta es ella, siempre ella. Ella no ha sido bastante hasta ahora, pero puede serlo. Tan sólo tiene que contener a las asaltantes. No tiene dudas de que son Reyes y sus amigas. No tiene dudas de que ha sido la otra parte quien le dijo dónde encontrarla. Otro error de cálculo. El orgullo le hizo creer que ella triunfaría donde Ponzano había fracasado. El orgullo y la envidia, y el odio hacia quien la rompió del todo. Pero ahí está, arrastrando del pelo a la niña en dirección a la entrada para obligar a Julio a usarla. Para ganar. Sin saber que Julio ya no está. Que los actores de esta obra que han ido convergiendo sobre este escenario final son tan sólo cinco.

Uno de los dos que restan por entrar es Mari Paz Celeiro. Lo hace por el lado del estanque, una ampliación de las escaleras que se construyó en los años noventa, casi al mismo tiempo que ella entraba en el grupo de élite de la Legión. El estanque se construyó a imagen y semejanza del templo Senso-Ji, en Japón, un capricho de Irma que Constanz satisfizo. Una auténtica suerte, ya que Mari Paz se había acercado a la mansión desde el lado de la piscina, en busca de Aura. Al no encontrarla, decidió rodear la casa en el sentido de las agujas del reloj. Aura había tomado la decisión opuesta. De no estar ahí las escaleras que conectaban la casa con el estanque, Mari Paz nunca habría llegado a tiempo.

Lo cierto es que están, y Mari Paz llega exactamente —fusil en mano— en el momento en el que se alza el telón.

Primero ve a Aura, con una mano apoyada en el inicio de la balaustrada, y la otra tendida hacia la parte superior de las escaleras.

Sigue la dirección de su mirada —con el rostro, con el hombro, con la mira del fusil—, y ve a Irma, que se protege el cuerpo con el de Cris, y tiene el cañón de una pistola diminuta apoyado contra su cuello. La niña está de pie sobre el tercer escalón. Cuando Irma ve a Mari Paz, le obliga a subir uno, hurtándole la mayor cantidad de blanco posible a la legionaria.

—No dispares —le dice Aura, muy seria.

Mari Paz no deja de apuntar a la cabeza de Irma. El blanco es claro. Pero nada garantiza que Irma no tenga tiempo de apretar el gatillo.

—Dejad las armas —dice Irma.

Aura, agachándose muy despacio, obedece y deja la pistola en el suelo.

Mari Paz no mueve un músculo.

Irma estrangula el cuello de Cris, que suelta un quejido lastimero.

Mari Paz no ha sentido nunca un odio semejante. Un odio que la invade como una llamarada consume la cabeza de una cerilla. Repentino, blanquecino, completo. Tampoco ha tenido que hacer nunca un esfuerzo semejante. Tiene que gritarle a cada músculo de su cuerpo las órdenes siguientes.

Bajar el fusil.

Quitarse la correa del hombro.

Depositarlo sobre los escalones.

—Las dos pistolas también —dice Irma.

Las saca de los correajes, con lentitud extrema, y las deja junto al AR15.

Irma observa el proceso con atención. Una sonrisa ida se insinúa en su rostro.

La legionaria da un paso hacia atrás.

Irma mueve un poco los ojos. A espaldas de Aura y Mari Paz, un movimiento capta su atención.

El quinto actor entra en escena, despacio.

Bruno llega caminando por el camino principal. Sus pies descalzos apenas hacen ruido sobre el asfalto. Cuando llega al pie de la escalinata se detiene un momento. Mira a Celeiro y a Aura durante un instante, y después comienza a subir los escalones de piedra, pistola en mano.

Tiende la mano hacia Cris, sin dejar de mirar a Irma.

—Yo me encargo —le dice.

Irma suelta a la niña, y Bruno la toma por los hombros con suavidad.

—Quietas —dice Irma, apuntando primero a Aura, luego a Mari Paz. Es en ella en quien deja apoyada la mira del arma.

Su victoria es total. Sostiene en la mano todos los triunfos. Ahora sólo tiene que obligarlas a que le entreguen el maletín, y todo habrá concluido.

Desciende un escalón, poniéndose junto a Bruno.

En los ojos de sus enemigas ve sorpresa.

No están mirándola a ella.

Se vuelve hacia la derecha y se encuentra cara a cara con tres agujeros.

Los ojos de su hijo Bruno son túneles oscuros, perforados en una veta de algún mineral indescriptible.

Entre ambos, apuntando entre los suyos, el cañón de su pistola.

Bruno puede ver —quizás por primera vez en toda su existencia— el mundo tal como es, sin miedo, sin odio, sin desvíos, y lo que ve es la inmensidad de su sufrimiento. El sufrimiento que ella le ha infligido. Siente una insólita piedad, que podría confundirse con compasión. No por él, sino por el dolor que le han hecho encarnar. Y, sin embargo, tal vez eso es todo lo que es ahora. Tal vez eso conforme el total de su herencia. Eso y el derecho a matar. La deuda de sangre que hay sobre la mesa sólo puede ser satisfecha de una forma.

Tú miras dentro, trazas una línea, y luego te pones al lado que toca y pagas lo que se te pide.

—Por Constanz —dice.

Irma también comprende.

Lo hace con una aceptación que nunca creyó posible. Muchas veces creyó que en presencia de la muerte patalearía y rabiaría. Si hay sorpresa por este desenlace, cuando todo parecía ganado, tan sólo está causada por su propia dignidad. Se sorprende a sí misma cuando elige quedarse quieta.

La lógica de la cabra ante el tiranosaurio.

Es fácil.

Es natural.

Es sabio.

Sólo deja que suceda y listo.

Cierra los ojos.

No escucha el disparo que la mata.

Bruno deja caer la pistola en las escaleras, sobre el cadáver de Irma. Con las manos vacías, se agacha junto a Cris, y le da la vuelta, con delicadeza.

—Valiente de verdad —dice.

Espera un atisbo de reconocimiento a su frase que nunca llega, así que la empuja en la espalda, con suavidad, en dirección a su madre. La niña corre hacia ella y la abraza, llorando.

Bruno, con las manos vacías, y desarmado, se queda de pie en las escaleras, mirando a Mari Paz.

La legionaria mira las armas que ha dejado en el suelo.

Ella también está haciendo cálculos.

Los básicos, cuánto tardaría en lanzarse hacia adelante, coger una de las armas —la Glock situada sobre el decimocuarto escalón sería la mejor opción—, quitar el seguro, apuntar y disparar.

Los complejos tienen que ver con mirar dentro, trazar una línea y ponerse del lado que toca.

—Otro día seguimos, rapaz —dice.

—Con mucho gusto —responde Bruno, con una sonrisa.

Ellas se alejan, dejando las armas en el suelo.

Él recoge la suya, por aferrarse a algo, y se sienta en la escalinata.

Es el mejor lugar del mundo para ver amanecer.

15

Un despertar

Constanz entra y sale del sueño.

Como una aguja que emerge de una tela densa y negra, y desaparece de nuevo. Sin enhebrar.

No es consciente de cuánto tiempo lleva así. A veces parecen minutos, a veces años. Tiene la sensación de que el sueño simplemente no tiene un final.

Sigue y sigue.

Y sigue.

Como si estuviera vadeando aguas cenagosas que te succionaran por los pies y amenazaran con tragarla. Mantiene los ojos muy cerrados, como haría un niño al que le da miedo lo que pudiera suceder si los abre.

Pero ahora el sueño la expulsa. Las aguas se están secando, el suelo deja de ser una trampa y empieza a adquirir consistencia de suelo.

Parpadea.

La luz le hiere los ojos. Como si nunca los hubiera usado.

Vuelve a cerrarlos.

No sabe dónde se encuentra.

La bolsa con el cóctel de anestésicos tenía que haber sido cambiada por una nueva hace horas. Pero los encargados llevan horas muertos.

Despertar había sido siempre para Constanz una operación frágil, sometida a ciertas delicadezas. Ahora, sin embargo, es una epopeya de Homero, una de las doce pruebas de Hércules.

Escucha un sonido lejano, que está produciéndose en otro país, quizás en otro continente. Al cabo de un tiempo reconoce el sonido. Es el teléfono de su despacho. Lleva años, quizás siglos, sonando en una soledad total, como las gotas que forman estalactitas en las entrañas de la tierra.

El timbre cesa, de pronto.

Constanz abre los ojos del todo, y contempla dos extremidades extrañas, que se mueven frente a ella. Tarda una eternidad en darse cuenta de que son sus brazos.

En el dorso de su mano izquierda —sembrada de venas varicosas que asemejan una tormenta de rayos púrpura— aún está enganchado el gotero, ahora vacío. Los barrotes de la jaula dentro de la que Irma la ha mantenido narcotizada durante todos estos años.

Busca con dedos torpes, se arranca la hipodérmica. Un puñado de gotas de sangre empapan la ropa de la cama de hospital. Poco importa. Los pañales que lleva puestos hace horas que desbordaron, sin nadie para cambiarlos.

Ponerse en pie es una hazaña inabordable. Hay que subdividirla en un centenar de escaramuzas. Una guerra de guerrillas entre sus escasas fuerzas y un enemigo invencible llamado gravedad. Va ganando cada una de las pequeñas batallas. Mover un brazo, inclinar el cuerpo, girarse. Tiene mucho que agradecer al médico que la ha mantenido con vida y sana durante todo este tiempo, a las inyecciones de vitaminas, a las sesiones de electroestimulación que han mantenido sus grupos musculares. Un pequeño viaje de unos días hacia el futuro nos permite saber que manifestará ese agradecimiento metiéndole una bala en la cabeza personalmente.

El viaje hacia la puerta son sólo once o doce pasos, que parecen un centenar. Piensa por un momento en usar la silla de ruedas que hay junto a la cama como punto de apoyo, pero no confía del todo en ese plan. Si resbala, no podrá levantarse.

A mitad de camino, recuerda su nombre.

Durante todo el trayecto, se jalea a sí misma.

Papá apenas se molestaba en mirarte, imagino que pensaba que te ibas a morir, resuena la voz de Friedrich en su cabeza. La cantinela que su hermano repetía una y otra vez, como una forma de tortura, que era para Constanz un acicate constante. El bebé enfermo que llegó a esta tierra hace ochenta y cuatro años, en quien nadie depositó ninguna esperanza.

Apenas se molestaba en mirarte.

Un paso.

Pensaba que te ibas a morir.

Otro paso.

Se deja caer contra la jamba de la puerta, agotada. Para el

resto del mundo ha pasado veinte minutos y una hora. Para ella, una semana.

No reconoce el jardín. Reconoce, como en un examen, las especies que hay plantadas. Intenta recitar sus nombres, como una niña aplicada.

Enebros, camelias y glicinias.

Enebros, camelias y glicinias.

La voz no le sale, pero repite la cantinela por dentro con la cadencia con la que Judy Garland temía por la presencia de *leones, tigres y panteras, ¡Dios mío!,* en el camino de baldosas amarillas.

Sus piernas, temblorosas y agotadas, le fallan cuando traspasa la puerta secreta que conduce a su antiguo despacho. Se apoya en su antiguo escritorio. Las formas familiares la invitan al reconocimiento con la dócil, patosa naturalidad de quien encuentra puestas sobre la nariz las gafas que llevaba buscando un buen rato.

Ah. Aquí estaba. Qué tonta.

Sus pies descalzos renquean sobre el suelo de mármol, mientras sigue pasillo adelante. Cada paso incumpliendo su promesa de ser el último.

Bruno se queda boquiabierto al verla.

Aún sigue en las escaleras de la entrada de la mansión, llorando, aferrado a la pistola con la que disparó a Irma. Su pecho desnudo está empapado en sangre, su rostro consumido. Contempla las escalinatas de la mansión, donde el cadáver de su madre sigue exactamente en el sitio donde cayó. La luz del amanecer ha dotado a su rostro de una extraña paz, dorada y vaporosa, subrayada por el trino de los pájaros.

Bruno escucha un ruido a su espalda.

Se vuelve.

La figura es un manojo de huesos, cubierto por un sudario. Sus ojos, agrandados por el efecto de la flacidez del rostro, irradian una mirada dispersa, que no consigue atrapar del todo los objetos.

Por un instante, Bruno no ve la figura imponente que había amado. Sólo una reina depuesta, buscando entre las ruinas de su castillo una corona inservible. Una baratija de latón, que por perder ha perdido hasta el brillo.

Después hay un destello, un relámpago —o quizás sólo se produce en la cabeza de Bruno—, y ella le ve a él. La reina descoronada recupera al primero y más fiel de sus súbditos.

Y es una reina de nuevo.

Constanz se acerca a Bruno, que está llorando, mirando hacia ella con una expresión extraña, entre el arrobo, el pasmo y el odio. Bruno no sabe cómo puede ser cierto lo que está viendo. Su mente lucha contra la idea. Su cuerpo ya la ha aceptado. Está llorando, y son lágrimas de felicidad.

Ella se agacha, renqueante. Tiende sus brazos delgados y esqueléticos hacia él.

—Hijo mío —dice Constanz, abrazándole—. Ya estoy aquí.

EPÍLOGO

(TRES MESES DESPUÉS)

Todo va, todo vuelve;
eternamente rueda la rueda del ser.

FRIEDRICH NIETZSCHE

Dame más gasolina.

DADDY YANKEE

1

Un establo

Llueve. Tan suave y tímido que el agua no se decide a caer.

Las nubes cuelgan tan bajas que se han vuelto niebla. La casita —más bien un antiguo establo, reconvertido en alojamiento— queda oculta a la vista muchas tardes.

A ellas ya les va bien así.

El pueblo más cercano no tiene nombre. No es ni siquiera un pueblo. Es una tienda en un cruce de carreteras, a poco más de una hora andando. El pueblo de verdad más cercano es Lochinver, en la costa de Sutherland. Quizás el más remoto de las Tierras Altas de Escocia.

Desde la ventana del salón, y estirando un poco el cuello, pueden ver Loch Assynt, que es la fuente del río Inver que desemboca en el pueblo. Un puerto repleto de barquitos de pescadores, que les venden platijas y truchas en el muelle, cuando bajan a comprar los viernes. Para las urgencias, se apañan con la tienda en el cruce de caminos, de la cual son, al parecer, las únicas clientes.

Una tarde, al fondo de la tienda, Sere encuentra una caja repleta de novelas románticas ambientadas en la zona. El dueño se las regala todas, con una sonrisa de oreja a oreja, contento de deshacerse de ellas. Desde ese día, y con las novelas por toda fuente de información, Sere se convierte en la que les descifra el paisaje. Les lleva a ver los acantilados, donde las olas esculpen en las rocas cadáveres de gigantes. Les explica la historia de cada uno de los *lochans*, de los lagos diminutos que pueblan el paisaje.

—Algunos tienen monstruo y otros no.

Y las leyendas fantasmales de los castillos como Caisteal Liath, en el pico de la cumbre de la cercana Suilven.

—Yo no me voy de aquí sin trajinarme a un *highlander*, con su falda y todo —jura Sere, cada día, en el desayuno.

Una mañana deja de hacerlo, sin aclarar si lo ha conseguido.

Mari Paz no pasa mucho tiempo en la casa. Se despierta antes de que nazca el día y se marcha, con su mochila a la espalda. Apenas cruza una palabra con ellas durante semanas. Muchas noches no regresa.

Aura no sabe dónde va. Sólo que regresa con las botas cargadas de barro, el pelo húmedo y el rostro enrojecido por el sol y el aire salado. Con ella llega un olor a lluvia tan intenso que parece metálico. A tierra, a hojas y a cuero.

Aura la imagina fumando y durmiendo bajo las estrellas,

en el terreno pedregoso que rodea los *lochans*. Buscando en el cielo la pieza que le falta.

Una madrugada la espera en la puerta de la casita, con una taza de café humeante en la mano y otra apoyada en el asiento del banco que hay junto a la entrada.

Mari Paz mira a Aura, mira la taza, y mira hacia el camino que se pierde en la menguante oscuridad. Después vuelve a mirar a Aura. Descubre un lunar en su cuello, una zona bajo la oreja en la que no había reparado antes. El lunar es el punto final del poema de la belleza.

—No hace falta que hables —pide ella—. Sólo siéntate a mi lado.

Mari Paz obedece y se bebe la taza, en silencio. Con el corazón encogido por el anhelo.

El amor, piensa, se parece mucho a tener en la cabeza el puto saco que le había puesto Bruno. Salvo que éste no te lo puedes arrancar. Es ser capaz de cruzar el mar de un salto. Y al minuto siguiente querer arrancarte los dientes uno a uno.

En los labios le bulle una despedida que no quiere pronunciar.

Aura no está dispuesta a abordar ahora ese tema.
A su modo, por otra clase de amor.
A su modo, por egoísmo.

Mari Paz no le dice a Aura que lo suyo es que, acabado el western, el pistolero —cuyo amor por la mujer de dorados cabellos es imposible— cabalgue hacia la puesta de sol mientras el hijo de la mujer le grita desde la granja que vuelva, que le quiere mucho. Que la tradición es la tradición.

Aura no responde que ella la tradición se la pasa por el santísimo coño.

En lugar de eso, le dice:

—Tú también eres su madre, ahora.

Mari Paz pondera en silencio durante largo rato.

Sopesa durante otro largo rato más.

Al cabo de un tercero, se levanta y se marcha.

Pero ese día vuelve a la hora de la cena.

—He pensado que mañana podría llevaros de excursión, rapazas —dice, al sentarse a la mesa.

Cris y Alex se la comen a besos.

2

Un café

Aura se ausenta en una misión en solitario.

En Lochinver consigue convencer al patrón de una barca para que la lleve. Tardan casi tres días en llegar a Bélgica, a paso tranquilo y echando la red de vez en cuando. Los dos primeros los pasa leyendo y conversando con el patrón y su hijo, un cuarentón alto de hombros huesudos y pelo negro como el tizón, que resulta tener un *p'alante*. Aura decide guardarse el *p'alante* para el regreso, en caso de haberlo.

Que no está nada claro.

El tercer día lo dedica a convertirse en pescadora. Se ha hecho con su jersey grueso, su mono alto y su gorra. Las botas de goma roja ya las tenía, que fue lo primero que se compró al llegar al pueblo. Pero dedica un par de horas a rayarlas y desgastarlas. Y la última hora, antes de llegar, a rebozarse sobre el pescado.

—Ni yo me acercaría a ti —le dice el hijo del pescador, arrugando la nariz—. Y eso que nací en esta barca.

—Eso ya lo veremos —responde Aura, guiñándole un ojo.

Cuando atracan en Ostende, un inspector de aduana portuaria se acerca a curiosear al ver la bandera del barco.

—Buenas tardes —saluda en inglés, poniendo un pie en la borda—. Están lejos de su caladero, ¿no?

—Mi hijo, mi nuera y yo venimos de turismo —dice el patrón.

—¿En eso?

—No nos ha fallado nunca en veintitrés años.

El inspector de aduanas agacha la cabeza y maldice a los escoceses chalados en sus locos cacharros. Sube a dar una vuelta al barco, no vaya a llevar contrabando, sin demasiadas ganas. Cuando pasa al lado de Aura, se tapa la nariz con la mano. Aura le sigue a todas partes, con ademán servicial, hasta que el inspector se cansa.

—No se olviden de pagar la tasa de amarre en la oficina —dice, al marcharse.

Tan pronto como el hombre desaparece, Aura se asea como puede en el lavabo y se cambia de ropa. La medida es a todas luces insuficiente, porque en el autobús hasta Amberes los otros once pasajeros acaban situados en el lado contrario del vehículo.

En la estación de Amberes hay duchas que hacen menos penoso el trayecto al taxista que la lleva a su destino final, un edificio anodino encajado entre el Stadspark y el zoológico. La oficina está en la cuarta planta, entre un dentista y un asesor fiscal. El cartel de la puerta anuncia LA BRASSICA IMPORT en letras minúsculas.

—Estamos cerrados —dice el hombre (mediana edad, bajito, bigote rubio) sentado a la entrada, cuando Aura accede al interior.

—Tengo una cita con el señor Dargaud.

El señor Dargaud observa a Aura con interés. Los cambios de ropa apresurados —vaqueros desteñidos, americana— no han hecho maravillas en su aspecto.

—En su día hablamos mucho por teléfono, señora Reyes. Debo reconocer que no la imaginaba así.

—¿Desarreglada?

—Salvaje.

Aura sonríe y tiende la mano. Él aparta la suya de la culata de la pistola que guarda bajo el mostrador de la recepción, y hace lo propio.

—Veamos qué es lo que me trae.

Aura en su día pasó mucho tiempo al teléfono con Dargaud hace unos años, cuando le ayudaba a gestionar sus inversiones en España. Y habría agradecido un café y un rato sentada. Pero Dargaud no acaba de fiarse de ella, como demuestra que no salga de detrás del mostrador.

Así que se lleva la mano al bolsillo y saca un pequeño paquete hecho con servilletas de papel y celofán barato.

Dargaud pone cara de palo mientras Aura se pelea con el patético envoltorio. Cuando termina, hay trozos de papel por todo el mostrador, que barre con la mano derecha.

En la palma de la izquierda hay tres diamantes. Dos del tamaño de una lenteja y uno del tamaño de un garbanzo.

Dargaud hace aparecer una bandeja de fieltro negro, sobre la que Aura deposita las tres piedras. Examina cada una de ellas con ojo experto y lupa de veinte aumentos.

—La talla es magnífica. Entiendo que preguntar por el Kimberley sería inútil.

El Proceso Kimberley es el certificado que asegura al comprador que el diamante procede de una zona libre de conflictos. Así, si alguien va a gastarse en un trozo de carbono una fortuna que podría alimentar a una familia de Botsuana durante décadas, lo hace con la conciencia tranquila.

Dargaud sabe muy bien que el diamante no tiene certificación. Es más, no le importa. Tan sólo es una táctica de negociación.

—No sería del todo inútil —asegura Aura—. Serviría para llevarse un descuento.

—Tendría que ser un descuento considerable —afirma el hombre, depositando las piedras de nuevo en la bandeja, y empujando ésta un poco hacia Aura— para que en nuestra empresa falláramos en nuestros estrictos protocolos de responsabilidad corporativa.

—A sus estrictos protocolos les convendría saber que hay más de donde han salido éstos.

Un relámpago de codicia cruza por los ojos de Dargaud, sin que éste pueda hacer nada para evitarlo.

—¿Cuántos más?

—Suficientes —dice Aura, muy seria— para comprarse un velero, otro por si lo pierde y otro por si quiere tres veleros. Aunque no sé cuánto vale un velero.

—¿Y el pago?

—Un treinta por ciento ahora, en efectivo. El resto, a cuentas numeradas en Suiza e Islas Caimán.

—¿Cuándo?

—Cuando pueda abrirlas —dice Aura—. Ahora mismo voy un poco corta de documentación.

—Eso podría arreglarse.

Dargaud tamborilea en la mesa.

Cada golpecito, un cálculo.

Sonríe.

—¿Le apetece un café, señora Reyes, mientras hablamos de ese descuento?

3

Una *furgalla*

Un mes después de la visita a Bélgica de Aura, Sere anuncia que ya está lista.

—¿Estás segura? —pregunta Aura.

—No —confiesa Sere—. Esos dos trastos han sido lo más complicado a lo que me he enfrentado en mi vida.

Noviembre azotaba con fuerza las paredes de la casita. En un extremo había un cobertizo de piedra y tejado de aluminio, al que los antiguos dueños habían dado uso de leñera y almacén. El contrato de la casa era de alquiler, y no permitía ninguna modificación, pero el nuevo dueño, una sociedad patrimonial con sede en Islas Caimán de reciente creación llamada Almirante Benbow Ltd., era bastante más permisivo.

Con ayuda de Mari Paz, Sere había transformado el cobertizo en un espacio habitable —y gélido— que había convertido en su taller.

—Se nos va a mojar la leña —protestaba Mari Paz.

—Mi tío Jacinto decía siempre que por el humo se sabe dónde está el fuego.

—Pues tu tío Jacinto se iba a hartar este invierno.

El taller era poco más que una mesa y dos sillas. El resto, un cúmulo de cachivaches, placas base, destornilladores y toda clase de trastos electrónicos que Mari Paz le pudo conseguir.

—Hala, más *ferramenta*, locatis —decía cuando regresaba de alguna de las expediciones a las que le mandaba Sere. Entraba en la casa acompañada por una ráfaga de viento que golpeaba la chimenea y el fuego chisporroteante que las niñas habían estado cuidando con un atizador, y señalaba hacia la furgoneta.

—A ver si esta vez traes algo de lo que he pedido…

Lo que le había pedido era que se hiciera con todos los ordenadores que pudiera encontrar que fueran anteriores al año 2005.

—¿Y eso por qué?

—Necesito una arquitectura de chips muy concreta. Si quiero encontrar un *exploit* que me permita romper las defensas de la BIOS del maletín…

—Ya tengo dolor de cabeza…

—…tengo que atacarlo de una forma que no se espere el que diseñó el sistema. Nada que active las alarmas, ni revele nuestra localización. Por eso necesito procesadores viejos.

—Viejos. ¿Y eso cómo se sabe?

—Mira que en la pegatina de fuera ponga Pentium III.

Mari Paz se hizo con una furgoneta de sexta mano. Una

GMC Vandura negra, con una raya roja. Registrada a nombre de la sociedad pantalla Smollett, Inc., subsidiaria de Almirante Benbow, Ltd.

Con ella recorría los pueblos de cien kilómetros a la redonda. Paraba a tomar una cerveza en un pub —*esto sí que es cerveza*, carallo, *no lo de los* fodechinchos— y luego preguntaba.

Visitó ayuntamientos, bibliotecas públicas. Casas de señores jubilados. Un vertedero. Allá donde algo le parecía que podía servir, dejaba unos billetes —y un montón de caras felices—, y a la *furgalla*.

—Demasiado viejo. Demasiado moderno. Eso es una máquina de coser —decía Sere, asomando el hocico por la puerta de la furgoneta, y revolviendo los trastos—. ¿Cómo puedes confundir un ordenador con una máquina de coser?

Mari Paz maldecía por fuera, sonreía por dentro, y se volvía a los caminos.

A base de expediciones, muchas soldaduras y un montón de noches en vela, Sere acaba construyendo un dispositivo que ella llama «revolucionario» al descorrer la sábana que lo cubre.

Mari Paz y Aura observan lo que hay encima de la mesa con cierto escepticismo.

—Parece que hubieran desmembrado uno de los robots esos de las pelis esas ruidosas y confusas —dice Aura.

—Eso que hay ahí —interviene Mari Paz, señalando una pieza metálica de forma curvada de la que cuelga un amasijo de cables— ¿no es el brazo de una máquina de coser?

—Está claro que no sabéis apreciar mi arte —dice Sere, echando a toda prisa la sábana sobre el engendro—. Os avisaré cuando esté lista para conectarlo al maletín.

Aura le pone una mano en el hombro.

—Ten mucho cuidado. Sería muy triste que ahora nos pillaran, con lo lejos que hemos llegado.

—Tranquila. Seré la reina de la cautela. Y os tendré informadas de todo.

Dos horas más tarde, Sere entra en el salón, donde Aura y las niñas juegan al Scrabble mientras Mari Paz se echa una siesta.

—Que ya está —dice, dejando caer el maletín abierto sobre la mesa, mandando piezas del Scrabble en todas direcciones, entre las protestas de Cris, que iba ganando.

—¿Pero no ibas a…?

—Lo sé, lo sé. Ha pasado todo muy deprisa.

—¿Cómo…?

—Había una vulnerabilidad en una de las salvaguardas, la que activaba la alarma general. Ejecuté un ataque de denegación de servicio, y cuando tuve el control…

Hace una pausa dramática, hasta que se asegura de que las cuatro la están mirando.

—Usé esto.

Alza un martillo. Un humilde, herrumbroso martillo de cabeza redondeada.

—¿Lo has abierto a martillazos? —grita Aura, entre la angustia y la maravilla. Mira por la ventana, batida por la tormenta, esperando que por ella irrumpan un centenar de enemigos en cualquier momento.

Mari Paz va hasta la repisa de la chimenea, donde suele dejar la botella de whisky, y se sirve un dedo en una taza metálica. Está volviendo a beber demasiado, y ha prometido dejarlo. Pero éste va en honor a Sere.

—Nunca pierdas el tornillo que te falta, locatis —dice, alzando la taza.

—Os aviso de que el contenido es muy decepcionante.

Las cuatro miran dentro.

—Son… folios —dice Alex, efectivamente decepcionada.

En un paquete atado con hilo. Algunos arrugados, algunos manuscritos. Hay hojas más pequeñas y anotaciones por todas partes.

Aura comienza a leer la primera página y se le demuda el rostro. De pronto comprende por qué hay tanta gente detrás de ellos.

—Será mejor que me haga cargo de esto —dice, sacándolos del maletín.

No creo que pase de esta noche.

Tampoco tengo a quien acudir. Estas páginas son todo lo que me queda.

Ya no tengo miedo a las demandas, demandarán un cadáver. Pero tengo miedo a las consecuencias que puede tener sobre otros. Por eso he tachado muchos nombres en este manuscrito.

Ya no tengo nada que perder, así que he decidido incluir aquí todos los nombres de los miembros de la cúpula de El Círculo que he sido capaz de encontrar.

~~Constanz Dorr,~~ *Irma Dorr* magnate heredera.

Laura Trueba, presidenta del Banco Atlántico.

Sebastián Ponzano, presidente del Value Bank.

Ramón Ortiz, empresario textil.

███████ ████████████, empresario farmacéutico.

████████ de la ████, ████ ████████████ ████ ███████, bioingeniería industrial.

Sir Peter Scott, embajador del Reino Unido en España.

Este libro me ha costado la vida.

Espero que sirva de algo .

4

Una funda

El sitio está a cinco horas en furgoneta. Salen cuando aún es de noche. Mari Paz conduce, con Aura de copiloto. Sere y las niñas duermen detrás.

Una vez resuelto el acertijo del maletín, Sere apenas tardó unas horas en resolver el del teléfono de don Misterios.

—No lo entiendo —dijo—. Son tecnologías muy parecidas. Es casi como si los hubieran fabricado las mismas personas.

—¿Espías?

—No —respondió Sere—. Es algo distinto. Una clase de animal diferente. Algo que nunca había visto.

Necesitaban un lugar lo bastante lejos como para poder reaccionar y largarse si lograban localizar la señal cuando hicieran la llamada.

—Aquí —dijo Aura, señalando un punto en el mapa.

—Eso está en casa Cristo. ¿Por qué ahí?

—Te lo diré cuando lleguemos.

Una gélida mañana de diciembre, Aura y Mari Paz se bajan de la furgoneta al borde de un camino. La colina que han subido está a casi cuatrocientos metros de altura. Al oeste queda Kindrochit Castle, que yace en ruinas junto a la garganta del río Clunie. Al sur, los montes Grampianos. Al este, el pueblo de Braemar.

—Ahí es. Ahí es donde todo empezó —dice Aura, con lágrimas en los ojos.

—Dime quién lo empezó y lo reviento —responde Mari Paz, sacando la bolsita de tabaco y comenzando a liarse un pitillo.

—En ese pueblo fue donde Stevenson comenzó a escribir *La isla del tesoro*.

Ninguna de ellas estaría allí de no ser por un joven tuberculoso que siglo y medio atrás dibujó un mapa junto a su hijastro, para luego inventarle la más increíble de las historias.

Aura se enjuga las lágrimas con el dorso de la mano enguantada, y musita una breve oración de agradecimiento.

El primer paso para ser un pirata es creérselo.

Mari Paz comprende entonces que la tristeza que había creído ver en los ojos de su amiga es tan sólo reverencia. Y nostalgia, quizás.

—Será mejor que empecemos —dice Aura, sorbiendo por la nariz y sacando el teléfono.

Mari Paz la agarra por el brazo.

—¿Estás segura?

Aura no lo está.

En absoluto.

Han llegado muy lejos. Y han conseguido muchas cosas. Sobrevivir, la más importante.

Pero apretar el botón en la parte superior de ese teléfono supone abrir la caja de Pandora de nuevo.

Aura mira a la furgoneta. Al otro lado de la puerta lateral, dos niñas (tres contando a Sere) duermen, protegidas del frío por una chapa metálica de pocos milímetros de grosor. Sobre ruedas.

—Si no queremos que ésta sea su vida, que crezcan así, huyendo…, tenemos que intentarlo.

Se queda mirando a la legionaria.

Mari Paz golpea el cigarro que ha estado liando contra la palma de la mano, corrige una ligerísima imperfección, visible sólo a sus ojos. Vuelve a pasarlo entre el índice y el pulgar, frotándolo con las yemas un par de veces. Se lo lleva a los labios, colocándolo en la esquina izquierda de la boca.

—Tengo la sensación de que me estás pidiendo permiso, rubia.

Aura no responde.

Las manos de la legionaria se lanzan a una búsqueda por todo el cuerpo. Palpan el bolsillo superior de la chaqueta de sarga, hurgan en los laterales, golpean en el interior, palmotean los pantalones, para al final volver al primer bolsillo, donde habían estado desde el principio.

—¿Va a salir bien? —pregunta Aura, al fin.

La cajita de cerillas emerge. Un golpe seco en el lateral y una única cerilla asoma por el hueco, como por arte de magia.

—Pues no sé qué decirte.

Aura no responde.

La cajita de cerillas viaja hasta la boca, donde los labios de Mari Paz la extraen con cuidado, con la esquina de la boca contraria a la que sostiene el cigarro. La mano izquierda la rescata, la lleva hasta el lateral de la caja, donde frota la cabeza contra el raspador. El fósforo prende al instante, y una llama brota, alegre y confiada.

De perdidos al río, piensa Aura, encendiendo el teléfono.

Tarda casi treinta segundos en encenderse. Treinta segundos en los que Aura es dolorosamente consciente del frío, del paisaje y de sí misma.

Tan pronto ha completado el arranque, entra una llamada.

Aura descuelga, pero no hay nadie en el otro extremo. Sólo un tono pulsante, repetido. Como si el sistema hubiese hecho su propia llamada, para conectar con un ser humano, y estuviera esperando a que éste se pusiera al teléfono.

Al cabo de un larguísimo minuto, descuelgan a su vez al otro lado.

—Señora Reyes —dice una voz correcta y precisa, con un acento andaluz enterrado que asoma apenas debajo de varias capas de esfuerzo consciente.

—Don Misterios.

—Se ha tomado su tiempo.

—Hemos estado bastante ocupadas.

El hombre guarda silencio. Largo. Al otro lado de la línea se escucha el golpeteo de un teclado y ruidos de asentimiento, como si el hombre no estuviera solo, sino sentado a una mesa junto a alguien que habla en voz muy baja.

—Ya vemos en qué. O mejor dicho, no vemos. Puede decirle a la señora Quijano que estoy muy impresionado. Bloquear nuestro sistema de localización no está al alcance de cualquiera.

—Se lo diré cuando despierte. ¿Ha resuelto ya sus problemas? La última vez que hablamos me dejó usted intranquila.

Hay una risa suave al otro lado.

—Parte de ellos. Aquí hemos estado también bastante ocupados. Por cierto, enhorabuena por recuperar a su hija.

—¿Cómo sabe…?

—Supe de la muerte de Aguado. Y una fuente me contó que hubo un altercado en la dirección que le di.

Una fuente, piensa Aura. *Así que tiene alguien metido entre los Dorr. Así fue como supo dónde estaba Cris.*

—Un altercado —continúa el hombre— del que no se sabe absolutamente nada. A partir de ahí sólo tuve que sumar dos y dos.

Aura silba, algo exagerada.

—Mi turno de impresionarme.

—¿Tiene en su poder el maletín?

—Eso depende de lo que contenga.

—No puedo decírselo.

—Pues yo no puedo dárselo.

La respiración contra el auricular se vuelve una aspiración larga, nasal, contrariada. Le sigue un gruñido exasperado, del tipo que uno lanza cuando se acaba de ir el autobús.

—Hay una persona con la que trabajo que me recuerda

mucho a usted. No podrían ser más distintas, y sin embargo comparten un rasgo muy exasperante.

—¿Cabezotas?

—Quijotescas.

—Locas, entonces.

El hombre chasquea la lengua, en negación.

—Las dos son enemigas de la realidad. Las dos pretenden imponer su yo irreductible a toda costa. Y eso no puede ser, señora Reyes.

Aura no se deja impresionar por la perorata. Ha pasado la noche en vela, le duele el culo del viaje en furgoneta y tiene los pies helados.

—¿Qué es lo que contiene el maletín? —insiste.

El hombre suelta un resoplido agotado y se oye cómo deja caer algo contra una mesa.

Seguramente un boli, pero suena a toalla.

—Si se hiciera una idea de lo que hay en juego…

—Sé lo que hay en juego para mí.

Pausa.

—Un manuscrito —dice, al cabo—. Un libro que había comenzado a escribir un periodista, amigo del exmarido despechado de Irma Dorr.

—¿Tan explosivo es?

—El libro no trata sobre Irma, sino sobre su madre. Y sobre los amigos de su madre. Me temo que no puedo contarle más.

—¿No puede o no quiere?

—No puedo y no quiero.

—¿Puede contarme al menos para qué necesita el libro?

—Tampoco puedo. Puedo decirle que estaba en poder de mi predecesor, que lo guardaba como medida de seguridad. Por desgracia, Aguado nos lo robó, para lucrarse con él. Una subordinada mía está convencida de que un dato que necesitamos con urgencia está oculto entre sus páginas.

—¿No se guardaron una copia digital?

—No. Y mi predecesor hizo un trabajo muy cuidadoso con ese manuscrito. Excesivo, diría. Tachó muchos nombres y lugares, suprimió muchas páginas. Necesitamos analizar el original.

—¿Y no puede preguntarle a su predecesor?

—Me temo que le volaron la cabeza con una escopeta.

—Eso es bastante inconveniente.

—Estoy bastante de acuerdo —afirma él.

Hay un nuevo silencio, mientras el hombre al otro lado está ponderando las últimas líneas de diálogo que han intercambiado, pasándolas por el registro mental.

—Ya sabía todo esto que le he contado, ¿verdad?

—Nunca he sabido fingir un tono de sorpresa —admite Aura.

—Eso es que han conseguido abrir el maletín. Dígale a la señora Quijano que ahora estoy *realmente* impresionado.

—Tenía que saber dos cosas —dice Aura, hablando muy despacio—. La primera, si tenía que renegociar nuestras condiciones.

—Siguen siendo las mismas. Deme el maletín y haré que desaparezcan los cargos. Eso es todo lo que puedo ofrecerle. ¿Cuál es la segunda?

La segunda es la verdaderamente importante.

—Tenía que saber si me podía fiar de usted antes de entregarle su contenido.

—¿Por qué?

—Porque quiero lo que quería el autor del libro. Hacer daño a estos hijos de puta. Quiero que se sepa quiénes son y lo que hacen. Obtienen su poder de las sombras. Saquémosles de ellas.

El hombre al otro lado ríe, divertido.

—Es usted una caja de sorpresas, señora Reyes. Veo que nuestros intereses coinciden, entonces.

—Sigo sin fiarme de usted. Aún no me ha dicho su nombre.

—Eso no puedo hacerlo.

—No pretenderá que siga llamándole don Misterios.

—Preferiría que no.

—¿Y cómo, entonces, debo llamarle?

Aura tamborilea, nerviosa, sobre la funda del teléfono, de color rubí oscuro. La yema del dedo golpea sobre el logo, que ella había tomado por un tridente. Y que un observador algo más atento habría reconocido como una corona sobre una doble erre.

—Puede llamarme Mentor.

5

Un falso cierre

En otra historia, la cámara se alejaría montada en un dron, la música subiría. Serrat cantaría «Hoy puede ser un gran día donde todo está por descubrir / si lo empleas como el último que te toca vivir».

Nuestras protagonistas se meterían en la furgoneta. La esperanza y las fuerzas renovadas. Los vínculos entre ellas, más fuertes que nunca, como los huesos que se rompen y se vuelven a soldar.

A vista de pájaro, la furgoneta regresaría a la carretera. Fundido a negro.

Ésta no es esa historia.

Justo cuando Aura se guarda el teléfono en el bolsillo y abre la puerta de la furgoneta —con ganas de poner a Serrat en la radio, seamos honestos—, el teléfono suena de nuevo.

Aura, con medio cuerpo dentro y el bolsillo del abrigo zumbando, mira a Mari Paz, que le devuelve la mirada intrigada.

—No lo cojas —dice Sere, desde el asiento de atrás.

Tiene los ojos aún más saltones y asustadizos de lo habitual.

—¿Por qué?

—Porque creerás que es el tipo ese con el que acabas de hablar, y le cogerás con una frase del estilo «Qué se le ha olvidado» y resulta que será alguien con quien no quieres hablar.

Aura tiene la sensación de que Sere sabe mucho más de lo que le está contando.

Mucho, mucho más.

Pero ahora no puede abordar este asunto. Porque el teléfono sigue sonando.

En la pantalla pone «Desconocido».

Cuando descuelga, escucha una voz de mujer. Suave, como de caramelo.

—¿Sabes quién soy?

Aura lo sabe. No sabe cómo es posible —aunque a estas alturas intenta no dejarse sorprender—, pero la voz que escucha es muy parecida a la de una mujer que vio morir ante sus ojos.

Mayor, por supuesto.

Más tenebrosa.

—Constanz Dorr —dice Aura.

Mari Paz entrecierra los ojos, abre y cierra los dedos. Sus manos imitan a pájaros enjaulados.

Sere agita la cabeza, en un preocupante *te lo dije*.

—No sé si me sorprende más que haya conseguido burlar a la muerte o que haya conseguido contactar con nosotras tan rápido —añade.

—Querida, no hay nada que yo no pueda conseguir si me lo propongo.

—Eso me han dicho. Levantar un imperio, convertirse en... ¿cómo era? «Un monstruo que teje su telaraña en las sombras».

Constanz ríe. Suena tersa. Poderosa y frágil al mismo tiempo.

—Ah, sí. El libro. Enseguida iremos a los negocios, querida. Aún estamos conociéndonos.

—No me imaginaba así su voz.

—¿Cómo entonces? ¿Como una bruja de cuento de hadas?

—No, tampoco. No lo sé. Supuse que sonaría usted... distinta.

—Tutéame, querida, por favor. ¿Quejumbrosa y cascada, como una anciana de un asilo, entonces?

—Muerta —aclara Aura.

—Comprendo. Llevo una vida entera defraudando expectativas sobre ese asunto, querida. La verdad es que me encuentro estupendamente. Mejor que nunca, diría. Ése sería el primer motivo de mi llamada.

—¿Decirme que se encuentra bien?

—Aún seguiría atada a una cama de no ser por ti, querida. Drogada y secuestrada por mi propia hija desagradecida.

Y tu hija seguiría viva, de no ser por mí, piensa Aura. *Y el maletín que sostengo en las manos estaría en las tuyas, de no ser por mí. Y sé lo de tu pequeño club secreto. Por si te faltaran motivos para encontrarnos y matarnos a las cinco.*

—No te he dado las gracias —añade Constanz.

—No tiene por qué hacerlo.

—Considera entonces esto como un regalo innecesario.

El móvil de Aura vibra, dos veces. Acaba de llegar un mensaje.

Se aparta el móvil de la cara y abre la aplicación.

Es un vídeo.

Pincha.

Tarda muy poco en arrepentirse.

El vídeo muestra a alguien que reconoce.

Chaqueta azul marino abotonada, nudo de la corbata prieto como el puño de un avaro. Pelo blanco peinado hacia atrás, formando caracolillos en la nuca. Pelo de rico.

Reconoce el escenario. El Jaguar XF del que tan orgulloso se sentía. Que presumía de conducir él mismo, tan pronto tenía ocasión.

Reconoce los ojos de Ponzano, mirando a la cámara del móvil con terror puro. En la sien, la pistola es visible.

Aura no aparta la mirada cuando se produce el disparo. Cuando la tapicería blanca del Jaguar cambia de color, y la sangre y los sesos del hombre que había decretado su muerte y la de sus hijas salpican la ventanilla del conductor.

Aura se baja del coche para que las niñas no vean su reacción. Tiene el estómago encogido, de miedo y de angustia.

Y hay algo más.

Camina seis pasos, siete, luchando con esa sensación. Tan natural como indeseada.

Las cosas naturales son repugnantes.

Alivio.

Se dobla sobre sí misma, y llora, durante unos segundos, para lavarse de dentro afuera.

Se lleva el teléfono a la oreja e intenta hablar, pero no le salen las palabras. Tiene que tomarse un segundo para recomponerse. Cuando habla, la voz le sale como un espagueti seco al romperse.

—¿Por qué?

—Porque nunca me ha gustado empezar los negocios con una deuda. Mi vida por la tuya.

—¿Qué le hace pensar que vamos a hacer negocios?

—Que tienes algo que quiero.

Aura aprieta los labios durante un segundo insobornable.

Eres rico sólo si el dinero que rehúsas sabe mejor que el que aceptas, le había dicho una vez su madre. Y Aura se siente ahora mismo millonaria, de manera literal y figurada. Pero su siguiente frase no tiene que ver con el sabor, sino con el miedo.

No se hacen tratos con el Demonio.

—Usted no tiene nada que quiera yo.

—En eso te equivocas, querida.

Hay una tos, ligera y educada al otro lado de la línea. El tipo de tos que llega amortiguada por un pañuelo de hilo bordado con iniciales.

—Y no me gustaría que cerraras el trato con la otra parte.

—La oferta de la otra parte es recuperar mi vida y mi libertad —dice Aura—. Y ahora, gracias a usted, ya no tendré que mirar por encima del hombro.

—Yo puedo ofrecerte lo mismo.

—A igualdad de condiciones, estoy obligada a aceptar la primera oferta, señora Dorr.

Constanz ríe, con una educación exquisita.

—Permíteme entonces subir la oferta. Mi historia por la tuya.

Hace una pausa teatral.

—Entrégame el maletín a mí, y yo te diré la verdad sobre la muerte de tu marido.

Aura se estremece, como si algo hubiera estado a punto de aplastarla.

En algún lugar, muy lejos —e insoportablemente cerca— encaja una pieza en su sitio. La penúltima de un gigantesco dominó que comenzó a caer hace muchos años.

Aura se separa lentamente el teléfono de la oreja y piensa en que Sere tenía razón.

Al final, todo vuelve.

Nota del autor

Ésta es una historia de mujeres que huyen de las consecuencias, para acabar descubriendo que las consecuencias son más rápidas. El espíritu más libre y festivo de *Todo arde* encuentra aquí su lado oscuro. Es una historia —como todas las mías— sobre el amor, la familia y la responsabilidad.

Mis novelas no pretenden ni han pretendido nunca reflejar la realidad, que bastante tiene la pobre. El Universo Reina Roja, del que esta novela forma parte, sigue en muchas ocasiones sus propias reglas. Por si acaso, un par de aclaraciones.

La prisión de alta seguridad de Matasnos es fruto exclusivo de mi imaginación y no refleja en absoluto la calidad del sistema penitenciario español, que es uno de los más avanzados y humanitarios del mundo, en línea con las normativas internacionales en materia de derechos humanos. Muy a pesar de los cada vez menores recursos con los que cuentan nuestros esforzados funcionarios de prisiones.

La existencia en los consejos de administración de grandes empresas españolas de herederos directos de aquellos que se beneficiaron del fascismo; la creación de otras por destacados miembros del Partido Nazi y la ausencia de repercusiones para casi todos es una realidad tan triste como incómoda.

Los Poyatos es un nombre ficticio, aunque una finca de similares proporciones existe en Sierra Morena. La familia que la posee es conocida —entre otras cosas— por haber financiado el vuelo del Dragon Rapide. En la lista de fincas de caza más grandes de España —poseídas todas por magnates multimillonarios— tan sólo es la novena en tamaño.

En esta nueva aventura de Aura, Mari Paz y Sere, habrá observado el atento lector que aparecen algunos personajes a los que ya habíamos conocido en anteriores novelas. Si quieres saber más sobre la serie de infortunios que lleva a la doctora Aguado hasta *Todo vuelve*, puedes leer *Reina Roja*, *Loba Negra* y *Rey Blanco*. Como siempre, no es imprescindible leer esos libros para disfrutar de las aventuras de nuestras tres ladronas.

En esta novela habrás reconocido nombres que han salido en libros anteriores, sobre todo en esa lista al final del manuscrito secreto. Es muy muy importante que guardes el secreto, amiga lectora, amigo lector.

Si escribes una reseña de este libro en redes, en Amazon o en Goodreads (cosa que agradezco mucho y ayuda mucho a dar a conocer los libros), por favor, no comentes nada acerca del final.

Muy especialmente de ese nombre que habrás reconocido

seguro, el que sin duda es el personaje más misterioso de este volumen. Alguien que empieza por M y que es más profesión que nombre propio.

Si te estás preguntando si todo lo que has leído en estas páginas esconde, nuevamente, un truco de magia, en el que nada era lo que parecía ser...

Si empiezas a intuir que lo que está pasando en este libro va a dar nuevo sentido y a amplificar lo que sucedió al final de *Rey Blanco*...

Si anticipas con sabrosa excitación que la aparición de *ese* personaje supone el regreso de otros dos a sus órdenes...

No me queda otro remedio que darte la razón.

Aunque intento ocultarte en lo posible el gran esquema subyacente en el Universo Reina Roja para incrementar el placer de la lectura —y el de tu propio descubrimiento de la infinidad de secretos escondidos en él—, hay momentos en los que hay que enseñar las cartas.

Algunas de ellas.

Sirva el título de este libro como promesa. Si algo he aprendido de nuestra legionaria favorita, es que a la gente no hay que juzgarla por las promesas que cumplen, sino por las que mantienen.

Agradecimientos

Quiero dar las gracias.

A Antonia Kerrigan. Había escrito un párrafo larguísimo. Luego me acordé de que odiabas los agradecimientos. Te queremos mucho y te vamos a echar mucho de menos.

A Hilde Gersen, Claudia Calva, Sofia Di Capita y las demás, sois las mejores.

A Sydney Borjas de Scenic Rights, por la sabiduría, por el esfuerzo, por soportarme.

A Aurelio Cabra, por estar ahí cada día, con un físico demasiado parecido al mío, cien por cien alineados.

A Carmen Romero, por ser mi socia y a quien le debo tanto y tantas cosas, tenemos que buscar un nuevo chiste que sustituya al de las cenas.

A Juan Díaz, por los techos altos aunque ahora sean más bajos.

A todo el equipo de comerciales de Penguin Random House, que se deja la piel y el aliento en la carretera.

A Irene Pérez, por aguantarme sin las merecidas quejas.

Al departamento de Diseño de Penguin Random House, y en especial a Anna Puig, que ha vuelto a dar con la portada perfecta, después de casi seis meses trabajando.

A Elena Recasens, editora técnica de este libro. El manuscrito integrado con la historia de los Dorr te ha dado nuevos desafíos. Gracias de corazón.

A María José Rodríguez, Adriana Izquierdo, Chiti Rodríguez Donday, Jesús Fernández, Alexandra Cortesía y todo el equipazo de Prime Video, por lo que ya sabéis y también por lo que nadie sabe aún.

A Amaya Muruzabal, porque tú eres Aura Reyes. Ojalá ser capaz de ser tu Mari Paz.

A Juanjo Ginés, poeta que vive en la Cueva de los Locos y se recrea en el Jardín del Turco, que siempre está ahí, por muchos años que pasen. Gracias por recordarme que la motivación está en el tercer kilómetro.

A Alberto Chicote e Inmaculada Núñez, porque os queremos mucho y por las mejores albóndigas que jamás se han cocinado en la historia de la humanidad, servidas en Omeraki.

A Dani Rovira, Mónica Carrillo, Alex O'Dogherty, Agustín Jiménez, Berta Collado, Ángel Martín, María Gómez, Manel Loureiro, Clara Lago, Raquel Martos, Roberto Leal, Carme Chaparro, Luis Piedrahita, Miguel Lago, Goyo Jiménez y Berto Romero. Tenéis todos más talento, más gentileza y más compañerismo del que me merezco. Me enorgullezco de vuestra amistad.

A Cormac McCarthy, por prestarme la violencia de Mari

Paz en el salón con dos oes. Leer *No es país para viejos* me cambió la vida hace muchos años, y me he permitido homenajearla en este libro.

A Arturo González-Campos, mi amigo, mi socio. Enhorabuena una vez más, por ser un hombre de otra época. Solo en la historia reciente, *trabajar duro* ha indicado orgullo en lugar de vergüenza por falta de talento, de delicadeza y, más que nada, de *sprezzatura*.

A Rodrigo Cortés, mi segundo mejor amigo (según el día) y el más útil (todos los días). Como siempre, se pegó una paliza corrigiendo este libro mientras montaba su magnífica *Escape*. Si queréis agradecérselo, id a verla.

A Javier Cansado, que nos va a sobrevivir a todos.

A Gorka Rojo, que se ha asegurado de que no meta la pata, otra vez más. Sere te debe mucho.

A Manuel Soutiño. No se me ocurre nada que haga justicia a lo que quiero decirte, así que, gracias por las avispas.

A Sére Skuld, por prestarme el alma por segunda vez.

A mis hijos, Marco y Javi. El sacrificio que habéis hecho esta vez ha sido mucho más que otras veces. Muy pocos saben que escribir, en muchas ocasiones, sólo es posible porque vosotros aportáis también ese esfuerzo.

A Bárbara Montes. Mi esposa, mi amante, mi amiga. Una vez más, me has ayudado a conseguir lo imposible. Espero que sepas disculparme todas las frases que te he robado en este libro. Te quiero y espero que me dejes seguir robándote otros cuarenta años más.

Y a ti, que me lees, gracias de corazón. Es un orgullo y un honor compartir mis historias contigo. Te dejo mi correo electrónico abajo por si quieres contarme cualquier cosa. ¡Te leeré seguro, pero no te enfades si tardo en contestar!

Un último favor: acuérdate de dejar una reseña de *Todo vuelve* y *Todo arde* en tu librería favorita o en Goodreads, que ayudará mucho a dar a conocer los libros... pero guardándome los secretos que ahora compartimos, ¡sobre todo lo que tiene que ver con la parte cinco y el epílogo!

Un abrazo enorme y gracias de nuevo.

JUAN
juan@juangomezjurado.com

UNIVERSO REINA ROJA

Juan Gómez-Jurado es el creador de un universo narrativo único dentro del thriller a nivel internacional. Compuesto hasta la fecha por siete novelas, el Universo Reina Roja es una combinación de diferentes tramas de ficción interconectadas a distintos niveles por personajes, escenarios y significados. Las novelas que componen el Universo son, por orden de publicación, *El Paciente* (2014), *Cicatriz* (2015), *Reina Roja* (2018), *Loba Negra* (2019), *Rey Blanco* (2020), *Todo Arde* (2022) y *Todo Vuelve* (2023). El autor lleva más de quince años trabajando en este proyecto que, como bien saben los lectores, nació de la conjunción de dos personajes ya míticos en la historia de la literatura en español: Antonia Scott y el Sr. White.

El orden de lectura de las novelas no es necesariamente el mismo de su publicación. La lectura de los libros del Universo puede iniciarse —como de hecho hacen y han hecho cientos de miles de lectores en todo el mundo— a partir de cuatro de los libros: *El Paciente*, *Cicatriz*, *Reina Roja* o *Todo Arde*. A partir de ahí, el lector llega de manera natural a las otras novelas y va tejiendo en su cabeza la compleja red de guiños entre las historias.

Los libros del Universo Reina Roja han vendido ya más de 3.000.000 de ejemplares en español, convirtiéndose en uno de los mayores fenómenos de ventas de las últimas décadas, y han sido traducidos a más de una veintena de lenguas. Con el inminente estreno de la serie *Reina Roja* en Prime (29 de febrero de 2024) da comienzo el esperado salto del Universo al lenguaje audiovisual.

JUAN
GÓMEZ-JURADO
CICA
TRIZ

JUAN
GÓMEZ-JURADO
EL
PACI
ENTE

JUAN
GÓMEZ-JURADO
REINA
ROJA

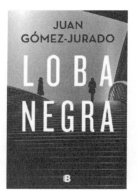

JUAN
GÓMEZ-JURADO
LOBA
NEGRA

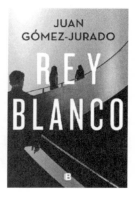

JUAN
GÓMEZ-JURADO
REY
BLANCO

JUAN
GÓMEZ-JURADO
TODO
ARDE

JUAN
GÓMEZ-JURADO
TODO
VUELVE